『十二五』国家重点图书出版规划项目
国家社科基金重大项目成果

新中国60年外国文学研究

（第二卷）

外国文学流派研究

申丹 王邦维 总主编

刘锋 林丰民 主编

北京大学出版社
PEKING UNIVERSITY PRESS

图书在版编目(CIP)数据

新中国60年外国文学研究.第2卷,外国文学流派研究/申丹,王邦维总主编;刘锋,林丰民主编.—北京:北京大学出版社,2015.9
ISBN 978-7-301-26119-4

Ⅰ.①新… Ⅱ.①申… ②王… ③刘… ④林… Ⅲ.①外国文学—文学研究 ②外国文学流派—研究 Ⅳ.①I106

中国版本图书馆CIP数据核字(2015)第175340号

书　名	新中国60年外国文学研究(第二卷)外国文学流派研究
著作责任者	申　丹　王邦维　总主编　刘　锋　林丰民　主编
组稿编辑	张　冰
责任编辑	张　冰
标准书号	ISBN 978-7-301-26119-4
出版发行	北京大学出版社
地　址	北京市海淀区成府路205号　100871
网　址	http://www.pup.cn　新浪微博:@北京大学出版社
电子信箱	zpup@pup.cn
电　话	邮购部 62752015　发行部 62750672　编辑部 62754149
印刷者	北京中科印刷有限公司
经销者	新华书店
	720毫米×1020毫米　16开本　16.25印张　350千字
	2015年9月第1版　2015年9月第1次印刷
定　价	58.00元

未经许可,不得以任何方式复制或抄袭本书之部分或全部内容。
版权所有,侵权必究
举报电话:010-62752024　电子信箱:fd@pup.pku.edu.cn
图书如有印装质量问题,请与出版部联系,电话:010-62756370

新中国 60 年外国文学研究（第二卷）
外国文学流派研究
编撰人员

总主编／申丹　王邦维
本卷主编／刘锋　林丰民

撰写人
总论：申丹、王邦维
绪论：刘锋、林丰民
引子：刘锋
第一章：罗益民
第二章：晏奎
第三章：谷裕
第四章：
第一节：龚璇、蒋道超；第二节：宁一中、卢伟、赵喜梅；第三节：李小均；
第四、五节：张新木；第六节：毛亮
第五章：
第一节：张源、范晔；第二节：阮炜；第三节：江玉娇；第四节：张和龙；第五节：范晔
第六章：黎跃进
第七章：李强
第八章：林丰民

目 录

总论	1
绪论	1

上编　新中国 60 年欧美及拉丁美洲文学流派研究

引子　新中国成立前欧洲文学思潮引进述略 …………………………… 13

第一章　16 世纪欧洲文学流派研究 …………………………………… 19
　　第一节　总　况 ……………………………………………………… 19
　　第二节　文艺复兴时期的人文主义研究 …………………………… 26

第二章　17 世纪欧洲文学流派研究 …………………………………… 43
　　第一节　总　况 ……………………………………………………… 43
　　第二节　欧洲古典主义研究 ………………………………………… 48
　　第三节　巴罗克文学研究 …………………………………………… 55

第三章　18 世纪欧洲文学流派研究 …………………………………… 59
　　第一节　总　况 ……………………………………………………… 59
　　第二节　欧洲启蒙文学研究 ………………………………………… 65

第四章　19 世纪欧美文学流派研究 …………………………………… 80
　　第一节　总　况 ……………………………………………………… 80
　　第二节　欧洲浪漫主义研究 ………………………………………… 92
　　第三节　欧洲现实主义研究 ………………………………………… 103

第四节　欧洲自然主义研究 …………………………………………… 115
　　第五节　欧洲象征派研究 ……………………………………………… 122
　　第六节　美国浪漫主义研究 …………………………………………… 128

第五章　20世纪欧美及拉丁美洲文学流派研究 ………………………… 137
　　第一节　总　况 ………………………………………………………… 137
　　第二节　欧洲现代派研究 ……………………………………………… 150
　　第三节　欧洲后现代主义研究 ………………………………………… 166
　　第四节　美国后现代主义研究 ………………………………………… 178
　　第五节　拉美魔幻现实主义研究 ……………………………………… 189

下编　新中国60年东方文学流派研究

第六章　印度文学流派研究 ………………………………………………… 199
　　第一节　总　况 ………………………………………………………… 199
　　第二节　进步主义研究 ………………………………………………… 205

第七章　日本文学流派研究 ………………………………………………… 210
　　第一节　总　况 ………………………………………………………… 210
　　第二节　自然主义与私小说研究 ……………………………………… 214
　　第三节　唯美派研究 …………………………………………………… 220

第八章　阿拉伯文学流派研究 ……………………………………………… 225
　　第一节　总　况 ………………………………………………………… 225
　　第二节　阿拉伯旅美派研究 …………………………………………… 228
　　第三节　新古典派与浪漫派研究 ……………………………………… 233
　　第四节　笛旺派与阿波罗诗派研究 …………………………………… 235
　　第五节　自由体诗派研究 ……………………………………………… 236

主要参考书目 ………………………………………………………………… 240
主要人名索引 ………………………………………………………………… 245

总　论

　　文学是语言的艺术,是文化的沉淀,是人类精神生活的宝库。研究外来的文学,既是语言的阐释,也是文化的交流和思想的对话。在中华民族走向现代化、中外文明相互交融这一世界发展总格局的进程中,外国文学研究发挥了越来越重要的作用。外国文学研究是我国学术和文化建设的一个重要组成部分,有助于中国在深层次上了解世界,吸纳世界文明的精华。新中国成立后,受到政治、社会、文化、经济等各种因素的影响,我国的外国文学研究走过了一条曲折坎坷的道路,但同时也取得了辉煌的成就。新中国60年外国文学研究既丰富多彩又错综复杂,伴随着对研究目的、地位、作用、性质、方法等诸多方面的探索与论争,在中国社会发展的各个阶段积累了很多经验,也留下不少教训。系统梳理与考察新中国60年来外国文学研究的发展历程,并在此基础上,对其进行中肯而深入的分析,一方面可对我国外国文学研究界60年所做的工作做一个整体观照,进行经验总结;另一方面可通过反思,发现存在的问题,提出解决的办法,为外国文学研究的发展指出方向,进而为我国的文化建设和社会主义核心价值体系的构建提供重要参考。基于以上思考,国家社科基金重大项目"新中国60年外国文学研究"坚持历史唯物主义观点,采用辩证方法,自2010年1月立项至2013年底的四年中实事求是地展开全面工作。[①] 本项目设以下八个子课题:(1)外国文学作品研究之考察与分析(下分"诗歌与戏剧研究"和"小说研究");(2)外国文学流派研究之考察与分析;(3)外国文学史研究之考察与分析;(4)外国文论研究之考察与分析;(5)外国文学翻译之考察与分析;(6)外国文学研究分类考察口述史;(7)外国文学研究数据库;(8)外国文学研究战略发展报告。本书共六卷七册,加上数据库与战略发展报告,构成了本项目的

[①] 同时立项的还有陈建华担任首席专家的同名项目,该项目分国别考察外国文学研究,本项目则对外国文学研究按种类进行专题考察;两个项目之间有所不同,一定程度上可以互补。

最终研究成果。

本项目首次将外国文学研究分成不同种类,每一种类又分专题或范畴,以新的方式探讨新中国成立后60年外国文学研究的思路、特征、方法、趋势和进程,对重要问题做出深度分析,从新的角度揭示外国文学研究的得失和演化规律,对未来的外国文学研究进行前瞻性思考,以求推进我国外国文学研究的学术史建构。

国内现有的相关研究成果大致分成以下三类。其一为发展报告类,如《中国高校哲学社会科学发展报告1978—2008文学卷》《新中国社会科学五十年》等。这些成果提供了不少重要信息和资料,但关于外国文学研究的部分篇幅有限,留下了进一步研究的空间。四川外国语大学组织编写出版了2006—2009年度的《外国语言文学及相关学科发展报告》(王鲁南主编),其主要目的是收集信息、提供资料。其二为年鉴类和学术影响力报告类,如《北京社会科学年鉴》(2000—)、《中国学术年鉴》(人文社科版,2005—)、《中国人文社会科学学术影响力报告2000—2004》等。其重点在于介绍影响力较大的代表性成果或获奖成果,其中有关外国文学的部分篇幅不多,仅涵盖少量突出成果,且一般是从新世纪开始编写出版的。其三为学术史类,如龚翰熊的20世纪中国人文学科学术研究史丛书文学专辑《西方文学研究》(2005)、王向远的《东方各国文学在中国——译介与研究史述论》(2001)、陈众议主编的《当代中国外国文学研究(1949—2009)》(2011)等,这些史论性著作资料丰富,有很好的历史维度,但均按传统的国别和语种对外国文学研究进行考察,没有对其进行区分种类的专题探讨。近年来还出版了一些颇有价值的外国作家或作品的批评史研究专著,不过考察的主要是国外的研究成果。

新中国60年的外国文学研究以1978年十一届三中全会为界可大致分成前30年和后30年两个大的时间段。前30年又可分为前17年[①]和"文化大革命"两个时期;后30年也可进一步细分为改革开放初期,80年代中后期到90年代末,以及新世纪以来等三个时期[②]。这些不同时期外国文学研究的指导思想、范围、模式、角度、焦点等都有不同程度的变化,与社会变迁也产生了不同形式和特点的互动。

本套书前五卷的撰写者以分类研究为经,历史分期研究为纬,在经纬交织中对五个不同种类的外国文学研究展开系统深入的专题考察,探讨特定社会语境下相关论题的内容、方法、特征、热点和争议。纵向研究提供了每一类别(以

---

① 就前17年而言,1957年"反右"运动前后以及1962年中共中央批转《关于当前文学艺术工作若干问题的意见》前后也有所不同。

② 我们没有要求一定要这样来细分后30年,撰写专家根据考察对象的实际情况进行了不同的细分。

及各类别中每一专题的研究)在不同历史时期的不同表现和发展脉络;横向研究则展示了同一时期各个类别(以及其中不同专题的研究)之间的相互关联和相互影响。第六卷为外国文学研究口述史,受访学者是上述五个分类范围某一领域或多个领域的代表性资深专家。这一卷实录的生动的历史信息可与前面五卷的各类专项探讨互为补充、交叉印证。如果读者在前面五卷专著中读到了对某位学者某方面研究的探讨,想进一步了解该学者和其研究,就可以阅读第六卷中对该学者的访谈。

这样的分类探讨不仅有助于揭示每一个类别外国文学研究的范围、热点、特点、方法和得失,而且可以从新的角度达到对60年发展脉络和演化规律的整体把握和深刻认识,推进我国外国文学研究的学术史建构。本套书在撰写过程中,有七十余篇阶段性成果公开发表,其中五十余篇发表在《外国文学评论》《国外文学》《外国文学》《外国文学研究》《当代外国文学》《中国比较文学》《中国翻译》等 CSSCI 检索的核心期刊以及国际权威期刊 *Milton Quarterly* 上,也有论文被《新华文摘》和《人大复印资料》转载;《北京大学学报》(哲社版)和《浙江大学学报》(哲社版,先后推出三期)等开辟专栏,集中刊登本项目的阶段性研究成果。这从一个侧面体现出本套书分类考察的研究价值、研究意义和研究深度。

新中国60年外国文学研究涉及面很广,尽管采取了分类探讨的方法来限定各卷考察的范围,但考察对象依然非常繁杂,如何加以合理选择是保证研究成功的一个重要前提。第一卷作品研究子课题组在广泛收集已有研究成果的基础上,重点考虑国内的关注度、影响力、代表性、研究嬗变等多种因素,在征求专家意见的前提下最终选择了27位外国诗人和戏剧家的作品和42位外国小说家的作品分别作为第一卷上册和下册的专题考察对象。① 第二卷是我国第一部专门探讨外国文学流派研究的专著。为了突出重点,该卷以世纪为中轴组篇,每部分均以"总况"开始,概述相关范畴流派研究的全貌,然后对重要流派进行较为细致深入的专题考察,着重剖析涉及热门话题的代表性论文和著作。鉴于文学流派与特定时代的哲学、政治、文化、社会思想等有着密切关联,因而该卷的探讨在某种程度上也具有思想史研究的意义,可以帮助研究者更好地了解新中国外国文学流派乃至整个外国文学研究的思想语境。第三卷是我国第一部专门探讨外国文学史研究的专著,有利于更好地看到文学史研究的特点和发展规律。该卷在对外国文学史著作全面梳理研讨的基础上,对外国文学史的重要学者和优秀成果进行专题探讨,深入分析各个时期的写作特点和一些重要问

---

① 不少作家既创作小说,也创作诗歌和/或戏剧,但往往一个体裁的创作较为突出,也更多地受到新中国学术界的关注,因此被选作第一卷上册或者下册的考察对象。但也有作家不止一个体裁的创作成就突出,也同时受到我国学者的较多关注,因此被同时选为第一卷上册和下册的考察对象。

题。第四卷"外国文论研究"在总结历史经验、提供翔实材料的基础上,侧重新中国各历史时期文论研究重点关注的问题,对一些重要的理论、理论家和理论流派的研究加以专题考察和深度剖析,并以此来把握外国文论研究在我国的整体状况。这种以问题统帅全局的篇章结构,试图为新中国 60 年的研究成果整理出一个整体思想框架,以便读者更好地理解各种理论流派和理论家之间的内在联系和发展传承。第五卷"外国文学译介研究"借鉴译介学的视角,着力考察新中国政治、文化、学术语境中外国文学的翻译选择、翻译策略、翻译特点和读者接受,揭示外国文学翻译的发展脉络和发展规律。该卷将宏观把握与微观剖析相结合,在考察十余个语种翻译状况的基础上,在我国率先对外国文学史、外国文论、外国通俗文学的译介和文学翻译期刊的独特作用等进行专题探讨,并对经典作品的复译、通俗文学的翻译等热点问题进行深入分析。本套书开拓性地将文献考察与实地调研相结合。第六卷是我国第一部外国文学研究口述史,观念上和方法上具有创新性。该卷旨在通过直接访谈的形式来抢救和保留记忆,透过个体经验和视角探寻新中国学者走过的道路,进而多层面反映外国文学学科的发展历程及其与社会变迁互动的状况。这一卷实录的个体治学经验、对过往研究的反思和未来发展的建议是对前面五卷学术研究专著生动而有益的补充。为了更全面地反映新中国外国文学研究的面貌,还采访了主要从事教学、出版和比较文学研究的学者。

应邀参与各卷撰写的都是各相关领域学有所长的专家,不仅有学识渊博的资深学者,也有学术造诣精湛的中青年才俊,均具有相当好的国际视野。全体撰稿者严谨踏实的学风、精益求精的精神和通力协作的态度是本套书顺利完稿的保证。

总体而言,本套书具有以下特点:

一、重问题意识和分析深度　对外国文学研究进行分类专题考察,主要目的之一是力求摆脱以往的学术史研究偏重资料收集、缺乏分析深度的局限,做到不仅资料丰富,而且有较为深入的分析判断,以帮助提高学术史研究的水平。本套书注重问题意识,力求在对相关专题进行全面考察的基础上,以点带面,提炼重大问题,分析外国文学研究的局部和整体得失,做出中肯的判断和深入的反思,为今后的研究提供鉴照和参考。

二、重社会历史语境　密切关注国内及国外社会历史语境和外国文学研究的互动,挖掘影响不同种类外国文学研究的政治、社会、文化、学术、经济、国际关系等原因,揭示出影响新中国外国文学研究的深层因素,同时也关注外国文学研究对中国文学、文化和社会等方面所产生的影响。在作品研究卷的上、下两册中,每一个专题都按历史阶段分节,以便在共时轴上很好地展示不同作品的研究在同样社会环境制约下形成的共性,以及在历时轴上显示不同作品的研究随大环境变化而变化的类似特点,从而凸现文学研究与社会变迁的互动。与此同时,由于研究对象、研究者、研究方法、所涉及的社会环境因素等存在着差异,新中国对不同作品的研究也具有不同之处,这也是评析的一个重点。

三、重与国外研究的平行比较 引入国外相关研究作为参照,在更广阔的学术视野下探讨国内学者对相关问题的研究所处的层次,通过比较对照突显国内研究的特点、长处和不足之处。这样做不仅有利于提高分析的深度,在与国外研究的比较中,还能凸现新中国的学术研究与社会文化语境的密切关联。在外国受重视的作者,在我国的社会文化语境中有可能被忽视,反之亦然。文学研究方法也是如此。与国外研究相比较,还有利于揭示新中国的研究与对象国的研究在各自社会文化语境中的不同发展进程。

四、重跨学科研究 具有较强的跨学科性质,注重考察外国文学研究与哲学、语言学、比较文学、历史学、心理学、社会学、宗教学等学科的关联。

五、重前瞻与未来发展 在对新中国成立前的研究进行回顾并全面系统探讨新中国60年研究经验和教训的基础上,找出和反思目前存在的问题,对如何解决这些问题提出对策,对未来的研究方法和研究方向提出建议。这对我国外国文学研究的发展和文化建设、精神文明建设均有重要参考价值。

通过对新中国60年的外国文学研究进行分类考察和深度评析,总结经验与教训,并在此基础上进行前瞻性思考,本套书力求从新的角度解答以下问题:(1)各个种类的外国文学研究在不同时期具有哪些不同特征、哪些得失,呈现出什么样的发展规律?不同种类的研究之间有什么样的互动关系?(2)哪些外部和内部因素决定了新中国成立以来外国文学学科走过的道路?(3)新中国60年的社会文化发展历程如何在外国文学学科发展中得到反映?(4)新中国成立以来外国文学研究与其他人文、社会学科之间存在哪些互动关系?(5)我国外国文学研究目前存在什么问题,如何解决这些问题?(6)怎样避免我国外国文学研究对对象国研究话语和方法的盲从?怎样提高自主意识和创新意识?怎样更好更快地赶超国际前沿水平?(7)外国文学研究的经验与教训如何为未来的社会主义文化建设提供依据和参考?外国文学学科如何更好地服务于我国的文化建设和精神文明建设?

下面就本套书的编写做几点说明:

1. 从国内学科的布局和现状来讲,外国文学研究可以分为东方文学研究和西方文学研究两大块。新中国成立后的60年间(其实新中国成立前也是如此),西方强,东方弱,西方文学研究的总量大大超出东方文学研究的总量,因此本套丛书中对西方文学研究的考察所占比例要大得多。

2. 本项目的任务是考察新中国的外国文学研究,因此港澳台同行的研究成果没有纳入考察范围。

3. 本项目2010年1月正式立项,有的研究完稿于2010年,考察时间截止到2009年。但有的研究2013年才完稿,因此兼顾到外国文学研究近两年的新发展,对此我们予以保留。

4. 新中国60年以及此前的相关研究著作和论文数量甚多,而丛书篇幅有限(作品研究卷的篇幅尤其紧张),对考察范围的研究资料需加以取舍。专著的撰稿者聚焦于新中国60年来出版发表的相关研究专著和期刊论文(新中国成立前和新中国成立初期的考察对象包括报纸文章)。① 需要说明的是,除了本套六卷七册书提供的翔实资料和信息外,本项目的第八个子课题"外国文学研究数据库"也系统全面地提供了丰富的资料。② 数据库采取板块形式,搜集新中国60年外国文学研究的各方面资料,包括研究成果类信息(含专著和论文)、翻译成果类信息、研究机构类信息、研究人物类信息、研究刊物类信息、研究项目类信息(国家社科基金等基金的立项情况)和奖项类信息。对新中国60年外国文学研究资料信息感兴趣者,还可以登录本项目数据库网址进行查询(http://sfl.net.pku.edu.cn:8081/)。

5. 因篇幅所限,书中的文献信息只能尽量从简。在中国期刊网、国家图书馆网站和本项目数据库中,只要给出作者名、篇目名和发表年度,就可以很方便地查到所引专著和论文的所有信息。本套书中有的引用仅给出作者名、篇名和发表年度。

本研究能够顺利完成,得益于各子课题负责人的认真负责和通力协作,也得益于全体参与者的大力支持和无私奉献,对此我们感怀于心。本课题在立项和研究过程中曾得到众多专家学者的指导和帮助,在此深表感谢;特别要感谢陈众议、吴元迈、盛宁、陆建德、戴炜栋、刘象愚、张中载、张建华、刘建军、罗国祥、吴岳添、严绍璗等先生的帮助。需要特别说明的是,本项目的研究,不仅得到国家社科基金的资助,也得到北京大学主管文科的校领导、北京大学社会科学部和北京大学外国语学院的极力支持和多方帮助,对此我们十分感激。感谢北京大学出版社对本套丛书的出版立项,尤其感谢张冰主任为本套丛书付出诸多辛劳。

由于这套丛书时间跨度大,涉及面广,难免考虑欠周,比例失当,挂一漏万。书中的诸多不足和错谬之处,恳请各位专家和读者批评指正。

---

① 博士论文往往以专著形式出版,重要部分也往往以期刊论文形式发表。
② 本项目的战略发展报告中也有不少资料信息。

绪　论

我国的外国文学流派引介和研究始于20世纪20年代,当时正值新文化运动期间,各种西方思潮(哲学的、政治的、社会的、文艺的等等)纷至沓来,打开了国人的视界。尽管西学的输入并非始自新文化运动,但以规模之宏大、影响之深广而言,此前没有哪个时期可与这个时期相比。这些从域外舶来的新思潮迅速在中国思想界、文化界乃至民间社会扩散、蔓延,造成强大的声势,成为时代精神的元素。梁启超在《清代学术概论》的开篇曾论及"思潮"的非凡效应:"凡文化发展之国,其国民于一时期中,因环境之变迁与夫心理之感召,不期而思想之进路,同趋于一方向,于是相涌呼应如潮然,始焉其势甚微,几莫知觉;浸假而涨——涨——涨,而达于满度,过时焉则然,以渐至于衰息。凡'思'非皆能成潮;能成潮者,则其思必有相当之价值,而又适合其时代之要求者也。凡'时代'非皆有'思潮',有思潮之时代,必文化昂进之时代也。"①虽然梁启超所论并非域外新思潮的引入,但新文化运动正是通过引入"有相当之价值,而又适合时代之要求"的域外新思潮,造就了一个"文化昂进之时代"。

作为域外思潮的一部分,西方文学思潮也从此时开始大量涌入,范围之广,几乎涵盖了近代以来的全部主流文学思潮:文艺复兴时期的人文主义,17世纪的古典主义,18世纪末、19世纪初的浪漫主义,19世纪的自然主义和现实主义,20世纪初的新浪漫主义(大体相当于现代主义,包括唯美主义、象征主义、未来主义、达达主义、超现实主义、新感觉主义、意象主义、存在主义等众多流派)。这些文学思潮对本土作家的创作活动产生了重要影响,成为创造新文学的灵感来源,甚至刺激了本土创作流派的形成。事实上,引进西方文学思潮从一开始就不完全出于学术动机,而是出于在现代语境中重塑中国文学、使之与世界文学相衔接的需要。因此,就这一时期的引介而言,重要的不是其学理深

---

① 梁启超:《清代学术概论》,《饮冰室合集》第八册,专集之三十四,北京:中华书局,1989年,第1页。

度,而是其对新文学的塑造作用。不过,同样应当看到,这些引介工作虽处于初始阶段,却为日后更加深入、系统的学术研究奠定了基础,尤其在对近代西方文学思潮的演进、流变的把握上,更是提供了一个延续至今的大体轮廓。

早期引进者给古典主义、浪漫主义、自然主义、新浪漫主义等冠以"文学思潮"或"文艺思潮"之名,很少使用"文学流派"一词,但总的倾向是思潮、流派不分。其实,严格说来,文学思潮和文学流派并不完全是一回事,它们有时互相交叉,有时又互有区分,关系相当复杂。按照通常的界定,文学思潮是指"一定历史时期和一定地域内形成的,与社会的经济变革和人们的精神需求相适应的,具有广泛影响的文学思想和文学创作的潮流",而文学流派则是指"文学发展过程中,一定时期内的一批作家,由于审美观点一致和创作风格类似,自觉或不自觉地形成的文学集团和派别,通常是有一定数量和代表人物的作家群"。① 文学思潮和文学流派经常是相互重合的。如果一批具有相同或相似的思想倾向、审美观点、文学趣味、创作风格的作家在某种文学思潮的影响下有意识地或无意识地结成一个群体,就会发生文学思潮与文学流派的重合,例如欧洲古典主义、浪漫主义就既是文学思潮,又是文学流派。不过,这种重合并不是必然的,有时出现了对文学活动发生广泛而持久影响的文学思潮,但未必有一个文学流派与之相对应,例如欧洲文艺复兴时期出现了人文主义文学思潮,但却没有产生相应的文学流派。文学思潮作为某一时期、某一地域形成的遍及整个社会的文学和思想倾向,经常可以涵盖众多文学流派,如作为思潮的现代主义就包括了象征主义、意象主义、表现主义、超现实主义、未来主义、意识流小说等许多不同的文学流派。问题的复杂性还在于,有时人们在谈论比如说浪漫主义时,并不是指作为思潮或流派的浪漫主义,而是指一种创作手法。作为创作方法,浪漫主义并不只为浪漫主义作家所采用,有些被归入现实主义的作家也会表现出浪漫主义的创作倾向,狄更斯就是一个典型例子。不仅如此,思潮和流派一般存在于特定的时间和地域,而创作方法则超越了时空限界。屈原和李白被称为浪漫主义诗人,但他们与作为思潮和流派的浪漫主义毫无关系。因此,在谈论一种思潮时,需要时刻意识到它与流派和创作方法的关联方式。由于文学思潮经常与文学流派发生互动关系,而同一文学流派的作家又倾向于采用相同的创作方法,因此,这三个概念往往是相互交织、相互渗透的。但是,很多时候也会出现有思潮无流派、同一思潮包含不同流派、不同流派采用相同创作方法的现象。

本书旨在系统而深入地考察新中国成立以来的外国文学流派研究及其发

---

① 见《中国大百科全书·中国文学卷》"文学思潮"和"文学流派"条。《辞海》第六版没有"文学思潮"的词条,但收入了范围更广的"文艺思潮":文艺思潮是"以创作和理论倡导某种文艺观念而形成的具有较大影响力的社会思潮";其对"文学流派"的界定是:"在一定历史时期和活动范围内,对文学与现实相互关系的认识以及艺术志趣相近的作家自觉或不自觉的组合。"

展、变迁历程。之所以采用"文学流派"一词,而没有采用"文学思潮"一词,主要因为从文学史上看,流派更多地与文学创作群体有关,而思潮则涉及更宽泛意义上的文学思想,其本身并不必然导致流派的形成。如前所述,近代欧洲的文学思潮大都同时形成了文学流派,文学思潮和文学流派通常难以截然分开。不过,这只是就一般情形而言,在不同的国家,具体表现又颇有不同。例如,德语中就并无带"-ismus"的"浪漫主义"一词。在德语文学中,与英语"romanticism"或法语"romantisme"大体对应的"Romantik"一词主要是一个文学史概念,指的是大约从1795年到1830年期间的文学(其余绪延续到1850年左右),支配这一时期文学创作的是一种不同于18世纪模仿论的想象诗学(Poetik des Phantastischen)。这个时期又被分成三个前后相继的阶段:早期耶拿浪漫派(包括蒂克、施莱格尔、诺瓦利斯等人)、中期海德堡浪漫派(包括布伦塔诺、格林兄弟等人)和晚期柏林浪漫派(包括霍夫曼、艾辛多夫等人)。① 由此看来,"思潮"不足以涵盖"Romantik"一词的意义,"流派"则大体符合实情(不管当时是否有这个概念),因为"Romantik"实际指涉的是出现于德国文学史上一个特定阶段的作家群体,其根本理念不是透过单纯的思想宣传,而是透过文学创作呈现出来的。我们在此主要关注的是文学史上某个时期对作家的创作活动发生直接影响,并形成了创作群体的主流文学思想,因此,将"流派"用作主词或许更加贴切。不过,鉴于"思潮"和"流派"之间存在着互动关系,思潮催生流派,流派又通过创作活动充实思潮,因而两者经常是或隐或显地相互指涉的。至于文艺复兴时期的人文主义和18世纪的启蒙主义,虽则一般被归入思潮的范畴,但它们也产生了一批具有共同思想倾向的作家,离流派的概念并不遥远,称之为"准流派"或不为过。②

新中国成立以来的外国文学流派研究大体上可按改革开放前后分成两个大的时期。③ 这种分期显然有学理上的根据,因为从指导思想、立场、方法、系统性、深度、广度等方面看,两个时期的研究无疑存在很大的区别。有了这样的分期,就可以在对比的视野下更清晰地见出两个时期各自的特点。不过,需要指出的是,谈论对比并不意味着两个对比项是截然对立的。任何现象的变迁过

---

① See *Reallexikon der deutschen Literatur-Wisssenschaft*, hrsg. v. Jan-Dirk Mueller, Band III, Berlin 2007, S. 326.
② 有德国学者将启蒙既当作一个时代概念,又当作一个流派概念(Epoche/Strömung:Aufklärung)。See Volker Meid, *Das Relam Buch der deutschen Literatur* (2. Aufl.), Stuttgart 2007, S. 194.
③ 新中国成立前30年和后30年内部还可以分成一些更小的时期。前30年包括新中国成立后最初几年、"反右"前后、60年代初前后、"文化大革命"前和"文化大革命"中;后30年包括改革开放初期、80年代中期至90年代末、新世纪以来。为避免过于芜杂,本绪论仅笼统将新中国成立以来60年分成前30年和后30年,因为这两个时期中每个时期内部的共同性远远大于差异性,而这两个时期之间则存在很大的差异。本书各章在具体论述中会涉及两个时期内部的一些较小的时期。

程都同时包含着连续性和非连续性,只是有时出现了所谓"范式的转移"(paradigm shift),将这一变迁过程的许多微妙、复杂的连续性环节完全遮蔽了。事实上,改革开放后的流派研究并非从头起步,若无改革开放前不论是正面的还是负面的积累,就不可能出现新的研究格局。有鉴于此,在考察新中国成立以来外国文学流派的研究及其发展历程时,保持充分的历史意识是十分重要的。

从新中国成立后前30年西方文学流派研究的总体格局来看,存在着一条从早期引进者那里沿袭下来的基本线索,即人文主义—古典主义—浪漫主义—自然主义(现实主义)—现代主义。不过,对这个框架也做了重要的增益、修改,有的发展阶段几乎被完全屏蔽了。首先是在古典主义和浪漫主义之间插入了启蒙主义,再将浪漫主义分成积极浪漫主义和消极浪漫主义。现实主义被当作一个不同于自然主义的独立流派,[①]其重要地位不断受到强化,而现代主义则从流派的版图上销声匿迹了,诸如象征主义、表现主义、未来主义、达达主义、超现实主义、意象主义之类的名目,即便在批判文章中也难觅其踪影,致使新中国成立以后成长起来的许多新一代外国文学研究者对这些现代主义流派完全隔膜,甚至不知道它们的存在。[②] 与新文化运动中的思潮研究一样,这个时期的流派研究也不纯由学术或学理兴趣驱动,而是出于直接的现实需要,但区别也是显而易见的:早期研究者主要从文化创造的层面上考虑问题,透过自主选择引进和研究西方文学思潮,基本不受国家意识形态的影响,而这个时期的研究者则受到国家意识形态的强烈支配,致使流派研究笼罩在高度的政治化修辞中,流派研究成了某种政治意图的注解。

新中国成立后最初十年,基本上是苏联模式一统天下,无论是流派的研究范围,还是流派的评价方式,都不能脱离这一既定轨则。20世纪60年代初中苏交恶后,虽然不再直接援用苏联模式,但经由苏联模式形成的思维定势一直延续下来。由于官方文宣部门大力提倡社会主义现实主义的创作方法,加上有革命导师的热烈推许在先,现实主义(尤其是批判现实主义)受到极大的重视。文艺复兴时期的人文主义被认为具有反封建、反宗教的倾向,值得充分肯定,但同时又与资产阶级人性论和人道主义关系密切,必须给予批判。启蒙主义被认为是一场与文艺复兴的人文主义有着渊源关系的反封建、反宗教的思想运动,在历史上曾发挥了巨大的进步作用,但启蒙思想家所倡导的理性、自由、平等又不过是虚幻的空中楼阁。浪漫主义被分成积极浪漫主义和消极浪漫主义两种

[①] 恩格斯提出了一个关于现实主义的著名定义:除了细节上的真实之外,现实主义还要求如实地再现典型环境中的典型人物。这被视为区分现实主义和自然主义的标准。

[②] 袁可嘉的几篇批判文章,如《略论美英"现代派"诗歌》和《英美"意识流"小说述评》,属于少数的例外。

类型,一褒一贬,一扬一抑。当时盛行一分为二的分析方法,其实这种方法并不适用于所有研究对象,对"进步"流派多在肯定、褒扬的同时指出其局限性,而对"反动"流派(如德、英等国的消极浪漫主义)则几乎是一边倒的大批判。及至"文化大革命",各种流派的研究戛然而止,陷入沉寂。总起来看,新中国成立后前30年的流派研究带有那个特定时代的深刻印记,强调革命性、斗争性、阶级性、人民性,不免显得僵硬、呆滞,甚至给人肃杀之感。但我们在回顾和检讨这个时期的流派研究时正不妨采取"一分为二"的态度,毕竟,这个时期的流派研究已触及不少十分重要的问题,如流派的划分,流派的演进,流派与一个时代的社会、政治、文化、思想风尚的关系,流派与文学创作的关系,等等。尽管研究者在思考和处理这些问题时受到政治意识形态的羁绊,不能或不敢越雷池一步,但许多问题已经摆在那里了,提出问题或许与解决问题一样重要,更何况即便在思想自由的氛围里,许多问题也不可能获得最终解决。改革开放后流派研究的首要步骤是拨乱反正,先有"乱",才需要"拨",进而"反正"。从这个意义上说,新中国成立后前30年的流派研究也积累了大量可资参照的负面资源。不仅如此,有时在刻板、沉闷的思想中也会透出某种线索,提示考虑问题的可能方向。以浪漫主义为例,虽则积极浪漫主义与消极浪漫主义的划分并不允当,但它至少让人们意识到浪漫主义的复杂性。

"文化大革命"结束后,随着思想桎梏的松动,外国文学研究如同其他人文社会学科一样,逐渐开始复苏,西方文学流派也重新进入人们的视野。在打破禁区、解放思想的氛围里,许多从前被视为禁忌的话题进入公共讨论的层面。在思想理论界,最早引起大讨论的,除真理标准问题外,就是人性论和人道主义问题了。1978年年初,著名美学家朱光潜先生在《社会科学战线》上发表了《文艺复兴至19世纪西方资产阶级文学家艺术家关于人道主义、人性论的言论概述》,开启了一场持续时间长达六年之久、波及人文社会科学众多领域的大范围论争,涉及人性、阶级性、人道主义、异化等重大理论问题。这场论争对文学流派的研究产生了很大影响,一个直接后果就是带动了关于文艺复兴时期人文主义的研究。然而,这场论争对文学流派研究的意义还不限于此;更重要的是,它起到了打开视界、解放思想的作用,使研究者摆脱了极左意识形态及其衍生出来的一系列僵化教条。自此以后,虽则极左意识形态的影响并未完全消失,但研究者毕竟可以更多地从学理上探究西方各种文学流派的本来面目和真实内涵。人文主义、古典主义、启蒙主义、浪漫主义、现实主义、自然主义等思潮和流派在一种新的视野下得到重审和评估,呈现出昔日被有意无意遮盖了的丰富而复杂的面相。更引人注目的是,各种现代主义流派纷纷涌入,既多且杂,令人目不暇给。这次大规模的引介,上距20年代初次引入,已过去了将近六十年的时光,现代主义的格局早已是今非昔比——研究者不仅要重拾旧绪,对新中国成立前引入的各种现代主义流派进行更系统、更深入的研究,而且还要拓展领域,跟上现代主义的最新发展,从其纷繁变化中追踪出一个系统的脉络。

事实上,在改革开放以后的外国文学流派研究中,欧洲现代主义所占的比重相当突出。经常有人说,80年代上承五四新文化运动而进入了一个"新启蒙"时期。这样的历史定位是否确当姑置不论,仅以欧洲现代主义研究而言,这两个时期确有明显的相似之处:人们是带着自觉的启蒙意识展开研究的。80年代的现代主义研究远远超出了学理层面,它实际上是对极左意识形态的反思和抗议,是全社会拨乱反正的一个环节,正如论者指出的:"80年代初现代主义的影响大大超越了学术研究和文艺创作本身,因为现代主义挑起了一个敏感的话题。表面上看,这是一个究竟是让新近引进的、被统称为'现代派'的诸多'主义'或'派'(如象征主义、表现主义、达达主义、超现实主义、意象主义、未来派、荒诞派、新小说派等等)占领文艺阵地,还是继续坚持仍被视为绝对正确的现实主义原则的问题,实则涉及超越纯粹学术的意识形态领域,关系到中国向何处去——是大刀阔斧拨乱反正,解放思想,还是继续在'左倾'教条主义路线上走下去——这一大问题。"① 这可以说明,当时的欧洲现代主义研究为何是在不断的争论、质疑、批判和辩护中展开的。进入90年代以后,这样的思想氛围已难得一见了,现代主义研究日益向学术领域收拢,大多集中在学理层面上。加上80年代已然开始,到了90年代更呈燎原之势的后现代主义研究,对现代西方文学流派的研究无论在深度上还是在广度上都有显著提高,取得了相当不俗的实绩。不过,最近二十多年的研究因主要偏于学理层面,似乎中国的现实背景黯淡了许多,新一代研究者已不大有20年代和80年代研究者那样的问题意识了,这究竟是学术研究的进步,抑或相反,倒是一个值得研究的问题。

东方文学流派在很大程度上是受西方文学流派影响而形成的,尤其是自然主义、现实主义、浪漫主义、现代主义等文学流派都在东方文学中有不同的表现形式。但是,由于这些流派影响东方各个国家和地区文学的时间和背景不同,它们在东方文学中的表现形态也不完全一样。由于东方作家在接受这些文学流派的影响时多多少少有自己的理解和创新,国内的东方文学流派研究也更多地侧重于对这类流派的变异和特色的研究。例如,日本的自然主义文学,在改革开放初期国内学者的研究中就与日本学者的看法不一致,日本学者认为自然主义在日本更侧重于写实主义,是欧洲自然主义的延伸和深化,但中国有学者由于受当时意识形态的影响,认为日本自然主义文学是资产阶级反动思潮和创作手法。后来,随着国内文化界思想的变化,对日本自然主义的研究变得客观了。在自然主义的基础上,日本文学还衍生出私小说,国内学者对此也给予了

---

① 参见本书第一部分第五章第二节"现代派研究"。

相应的研究。

另一方面,由于东方作家接受西方文学流派滞后于西方国家自身的发展,因而在东方国家会发生同一时间接受各种不同的文学流派的情况,也会出现一种文学流派延续很长时间,甚至断断续续反复出现的情况。因此,对于这类文学流派,国内学者一般倾向于避开不去研究,而更愿意去研究那些在对象国具有民族文化特点的文学流派。因此,我们会看到国内东方文学流派研究涉及日本的私小说、唯美派、白桦派、战后派和新感觉派等,印度的虔诚文学、进步主义文学、孟加拉现代派、新诗派、新小说派、边区主义、非诗派、非小说派、贱民文学、侨民文学和庶民学派等,阿拉伯的新古典派(复兴派)、旅美派(叙美派)、笛旺诗派、阿波罗诗派、"五十年代辈""六十年代辈"等不同于西方的文学流派,甚至也出现过对于阿拉伯国家、伊朗、印度、巴基斯坦等具有伊斯兰教背景国家的苏菲派(神秘主义)的研究。这些流派中有的完全是具有民族特色的文学流派,有的则受到西方文学流派的影响,有的则是西方文学流派的变种。比如阿拉伯的旅美派、笛旺诗派和阿波罗诗派,其基调都是浪漫主义的,但同时又具有民族的特色;而"五十年代辈"和"六十年代辈"则深受西方现代主义思潮的影响,在创作手法上多借鉴象征主义、意识流、时空交错等现代主义表现手法,只不过反映的是本民族社会的问题罢了;埃及诺贝尔文学奖得主马哈福兹提出的新现实主义是现代主义的变种,但其中又糅合了现实主义的要素。

在对东方文学流派的研究中,也同样可以看到国内不同时期的社会文化氛围的影响。正面和反面的例子都有。正面的如印度的进步主义文学,从50年代至80年代,国内对它的介绍、研究相对比较繁盛,原因在于这个文学流派符合了中国当时的政治需求和社会环境,因为进步主义文学以争取民族独立和改造社会为宗旨,摒弃"为艺术而艺术"的主张,基本上采用现实主义的创作方法反映印度人民的现实生活。印度进步主义文学的这种倾向与新中国成立后前30年的社会主义现实主义主流精神相契合,因此,这个文学流派的作品在印度出版后很快就被翻译成中文介绍给中国读者,并且得到相应的研究。

反面的例子如日本的唯美派,国内对这一日本文学流派的译介和研究经历了曲折的历程。唯美派于1912年诞生不到十年,周作人就于1918年在北京大学小说研究会的一次演讲中介绍了日本的唯美文学,此后一直到1943年,在很多唯美派作品中文版的译者附记、译者序和作者评传中都能看到当时的文学研究者对这一流派文学的推崇,虽然还没有专门深入的研究,但为后来奠定了一定的基础。而在1949年至1979年间,这个流派的研究由于国内意识形态的原因完全中断,不仅没有相关的研究,甚至连翻译作品也没有,直到1979年以后才出现了大量的研究,从作家论、作品论的唯美派背景研究,到唯美派的流派属性研究,再到唯美派的美学特征研究,由浅而深、由点到面不断深入。

值得一提的是，东方文学流派的研究者构成也有所不同。东方文学流派研究者中有相当一部分是中文系出身。改革开放后，高等院校尤其是师范类院校对外国文学教学有着迫切的需求，在通晓东方语言的学者比较匮乏的情况下，一些中文系出身的学者也加入到东方总体文学、世界文学和比较文学的研究队伍中来，为东方文学流派的研究做出了很大的贡献。

东方文学流派研究在学术载体上的数量分布不像欧美文学流派研究那样均匀，相对而言，学术论文较多，专门研究文学流派的论著较少，相关的介绍和论述更多地夹杂在一些专著和文学史著作中，其中尤以文学史为多，包括各种国别文学史、地区文学史、东方文学史和外国文学史。

从发展趋势来看，外国文学流派的研究还将得到进一步发展，尤其是东方文学流派研究有着更大的发展空间，有些流派研究只是浅尝辄止，有的甚至至今还是空白，有的重要流派至今还没有专著出现。加强外国文学流派的研究特别是东方文学流派的研究，有赖于学者们的重视和开拓，并且在培养年轻学者的过程中有意识地引导他们在文学流派研究方面下工夫。在研究队伍方面，外语系出身和中文系出身的学者将逐渐融为一体。随着国家长远发展战略的实施，外国语言文学的教学和研究在整体上将获得更大的发展。从2012年起，教育部陆续在各高校培育了一批国别与区域研究基地，说明国家已经在涉外研究方面认识到了不足，今后会加强这方面的投入，这也为外国文学流派的研究提供了更多的平台。2011创新平台也同样是外国文学流派研究可以利用的平台，因为它将有新的人才培养模式出现。

总的看来，新中国成立60年来外国文学流派研究取得了一定的成果。尽管在东方文学流派研究和欧美文学流派研究之间不平衡，在东方国别文学流派的研究中更不平衡，但总体上差距是在朝着缩小的方向发展。相对于外国作家作品的大量研究，外国文学流派研究的成果还比较少，但它越来越得到一些学者的关注。

本书是国内第一部对新中国成立60年来外国文学流派研究进行系统考察的专著，涉及范围主要限于国内学者对外国文学流派的综合性描述和总体性研究，而不包括国内学者对属于某个流派的单个作家或单部作品所进行的研究（即便涉及单个作家或单部作品的研究，也不离综合性描述和总体性研究的框架）。本书的宗旨是，在总结新中国成立60年来外国文学流派研究的基础上，联系社会、政治、文化状况对各个时期研究者关注的重点问题进行较深入的历史考察，透过丰富的实证材料并经细致的抉剔爬疏和融贯的阐述，揭示新中国成立60年来外国文学流派研究的成就及不足，为今后这一领域的研究提供鉴照。本书力图对涉及某个流派的众多论文和专著作出合理取舍，围绕国内学者关注较多的话题选取若干有代表性的论文和专著,对其主要论点进行梳理,与此同时又将重点放在分析和评论上,希望通过对相关文献的检阅和阐释较全面地反映某个时期外国文学流派研究者共同关心的问题、这些问题的由来(既包括学理上的由来,也包括国内社会、政治、文化环境的影响)、研究的深度和广度,以及其中透出的某些基本倾向。此外还对改革开放前和改革开放后(以及其中更小的历史时期)的流派研究进行了对比考察,以期透过比较视野呈现出外国文学流派研究的发展和变化轨迹,帮助研究者对本领域获得一种全局性把握。需要说明的是,本书涉及的并非东西方已经存在的全部文学流派,而是国内学者在不同时期研究过的主要文学流派。有些国家出现过十分重要的文学流派(例如美国的现实主义和现代主义),国内学者对这些流派中的具体作家、作品做过大量研究,但对这些流派的总体性研究却显得不足,因而本书未将国内学者对这些流派的研究纳入考察范围,仅在总况中略加介绍。

本书共分两大部分:上编是欧美及拉丁美洲文学流派研究,下编是东方文学流派研究。之所以采用"欧美及拉丁美洲"而非"欧洲和美洲"的表述,是因为欧洲和美国的文学流派往往相互关联(如现代主义),而拉丁美洲的文学流派则自成一体。上编以世纪为中轴,分章逐一考察国内学者对每个世纪的主要文学流派所作的研究;每章前有总况,介绍国内学者对该世纪文学流派所作研究的概况。上编以"引子:新中国成立前欧洲文学流派引介述略"开始,旨在简要提示五四新文化运动以来国内学者和作家在引进欧洲文学流派时表现出的问题意识,作为新中国成立后欧洲文学流派研究的一个背景参照。以下共分五章,分别考察 16 世纪欧洲文学流派研究(主要是文艺复兴时期的人文主义)、17 世纪欧洲文学流派研究(包括古典主义和巴罗克文学)、18 世纪欧洲文学流派研究(主要是启蒙主义)、19 世纪欧洲文学流派研究(包括浪漫主义、现实主义、自然主义和象征主义)和美国文学流派研究(主要是浪漫主义)、20 世纪欧洲文学流派研究(包括现代主义和后现代主义)、美国文学流派(主要是后现代主义)以及拉丁美洲文学流派(主要是魔幻现实主义)。下编的撰写与上编有所不同,没有以世纪为中轴,有两个方面的原因:第一,东方文学流派不像西方文学流派有那么多的共性,那些有共性的流派恰恰是受西方文学流派影响比较多的,但是这些有共性的流派在国内研究得又不多;第二,在东方文学流派研究中,虽然所涉及的印度虔诚派文学最早可追溯到公元 11 世纪,但在国内的研究起步比较晚,数量相对较少,所以就按国别和地区文学来进行区块研究。东方文学流派研究部分主要考察了已取得一定成果的三个区块,分别为印度文学流派研究、日本文学流派研究和阿拉伯文学流派研究,共计三章,每章基本都按专题来分节。

本书作为国家社科基金重大项目"新中国 60 年外国文学研究"的一个子项

目,自始至终得到总主编申丹教授和王邦维教授的大力支持;申丹教授拨冗陆续阅读了全部文稿,提出修改意见。外国文学流派牵涉面广,构成复杂,尤其是现代流派更是种类繁多,千头万绪,限于学识和精力,本书或许未能将新中国成立以来国内学者研究过的外国文学流派囊括净尽,挂一漏万、评骘失当之处,尚祈学界先进指瑕为幸。

上 编

新中国60年欧美及拉丁美洲文学流派研究

引子
新中国成立前欧洲文学思潮引进述略

外国文学的引介始于清朝末年,从一开始就与中国传统文学的现代转型结下不解之缘。梁启超等人的理论倡导、林纾等人的翻译实践,对于引入西方的文学观念、艺术形式、创作方法和表现技巧起了直接的推动作用。在晚清的文学革命中,外国文学成为激励中国文学革故鼎新的动力元素,同时也具有思想启蒙、社会改良的重要意义。到了五四前后,外国文学引介在规模、组织、范围等方面都达到了新的水平,像鲁迅、周作人、郭沫若、茅盾等文坛健将都曾参与外国文学的引介,其文学创作也受到外国文学的很大影响。从本质上看,外国文学的引介乃是五四新文学运动的组成部分。

随着外国文学引介规模的日益扩大,西方形形色色的文学思潮也逐渐进入人们的视野。尤其在20、30年代,文学界对近代西方文学思潮的介绍更是形成了一定的气候,许多重要的文学思潮都在不同程度上受到关注,甚至出现了类似西方文学思潮史的专书。[①] 早在1924年,商务印书馆就出版了黄忏华编述的《近代文学思潮》,作为"新智识丛书"的一种。这本书分二编凡十一章,所论及的流派包括古典主义、浪漫主义、自然主义、新浪漫主义和印象主义、颓废派和象征主义等。30年代出版的另外三本书也属于思潮通史类作品:孙席珍的《近代文艺思潮》(北平人文书店,1932年)、高蹈的《近代欧洲文艺思潮》(北平著者书店,1932年)和徐懋庸的《文艺思潮小史》(上海生活书店,1936年)。这几本书涉及的文学思潮与近代欧洲主要文学思潮大体重合,基本线索是文艺复兴—古典主义—浪漫主义—自然主义—新浪漫主义(大致相当于现代主义),透露出一种进化论的文学史观。除此而外,还出现了对某一特定思潮进行个案研究的

---

① 在当时,"流派"似乎不是一个通用的概念,大多数论者都采用"思潮"的概念,总的倾向是思潮、流派不分。另外,五四运动以后引入国内的外国文学思潮基本上都来自欧洲,世界上其他地区的文学思潮很少被触及。

专著,如滕固的《唯美派的文学》(上海光华书局,1927年)、刘大杰的《表现主义的文学》(上海北新书局,1928年)。总体上看,研究者对近代欧洲文学思潮的区划有着高度的共识,脉络清晰,但与此同时,对某些思潮的定性却有欠准确。例如,除徐懋庸的《文艺思潮小史》外,上述几部思潮通史均未辟出专章评述现实主义,而将其与自然主义模糊地混同起来。不过,对这些专著的评价更应该着眼于其开拓意义,仅就基本框架而言,它们已经提示出随后的思潮和流派研究的大体方向,流风所及,即便今日的思潮和流派研究也大致不出这个范围——虽则随着视界的扩大和研究的深入,在许多方面已有了重要的增益。

引进域外文学思潮并非纯粹出于知性上或理论上的兴趣。一个引人注目的现象是,在参与引进文学思潮的人中间,作家不在少数。当时正值新文学勃兴之际,厘清和发掘本土文学资源成为当务之急,如周作人的《中国新文学的源流》(北平人文书店,1932年)即从文学诸问题、中国文学的变迁、清代文学的反动和文学革命运动几个方面追溯新文学的谱系和脉络,以期确立新文学运动在中国文学发展中的位置。但这只是问题的一个方面,更重要的是,人们日益意识到,新文学的创造不能离开文学观念和表现手法的更新,若仅仅立足于本土文学资源,通过重新改装和组合以求旧文学从内部脱胎换骨、焕然一新,则非但不能达成目的,反而随时存在回归和反动的可能。域外文学思潮的引进提供了一个契机,使新文学的创造获得了一个超越本土境域的外部参照,有助于将中国文学置于世界文学发展的大趋势中予以重新定位。这里透出一种焦虑:面对世界文学新潮,人们发现中国文学已然落后了;为了加入世界文学之林,走世界文学发展之路,凡西洋文学进化途中已演过的主义,都得在中国再演一遍。[①]这种焦虑其实也反映了五四前后的时代意识,背后是西上中下的价值评定,以今日的眼光来看,不免有自我矮化之嫌,但其中的问题意识却昭然可见:引进域外文学思潮的努力从一开始就不单是学理上的,而更多的是出于在中西碰撞和交汇的语境中重建中国文学的自觉。

作为新文学创造的主体,作家自然会对域外文学思潮、特别是各种新兴思潮表示出格外的关切。像茅盾对未来派、达达派、表现派等的引介,[②]郭沫若对表现主义的探讨,[③]鲁迅对精神分析的思考等等,[④]就都是在这样的问题意识支配下展开的。这同时也决定了这些作家引进西方文学思潮的风格:由于他们的

[①] 沈雁冰:《通信·文学作品有主义无主义的讨论》,《小说月报》1922年2月第13卷第2号;参见王嘉良:《现代中国文学思潮史论》,北京:中国社会科学出版社,2008年,第374页。
[②] 茅盾:《文学上各种新派兴起的原因》,《中国现代文学研究丛刊》1984(1)。
[③] 郭沫若:《自然与艺术——对于表现派的共感》,《沫若文集》第十卷,北京:人民文学出版社,1957年。
[④] 鲁迅在自己的文章中经常提到弗洛伊德和精神分析学说,并且在1924年翻译了厨川白村的《苦闷的象征》。

目标是要假借域外资源更新作家的文学观念和创作手法,推动中国文学与世界文学相衔接,最终使中国文学成为世界文学的一部分,因此,客观性、准确性、系统性和全面性的要求对他们并无太大意义。从今天的学科标准来看,他们对西方文学思潮的认知尚停留于初级的观感层次,对问题的学理推究基本付诸阙如,其写作风格也趋于散文化、片段化,凭高纵览多,细节推敲少。固然,这是任何一个学科演进的必经阶段,但更主要的原因恐怕还在于,系统的学理探究根本不是作家的主要关切所在。真正重要的问题是,中国文学到底欠缺什么?各种西方文学思潮中究竟有什么东西能够为我所用?从某种意义上可以说,作家对西方文学思潮的选择性绍介和传布已经包含着对中国文学状况的反思,①而他们对引进的目的也怀有强烈的自觉:"别求新声于异邦"(鲁迅语),目的在于振作本土文学。

有鉴于此,在考察欧洲文学思潮的早期引进时,就不能仅仅着眼于学理层面上的接受和阐释,更需要关注这些思潮对作家创作实践的影响。五四以来,近代欧洲大部分文学思潮都在中国文坛上"演过"一遭,其影响的深度和广度自然有别,但它们无疑都对中国作家的创作实践起了推动作用。许多作家从各种欧洲文学思潮中汲取灵感,并通过创作实践活动对它们做出了回应。关于五四以来流行于中国文坛的主要文学思潮,论者有不同的概括。有人将浪漫主义、现实主义和古典主义视作三大文学思潮,②有人从现实主义、浪漫主义和现代主义三个方面探讨现代中国文学思潮,③还有人将中国现代文学思潮分成启蒙主义、革命古典主义、浪漫主义、现实主义、现代主义、通俗文学思潮几个方面,将它们与现代性关联起来进行论述。④ 虽然视角和侧重点不尽相同,但所涉及的文学思潮大致重合,说明研究者对五四以来流行于中国文坛的主要文学思潮有着基本的共识。不过,这些思潮本身又是相当复杂的,其内部往往存在着多种不同的焦点,即便在同一个作家的创作中也很可能几种倾向同时并存,或先后有异。以现实主义为例,有论者将其细分成多种形态类别:启蒙现实主义(鲁迅、胡适等人)、人道现实主义(周作人、冰心、朱自清、叶圣陶等人)、社会批判现实主义(茅盾等人)、"为人生"现实主义(巴金、老舍、曹禺等人)、风俗文化现实主义(老舍、沈从文等人)、心理体验现实主义(胡风、路翎等人)和政治化

---

① 从更广大的范围来看,新中国成立以前从事外国文学研究的学者都有十分强烈的建设本国文学的意识。例如,我国外国文学学科的先驱者吴宓在给清华大学外文系设置的课程和培养方案中提出了几项要求,其中一项就是"创造今日之中国文学"。
② 参见俞兆平:《中国现代三大文学思潮新论》,北京:人民文学出版社,2006年。
③ 参见王嘉良:《现代中国文学思潮史论》,北京:中国社会科学出版社,2008年。该书又将中国作家借鉴和吸收的现代主义分成五类:唯美主义、象征主义、表现主义、精神分析和存在主义。
④ 参见杨春时:《现代性与中国文学思潮》,北京:三联书店,2009年。

现实主义(蒋光赤、柔石、萧军、萧红、丁玲等)。① 不过,就复杂程度而言,尤以现代主义为甚,因为现代主义不是单一的思潮,其中涵括了唯美主义、象征主义、未来主义、达达主义、超现实主义、新感觉主义、意象主义、存在主义等众多流派,而这些流派中的绝大多数并无共同的思想或理念基础。值得一提的是,现代主义初入中国时被称为"新浪漫主义",这个称谓透露出人们对现代主义的根本领会:它是对自然主义或写实主义的反动,但又并非简单地回归旧浪漫主义。茅盾是最早引介和宣传新浪漫主义的作家之一,他对新浪漫主义有很高的期待,甚至以为新浪漫主义是中国文学的出路所在:"能帮助新思潮的文学该是新浪漫派的文学,能引我们到真确人生观的文学该是新浪漫派文学,不是自然主义文学,所以今后的新文学运动该是新浪漫主义的文学。"②

在这些现代主义流派中,有的在传入中国后迅速在创作实践的层面上找到了依托,不仅其理论主张得到了热烈认同,其风格和手法更是被直接运用于写作中。对作家影响最深的要数唯美主义和象征主义,从20世纪20年代开始,它们吸引了众多的作家,造成了强大的声势。前者的代表作家有闻一多、徐志摩、梁实秋等人,后者的代表作家有李金发、穆木天、姚蓬子、胡也频、戴望舒等人。通过吸取域外文学流派的理念和技法,他们写出了一大批从风格、色彩到质地、内涵都远远超出一般读者期待的实验作品,给新文学的创造注入了丰沛的动力元素。在这两个流派中,作家们对象征主义更是情有独钟,有的专事象征主义写作,如李金发、戴望舒等人;有的在创作生涯的某一阶段不同程度地借鉴了象征主义技法,如郭沫若、鲁迅、茅盾等人。象征主义之所以流行,在很大程度上是因为它在中国的文学传统中找到了相关的语境和脉络,有如论者指出的:"象征主义在五四时期传入中国后,因其手法与中国传统诗歌有着明显的相通之处,所以更易于被中国作家所接受。如周作人就认为象征是诗的最新的写法,但也是最旧,在中国也'古已有之'。'赋、比、兴'中的兴,传统技法中的隐喻、暗示、象征等,便与象征主义的某些表现手法颇为接近。"③除此而外,追随表现主义的作家也不在少数,例如洪深、曹禺等人在戏剧创作中就借鉴和运用了表现主义手法,郭沫若也自陈在其创作诗剧之初,"表现派的那种支离破灭的表现,在我的支离破灭的大脑里,的确得到了它的培养基"。④ 值得一提的是,围绕某些流派还形成了大大小小的作家群体,如带有唯美主义倾向的新月派,

---

① 参见王嘉良:《现代中国文学思潮史论》。
② 茅盾:《为新文学研究者进一解》,载1920年9月15日《改造》第3期第1号;参见张大明:《西方文学思潮在现代中国的传播史》,成都:四川教育出版社,2001年,第17页。
③ 参见王嘉良:《现代中国文学思潮史论》,第384页。关于象征主义与中国古典诗学的比较,还可参见张大明:《西方文学思潮在现代中国的传播史》,成都:四川教育出版社,2001年,第227—230页。
④ 《郭沫若全集》第十二卷,北京:人民文学出版社,1992年,第77页。

倾心于表现主义的创造社,从象征主义吸取创作灵感的象征诗派和现代诗派,将象征主义与现实主义、表现主义、存在主义等多种元素融合起来的"九叶诗派",运用心理分析方法的新感觉派,它们在很大程度上具有了创作流派的性质。

由此看来,五四以后引进欧洲文学思潮的工作确实是由强烈的问题意识推动起来的,大批作家的介入说明,引进乃是创造新文学的一个先导环节。当然,学者型研究并非完全没有,但由于大学里的学科体制尚不完备,而引进工作又处于初期阶段,因而很难见到真正有分量的深度研究。人们对引入的各种文学思潮总是首先预设其先进性,将它们当作典范,基本没有批判反思的意识。西方性被或明或暗地等同于世界性,走世界文学发展之路,本质上是走西方文学发展之路。不过,也要看到,当时的引进工作建立在开放选择的基础上,基本不受政治意识形态的框定,因而就提供了多种可能的资源或路径,不同的作家可以对不同的文学风格进行试验。也只是在这样一种无所羁绊的思想氛围中,才围绕不同的文学思潮形成了众多的作家群体。可以肯定的是,倘若没有欧洲文学思潮的大量涌入,中国现代文学的面貌将会有很大的不同。

鲁迅先生曾大力倡导"拿来主义",从欧洲文学思潮的早期引进过程来看,许多理论家、批评家和作家确实抱有这样的实用心态。"拿来主义"的潜台词是,凡于我有用者,均来者不拒,照单全收。不过,这样的"拿来主义"至多只是一句口号,或一种"理想类型",任何一种主张一旦落实到经验的层面上,都会受到诸多条件的限制,从而发生相应的调适,"拿来主义"也不例外。"拿来"的动因出于一种亏缺感。梁启超曾写过一篇史论文章,将近代中国人接受西学的过程分成"三期":第一期是器物上感到不足,第二期是制度上感到不足,第三期是文化上感到不足,而洋务运动、戊戌变法、新文化运动就分别对这三期的"不足"作出回应。[1] 但问题在于,文化层面的东西不比器物层面的东西,由于它牵涉到一个民族的语言、心理、习俗、思想传统、审美态度等等,要将它简单地平移过来,又谈何容易。像茅盾等人早在20年代就引入了当时欧洲几乎所有重要的现代主义文学思潮,但其中仅有几种发生了广泛而持久的影响,并成为作家的灵感来源,如前面提到的唯美主义、象征主义、表现主义等,而同时引入的另一些思潮,如未来主义、达达主义等,则不大为人所关注,更不用说被直接引入创作实践了。由此看来,茅盾所说的让西方形形色色的"主义"在中国重演一过,实则是要提供尽可能多的选项供作家采择。至于哪一种或哪几种"主义"最终成为作家的集体选择,则要取决于多种因素,其中一个因素就是接受主体的本

---

[1] 参见梁启超:《五十年中国进化概论》,《饮冰室合集》第五册,文集之三十九,北京:中华书局,1989年,第43—45页。

土视域。事实上,中国固有的文学传统在很大程度上构成了作家们接受外国文学思潮的先在视域,或现代解释学所说的"前理解"。这里牵涉到的其实是文化传通过程中的普遍问题:当一种异质文化传入时,接受主体本能地要在自己的文化中找到相关的意义脉络对它进行去陌生化,如同在佛教初传时期,中土高僧经常采用"格义"的方法来阐释佛教义理,使佛教与中国传统思想相契合。这意味着,根本不存在字面意义上的拿来主义,因为拿来之后还需要经过消化环节,就连最纯粹的模仿也总会给模仿对象添加新的元素。研究跨文化交流的学者经常谈论"本色化",这同样适用于外国文学思潮的接受,一种思潮能在多大程度上实现本色化,决定了它在中国的命运。

第一章
16世纪欧洲文学流派研究

第一节 总 况

  一场席卷全欧的伟大的思想解放运动——文艺复兴运动——在16世纪达到高潮。这场波澜壮阔的变革发轫于14世纪的意大利,15世纪60、70年代开始在其邻国德国传播。在法国国王佛朗索瓦一世的支持下,法国的文艺复兴和宗教改革运动同步展开。16世纪中叶文艺复兴运动的中心转移到了英国,灿若群星的英国诗人和剧作家们铸就了该国诗歌和戏剧的创作巅峰。尽管运动兴起的时间较晚,西班牙依然在16世纪中叶至17世纪初经历了它的"黄金世纪文学"。文艺复兴运动引发了文学、艺术、哲学、科学、宗教、政治等多个领域的空前革命,为近代欧洲迎来了新思想、新文化的曙光,也为欧洲历史上的第二次思想解放运动——18世纪的启蒙运动——奠定了基础。因此,无论是体裁、创作手法,还是内容、主题,16世纪的欧洲文学总体呈现出成熟而典型的文艺复兴精神,而作为文艺复兴核心思想的"人文主义",由于历史原因和地域限制,尽管并没有形成统一的组织或纲领,却毫无争议地成为这一百年间具有代表性的文学流派。一言以蔽之,16世纪是文艺复兴的盛世,其时代精神就是象征觉醒和解放、具有蓬勃朝气的人文主义。

  那么,作为欧洲历史上第一次伟大的思想解放运动,文艺复兴(或人文主义)是何时传入中国的?陈小川[①]、张铠[②]的研究皆证明欧洲文艺复兴文化在明末已传入中国;李长林[③]的系列文章更是对此做了较为系统的史实梳理,结论

---

① 参见陈小川:《文艺复兴史纲》,北京:中国人民大学出版社,1986年。
② 参见张铠:《庞迪我与中国——耶稣会"适应"策略研究》,北京:北京图书馆出版社,1997年。
③ 李长林:《国人对欧洲文艺复兴的早期了解》,《世界史研究动态》1992(8);《中国对欧洲文艺复兴的了解与研究(五四时期及二三十年代)》,《世界史研究动态》1993(7);《明末清初欧洲文艺复兴文化在中国的流传》,《湖南师范大学社会科学学报》2002(5);《欧洲文艺复兴文化在中国的传播》,"西方思想在近代中国"会议论文,2005年。

是：明末清初，经由以利玛窦为首的西方传教士的引入，在天文学、数学、地矿学、生理学、地理学和美术等领域，文艺复兴文化已在中国流传，但是这一流传很不全面，反映意识形态和思想面貌的文学和哲学等尚未开始传播。文艺复兴文化作为一个整体概念被引进中国则始于清末，19世纪90年代，康有为、梁启超、马君武等人将文艺复兴运动作为新文化运动加以考察和详评，培根、笛卡尔、哥白尼、拉斐尔、但丁、莎士比亚等文艺复兴代表人物渐为国人熟悉。五四运动时期，文艺复兴文化在中国的传播被推至高潮，从此"欧洲文艺复兴的余绪，催发了古老中国的'再生'"。

一、五四至1949年

五四运动前后，在"爱国救国""革新政治"的大背景之下，国人对文艺复兴文化展开理性而全面的考察和推介。除了向18世纪欧洲的启蒙运动汲取丰沛的灵感之外，新文化运动中的先进知识分子们同时有意识地借鉴文艺复兴文化，"再生"主题就像贯穿在五四文学中的一根银线，①其影响不容小觑。陈独秀、李大钊撰文热情讴歌文艺复兴运动的革命意义；傅斯年等北大学生创办的《新潮》杂志，英文名即为 *The Renaissance*；胡适提出了"中国文艺复兴说"，追随者颇众，蒋梦麟和之，梁漱溟则别有见地；蔡元培在对中西文明进程进行比较时，多次论及文艺复兴，肯定文艺复兴运动对奠定欧洲文明的空前推动作用。

这期间将文艺复兴运动中的人文主义引进中国的首推周作人。他竭力鼓吹人文主义，希图藉由吸纳欧洲文艺复兴的精髓，推动中国儒家人文主义的改造和复兴。1918年商务印书馆出版了周作人著《欧洲文学史》，该书实为周氏在北京大学任教授时的讲义汇编，第3卷第1篇中有3章全面论及文艺复兴时期各主要欧洲国家的作家及其著作。周氏因首肯希腊精神之故非常推崇文艺复兴运动，认为"文艺复兴，乃起于人性自然，故重现世，又合尚美，是希腊精神之回归"；认为文艺复兴的本质在于"人生生力之发现"，其倡导的是"乐生享美之精神"。周氏论述偏重文学背后的精神，义理发挥多于辞章分析，因而书中对于世人公推的文艺复兴巨子莎士比亚反而语焉不详。② 同年周作人在《新青年》第5卷第6号上发表了《人的文学》，③在"以文学立人"的设想中，对发展中的新文学提出要求，提倡创作出"以人道主义为本"的"人的文学"的主张。

1918年梁启超携蒋百里欧游，一年之内踏遍欧洲主要国家，回国后蒋百里著《欧洲文艺复兴史》，④1921年由商务印书馆出版，一经面世便引起巨大轰动，

---

① 格里德：《胡适与中国的文艺复兴》，鲁奇译，南京：江苏人民出版社，1996年。
② 周作人：《欧洲文学史》，北京：东方出版社，2007年。
③ 周作人：《人的文学》，《周作人文类编》第3卷，钟叔河编，长沙：湖南文艺出版社，1998年。
④ 蒋百里：《欧洲文艺复兴史》，北京：东方出版社，2007年。

14个月内连出三版。蒋氏赞誉文艺复兴"实为人类精神界之春雷",其成就有二:"一曰人之发见,二曰世界之发见";研究文艺复兴即研究欧洲现代文化之由来;而研究文艺复兴必须注意三点:"第一,不可有成见,第二,不能专注伊大利,第三,不可专注美术文学";坚信中国必将走上文艺复兴之路,"实为吾民族梦寐以求之曙光"。《欧洲文艺复兴史》是五四期间全面考察文艺复兴运动的里程碑式的专著,对文艺复兴运动在近代中国的传播意义重大。

1926年历史学家陈衡哲出版《文艺复兴小史》,[①]产生了积极的社会效果。《小史》着重论述文艺复兴时期的几件大事:1.古学的复兴;2.方言文学的产生;3.艺术的复活与兴盛;4.科学的兴起;5.传播文化工具的进步。作者概括"伟大新文化产生的普遍现象",犹如文艺复兴一般:初期的倾向是偏于复古的,"后来到了盛极将衰的时期,却又见老树根儿上,到处产生新芽儿了"。陈氏有胆有识,见解独到,她的著作既为大众启蒙,也拓宽了知识界研究欧洲文艺复兴的视野。

除各类专门性的文艺复兴史、文学史、西洋史之外,在五四新文化运动时期及30、40年代,文艺复兴文化的经典著作也开始在中国翻译出版,与此同时,学界的研究成果也相继面世,其中最具代表性的有莎士比亚及其剧作、塞万提斯及其《堂吉诃德》、但丁及其《神曲》,以及培根和马基雅维利。可以说,在30、40年代,中国重要的现代作家——周作人、鲁迅、瞿秋白、唐弢、曹禺、王西彦、何其芳、冯文炳、张天翼等人都与文艺复兴经典著作和其中的不朽人物存在不同程度的精神联系,他们对这些人物形象具有不同的领悟和接受,"这本身构成了20世纪中国文学界和思想文化界一个重要的精神现象,充实了中国现代文化史和思想文化史的内容"。[②]

二、1949—1977:偏见与沉寂

新中国成立以后到1978年推行"改革开放"的近三十年间,在高度强调意识形态之别的背景之下,加之受到此起彼伏的政治运动——"大跃进"、整风、四清、"文化大革命"等——的干扰,外国文学研究要么步入外向型批评的歧途,要么为避踩政治雷区而噤若寒蝉。从最初十年的文艺界"全盘苏化"到60年代的狠批修正主义,莫不是文艺沦为"斗争武器"的极端事例。针对欧洲文艺复兴以及人文主义的文学研究当然也不例外,非但如此,作为"资产阶级意识形态"表现的西方人性论和人道主义首当其冲地受到批判,近三十年间,国内为数不多的相关评介被赋予了深重的时代特色和政治偏见。

---

① 陈衡哲:《文艺复兴小史》,北京:商务印书馆,1930年。
② 李长林:《欧洲文艺复兴文化在中国的传播》。

1966年商务印书馆出版了《从文艺复兴到十九世纪资产阶级哲学家政治思想家有关人道主义人性论言论选辑》,①封面特别注明"供内部参考用"。该书和1964年出版的《西方伦理学名著选辑》同为周辅成编撰,为国内学者研究西方伦理学提供了非常有益的原始资料,成为当时伦理学工作者和研究人员的重要参考书目。1971年商务印书馆再次出版同类选辑:《从文艺复兴到十九世纪资产阶级文学家艺术家有关人道主义人性论言论选辑》,②从两部选辑的书名便可明确嗅出时代赋予的阶级斗争的特定气息。后一部《言论选辑》以时期和国别划分,系统搜集了六十多位思想家、作家有关"人道主义"和"人性论"的言论。开篇第一人物就是但丁,谓其《神曲》颂赞:人的高贵就其成果而言,超过了天使的高贵;继而辑入彼得拉克将爱情和荣誉作为理想的人生观、拉伯雷的自由观等等。尽管标题和评论都不可避免带有针对性和批判性,两部《言论选辑》仍然为封闭的国内治学环境吹进一阵别样"西风",为在敏感的政治背景之下学人对欧洲文艺复兴以来有关"人道主义"和"人文主义"的关注和思考起到了一定的启发作用。

从"全盘苏化"到批判修正主义的两个极端,再到"文化大革命"十年的外国文学研究的沉寂,唯有"革命的""进步的"西方作家得到最大推崇。在数量极为有限的欧洲文学研究中,以英国文学为例,研究莎士比亚的论文数量最多,其次是弥尔顿、彭斯、布莱克、拜伦等。③ 对欧洲文艺复兴和人文主义的总体研究有意识地停滞了。

三、1978—1990:争鸣与发现

新时期文学第一阶段的文论主潮即"人道主义之争",朱光潜先生首先点燃争论之火。1978年在《文艺复兴至十九世纪西方资产阶级文学家艺术家有关人道主义·人性论的言论概述》④一文中,朱先生详尽分析人道主义与资产阶级历史发展的关联,论述自文艺复兴始,至19世纪终,特别指出,尽管人道主义集中表现在哲学著作中,但是文艺领域内具体作品的具体形象,比之哲学更能显现人道主义和实际生活的联系。文章概括性地将资产阶级历史以哲学和文艺发展为轴心划分为三个阶段:14世纪到16世纪的资产阶级新兴阶段、17世

---

① 周辅成编:《从文艺复兴到十九世纪资产阶级哲学家政治思想家有关人道主义人性论言论选辑》,北京:商务印书馆,1966年。
② 北京大学西语系资料组编:《从文艺复兴到十九世纪资产阶级文学家艺术家有关人道主义人性论言论选辑辑》,北京:商务印书馆,1971年。
③ 陈众议编:《当代中国外国文学研究(1949—2009)》,北京:中国社会科学出版社,2011年。
④ 朱光潜:《文艺复兴至十九世纪西方资产阶级文学家艺术家有关人道主义·人性论的言论概述》,《社会科学战线》1978(3)。

纪到 18 世纪的资产阶级革命阶段以及 19 世纪资产阶级由向外扩张型转向垄断资本主义阶段。朱先生的观点随即得到美学家汝信的声援，①这场关于"什么是人"的论争延续了 6 年，全国几乎所有报纸和杂志都参与了讨论。据统计，各地出版文集 20 余种，发表文章 750 余篇，堪称思想界的一次大爆发、大争论与大高潮。②

思想界的大争论落实到文学界，即如何面对文学创作、义学审美中的"人道主义"问题。作为"人文主义"衍伸概念的"人道主义"成为热议论题之后，自然引发了人们对于那场以"人文主义"为旗帜的欧洲历史上的伟大运动——文艺复兴运动——的兴趣，西方文艺复兴史的经典著作相继在国内得到翻译出版，相关研究专著也陆续面世，在经历了 50—70 年代的研究断层之后，"文艺复兴"和"人文主义"在中国再次被"发现"了。

1979 中译本《意大利文艺复兴时期的文化》③出版，雅各布·布克哈特初版于 1860 年的这部作品一向被推崇为文艺复兴研究的正统名著，思想解放时期的文艺复兴研究得以及时地补充史学、美学和文学范畴内的理论基础，中国读者和四五个世纪以前的意大利人一道"发现"世界，也"发现"人性。1982 年，正值商务印书馆创业 85 周年之际，在当年由商务编译出版的十余种西方近现代思想家代表作之中，马基雅维利的《佛罗伦萨史》④赫然在列；1985 年商务印书馆出版了中译本《君主论》。马氏三部曲（另有《李维论》）一向被近现代政治家、思想家奉为圭臬，《佛罗伦萨史》和《君主论》的面世无疑掀开了阅读并探讨这位文艺复兴巨子的热潮的序幕。80 年代值得关注的译著还有坚尼·布鲁克尔的《文艺复兴时期的佛罗伦萨》、⑤丹尼斯·哈伊的《意大利文艺复兴的历史背景》。⑥

1986 年陈小川等人所著的《文艺复兴史纲》以简史的形式介绍文艺复兴运动产生的背景和意义、各主要欧洲国家的文学、哲学、史学和政治学以及自然科学成就，为 80 年代的国人提供了可资了解文艺复兴常识的入门读物。四川人民出版社自 1984 年始，用时 5 年，以百科全书式的气魄，跨越学科限制，印行了一套《走向未来》丛书。该丛书含 74 种社会科学和自然科学的外文译作和原创著作，代表了当时中国思想解放最前沿的探索与思考，影响巨大。李平晔的《人

---

① 汝信：《青年黑格尔关于劳动和异化的思想——关于异化问题的探索之一》，《哲学研究》1978 年 8 月。
② 韩晗：《新文学档案：1978—2008》，北京：电子工业出版社，2011 年。
③ 雅各布·布克哈特：《意大利文艺复兴时期的文化》，何新译，北京：商务印书馆，1979 年。
④ 尼科洛·马基雅维利：《佛罗伦萨史》，李活译，北京：商务印书馆，1982 年。
⑤ 坚尼·布鲁克尔：《文艺复兴时期的佛罗伦萨》，朱龙华译，北京：三联书店，1985 年。
⑥ 丹尼斯·哈伊：《意大利文艺复兴的历史背景》，李玉成译，北京：三联书店，1988 年。

的发现》①是这套丛书的第一本,从宗教史的角度,对马丁·路德及其宗教改革在国内读者中的启蒙起到了推动作用。1981年外国文学名家、南京大学张月超教授的《欧洲文学论集》出版,此书的前身是张先生在50年代出版、曾获学术界高度评价的《西欧经典作家与作品》。《论集》论述了自荷马以来十余位西方经典作家,文艺复兴时期的代表人物包括但丁、拉伯雷和莎士比亚,作者使用中国作家和作品作为参考,比如,但丁与屈原,《神曲》与《离骚》,《麦克白》与《孔雀东南飞》等等,因此,《论集》既是欧洲文学的研究著作,也是中外比较的文学史著作,在当时中国学者所著的外国文学史中独树一帜。80年代以流派评述的方式介绍"人文主义"的著作还有《中外文学流派》,②"人文主义",连同其他西方文学史上的经典流派,其产生的时代背景、理论主张及其代表作家作品、创作特点得以概述。

四、1991年至今:复兴与重塑

随着改革开放头十年外国文学作品及文学理论井喷式的引入,新时期的中国走过了一个"启蒙期",开始步入一个自觉的省视和探讨的新阶段。在这一阶段,以欧洲文艺复兴和人文主义为主题的译作、专著、论文大量刊行发表,尽管在整体性、系统性上依然不足,研究深度上也无法同国际水平接轨,但依然标志着这一论题在国内学界达到了空前的热度——文艺复兴真正意义上在中国"复兴"了;跨世纪和跨千年的中国在经历了80年代围绕人道主义的热烈争鸣之后,"以人为本"的思想逐步确立,在此基础上,"人文主义"的内涵、外延以及它在现代化语境下的接纳和认知开始得以中国化地"重塑"。

90年代初,张椿年以"考察某个时期的思想文化不能脱离当时的政治经济情况"的理论坚持为前提,在《意大利文艺复兴的历史背景》③一文中系统梳理了欧洲文艺复兴率先从意大利发端的特殊原因,指出"文艺复兴是一整套特殊的社会历史条件下产生的,既不是超历史的,也不是在任何国家、任何地区都能产生的"。他的《从信仰到理性——意大利人文主义研究》④一书则是90年代国内研究人文复兴时期意大利人文主义的重要成果。该书论述了人文主义的发展过程,展示了其丰富内涵、性质、历史作用和局限性,回答了诸如"人文主义是历史范畴还是超历史范畴?""人文主义和人道主义有无区别?""人文主义和文艺复兴有何关联?"等等问题,呈现出国内学者尝试对人文主义进行总体把握和深入研究的努力。该书初版于90年代初的台北,后作为国家社会科学"七五"

---

① 李平晔:《人的发现》,成都:四川人民出版社,1984年。
② 雍容、黄遇奇:《中外文学流派》,重庆:西南师范大学出版社,1987年。
③ 张椿年:《意大利文艺复兴的历史背景》,《中国社会科学院研究生院学报》1991(5)。
④ 张椿年:《从信仰到理性——意大利人文主义研究》,台北:淑馨出版社,1994年。

规划的研究项目于 2007 年在内地再版。

90 年代至今的 20 年间,国内各种"外国文学史""外国文学专题书"相继出版,这些"文学史"和"专题书"几乎都给予了文艺复兴时期的文学内容以极大篇幅进行详释。《外国文学专题——文本重读与外国文学精神重塑》[①]以"文本重读"为基础重写文学史,按时代和文学思潮结合作分章的体例,考察文学史上最有影响力的 27 位作家的作品,编排和视角可称独树一帜,"文艺复兴时期的人文主义文学"是继"古希腊罗马文学"和"中世纪文学"之后第三个重点介绍的外国文学思潮。1999 年商务印书馆出版的新编《欧洲文学史》[②]的前身是 60 年代杨周翰、吴达元、赵萝蕤等主编的两卷版《欧洲文学史》,新版既沿用了老版的体例和断代方法,又着力排除旧的思维定势的干扰,实事求是地评价文学史上的人物和事件。全书分为 7 个大的时期段,"文艺复兴时期的文学"单列一章,其中涉及的历史实际横跨了 14—17 世纪,足见两版主编对这一时期的高度重视。这一章的"概述"开宗明义:人文主义是文艺复兴的核心思想,人文主义文学是文艺复兴时期文学的主流。人文主义的实质概括为:肯定人的崇高地位,主张一切以人为本;反对禁欲主义和神秘主义,提倡理性,认为人应该有权追求知识、探索自然、研究科学。鼓吹仁慈、博爱,歌颂友谊和个人品德,提倡平等和冒险精神。同时也指出绝大多数人文主义者并不否认上帝的存在;人文主义和中世纪有着密切联系。在材料的翔实、议论的客观、见解的权威性和信服力方面,新编《欧洲文学史》可谓独领风骚。

2001 年 10 月,由刘明翰教授主编的《欧洲文艺复兴史》[③]丛书纳入人民出版社的出版计划,迄 2008 年初陆续出版,历时 7 至 10 年编撰,终于成就了这套 12 卷、400 多万字的里程碑式的巨著。该书首次系统梳理和全方位阐析了欧洲文艺复兴的思想精华,全面总结了中国一个多世纪以来欧洲文艺复兴研究的成果,极大地填补了国内文艺复兴研讨领域的空白。丛书分总论、文学、艺术、哲学、政治、经济、法学、教育、城市与社会生活、史学、科技、宗教卷,各卷特色鲜明,史料翔实;注意吸纳从 18 世纪到 20 世纪末国外有关文艺复兴的研究成果,如瑞士布克哈特、英国西蒙斯等诸多名家的经典论述等,同时也呈现国内学者就相关问题的不同论点。《欧洲文艺复兴史·文学卷》概括了 20 世纪末中外学术界关于文艺复兴时期文学的研究成果,涉猎国别达 11 个,评介了近 70 位作者及其作品。《文学卷》的创新主要体现在:指出了教皇和部分君主的支持是文学繁荣的社会背景因素之一;扩增了"西班牙浪游文学"以及女性作家和作品的

---

① 李云峰等编:《外国文学专题——文本重读与外国文学精神重塑》,郑州:中州古籍出版社,1994 年。
② 李赋宁主编:《欧洲文学史》,商务印书馆,1999 年。
③ 刘明翰主编:《欧洲文艺复兴史》,人民出版社,2008 年。

专题阐述;将东欧、北欧文学成就各列一章;评点了文艺复兴时期文学的局限性及表现等。

20年间,对"欧洲文艺复兴"和"人文主义"专题进行各种细致解读和宏观思考的论文相继发表,其中较为引人注意的论题包括:文艺复兴运动的起源和历史作用;文艺复兴精神和人文精神的实质以及它们在现代性视阈下的重构;人文主义的由来、定义以及在欧洲文学不同阶段的呈现;文艺复兴时期文人的宇宙观;欧洲文艺复兴在中国的传播;五四新文化运动和文艺复兴运动的比较;中国儒学和文艺复兴精神的比较;文艺复兴代表作家作品分析等。"文艺复兴研究"渐成显学,而契合改革开放大环境以及"以人为本"的时代精神的"人文主义研究"更是凸显了其文学价值之外的社会价值。

相比于同时期西方学术界就文艺复兴和人文主义研究的累累硕果(如美国有专门的《文艺复兴史季刊》、英国有牛津大学出版社发行的《文艺复兴研究》),国内学者的工作仍然存在大片值得深入探索的空白地带。由于"历史学与文学艺术批评的紧密结合逐渐成为一种时尚",[1]我们在如何"将历史描述、哲学思考和文学艺术批评融为一体方面"欠缺系统思考;对于文艺复兴精神在不同国家、不同作家作品中的呈现风格和特点探讨,仍需在结合国际视野的前提下进行中国学者自己的考察。

第二节 文艺复兴时期的人文主义研究

首先需要厘清概念。"humanism"一词同时可译为"人道主义""人本主义"及"人文主义",本章和本节考察与分析的"人文主义"(Humanism),既非19世纪德国哲学家费尔巴哈的生物学人本主义,也非现代西方哲学中的非理性人本主义思潮,而是特指形成于欧洲文艺复兴时期的世俗人本主义,[2]是藉由14—16世纪人文主义者们(Humanists)的文学艺术作品表现出来的人本主义思想和人文精神。这一概念有别于伦理和道德领域内的"人道主义"和哲学思辨中的"人本主义",[3]更加无法对应自改革开放以来,在中国知识界引发大规模争辩的"人文精神"的全部思想蕴含,[4]仅限于探寻文学的深层意义,以梳理盛行于16世纪欧洲文学界的这种流派(包括它的风格、主题、手法和文学价值)在新

---

[1] 周春生:《西方文艺复兴史三大热点述评》,《史学理论研究》2003(1);《西方文艺复兴史三大热点述评(续)》,《世界历史》2004(1)。
[2] 胡敏中:《论人本主义》,《北京师范大学学报》(社会科学版)1995(4)。
[3] 梁志坚:《术语humanism汉译探讨》,《天津外国语学院学报》2009(6)。
[4] 王晓明:《人文精神寻思录》,上海:文汇出版社,1996年。

中国 60 年的传播为最终指归。

其次是关于时间跨度的说明。众所周知，欧洲文艺复兴运动从 14 世纪兴起到 17 世纪初逐渐淡出历史舞台，跨度近 300 年，而且在各国盛行的周期均有差别。因此，本节涉及的有代表性的人文主义者，有的主要活跃于 14 世纪，如彼得拉克、薄伽丘；有的延伸至 15 世纪，如马基雅维利；塞万提斯开始撰写《堂吉诃德》的时间已是 17 世纪初；培根、琼森、莎士比亚的创作则横跨了 16、17 世纪。为了论证的整体性和连续性，仍然将这些作家并置于"16 世纪欧洲文学流派（人文主义）"的大题目之下来加以考察，藉以较为全面地呈现 60 年来"文艺复兴时期人文主义"这一专题研究的历史和现状。

"总况"中对 60 年来的研究全貌做了周期说明，本节将以具体论题和国别进行分类来进行阐析，主要包括：人文主义产生的背景与源流；人文主义的概念、实质及其在中国的接受；人文主义思潮的中西比较；人文主义主题和风格的具体呈现（意大利、法国、西班牙、英国人文主义研究）。

一、人文主义的背景与源流

关于文艺复兴时期"人文主义"兴起的历史、时代、社会、政治背景和思想源流分析，是一个"老生常谈"的核心话题。从五四新文化运动开始，到新中国成立后几经沉浮的外国文学研究浪潮，通过学界的译介和论争，我们由最初的零散重复西方学者的论断，开始逐步形成有自己个性的系统研究。

朱光潜[①]把意大利文艺复兴视作新古典主义的萌芽，人文主义者，即文艺复兴时期的学者概称，是古典学术的研究者和倡导者。意大利是文艺复兴运动的领导者，"各国的文艺理论和美学思想都是跟着意大利的基调走的"。意大利之所以成为全欧文艺复兴运动的发源地，主要原因有二。一为新兴资产阶级的大力提倡：资产阶级最早在意大利登上历史舞台，为了对抗封建统治和教会权威，他们急需为之服务的新文化，摆在他们面前的捷径是接受古典文化遗产。二为历史渊源：意大利在继承古典文化遗产方面拥有独一无二的便利条件，它既是古罗马的直接继承者，在古代又曾是"大希腊"的一部分，希腊文化的影响一直绵延不绝。刘建军则跳开政治经济环境因素的框架，指出文艺复兴新文化的形成和导致人文主义思想体系特征建立的原因，更直接来自于文化上的发展演变，"概而言之，既是由于中世纪内部人学因子生成的结果，同时也在于历史给予当时文化发展的四大馈赠（中世纪社会产生了现代城市、大学的出现、神学研究导致自然科学的发展和宗教内部产生了变革要求）和三大机遇（黑死病发生导致对人生问题的深入思索、古代文化典籍的重新发现在此时人们面前展示

---

① 朱光潜：《西方美学史》，人民文学出版社，1979 年。

出了一个新世界、地理大发现拓展了人们的视野)"。因此,人文主义的核心是与宗教神学对比意义上的"人"。①

关于佛罗伦萨在文艺复兴时期的核心地位的成因,80年代翻译出版的马基雅维利的《佛罗伦萨史》和布鲁克尔的《文艺复兴时期的佛罗伦萨》从政治、经济、社会和文化环境等各个层面作了详解;朱龙华的《意大利文艺复兴史》②和《意大利文艺复兴的起源与模式》③两书也提供了大量的史实。因此佛罗伦萨既为意大利文艺复兴运动的主导城市,也因其政体开明以及市民思想解放,成为了人文主义思想最早的诞生地。④

论及催生人文主义的外因,徐台榜⑤指出,十字军东征促进了西欧商品经济的发展,促使西欧阶级结构的裂变,壮大了市民阶层,削弱了教会的权威,促使世俗文化的兴起,在一定程度上,为文艺复兴运动的兴起逐一打下了社会、阶级、宗教和文化基础。因此,十字军东征和拜占庭文明的推动作用是显而易见的,但是如果将拜占庭知识阶层的活动归纳为引导意大利人接触到希腊文化的主因,又属于一类以偏概全的缺失。

因为强调人的欲望和本能,人文主义容易被误读为和基督教完全相悖的思想体系,人文主义者和宗教及教会之间是纯粹的二元对立关系。这种认识非常偏执。"两希文化"体系(希腊罗马文化、希伯来—圣经文化)同为西方文化的源头,既有本质冲突,又有交互错综的联系。因此,自人文主义思潮引入近代中国始,关于基督教思想和人文主义的冲撞与和谐的问题便成为学者关注的论题。在《欧洲文艺复兴史》中,蒋百里评述人文主义运动中希腊思潮和基督思潮的对抗时称"教会之守旧,人文派至复古……其实真正之冲突,不在外而在内,不在各派之不同而在个人内心之冲突……古代艺术之爱好者,甚至为教皇所奖励保护,此可见新旧冲突非表面而为内心的也"。在新编《欧洲文学史》第四章里,罗经国这样详述人文主义者和基督教的关系:"人文主义者同教会及宗教的关系是复杂的,与封建阶级和教会也有着千丝万缕的联系。绝大多数人文主义者是基督徒,他们虽然反对神权,但并不否认上帝的存在。"梁工在《何以返回福音书——欧洲近代文学的人文精神与原始基督教人格理想的关系》一文中指出:"在人文主义者笔下,人文精神与基督教情怀,尤其见于四福音书的原始基督教人格理想,往往有着密切的内在联系。"并举出从莎士比亚戏剧到托尔斯泰小说中的例子,论证人文主义思想演变过程中出现的一种"温和"倾向,其核心——

---

① 刘建军:《论欧洲文艺复兴运动新文化的多重起源》,《东北师范大学学报》(哲学社会科学版)1999(2)。
② 朱龙华:《意大利文艺复兴》,商务印书馆,1964年。
③ 朱龙华:《意大利文艺复兴的起源与模式》,北京:人民出版社,2004年。
④ 陈超:《谈谈佛罗伦萨在欧洲文艺复兴运动中的主导作用》,《福建教育学院学报》2000(1)。
⑤ 徐台榜:《论十字军东征对欧洲文艺复兴运动的推动作用》,《宁夏大学学报》(人文社会科学版)2004(4)。

博爱与和谐——便得自耶稣阐发的原始基督教的人格思想,相比于另一种"激进"倾向,更加具有"永恒的价值"。①刘建军从社会维系的角度阐释了人文主义思想和基督教文化的联系,认为"文艺复兴运动时期的思维方式和价值尺度主要是取自基督教文化的思想资源",人文主义思想的诞生和演变必然是沐浴在基督教文化影响之下的。人文主义者和神权及教会的对立并非他们与基督教文化体系的对立,例如:彼得拉克本人就是虔诚的基督徒;而作为天主教徒的薄伽丘,其理想是既恢复被宗教戒律扼杀的人性,又能维护基督教真正的价值观;乔叟是在基督教的框架之内来谈论和弘扬人的情感欲望的;蒙田力图寻找基督教和人学之间的平衡;斯宾塞的《仙后》表现的是基督教主题;人的情欲追求的合理性与基督教理性原则之间的矛盾,构成了莎士比亚戏剧最本质的冲突。②

二、人文主义的实质与定位

人文主义作为一种思想倾向、一种世界观、或者一种信仰维度,其内涵是流动的、多面的、复杂的,甚至充满了矛盾和悖论。国内学界对于人文主义的实质和定位的概括,经历了一个"扣帽子"和"摘帽子"的过程:1976年以前,人们习惯将它简单划归为资产阶级意识形态的属性;全面推行改革开放以后,随着"人道主义"引发的学界大争鸣的开始,以及国外人文主义研究成果的译介,国内学者对人文主义的体认进入了新时期,政治化、阶级立场化的外衣逐渐被有意识剥离,学者们开始从历史、哲学、文学审美的范畴进行辩证考察。

几乎与此同时(80年代中期),英国史学家阿伦·布洛克出版了《西方人文主义传统》,③书中对于人文主义的实质有一段经典评述,至今仍为学人时常引用:"神学观点把人看成是神的秩序……与之相反,人文主义集中焦点在人的身上,从人的经验开始。它的确认为,这是所有男女可以依据的惟一东西,这是对蒙田的'我是谁'问题的惟一答复。"至于人文主义思潮是否形成了一种运动,布洛克则给予了否定:"……人文主义按性质来说是属于个人主义的,它既不属于一种信条,也不属于一种哲学体系;它不代表任何一个利益集团,也不想把自己组织成一种运动。"但是究竟如何来为人文主义下定义?布洛克也相信没有一个能使众人满意的答复。与布洛克的研究视角(以发展的眼光审视人文主义思想的产生和演变)、重要结论(文艺复兴和中世纪之间并没有邃然的断裂或容易划分的界限;文艺复兴时期的特征并不能全然概括为人文主义)进行比对,可以

---

① 梁工:《何以返回福音书——欧洲近代文学的人文精神与原始基督教人格理想的关系》,《国外文学》1998(4)。
② 刘建军:《基督教与欧洲文艺复兴运动时期的欧洲文学》,《外国文学研究》2007(5)。
③ 阿伦·布洛克:《西方人文主义传统》,董乐山译,三联书店,1997年。

看出，当时国内研究者的著述成果既存在偏离，也存在一定程度的呼应。

1984年，《世界历史》第2期集中刊发了朱龙华、周辅成、庞卓桓、朱寰、张椿年的5篇文章，对"人道主义"（"人文主义"）的内涵展开了充分讨论。这以后又有不少论及人文主义的文章问世。各家学说主要集中在两个论题上：人文主义思潮的阶级性、人文主义思潮和文艺复兴时代的关系。朱龙华的看法是：人文主义的兴起并不意味着全新的思想体系，只是对宗教神学的禁欲主义、压抑人性的观点的批评与推翻，全局未动，且有较大局限性。① 张椿年坚持人文主义的阶级性提法，但是就人文主义和文艺复兴的关联方面，他的观点与布洛克吻合，他认为文艺复兴的内容宽泛，除人文主义之外，还有宗教改革思潮，因而文艺复兴和人文主义之间不能断然划上等号。② 在90年代出版的《从信仰到理性——意大利人文主义研究》一书中，张椿年进一步强调了人文主义作为"正在诞生中或正在形成中的资产阶级的世界观或思想体系"的定义，指出人文主义的宗旨是使超理性的思想文化逐步变为理性的思想文化。

进入90年代，有两部西方人文主义学者的作品被译入中国，其中之一便是1997年《西方人文主义传统》的翻译出版。本书译者是社科院美国研究所资深翻译家、学者董乐山。董先生的晚年译作，全都由他自己选定，其中埋藏了一条重要的思想线索，充满人文启蒙的社会责任。董先生在"译序"中对中国思想知识界的现状提出批评，谓"最近这次虽然因为新思潮新学说纷呈，着实热闹过一阵子，但还未深透就戛然而止，以致烧成了不少夹生饭"。他主张把人文主义放到人类的自由生存——人学的根本意义上加以理解。另一部是1998年出版的加林著《意大利人文主义》。③ 加林认为，人文主义最重要的内容就是肯定人的价值：从艺术到社会生活，把人的历史、人的世界、人的活动以及人的精神、形象和身体本身作文关注的中心。人文主义者认为，文学的根本价值在于塑造人的灵魂，把文学视作人性之学，它可以使人受牵引而向上。

这一时期较为引人关注的论文还有钟谟智的《人文主义的由来和定位》。④ 文中首先从词源学的角度考证"人文主义"的由来和演变，追溯"humanism"一词的德语和拉丁语源头，其汉译"人文主义"是20世纪20、30年代出现的合成词。接着指出人文主义的中心主题是人的潜在能力和创造能力，唤醒这种能力的手段是教育，故而它的基本内涵是教育，表示人追求学问的自然本性。最后试图澄清关于"人文主义"的历史定位的几个错误认识：人文主义不等于文艺复兴，也不是文艺复兴的唯一特征；人文主义并不意味着历史的断裂，虽与中世纪

---

① 朱龙华：《人道主义探源》，《世界历史》1984(2)。
② 张椿年：《关于人文主义研究中的几个问题》，《世界历史》1984(2)。
③ 加林：《意大利人文主义》，李玉成译，北京：三联书店，1998年。
④ 钟谟智：《人文主义的由来和定位》，《四川外语学院学报》1999(2)。

文化有着质的差异,却也都是对古代文明的一种继承;与宗教艺术相比,人文主义虽风靡一时,却难登堂奥,它的世俗化也经历了演变过程。从词源学的角度探寻"人文主义"的工作还体现在吕大年的《人文主义二三事》①一文中。文章详尽评述了国外学者(美国学者科里思泰勒和丹麦学者彼得森)就"人文主义"一词的文学史、思想史考据成果:"Humanism"一词和德语词"Humanismus"相关,后者又从何而来?根据从德国移居美国的学者科里思泰勒(Paul Oskar Kristeller)的考据,这个自铸新词在19世纪初出现时,原指中学里的希腊文和拉丁文教育,词源又可追溯到文艺复兴时期的拉丁文中的两个常见词,含义相当于当今人文学科的前身。对于"人文主义"观念的运用,科里思泰勒主张从严,认为人文主义只代表文艺复兴的一个方面,侧重是语法、修辞以及古籍的发掘整理。丹麦学者彼得森(Erik Petersen)通过整理文艺复兴初期的人文主义领袖莎卢塔蒂的书信,梳理"人文学"(studia humanitatis)一词的宗教、道德、语文修养内涵,展现出"人文学"一些真实、鲜活的形象。

蒋承勇则致力于西方文学中以"人"为本的观念和母题研究。在《从古希腊到18世纪西方文学中"人"的观念》一文里,他分析了文艺复兴时期文学作品中人文观念变化的思想成因,是在于这一时期古希腊罗马源流和希伯来基督教源流形成了大规模的矛盾、冲突与互补、融合。一方面,人文主义思想以古希腊的世俗人本思想为主体,以人权反对神权,以人性反对神性,和基督教的文化内核相冲突;而另一方面,人文主义也吸取了希伯来基督教文化的博爱精神,和原始基督教的人本意识殊途同归。② 在《西方文学"人"的母题研究》一书里,作者延续了以这种辩证的、发展的、历史的眼光来体认人文主义思想的研究视角,通过旁征博引、缜密分析,他总结出博大深沉的人文主义和中世纪基督教文化的宗教人本思想在精神上的传承关系。他进一步将文艺复兴时期人文主义思想的演变和呈现分为两个时期:前期"原欲+人智"的人的内涵、后期"原欲+人智+上帝"的人的内涵。蒋承勇的研究其实印证了西方文学中"人—神"关系的对立与互补、矛盾与统一的辩证关系,同时在为人文主义思想的发展理清脉络方面做了突破性的工作。③

杨政也对西方文学一以贯之的"人文精神"进行了强调和评述。④ 针对学术界的三种习见:1. 人文精神起源于以意大利为中心的文艺复兴;2. 人文精神的基本特征是反对神性,反对基督教教会,因而与基督教水火不容;3. 在20世纪以来的西方现代派文学中,人文精神已经丧失殆尽,杨文逐一加以澄清。结

---

① 吕大年:《人文主义二三事》,《外国文学评论》2002(1)。
② 蒋承勇:《从古希腊到18世纪西方文学中"人"的观念》,《外国文学研究》1999(3)。
③ 蒋承勇:《西方文学"人"的母题研究》,人民出版社,2005年。
④ 杨政:《西方文学的人文精神》,《四川外语学院学报》2001(3)。

论是：从古希腊罗马时期、文艺复兴时期、古典主义时期、启蒙运动、浪漫主义运动，到19世纪掀起的文学的社会大批判浪潮和20世纪反传统的现代派文学浪潮，人文精神一直是西方文学的一条清晰主轴，西方文学从来没有也不会背离人文精神。

刘明翰对人文主义实质的总体概括是，"从哲学观上表现为人本主义，政治上表现为民族主义，在伦理思想上表现为反禁欲主义，文学上表现为古典主义，艺术上表现为现实主义"。① 王世珍的分析的出发点仍然是人文主义思潮的阶级性。② 衡彩霞从演进的思路分析文艺复兴时期人之存在论，认为它是理论性和自然性的结合，为近代科学理性的诞生奠定了思想基础。③ 李放从人性、人道主义、宽容主张等几各方面梳理文艺复兴时期的人性学说，指出蕴含了"自我觉醒、宽容思想、意志自由"等精神的人性学说开创了一个理性主义的新时代，为研究人的伦理道德行为找到了暂时的依归。④ 张西虎以剖析人文主义和人文主义者的概念为起点，着重探讨人文主义和古典文化以及基督教的关联，认为人文主义并没有一套完整的理论思想体系，体现在不同时期、不同国家、不同个人身上都有巨大差异。⑤ 刘友古形容人文主义演进的过程是：从表示某段历史时期新兴思想的个别意义为起始，到表示以人文本来思考一切问题的思维方式，人凭借自己能力和作为能够达到美善社会生活的普遍意义。而以人为本思想的内核有三点：关涉人的古典教育和学习方式；对人的理性原则的尊重和高举；对人生价值的追求，比如完美、美德、尊严、人格、自由等，其中也包括对宗教终极关怀的追求。因此，以人为本思想"更具有一种沉淀在人价值之中的本体论意义，这种意义就是使人本身在任何处境之中总具有一种高贵的超越性，同时又被赋予一种尊严和自由意识"。⑥ 对人文主义精神在文学领域的呈现，彭晓燕的归纳是：人文主义者们致力于复兴古代典籍，用各自母语描述和评论时代生活和特色。⑦ 对于人文主义者的人生观，肖杰的总结是：和中世纪自卑、消极、无所作为、禁欲的陈腐人生观形成对照，人文主义者重视人的价值和现实生活的意义，他们的人生观向享受生活、寻求愉悦和幸福的乐观主义态度转变。⑧

90年代起至今，值得关注的相关专著有于文杰的《现代化进程中的人文主

---

① 刘明翰：《欧洲文艺复兴的"以人为本"与各国特点》，《湖南师范大学社会科学学报》2006(1)。
② 王世珍：《略论欧洲文艺复兴时期人文主义思想》，《沈阳教育学院学报》2003(2)。
③ 衡彩霞：《欧洲文艺复兴时期人之存在论》，《信阳师范学院学报》(哲学社会科学版)1997(3)。
④ 李放：《略论欧洲文艺复兴时期的人性理论》，《深圳职业技术学院学报》2004(2)。
⑤ 张西虎：《论欧洲文艺复兴时期的人文主义》，《社会科学家》2005(3)。
⑥ 刘友古：《论人文主义概念形成及其意义》，《兰州学刊》2005(6)。
⑦ 彭晓燕：《文艺复兴时期的人文主义精神》，《语文学刊》2011(6)。
⑧ 肖杰：《简述文艺复兴时期人文主义者的人生观变化》，《湖北工业职业技术学院学报》2011(1)。

义》①和刘启良的《西方人文主义传统》。② 于文杰将人文主义传统置于物质财富极端丰富的西方现代化环境中加以考察,分析被物质化和边缘化人文精神和现代化进程的冲突及其启示;刘启良以他长期关注中国新儒学评述的视角,对人文主义传统的核心意义作了历史钩沉和哲学解读。而国内学者对人文主义实质及其演变研究的最新成果,则体现在周春生的《阿诺河畔的人文吟唱——人文主义者及其观念研究》一书中。③ 上篇重点评介意大利人文主义者的生平、著述和思想,下篇则集中了作者对人文主义的本质内涵和思想变迁过程的思考,不仅分析了人文主义产生与存在的背景,还多视角地比较了人文主义和古典思想、自然法、社会历史意识的关联,突出强调了人文主义的个体精神、诗性智慧、和谐风格,最后对人文主义研究的重要文献作出了点评。

纵观新时期相关专题的专著和论文,一方面,我们会欣喜于如火山岩浆般喷涌而出的论文成果,其中涉及的论题,如"人文主义"的词源考据、概念和实质的阐释、与古典思想和宗教神学的关联等,也确实衍生出了令人激赏的灼见,证明了国内学者在吸收西方经典和现代学术精髓的同时,正努力把握属于我们自己的解读思路;而另一方面,专著数量缺乏,博硕论文只有寥寥数篇,其中对广泛意义上的人文主义的实质和定位作出系统思考和论述的作者仅有张椿年、周春生、蒋承勇等屈指可数的几人,而这有限的作者中真正立足于文学研究的就更加稀缺(多数是在历史、哲学、美学、伦理学等范畴内进行考察)。

三、人文主义:中西思潮对比研究

如"总况"所述,文艺复兴文化及其思想精髓——人文主义——作为一个整体概念被引进中国始于清末,而在五四运动时期,这一思潮在国内学界的传播更是被推至沸点。包括梁启超、陈独秀、李大钊、胡适、周作人、蔡元培等在内的学人领袖积极投身于人文主义思想的引入和播送,其根本目的就在于借文艺复兴之西风,推动古老中国的社会、文化、文学、语言变革。因此,从人文主义概念为国人接受并日渐熟悉之日起,它的"中国化"阐释就从未离开过与中国传统和现代文化的对比,通过一个世纪以来在对峙中融合、在融合中对峙的起起伏伏地演变,逐步形成为中国所特有的人文主义研究。例如,五四时期周作人竭力鼓吹的"中国儒家人文主义"的重建,还有胡适的著名的"中国的文艺复兴"之说:胡适曾将五四新文化运动比拟成"中国的文艺复兴",又因其"是一场自觉地把个人从传统力量的束缚中解放出来的运动;是一场理性对传统,自由对权威,

---

① 于文杰:《现代化进程中的人文主义》,重庆:重庆出版社,2006年。
② 刘启良:《西方人文主义传统》,广州:广东人民出版社,2001年。
③ 周春生:《阿诺河畔的人文吟唱——人文主义者及其观念研究》,天津:天津教育出版社,2011年。

张扬生命和人的价值对压制生命和人的价值的运动",在此意义上,"它又是一场人文主义的运动"。①

"人文主义之中西对比研究"作为人文主义大课题之下的一个传统子课题,在思想开放、各种成见得以逐渐摒弃的新时期自然被承袭了下来,加上信息融通、资料充盈的优越的治学环境,可谓推陈出新、发扬光大了。相关重要成果主要体现在一批博硕论文和期刊论文里。赵歌东的博士论文《启蒙与革命——鲁迅创作的现代性问题》②通过考察文艺复兴运动、启蒙运动、五四新文化运动的历史文化关系,对鲁迅创作的现代性问题进行剖析,认为鲁迅作品的现代性以"立人"为核心,他的现代性追求为中国现代文学奠定了"人学"的思想基础。

期刊论文的关注主题主要包括:欧洲文艺复兴前后的中西比较、明清思潮和文艺复兴思想比较、五四精神和文艺复兴思想比较。针对国内学界关于"中国何时开始落后于西方"的争论,通过横向比较16世纪中叶中西历史的起降落差,刘明翰认为中西之间的差距归根到底是从文艺复兴后期开始拉开并日益扩大的。③

《欧洲文艺复兴时期文艺思潮与中国明清之际文艺思潮之比较》④一文在总结文艺复兴思潮和明清进步思潮的相似之处的基础上,指出了两种思潮在思想深度、结果和影响方面的差异,文艺复兴时期人文主义的赞颂更炽热、抨击更犀利,而处于封建专制的高压统治之下的明清思潮的表现手段主要是影射,方式则是委婉的、含蓄的、曲折的;人文主义思潮促进了统一的民族国家的建立,催生了欧洲国家的民族文学,而晚明思潮却没能脱离封建主义母体,也没能在神州大地呼唤出近代文明。在《明清进步思潮与欧洲文艺复兴的类同》⑤一文中,作者将16—17世纪中国明清时期,以黄宗羲、顾炎武、王夫之等早期启蒙思想家为代表的明清进步思潮同欧洲文艺复兴思潮进行对比,总结两种文化运动在背景、内容、形式、作用上的类同之处。文章指出两种思潮的精神共核是:批判禁欲和蒙昧主义、倡导人文主义、批判和清算前代学风,而明清进步学者的人文主义思想的具体表现有:黄宗羲的人权平等观念("向使无君,人各得自私也,人各得自利也""以天下为主,君为客"),王夫之对"存天理、灭人欲"的批判("饮食男女之欲,人之大共也")等等。与上述两篇文章的切入点不同,《欧洲文艺复

---

① 胡适:《中国的文艺复兴》,《中国的文艺复兴》,欧阳哲生、刘红中编,北京:外语教学与研究出版社,2001年。
② 赵歌东:《启蒙与革命——鲁迅创作的现代性问题》,中国博士学位论文全文数据库,http://202.202.244.3/kns50/detail.aspx? QueryID=46&CurRec=1。
③ 刘明翰:《中国是从何时开始落后于西方的?为什么?——欧洲文艺复兴前后中国同西方的比较》,《贵州大学学报》(社会科学版)2004(6)。
④ 申利锋:《欧洲文艺复兴时期文艺思潮与中国明清之际文艺思潮之比较》,《甘肃教育学院学报》2002(1)。
⑤ 张长增:《明清进步思潮与欧洲文艺复兴的类同》,《科教文汇》2006(10)。

兴与晚明文学思潮之比较初探》①则是在文学视阈中审视中西异同,作者选取李贽、徐渭、袁宏道、汤显祖为晚明文学代言人,对比但丁、莎士比亚、蒙田、锡德尼、塞万提斯等人文主义作家作品,总结同一时期中西文学的相似性为:提高世俗文学、高举个性解放的旗帜、归返自然、张扬文学进化观等等。

关于五四精神和文艺复兴思想比较的论题,值得一提的论文有如下3篇:《五四新文化运动与欧洲文艺复兴运动比较》②《试论新文化运动与欧洲文艺复兴》③《欧洲文艺复兴文学对五四新文化运动的影响》。④《五四新文化运动与欧洲文艺复兴运动比较》一文总结两种运动的共同之处为:对传统的批判与重建、倡导文学革命、抨击封建权威思想、呼唤人性的复苏和倡导个人的解放;差异性则体现在背景、影响力和后果方面。曾任香港中文大学中国文化研究所所长的陈方正博士在《试论新文化运动与欧洲文艺复兴》一文里,将新文化运动的"建设性"的一面(白话文运动、科学与民主之提倡)与文艺复兴进行比较,探讨两者的相通之处和思想来源问题。陈方正认为,广义地考证新文化运动和文艺复兴,会发现"它们之间的巨大差异其实是表面现象",除了"同为全民族的广泛文化大变革""同样以国语文学之兴起为标志"这两点以外,两者有更多接近之处。文章的结论是新文化运动的整体并非相当于文艺复兴,而是相当于欧洲文艺复兴、宗教改革、启蒙运动三者的联合;"中西文化变革历程的巨大差异,基本是由各自的历史造成的"。《欧洲文艺复兴文学对五四新文化运动的影响》一文的评述从文学维度展开,文艺复兴文学对民族语言和现世生活的标举推动了五四的白话文运动;其人本主义思想唤醒了五四作家们人的意识的觉醒,并使之肯定人性,倡导"人的文学"。

同层出不穷的论文相比,以人文主义之中西比较研究为专题的专著仅有杨国章的《人文传统》。⑤《人文传统》从宏观上论述了中华文化的人文主义精神,共21章。以东西方文化中人文主义异同作为开篇,从中国原始宗教与神话入手,指出中国古代神话和宗教中的神,不像西方的神那么神气十足,而是满足了人间的现实品格,是社会化、神化了的人类祖先。以此为源头,衍生出先秦的人文主义文化传统,以儒道佛为中轴的中国文化,都体现了"人与天地参""人是天下万物之本""天地之性人为贵"的主要特点。本书沿着中国文化从"尊天命"到重"德"这一发展脉络,把儒道佛都放在人文主义框架内来认识、分析,突出了中国文化重视人、重视人世、重视人生的特质。

---

① 陈淑维、陈聪诚:《欧洲文艺复兴与晚明文学思潮之比较初探》,《宁波大学学报》(人文科学版)2005(5)。
② 李靖莉:《五四新文化运动与欧洲文艺复兴运动比较》,《齐鲁学刊》2001(5)。
③ 陈方正:《试论新文化运动与欧洲文艺复兴》,《中国文化》2007(2)。
④ 邓宏艺、白青:《欧洲文艺复兴文学对五四新文化运动的影响》,《聊城大学学报》(社会科学版)2009(3)。
⑤ 杨国章:《人文传统》,北京:北京语言学院出版社,1993年。

四、人文主义的主题与风格呈现

关于文艺复兴时期人文主义文学发展的时间断限,国内出版的外国文学史和外国文学教程给出了各种答案。我们倾向于采用张立明的看法,[①]从文学现象中考察,同时考虑人文主义运动在欧洲各主要国家的起落,应从但丁始,至莎士比亚和塞万提斯(二人均代表英国和西班牙文学的最高成就)终,那么人文主义文学最恰当的时间断限为14世纪到17世纪初。本节涉及的作家的生平和创作就是在这个时间框架内、分国别进行评述的(意大利、法国、西班牙和英国)。又因具体作家和作品评析并非本课题的研究主题,我们的选材主要还是围绕欧洲各国文学中繁复纷呈的人文主义主题和风格来展开。

纵观文艺复兴时期欧洲各国的文学创作,主要包括如下共同特征:以人文主义思想为鲜明主题;以民族语言进行创作;以写实为内容;开始呈现近代欧洲文学中的许多体裁("如抒情诗中的十四行诗体,初步具有近代特点的短片小说,围绕着一个或几个主人公的经历并以广阔的现实社会为背景的长篇小说,打破悲剧和喜剧界限的戏剧,以及随笔式的散文等"[②])。这个充满革新和独创精神的时代为欧洲乃至世界文学史贡献了里程碑式的才子巨人和一大批叹为观止的作品,400年来,仍然为全世界的读者和学者们津津乐道、常读常新。由于文艺复兴时期文学作品质量上乘、数量丰沛而又体裁多样、风格迥异,研究评述这一时期的作家及其作品的人文主义特质及表现手法便是国内外国文学研究的热门选题。

1. 意大利

布克哈特认为,文艺复兴整体上是个人主义的经典展示。因为中世纪的宗教教义使个人的思想与主见近乎不复存在,人们习惯于通过教条去认识世界与自我,而意大利最早撕掉了这层障眼纱,能够用真实的心来看一切天人演化,因而个性获得了高度的发展,产生了意大利特有的"多才多艺人"群体(所谓全才)。[③]

佛罗伦萨出现的文艺复兴早期的文学"三杰"是全才的典范。例如但丁,活着的时候就以诗人、哲学家、神学家而享大名,并且也是高水平的画家和杰出的音乐爱好者。在《神曲》中,"我们就发现:在整个精神的或物质的世界中,几乎没有一个重要的主题没有经过这个诗人的探测,而他对于这些问题的发言——往往只是很少几句话——也没有一句不是他那个时代的最有分量的语言。"(布

---

① 张立明:《谈文艺复兴运动和人文主义文学的时间断限》,《外国文学研究》1995(1)。
② 刘意青、罗经国主编:《欧洲文学史》第1卷,商务印书馆,1999年。
③ 雅各布·布克哈特:《意大利文艺复兴时期的文化》。

克哈特语)李玉悌指出,国内学术界对这部长诗的解析一直停留在思想内容上,"满足于哪些东西是中世纪的,哪些又是新时代的",这种方法背离了艺术批评法则,主张思想分析不能代替艺术审美。这个路子是对的,切合文艺批评的初衷和文艺审美的要求。诚然,我们在沉迷于《神曲》的广博、精深、隽永的意蕴的同时,也热衷于从中探究但丁这位人文主义先驱的哲学观、宗教观和诗才。①根据肖四新的剖析,但丁的宗教哲学观关注的焦点始终是主体性的存在,而他的基督教人文主义观可以概括为:从本体论看,与基督教神学观一致,即一元论的上帝观;从认识论看,抛弃了基督教原罪观中的"罪",更强调恶,尤其是恶的主观性和个人性。上帝不再是宇宙的终极本源,而是道德和信仰的最高存在和人的精神之源。肖四新最后提出,但丁的宗教哲学观不是从实践而是从形而上出发建构人的存在,它不可能从根本上解决人的归宿问题,也不可能彻底恢复人的主体性。而作为从中世纪到文艺复兴时期过渡的一位继往开来的大诗人,但丁的"双重性"也是构成他的作品的复杂魅力的重要因素。②根据蒋承勇的描述,但丁"倡导人文主义,但又不一味地予以肯定,而是以基督教文化中具有人文性的合理因素,去规范与批判世俗生活和人文主义的个性自由乃至人欲放纵"。③关于但丁作为"文艺复兴先驱"的地位确立的历史背景,和由此阐发的早期人文主义者们的政治态度,周施廷的结论是,围绕但丁"文艺复兴先驱"问题的三次大辩论,揭示了文艺复兴运动性质的转变:以复兴古典文化为宗旨到以建立自由公民共和国为目标的政治运动的转变。这里转变历程既体现了早期人文主义者们思想的矛盾,也透露出他们思想的发展和日渐成熟的信息。④

透过《十日谈》的故事主题,姚二刚对薄伽丘的人文主义思想的总结是:歌颂人性的解放、倡导对现实的追求和歌颂现世的幸福、提高人的价值否定神性、反对禁欲主义和来世观念、对教权和封建君主权力的揭露和批判、真挚爱情和婚姻的向往等方面。⑤余迎胜从故事对照的写作原则解读《十日谈》中几个与市民伦理观念相关的短篇小说作品,从婚恋伦理、荣誉伦理两个方面总结薄伽丘的伦理批判精神:因循守旧的婚恋伦理和利益至上的尊严伦理。薄伽丘的清醒和敏锐就体现在他对似是而非的资产阶级伦理道德观念的前瞻性的认识。⑥

就"三杰"之后意大利人文主义者的宗教观的发展,赵立行的总体评价是:意大利人文主义者与宗教的关系不是简单的对抗关系。人文主义者对宗教的

---

① 李玉悌:《〈神曲〉的魅力》,《国外文学》1989(2)。
② 肖四新:《基督教人文主义——从〈神曲〉看但丁的宗教哲学观》,《国外文学》2001(1)。
③ 蒋承勇:《从神圣观照世俗——对但丁〈神曲〉"两重性"的另一种理解》,《四川外语学院学报》2002(2)。
④ 周施廷:《关于但丁"文艺复兴先驱"的三次大辩论及其政治意义》,《世界历史》2009(6)。
⑤ 姚二刚:《〈十日谈〉看薄伽丘的人文主义思想》,《黑龙江史志》2010(13)。
⑥ 余迎胜:《〈十日谈〉故事对照中的市民伦理批判》,《外国文学研究》2011(2)。

认识不是整齐划一的,也从来没有否认宗教和教会,他们以虔诚为前提来批评宗教,形成了自己的理想宗教模式,即追求宗教原始的真义,主张宗教宽容,并试图使宗教与世俗分离,并在更高意义上统一。人文主义者寻求宗教与世俗平衡的努力陷入了双重的矛盾,一方面他们更多地停留在理论的层面上来解释世俗和宗教,另一方面他们试图把教会改造成一个抽象的存在,结果陷入了自身无法消解的悖论。①

2. 法国

尽管国内学者对法国人文主义者的研究长期集中在拉伯雷和蒙田,近年来也可偶见突破。郭玉梅对文艺复兴时期的女性作家做了专题研究,评介了包括克里斯蒂娜·德·比桑、艾丽兹娜·德·凯纳、玛格丽特·德·纳瓦尔在内的三位法国女性文学先驱的创作。作者认为,与代表了精英文化倾向的男性作家相比,这一批女性作家可以被看做是文艺复兴文化思潮中更倾向于大众文化的一个群体。② 2010年出版的《欧洲文艺复兴史·文学卷》③设有专章(第八章)介绍文艺复兴时期的女性作家及其作品,属开创性的专题研究尝试。其中提到法国女作家克里斯蒂娜·德·比桑,她的名著《妇女城》是一部反映人文主义思想的杰作。女性"乌托邦"——妇女城的建造展示了女性的智慧、能力和美德,发出了男女平等的呼喊。而女诗人路易斯·拉贝的诗作和散文则提倡女性要为争取爱情自由和平等而奋斗。

关于拉伯雷和蒙田人文主义思想的阐释,列举4篇较有代表性或新意的论文。自从巴赫金以狂欢诗学理论研究拉伯雷以来,拉伯雷就与民间笑谑文化结下了不解之缘。刘春荣的研究独辟蹊径,以精英和民间的关系来重新解读拉伯雷,指出拉伯雷的作品实为"貌似放任背后呕心沥血的字斟句酌",是"先锋化的个性描述","精英与民间的混血"。这种对民间文化的依傍则为新兴人文主义思想提供了巨大能量,在文化的意识层面上的官方文化或主导文化、正统文化,在当时就是已僵死的中世纪文化,是人文主义者竭力摆脱和反抗的。④ 魏茹芳、赵志华则是通过对《巨人传》中的人文主义教育思想的剖析,探讨了欧洲文艺复兴时期倡导个性自由、理性至上和人性的全面发展的人文主义精神及其教育理念。⑤ 王论跃全面评述了蒙田的基本思想:蒙田是理性主义者;深受古希腊罗马哲学思想影响;《随想录》的创作承袭了古希腊人文主义传统;信奉自由

---

① 赵立行:《宗教与世俗的平衡及其相互制约——意大利人文主义者的宗教观》,《历史研究》2002(2)。
② 郭玉梅:《文艺复兴时期法国女性文学创作述评》,《国外文学》2006(3)。
③ 崔莉:《欧洲文艺复兴史·文学卷》,人民出版社,2010年。
④ 刘春荣:《重看拉伯雷与民间》,《外国文学研究》2002(4)。
⑤ 魏茹芳、赵志华:《拉伯雷〈巨人传〉中人文主义教育思想探析》,《时代文学》2009(1)。

自在、随心所欲的人生观;反对权威、质疑权威。① 钱林森从蒙田思想的智慧特色切入,着眼于中西方古典哲学的精神传统和智慧层面的透视,揭示出蒙田之于中国文化的意义。对比蒙田与周作人,单就个性主义文化底蕴而言,蒙田描写自我、展示自我,归根到底是为了思考自我、剖析自我,而"自我反省"精神的缺席,是周作人缺乏哲人底气的原因所在。②

3. 西班牙

从 1922 年,林纾和陈家麟以《魔侠传》的书名把《堂吉诃德》译入中国开始,对塞万提斯的《堂吉诃德》的人物形象和意蕴解读就成为了文艺复兴时期文学研究的一个热门话题。国内绝大多数评论长期停留在将堂吉诃德视作"主观主义者"的代名词这一层次上,而忽视了清醒时的堂吉诃德也是一个人文主义思想家这一事实。情况在 80 年代有所改观,朱维之主编的《外国文学史·欧美卷》③和徐葆耕著《西方文学:心灵的历史》④中,先后提到"愿望的痴愚"和"信仰的解体"说,把这一"末世人文主义者"的悲剧意蕴的解读又推进了一步。对堂吉诃德的人文主义思想,李赐林的总结比较有代表性:反对封建贵族的门第观念;看重自由、热爱自由;反对压迫、主张平等;向往太古盛世的"黄金时代"等。⑤ 蒋承勇以多重讽刺视角为切入,透视塞万提斯描述生活和塑造人物的创作手法,指出堂吉诃德是一个以宗教人本意识为本质特征的人,桑丘则是一个以世俗人本意识为本质特征的人,他们二者的结合构成了塞万提斯式的"人文主义"。⑥

4. 英国

国内对英国文艺复兴时期人文主义文学的研究历来是大家林立,佳作迭出,这一小节的分析对象仅选取与英国文学中的人文主义主题和风格研究为主题的成果,概括为两个领域:"英国文艺复兴时期文学史、诗歌专项研究"的编写、英国人文主义者们的基本思想(宇宙观、时间观、女性观、"及时行乐"等)的呈现与透视。

《英国文艺复兴时期文学史》⑦涵盖 1550—1660 年期间,即英国文艺复兴文学兴盛时期英国文学,论及几乎所有著名的英国人文主义作家:莫尔、锡德尼、斯宾塞、马洛、莎士比亚、琼森、邓恩、培根、弥尔顿等。《英国文艺复兴时期文学

---

① 王论跃:《蒙田引论》,《解放军外语学院学报》1996(1)。
② 钱林森:《蒙田与中国》,《外国文学研究》2002(2)。
③ 朱维之、赵澧主编:《外国文学史·欧美卷》,天津:南开大学出版社,1991 年。
④ 徐葆耕:《西方文学:心灵的历史》,北京:清华大学出版社,2004 年。
⑤ 李赐林:《一个寓言——堂·吉诃德的故事》,《外国文学研究》1994(2)。
⑥ 蒋承勇:《〈堂吉诃德〉的多重讽刺视角与人文意蕴重构》,《外国文学评论》2001(4)。
⑦ 王佐良、何其莘:《英国文艺复兴时期文学史》,外语教学与研究出版社,1996 年。

史》的撰写秉承王佐良先生著史和评议的惯常风格:既重视文学体裁的发展脉络,又注意具体细节,重要作家和问题作"特写式"处理;着重叙述,用语直白通透,有中国观点。如在评述《哈姆雷特》主题的普遍意义和现代性时指出"哈姆雷特的困惑是我们所有人的困惑",无论身处文艺复兴年代,还是在资本主义工业化紧张进行的19世纪,甚至是历经两次世界大战,仍有许多根本矛盾未得到解决,到处吹拂着变革之风的20世纪,人们都能感受到这种困惑和焦灼不安。感受最深的是知识分子,因为哈姆雷特兼有特属于知识分子的优点("敏感、深思、对人对事采取开明的、人文主义的态度")和弱点("犹豫、怀疑")。《英国文艺复兴时期文学史》提供了一份英国人文主义文学发展历程和成就的全景图,是文学断代史、评论专著,又因其内容广博而脉络清晰、论述权威,更是开卷有益的工具书。

李正栓的两本诗歌专项研究专著均是在英国文艺复兴的框架里展开:《英国文艺复兴时期诗歌研究》《邓恩诗歌研究——兼议英国文艺复兴诗歌发展历程》。①《英国文艺复兴时期诗歌研究》融诗歌批评和诗歌翻译为一体,对英国文艺复兴时期诗歌发展的脉络进行了梳理,并对一些诗人的作品,主要是对邓恩、莎士比亚、索思韦尔、锡德尼、赫里克、马维尔、马洛、斯宾塞、弥尔顿等诗人的作品进行微观研究,因而兼顾了宏观探索和微观研究。在"从英国文艺复兴时期诗人的诗作中看文学流变的必然"一节里,作者坚定地提出:"艺术的个性才是一个作家的作品卓然而得以引人注目,并得以流传的必要特征。""摹仿自然"是文艺复兴时期诗歌萌芽的沃土,《英国文艺复兴时期诗歌研究》给予了浓重笔墨,解释"摹仿自然"就是"将有形宇宙的实体置于诗作反映概念宇宙的存在",着力分析文艺复兴时期诗歌中用以抒发强烈个人感情的丰富的自然意象。《邓恩诗歌研究——兼议英国文艺复兴诗歌发展历程》加入莎士比亚十四行诗和斯宾塞诗歌评述,揭示莎士比亚十四行诗的"内美"以及诗人的"婚育观"和"友谊观",剖析斯宾塞《爱情小诗》呈现的时间观。赵冬的《〈仙后〉与英国文艺复兴时期的释经传统》从《圣经》文本及英国文艺复兴时期对《圣经》的阐释两方面来解读斯宾塞的长诗《仙后》,在综合并拓展相关研究的基础上,通过论述基督教的唯一经典著作《圣经》对长诗《仙后》的影响来阐述斯宾塞的宗教观,并且重点论述了英国女王伊丽莎白一世统治时期,《圣经》(尤其是其中的"启示录")对该时代历史的影响在《仙后》及同时期文学作品中的显著反映。本书是斯宾塞宗教观解析的积极尝试,同时也为文艺复兴时期英国诗人的宗教观认知提供

---

① 李正栓:《英国文艺复兴时期诗歌研究》,石家庄:河北大学出版社,2006年;《邓恩诗歌研究——兼议英国文艺复兴诗歌发展历程》,商务印书馆,2011年。

一面镜子。① 胡家峦的《文艺复兴时期英国诗歌与园林传统》将西方文学园林与现实园林两大历史传统结合在一起,研究文艺复兴时期英国园林诗歌的渊源与发展,以及诗歌园林和现实园林之间的互动关系。书中阐述了英国诗歌园林的主要类型及其诗歌表现,进而挖掘各种园林意象在物质和精神方面的内涵,并从园林意象的角度解读文艺复兴时期英国重要诗人的代表作品,剖析其中所表现的政治、社会、宗教、哲学和伦理等方面的相关主题。②

胡家峦的英诗批评成就还体现在"从诗歌中洞悉英国文艺复兴时期诗人的宇宙观"这一主题上,在《圆规:"终止在出发的地点"——文艺复兴时期英国诗人宇宙观管窥》《金链:"万物的奇妙联结"——文艺复兴时期英国诗人宇宙观一瞥》《天人对应与自我探索——文艺复兴时期英国诗人宇宙观探微》一个系列三篇论文里,作者的结论分别是:以邓恩的圆规意象联想到宇宙的形象,象征灵魂的完美和生命的永恒;斯宾塞《仙后》中的金链意象,意味着"爱"把各种品德连成一条美丽的金链,存在之链提供了重大的美学原则,反映出宇宙多元一体的模式;文艺复兴时期英国诗人对人的本体研究,以及小宇宙和大宇宙的类比,反映了天人对应的观念,这种观念在文艺复兴时期英国诗歌中占主导地位,其归根结底反映了人的一种自我探索,以对人的本体认识为出发点和终结点。③ 刘戈对宇宙观的解读视角则是麦克白悲剧的透视,当他所代表的挣脱了宗教、传统和道德束缚后,陡然迷失在高度张扬的自我之中的人性的时候,文艺复兴时期人文主义者的信仰危机得以彰显。④

关于英国文艺复兴时期人文主义精神,徐平的总体概括是:对人本身和自然的赞颂;对爱情和女性的赞美;对知识的渴求以及重现实、重人生的思想。⑤ 吴笛着重从莎士比亚十四行诗中审视以诗人为代表的人文主义者们的时间观:一方面,诗人可以通过对艺术、爱情等超越时间之物的探寻,来超越人的生命隶属于时间的被动地位;而另一方面,面对时间的惶恐,与时间妥协和抗衡但又无法摆脱时间的无情吞噬,导致诗人的情绪从乐观自信向悲观乃至失望转变。⑥ 谢静静、刘丽芳对文艺复兴时期爱情观的归纳是:赞美爱人、歌颂爱情;歌颂婚姻、希望爱情不朽;哀怨爱人的离去、责备女人的不忠。⑦ 杨金才通过对托马

---

① 赵冬:《〈仙后〉与英国文艺复兴时期的释经传统》,外语教学与研究出版社,2008年。
② 胡家峦:《文艺复兴时期英国诗歌与园林传统》,北京:北京大学出版社,2008年。
③ 胡家峦:《圆规:"终止在出发的地点"——文艺复兴时期英国诗人宇宙观管窥》,《国外文学》1997(3);《金链:"万物的奇妙联结"——文艺复兴时期英国诗人宇宙观一瞥》,《国外文学》1999(1);《天人对应与自我探索——文艺复兴时期英国诗人宇宙观探微》,《国外文学》2000(2)。
④ 刘戈:《〈麦克白〉的悲剧感与文艺复兴宇宙观危机》,《国外文学》2009(4)。
⑤ 徐平:《英国文艺复兴时期的诗歌意象及其人文主义精神》,《名作欣赏》2009(24)。
⑥ 吴笛:《论莎士比亚十四行诗中的时间主题》,《外国文学评论》2002(3)。
⑦ 谢静静、刘丽芳:《美的诗篇,爱的赞歌——浅析英国文艺复兴时期的爱情观》,《名作欣赏》2011(12)。

斯·莫尔、托马斯·艾略特作品的分析,总结人文主义女性观及其缺失:人文主义作家们围绕女性是否能接受教育的问题抒发对女性的看法,有积极的一面,但大都仍然依照父权社会的审美标准和价值观念对女性进行形塑,在很大程度上忽略了女性的主体性。[①] 潘道正认为,《暴风雨》中凯列班的形象,喻示着莎士比亚的人文主义精神,这种精神突破了狭隘的殖民主义视角、与自然无限亲近,具有极强的现实意义。[②] "及时行乐"是文艺复兴时期的常见诗歌主题之一,代表了特定背景下的人文主义思想,毕昇[③]、黄然[④]、游燕平[⑤]、李华华和刘倩[⑥]、毛双惠[⑦]、韩玲[⑧]等人先后分析了这一主题的思想源流、传统评价和积极内涵。

---

① 杨金才:《从人文主义教育看英国文艺复兴女性观》,《外语与外语教学》2005(1)。
② 潘道正:《凯列班:人文主义者想象的他者——莎士比亚〈暴风雨〉的殖民主题与人文精神》,《天津外国语学院学报》2010(4)。
③ 毕昇:《从马维尔等人的诗歌看及时行乐——浅谈文艺复兴时期的英诗主题》,《沧州师范学院学报》2007(3)。
④ 黄然:《十六到十七世纪英国诗歌中"及时行乐"主题之原型分析》,《和田师范专科学校学报》2008(2)。
⑤ 游燕平:《从邓恩与马维尔等人的诗歌看及时行乐——浅谈文艺复兴时期的英诗主题》,《安徽文学》2009(3)。
⑥ 李华华、刘倩:《浅析文艺复兴时期英国诗歌中的"及时行乐"主题思想》,《时代文学》2009(8)。
⑦ 毛双惠:《希腊罗马诗歌和英国诗歌中"及时行乐"主题之比较研究》,《语文学刊》(外语教育教学)2009(8)。
⑧ 韩玲:《〈致羞涩的姑娘〉和〈给少女们的忠告〉及时行乐主题》,《语文学刊》(外语教育教学)2009(12)。

第二章
17世纪欧洲文学流派研究

第一节 总 况

1949年7月,第一届全国文联代表大会在北京(时称北平)召开。大会总结了新文化运动以来的文艺成就与问题,分析了文学艺术的性质,确定了以毛泽东《在延安文艺座谈会上的讲话》为文艺运动的总方针。① 大会还发出了为建设新中国的人民文艺而奋斗的号召,②提出了文学艺术的"普及与提高"等问题。③ 新中国的世界文学研究,包括17世纪欧洲文学在内,就是在这样的背景下开始的。

新中国成立之初,国家面临方方面面的重建工作,其中也包括文学艺术的重建。受当时的特殊国际环境的影响,文学的重建工作从一开始就有着较为明确的意识形态属性,并有着浓厚的苏联文学的烙印。1952年,文艺理论家冯雪峰在《文艺报》发表署名文章,号召文艺工作者虚心向苏联学习:"我们学习苏联不仅指最先进的科学与技术,同样指最先进的苏联的文学与艺术。"④学习苏联成为共识,而学习的目的则在于用"先进的文学"武装自己,在文化重建的历程

---

① 周扬在7月5日作了题为《新的人民的文艺》的报告,旗帜鲜明地指出:"毛主席的《文艺座谈会讲话》规定了新中国的文艺的方向,解放区文艺工作者自觉地坚决地实践了这个方向,并以自己的全部经验证明了这个方向的完全正确,深信除此之外再没有第二个方向了,如果有,那就是错误的方向。"见《中华全国文学艺术工作者代表大会纪念文集》,新华书店,1950年。

② 郭沫若代表大会所作的"总报告"的题目即《为建设新中国的人民的文艺而奋斗》。总报告最后的号召是:"一切反帝反封建反官僚资本主义的文艺工作者团结起来,为彻底完成新民主主义的政治革命而奋斗!为彻底完成新民主主义的文化革命文艺革命而奋斗!"

③ "普及与提高"是周恩来在大会政府工作报告中提出的六个问题之一,另五个是团结问题、为人民服务问题、改造旧文学问题、面向观众问题、组织问题。

④ 冯雪峰:《学习党性原则,学习苏联文学的先进经验》,《文艺报》1952(21)。参见李岫、秦林芳主编:《二十世纪中外文学交流史》,石家庄:河北教育出版社,2001年,第563页。

中,创造出自己的先进文学,具有"洋为中用"的突出特点。文学的内容和形式,文学的体裁与分类、风格与流派、鉴赏与批评,连同文学的起源以及文学的形象性、真实性、典型性等,都与党性、人民性、阶级性联系在一起,无不受到苏联文学的影响。陈众议后来评价说:"新中国成立初期我国的外国文学研究几乎可以说是从一张白纸开始的。而社会主义苏联则顺理成章地成了我们的榜样。'向苏联老大哥学习','沿着社会主义现实主义道路前进'无疑是50年代我国外国文学研究的不二法门。"①

在这样的背景下,包括17世纪的欧洲文学,特别是西欧文学,因属于批评对象而很少得到关注,更未获得真正的研究。1958年,在中宣部领导下,中国社会科学研究院曾组织实施过一项宏大的文化工程,即著名的"三套丛书"工程,但其中的二百多种著作却鲜有17世纪的欧洲作品。更为重要的是,1960年中苏关系交恶之后,苏联文学随之成为修正主义文学而遭到批评。但是,外国文学并未因此而完全冻结,而是转为一种需要普及的知识呈现于教材之中。

新中国自主编写的第一部欧洲文学史教材,是北京大学主持编写的《欧洲文学史》。本书分上、下两册,上册由人民文学出版社于1964出版。它采用历史分期法,每章皆由概论与分论两个部分组成。概论部分旨在呈现某一时期的文学轮廓,包括其与当时的社会历史和学术思潮的关系;分论部分则分别叙述若干国家的文学概况,重点是有代表性的作家作品。第四章也是新中国第一次较为系统地介绍17世纪欧洲文学的文字。本章共五节:概论;法国古典主义文学和莫里哀;英国文学和弥尔顿;西班牙文学;德国文学。本书旨在为读者提供欧洲文学发展的基本知识,但苏联的身影还是清晰可见,比如其绪言就明确指出:"我们分析一个作家、一部作品,要看其属于哪个时代、哪个阶级,是人民的文学,还是统治阶级文学;是某一阶级上升时期的,还是没落时期的。"②参加本书编写的有北京大学、中国社会科学院、华中师范大学、北京师范大学、北京外国语学院等的专家学者,水平之高毋庸置疑,而严谨的治学态度更是难能可贵。正因为如此,即便在今天,本书依旧享有很高的学术声誉,其所遵循的学理思路,连同其编撰体系,已然成为众多后继者的榜样。③

---

① 陈众议:《中国外国文学学会第十届年会开幕词》。
② 杨周翰、吴达元、赵萝蕤主编:《欧洲文学史》,人民文学出版社,1964年,第7—8页。其绪言引用的权威文献共计十一个,含毛泽东六个,马克思、恩格斯二个,列宁三个,都是革命导师的经典表述。本书后来曾多次再版,但内容并无改变,说明其成果是公认的。
③ 同时,本书也显示着对传统的一种继承。周作人1917年为北大学生授课所用的讲义《欧洲文学史》由上海商务印书馆于次年出版;《欧洲文学发展史》(1908/1923),后者虽然用了一章的篇幅讲17世纪,但篇幅很小,内容也只涉及法国古典主义(围绕"三一律"讨论了高乃依的《熙德》),重点是莫里哀(莫里哀作品中的人物分析)。它们的基本走向的背景、作家、作品。其他著作也都大同小异,同属"介绍"性质,旨在借以"整理旧文学、创造新文学"。

在新中国成立后的十七年间,有关17世纪欧洲文学的论文可谓凤毛麟角,较有影响的是朱光潜《法国新古典主义的美学思想》。① 文章从"经济政治文化背景""笛卡尔的理性主义的哲学和美学""布瓦罗的《论诗艺》、新古典主义的法典""古今之争:新的力量的兴起"四个方面,对17世纪法国古典主义作了较为全面的评价。这是新中国成立后第一篇在学理思路指引下的学术文章,其基本方法、连同阶级意识,都在上述那本两年后的《欧洲文学史》中有着较为鲜明而独特的体现。

1966—1976年间,在特殊的文化思潮支配下,中国文学基本处于封闭状态,中断了与西方的学术交流,对外国文学的介绍全面停止,仅有少量作品以"黄皮书"的形式,在新华书店的某个隐蔽的角落出售。1977—1979年间,虽然政治气候已经改变,但改革开放之初,纷至沓来的是各种社会思潮和多元的文学形态,包括西方国家的主流文学思潮如印象主义、象征主义、达达主义、未来主义、表现主义、超现实主义、存在主义、荒诞派、意识流、黑色幽默等。面对五花八门的文学现象,最直接的反应是拿来主义,研究则尚需时日。至于17世纪欧洲文学,因为本来就不在潮流之列,另加十余年的沉寂,所以即便在进入80年代之后,依旧存在普及的问题,而研究则尚需更多时间。

1978年12月,改革开放成为基本发展国策后,观念的更新随之出现,虽然并未产生立竿见影的效果,但却因此而在80年代掀起了一次西学东渐的历史高峰,外国文学的基本格局也因此而发生了很多变化。首先,对欧洲文学作品的翻译、介绍、研究,在新中国历史上的活跃程度前所未有。其次,1977年恢复高考,为外国文学研究储备了大量人才。再次,全国美国文学研究会与中国外国文学学会于1979年和1980年相继成立,是为新中国外国文学研究的重大事件。此外,《外国文学研究》于1978年创刊,成为改革开放后国内最早创办的外国文学研究刊物,它与随后相继创刊的《外国文学》(1980)、《国外文学》(1981)和《外国文学评论》(1987)一道,标志着外国文学研究有了属于自己的阵地。最后,1991年国家社科基金项目设立后,外国文学研究被提升到国家战略层面。这一切,为外国文学的研究奠定了坚实的基础,使之迅速进入一个稳步发展期,其基本表现:一是研究队伍不断壮大,二是成果数量稳步上升,三是研究内容趋向多元,四是研究质量逐渐提高。

在上述四个表现中,最为直观的是论文成果的数量。根据我们的不完全统计,有关17世纪的论文,1959年只有1篇,1949—1958年以及1960—1981年间都为0篇;在1982—1993年的12年间也只有25篇,年均2篇;而1994年则猛增到58篇,之后的5年时间内均在70−79篇之间;到1999年再次跃升到

---

① 朱光潜:《法国新古典主义的美学思想》,《北京大学学报》1962(1)。

110篇,到2009年则增加到311篇。若按十位、百位计,则1949—1993年的34年间,总量共计31篇,年均不足1篇;1994—1998年的5年间,总量为354篇,年均70篇;1999—2009年的11年则为1977篇,年均180篇。这说明,有关17世纪欧洲文学及文学流派的研究,在改革开放以前基本处于停滞状态,直到改革开放的三年之后才略有改变,而真正的起色则是1994年。我们知道,论文数是评价研究成果的一项重要指标,而这项指标所反映的是,严格意义上的有关17世纪欧洲文学流派的研究,在新中国成立后的60年里,实际只有16年时间,尽管起步较晚,但进步较快。

对研究成果的衡量,论文数只是一个方面,论文质量是另一方面。此外还有诸多其他要素,比如学术专著、科研项目以及教材等内在要素,以及文化交往、社会思潮、科研条件等外在要素。在中国的特殊语境下,能够与学术专著比肩的是教材,包括文学史、文学作品和文论史三个大类。其中,文学史又包括通史和国别史两类,都是系统性最强、普及率最高的相关成果。

通史类有石璞《欧美文学史》(四川人民出版社,1980)及廖可兑《西欧戏剧史》(中国戏剧出版社,1981)等。国别史类有杨周翰《十七世纪英国文学》(北京大学出版社,1985)、陈振尧《法国文学史》(外语教学与研究出版社,1989)、余匡复《德国文学史》(上海外语教育出版社,1991)等。《欧美文学史》第三部分第三章以法国文学为重点评述了古典主义的特征和流派,对比了高乃依和拉辛的作品,重点分析了莫里哀的《伪君子》和《吝啬人》,力图揭示其中蕴含的人民性和现实主义精神。在《西欧戏剧史》中,整个17世纪的内容只有法国古典主义戏剧,虽然显得单薄,但却既是一本教材,也是一部学术专著。《法国文学史》用了两章的篇幅讨论17世纪文学,特别是古典主义戏剧和文艺沙龙,既有具体观念如"三一律"的评说,也有抽象概念如"自然""理性"等的讨论,特别是对文艺沙龙的成就给与了应有的肯定。在《德国文学史》中,17世纪仅仅是第一章的一个组成部分,而且只限于对巴罗克文学的介绍,属典型的普及性质。比较而言,《十七世纪英国文学》既可算作专论,也可视为散论或文集,其中的14篇专题文章所论及的作家,恰如书中"小引"所说,在当时大多比较陌生,比如性格特写、玄学派、巴罗克等。全书的最大特点是浓烈的趣味性、可读性、知识性,其中不少选段都由作者自己译出。

文学作品类教材大多是作为文学史的补充而出现的,所以基本体例都是作者简介与作品选读。比如《英国文学名篇选注》(王佐良等主编,商务印书馆,1983),[①]虽然其作者简介部分也会涉及某个派别,如玄学派、骑士派,但因全书的着力点是作品的文字阐释,所以对于流派的介绍大多只限于术语本身。朱维

[①] 本书是商务印书馆1962—1965年版《英美文学活页文选》的扩充,共收入作家52人。

之等主编的《外国文学简编》(中国人民大学出版社,1980)早在 1974 年就作为内部教材刊印,关于 17 世纪,主要讨论的是英法两国的文学,分别以弥尔顿和莫里哀为代表。书中的一个重点是莫里哀,其生平和《伪君子》介绍了占一个专节的篇幅。

文论史包括美学史和文论史,前者如朱光潜《西方美学史》(人民文学出版社,1979),后者如伍蠡甫、翁义钦《欧洲文论简史》(人民文学出版社,1985)以及缪朗山《西方文艺理论史纲》(中国人民大学出版社,1985)。《西方美学史》将 17 世纪与 18 世纪合并为一章,从法国新古典主义、英国经验主义、法国启蒙运动、德国启蒙运动、意大利历史哲学派等流派入手,旨在从中清理出美学和文艺学的发展线索,是一部充满探究精神的力作。《欧洲文论简史》也把 17—18 世纪合为一章,以突出古典主义与反古典主义的对立。《西方文艺理论史纲》则用专章,从"学古"与"法上"两个层面对法国古典主义加以讨论,特别值得注意的是,本书肯定了"三一律"在消除戏剧艺术的混乱现象方面所发挥的积极作用。

在新中国成立后的 60 年间,针对 17 世纪欧洲文学研究,是一个立足中国、放眼世界、带有总结性质的研究,具有强烈的"文以载道"意识。尽管"道"的指向因时代的不同而不同,但其基本内涵却是始终如一的,借用《德国文学简史》的话说,就是"厚今薄古,古为今用,外为中用"。[①] 因为目标读者都是明确的,加之文学的意识形态属性并未根本改变,所以无论教材还是论文,往往都从社会发展的视角切入,用以关照和分析的具体流派及其代表人物。比如"三一律"源自专制政体的政治意图,高乃依是先进文化的代表,古典主义扼杀艺术家的自由创造等,都是这种"道"的具体表现,都以"洋为中用"为落脚点,所谓"他山之石,可以攻玉……这正是我们今天学习外国文学应吸取的经验"。[②] 但从根本上说,这种"道"始终都是以意识形态为其直接指向的。

另一突出特点是强烈的二元分析方法。立足于 17 世纪,承认其对 16 世纪的继承与对 18 世纪的启迪,既肯定其先进性,也指出其保守性,即便以和谐为核心,也都从对立统一的角度加以总结,即便仅仅讨论一个细小的问题,也要找出其中的对立因素,并通过对矛盾的分析而努力辨析所蕴藏的本质,这种典型的二元分析法,既反映着对辩证法的运用,也反映着中国固有的阴阳哲学思想。由此而来的结果是雷同与创新的并存。雷同的表现是,研究的选题大多缺乏新意,而创新的结果则是本质主义研究逐步让位给比较分析,对文学本身的认识也因此而更接近客观真实。这是对学术本身的尊重,由此而来的结果之一,韩

---

① 冯至、田望德、张玉书、孙凤城、李淑、杜文堂编著:《德国文学简史》,人民文学出版社,1958 年,第 3 页。本书是 50 年代中国学者撰写的唯一一部外国文学史专著。全书共五篇,其中第二篇"从封建主义到资本主义过渡时期的文学"的主要内容为 16 世纪和 17 世纪的德国文学。

② 杨正和:《法国古典主义对德国的影响》,《江西大学学报》1982(2)。

加明称之为"从依赖语录到关注学术探讨"。① 对此,只须比较北京大学主持编写的新旧两种《欧洲文学史》便可略见一斑。②

较之于1964年的旧版,2001年的新版既是一种继承,也是一种突破。以巴罗克文学为例,旧版基本没有介绍,尽管也提到意大利马里诺诗派、西班牙冈果拉诗派、法国贵族沙龙文学、英国玄学派和骑士派,但都将它们视为"贵族形式主义文学"而加以否定,巴罗克的概念也不曾有过出现。新版则不仅在17世纪文学的"概述"部分论述了"巴罗克风格"及其在文学艺术中的反映,而且在随后各章分论各国文学时,也具体论述了不同国家的"巴罗克文学"或"巴罗克式的文风"及其表现、成就和特点。这种变化,既坚持了"实事求是、尊重历史的原则",也显示了学风的变化,表现了勇于追求真理的学理思想和学术追求。用王守仁的话说:"比较这两部文学史,我的感觉是新《欧洲文学史》与时俱进,既承继优秀传统,又有创新和超越。"③

从一个更宏大的范围说,20世纪的中国与17世纪的欧洲,在社会文化领域有着很多相似之处:都经历了战争的洗礼、社会格局的调整和国家意识的重建,都逐步走向了稳定与繁荣,都形成了一统的官方文学纲领,都主张优秀的文学必须提升人的精神世界,也都强调文学的意识形态属性。但也正是由于意识形态的原因,中国的针对17世纪欧洲文学流派的研究,迄今为止依旧十分薄弱,拓展与深入的空间依然很大。

第二节 欧洲古典主义研究

在17世纪欧洲文学流派中,古典主义是新中国成立60年来探究得最多的流派。古典主义有广义和狭义之分。广义的古典主义始于古罗马时期,一直延续到现在;狭义的古典主义也叫新古典主义,则特指17世纪从法国延伸到欧洲其他国家的一种文化思潮。在我们的论述中,由于时代是明确无误的,加之所考察的对象中,相当数量本身就没有使用"新"字,所以但凡使用古典主义时,指向都是17世纪的所谓新古典主义。

新中国成立后的欧洲古典主义研究,在时间跨度上大致可以分为三个阶段,即起步阶段(1949—1993)、发展阶段(1994—2009)和深化阶段(2010年以

---

① 韩加明:《外国文学编撰史与时代变迁》,《外国文学评论》2011(2)。
② 旧版即上文提到的杨周翰、吴达元、赵萝蕤主编的《欧洲文学史》(人民文学出版社,1964),新版即李赋宁任总主编,刘意青、罗经国主编的《欧洲文学史》(商务印书馆,2009)。下引"实事求是、尊重历史的原则",见新版"编者说明",第2页。
③ 王守仁:《我们时代的欧洲文学史》,《外国文学评论》2001(4)。

后);在所涉内容上包括综合研究和国别研究两类;在呈现方式上则以文学史和论文为主。因时间跨度和呈现方式都与上文基本重叠,所以在接下来的讨论中,我们将以内容为线索,综合各个时段和各种呈现方式,就综合研究的主要方面作一简单概括,而后再分别讨论古典主义的国别研究。

1. 对古典主义的综合研究

正如李思孝所指出的,"古典主义是欧洲近代第一个名副其实的文艺思潮,它有纲领,有作品;有理论,有实践;它包容了广大的空间和长远的时间:它从法国开始而遍及欧洲的各个国家。"① 所以,有关古典主义的理论与实践,特别是针对布瓦洛《诗的艺术》的研究,一直是60年间的一大重点。我们知道,布瓦洛《诗的艺术》曾被普希金比作诗坛的《可兰经》,因为布瓦洛崇尚罗马古典主义的创作原则,模仿贺拉斯的《诗艺》,用1100个诗行,从总论、次要诗类、主要诗类、作家修养四个方面,系统论述了自己的文艺主张。古典主义的纲领或理论就集中地表现在这部作品之中。对此,所有的研究都是一致认可的,但其究竟包含哪些具体内容,则各项成果却有着不同的侧重。

针对古典主义理论的最早的成果之一是周来祥的《论古典主义的类型性典型》。② 正如标题所示,文章的侧重点是"典型形态"。作者从马克思的"人的一般的本性"出发,认为艺术是一种美的形态,其突出特点是主体与客体、感性与理性、再现与表现、理智与意志、情感与理智的自由和谐的统一,所以凡属和谐美的艺术都是古典主义,如西方从古希腊到启蒙运动之间的文学,以及中国从先秦到明朝中叶之间的文学。可见,所谓"典型形态"就是"和谐"。陈兆荣也从类型的角度加以阐释,但其侧重点却转向了人物形象的塑造,认为作品在刻画人物形象时应该遵循"合适"的原则。文章还进而阐释了类型说的理论渊源,探讨了中国传统文学中的人物类型。③ 另外的许多其他论文,比如陆学明《论典型的本质特征》、吴予敏《绝对主义国家与新古典主义的哲学基础》、杨正和《法国古典主义对德国文学的影响》、曾繁仁《新古典主义与启蒙主义美学思想的异同》等,也都是对古典主义理论本身的探讨。④ 这些论文尽管切入点略有不同,但都属本质主义的研究,都强调古典主义的共性特征,也都旨在回答古典主义究竟是什么的问题。其他问题,如古典主义理论和理论家、古典主义的发展,以及古典主义与其他流派的区别等,都是围绕这一根本问题展开的。

---

① 李思孝:《从古典主义到现代主义:欧洲近代文艺思潮论》,北京:首都师范大学出版社,1997年,第54页。
② 周来祥:《论古典主义的类型性典型》,《河北大学学报》1982(1)。
③ 陈兆荣:《新古典主义的类型说》,《扬州大学学报》2004(2)。
④ 陆学明:《论典型的本质特征》,《社会科学战线》1982(2)(1982);陈兆荣:《新古典主义的类型说》,《扬州大学学报》2004(2);杨正和:《法国古典主义对德国文学的影响》,《江西大学学报》1982(2);曾繁仁:《新古典主义与启蒙主义美学思想的异同》,《山东大学学报》1992(4)。

如果说上述论文的特点是从观念入手,在阐释观念的基础上解释古典主义的本质特征的话,那么,与此相反的另一组论文则从作品出发去理解古典主义。石蕾《古典主义悲剧艺术的新高度》以拉辛的悲剧作品为例得出结论说,拉辛的作品"充满着浓郁和沉闷的悲剧气氛,将悲剧艺术推进到一个新的高度,成为三一律的典范,并体现了古典主义崇尚理性的原则,同时挖掘角色的内心世界,表现人物的复杂感情,显示出深厚的语言功力和浓郁的艺术魅力"。① 张倩《论高乃依〈熙德〉中的古典主义元素》则认为,作为法国文学史上的第一部古典主义悲剧,《熙德》既突破又具备"三一律"的创作手法,具有理性至上的精神元素,语言雄辩而华美,故事情节蕴含着鲜明的政治思想,"尽显了古典主义戏剧的艺术特征,无疑是一部集合古典主义元素的典范之作,闪耀着古典主义文学的光芒"。②

第三个视角是比较研究,特别是与中国作品的比较。比如张碧和邢昭对高乃依戏剧与元戏剧的比较。文章作者从空间逻辑的两难结构和大团圆的结局的角度,结合受众的不同审美心态,对高乃依和元戏剧加以研究,认为二者都设置了十分明显的"两难"结构模式,显示出相似的社会文化背景,也显示着基于叙事必要的文本体制,即高乃依所遵从的"三一律"和元代戏剧结构严谨、篇幅相对短小的文本体制。这种体制既关乎各自受众的审美意识,也涉及作者对这种审美心态的建构。③ 董路《中国古典悲剧与法国古典主义悲剧》、徐丽丽《〈熙德〉和〈红楼梦〉之古典主义美学内涵的平行研究》④等也都属同一类型的论文。在基于中国语境的古典主义研究中,特别值得一提的是潘水萍。她基于自己的博士论文,于2011年先后在多家刊物发表了一系列文章,探讨古典主义何以会在当代中国失语的问题。尽管其研究对象是中国的古典主义,但横贯其系列论文的学理思路却与17世纪欧洲古典主义紧密相连。比如,她的一篇文章不仅以"古典主义文艺思潮"开篇,而且还在"古典主义"后特别添加了Classicism。⑤

事实上,正如潘文所说,梁实秋等早在20世纪之初就有着鲜明的古典主义立场,并且是基于理性与克制的基础之上的。⑥ 但是也正如古典主义在欧洲的境况一样,其在中国的出现同样伴随否定的声音。1917年,陈独秀就在《新青年》撰文,主张推翻腐朽的旧文学而建立革命的新文学。他把古典主义视为阿

---

① 石蕾:《古典主义悲剧艺术的新高度》,《戏剧艺术》2009(9)。
② 张倩:《论高乃依〈熙德〉中的古典主义元素》,《文化研究》2009(9)。
③ 张碧、邢昭:《"两难"结构的中西变体与"大团圆"结构的文化社会机制:高乃依戏剧与元剧结构比较研究》,《西南民族大学学报》2010(9)。
④ 《语文学刊》2009(1)。
⑤ 潘水萍:《古典主义在中国的研究综述》,《湖北社会科学》2011(2)。
⑥ 潘水萍:《古典主义在中国研究论题的失语与重估》,《徐州师范大学学报》2011(4)。

谀的、铺张的、陈腐的贵族文学,是平易的、新鲜的、通俗的社会文学的绊脚石。陈独秀的这一基本态度与胡适、茅盾等的基本看法一致,都把古典主义视为明日黄花的守旧文学加以排斥,虽然所针对的是中国古典主义,但欧洲古典主义的身影也是显著的,不但对新中国成立后的文学创作,而且对西方文学批评,也都产生了深远的作用。

更为重要的是,改革开放以前,正如前文所说,毛泽东《在延安文艺座谈会上的讲话》一直是文艺创作的指导思想,直接决定了中国文学艺术的发展方向和文学批评的基调。在长达近半个世纪的时间里,对古典主义的研究可谓凤毛麟角。比如在1949—1993年间,各种杂志所刊发的有关古典主义的文章,据我们的初步统计,只有30篇左右,其中的大多数也都仅限于一笔带过,往往只在讨论浪漫主义、人道主义,以及建筑、音乐、绘画等的文章中有过零星的提及。专门论述17世纪欧洲古典主义的文章,大多是在1979年后才出现的,而且选题也主要限于上述三个方面。更具系统性的论述则往往见于教材,特别是文论史教材。

胡经之主编的《西方文艺理论名著教程》(上)辟专章讨论古典主义。执笔人王森龙称布瓦洛《诗的艺术》是古典主义的理论法典,并从四个方面就其主要内容作了总结:理性是艺术达到完美的根本途径;模仿自然是文艺的根本任务;学习古人是获得艺术成功的捷径;艺术的尽善尽美在于审慎地选择和运用艺术形式和写作技巧。① 以此观之,则我们必须回答的问题包括:(一)什么是理性?为什么说理性是艺术美的根本途径?其理论依据是什么?其实现途径有哪些?(二)什么是自然?为什么说它是文艺的根本任务?如何才能将自然转化为艺术?(三)为什么要模仿古人?模仿哪些古人?模仿他们的什么?如何模仿?(四)为什么要慎选艺术形式?写作技巧有哪些?艺术形式和写作技巧是一个观念还是两个?尽善尽美的艺术是什么样的?

这些问题都与王森龙的归纳直接相关,虽然不是全部,但若用以对照已有的研究成果,则足以让我们清楚地看到:迄今为止,所有已经获得的成果,都是对上述某个或某些问题的回答。有的是关于理性的,如杨正和、陈静《理性的沉思:论欧洲17世纪古典主义的理性精神》;② 有的是关于"三一律"的,如黎梁《"三一律"探微》;③ 有的是关于艺术思想的,如赵树榕《简论布瓦洛艺术思想的当代性》。④ 但是,更多的问题却尚未获得回答,或者回答得不尽如人意,如古

---

① 王森龙:《布瓦洛与新古典主义的理论法典〈诗的艺术〉》,见胡经之《西方文艺理论名著教程》,北京大学出版社,1988年,第141—149页。
② 《江西师范大学学报》2004(2)。
③ 《社会科学家》2006年10月增刊。
④ 《内蒙古师范大学学报》2005(2)。

典主义的文学特征问题、艺术魅力问题、情感态度问题、人文关怀问题、语言艺术问题等。甚至于有关如理性的问题、自然的问题、模仿的问题等，也没有得到深入的研究。这表明，对于古典主义，我们的选题依旧狭窄。值得注意的是，王森龙虽然没有就这些问题给出全面的回答，但却恰到好处地指出了"三一律"之于古典主义的重要性，而对"三一律"的批判——古典主义的金科玉律、集权寡头意志体现、封建贵族的审美需要、约束思想的更具——则是我们对17世纪欧洲古典主义的一个共识，①直到最近才有所改变。这种改变的集中体现是李赋宁任总主编，刘意青、罗经国主编的《欧洲文学史》。因为《欧洲文学史》将其放于法国文学部分，所以我们也将在法国古典主义部分加以讨论。

2. 法国古典主义研究

古典主义在法国找到了适合的土壤，并在法国人布瓦洛的手中成为规范，而后走向欧洲其他国家，这是人们的普遍共识。因此，法国古典主义最早，也最多地被研究，也就不足为奇了。早在1962年，朱光潜就发表了《法国新古典主义的美学思想》。前面曾提到过这篇的结构，这里不妨略作展开。在第一部分的背景介绍中，文章明确指出：有标准、有法则、规范化，服从权威，都是古典主义的基本信条；作为罗马继承人的法国人，心醉神迷的是恢复帝国的响亮称号。在第二部分讨论古典主义的理论基础时，文章特别强调：当时君主专制的哲学基础是中世纪的神权说，而理性主义则动摇了中世纪繁琐哲学的思维方法和对教会权威的信仰，要求对事务进行科学分析。文章还用笛卡尔《论巴尔扎克的书简》分析文辞的纯洁是如何体现于整体与部分、形式与内容。这些都表现出作者强烈的真理探索精神，显得异常地难能可贵。第三部分则引用布瓦洛的17个片段，对《诗的艺术》的基本内容逐一进行了解读，并总结如下：

> 总之，它从理性主义观点出发，坚信自然中真实的和符合理性的东西都有普遍性和规律性，因此文艺所要表现的是普遍的而不是个别的偶然的东西；古典作品之所以长久得到普遍的赞赏，也就因为它们抓住了普遍的东西；所以我们应该向古人学习怎样观察自然和处理自然；事实上古人在实践和理论中已经显示出文艺的基本规律，后来人应该谨遵毋违。文艺的职责首先在表现，因为普遍的东西都不是新鲜的而是人人都知道或都能知

---

① 在阎国忠主编的《西方著名美学家评传》（合肥：安徽教育出版社，1991年，第49—68页）中，李德军也认为，布瓦洛《诗的艺术》提出了一系列文艺创作的规范和原则，内容特别丰富，"可以称为古典主义的百科全书"。与王森龙不同，李德军是从三个方面来概括《诗的艺术》的主导思想的：崇尚理性这一文艺的最高准则；皈依古典的凝固的创作模式；尊爱道德这一诗人的人格修养和社会使命。文章作者还特别指出了"三一律"的重要性，并在对三个方面逐一进行说明之后指出："布瓦洛正是把自己所总结的规范凝固化、绝对化、使之成为刻板的尺度，这一点在'三一律'问题上体现得尤为突出。"又在引"对理性要服从它的规范"后评价道："当规范成了剂方，人们只需如发炮制时，它就成了戏剧创造的桎梏。"

道的,艺术的本领就在把人人都知道的东西很明晰地很正确地而且很美妙地说出来,供人欣赏而同时也给人教育。做到这种境地,文艺就达到了高度的完美。应该肯定,新古典主义的这种理想基本上是健康的,符合现实主义的。

整部《诗的艺术》的基本思想总结得清楚明白,言简意赅,自己的态度也跃然纸上。后来有关布瓦洛及其《诗的艺术》的研究,基本上都遵循这里的框架、范围,可见其影响之深远。但在此后相当长的时间里,关于法国古典主义的研究却没有论文出现。改革开放后的1982年,杨正和《法国古典主义对德国文学的影响》开启了对古典主义的传播的研究。①

此后,有关法国古典主义的研究逐渐增多,所涉内容包括法国古典主义与封建专制主义的关系、②法国古典主义的价值取向等。③ 这些成果中,相当一部分已经在前面论及过,这里不再赘述。需要特别说明的是,它们中的大多数要么属于介绍性质,要么依旧体现着较强的阶级性意识,要么主要贡献已经纳入新版《欧洲文学史》,所以,下面我们将遵循基本的学理思路,对新版《欧洲文学史》的相关内容作一简单概括。作为最能代表60年研究进展的新版《欧洲文学史》,用24页的篇幅,④专门论述了17世纪的法国文学,而古典主义则横贯始终。作者⑤充分吸收了已有的研究成果,坚持全面、客观、科学的态度,反映着当下的最新研究成就。较之于其他相关成果,新版《欧洲文学史》具有如下显著突破:

首先是"三一律"的"定于一尊"问题。作者认为,其背后不但有王权的扶持,更有两个重要的社会原因:一是对理性主义的普遍认同为文学的规范化铺平了道路,二是宫廷和沙龙的活跃为古典主义提供了有利的文化环境。这就拓宽了视野,突破了布瓦洛制定古典主义法则的传统观念。其次是古典法则的当下运用问题。作者明前指出,古典主义法则大多是为戏剧拟定的,"依据法则创作的古典主义戏剧取得了辉煌的艺术成就,所以有17世纪是戏剧世纪的说法。众多古典主义剧作家有如群星,构成了古典主义戏剧星座"。这就更正了古典主义法则是创作的精神桎梏的误解。第三是探讨的内容与方法。作者的讨论分析既有古典主义的戏剧,也有古典主义的小说和诗歌,显示着更加开阔的视

---

① 杨正和:《法国古典主义对德国文学的影响》,《外国文学研究》(人民大学复印报刊资料)1982(6)。
② 徐鹤森:《17世纪法国古典主义文化封建专制统治的关系》,《杭州师院学报》1987(4)。
③ 武跃速:《人与世界的和谐乐章:论17世纪法国新古典主义文学的价值取》,《江南大学学报》2007(2)。
④ 即第一卷,第293—318页。本文在这一部分所引用的原文皆由此而出,为省篇幅,不再单独列出具体页码。
⑤ 按书中所给执笔者名单,17世纪法国文学由罗芃执笔。

野,讨论本身也更加学术化。

除此之外,《欧洲文学史》还在布瓦洛及其《诗的艺术》上具有三个重大突破。一是《诗的艺术》的形成问题。作者指出:"古典主义戏剧到布瓦洛的时代已经形成了完整的创作方法,各种体裁的诗歌也产生了大量作品,对古典主义戏剧以至更广泛地对古典主义文学进行理论总结的条件已经成熟。这个任务便由喜爱在诗歌作品中论辩的布瓦洛历史地承担起来。"这就肯定了《诗的艺术》的文化功能和历史必然性,同时也矫正了对其产生原因和意图的固有偏见。二是理性问题。作者明确指出:"理性和自然是《诗的艺术》的两个核心概念。布瓦洛没有对他的理性概念下定义。"作者还对沃弗纳尔格"在布瓦洛身上,理性和情感是不可分的"的名言给予了一定的肯定。这就一定程度地改变了有关布瓦洛只重理性、反对情感的偏见。三是"古今之争"问题。作者给出的结论是:"对于以布瓦洛为代表的一派,不能简单地以'保守'论。布瓦洛、拉辛等作家并非食古不化的保守派……'古今之争'从美学观和艺术观来说,并不是对古典主义的否定。恰恰相反,'古今之争'的结果是进一步肯定了古典主义的审美观和审美情趣。"这就更加体现出真正的历史唯物主义的态度,亦即实事求是的科学态度。

上面的简要回顾与分析表明,对法国古典主义的研究,犹如对整个17世纪欧洲文学的研究一样,到新中国成立60年之际,研究出现了一个全新的格局。

3. 英国的古典主义研究

17世纪的欧洲各国,先后都曾经有过各自的古典主义,但新中国60年间,对法国以外的欧洲各国的17世纪古典主义却没有多少研究,基本处于一种失语状态。只有英国,因为受法国影响较早,在17世纪形成了自己特有的古典主义,所以有零星的成果出现。

先说英国的古典主义研究。李思孝以1658年为界,把英国古典主义分为两个阶段:资产阶级革命时期和王朝复辟时期。第一阶段主要受意大利人文主义影响,重视修辞和散文,到锡德尼《为诗一辩》才转向诗学研究,这一阶段的主要代表是本·琼森。第二阶段的代表人物是戴夫南特和霍布斯,但最大权威是德莱顿。进入18世纪后则以蒲伯为代表。分段后是对代表性的批评家的分析。他称琼森是"英国古典主义之父",坚持将模仿原则置于首位,严守古典主义教条。他比较了琼森与德莱顿,认为德莱顿既主张遵守先贤定下的规范,也重视情感的作用,所以才对莎士比亚给与了高度评价。他评价蒲伯的贡献是将在布瓦洛影响下的英国文论整合起来而写成的《论批评》,并特别指出了蒲伯有关自然的三种特质:宇宙秩序、事物秩序、古典文献。可见,本书只是一个简介,而非研究。

汪立祥《试论英国新古典主义》认为,英国的古典主义是王朝复辟从法国带来的,其奠基者是德莱顿。德莱顿从古典主义立场出发,却又不拘泥于古典主义法则,其对莎士比亚的评价显示出法国古典主义所没有的自由与大度。汪立祥还结合18世纪英国古典主义,比较了英法两种古典主义的区别,包括理论渊源、人物塑造、文学类别,特别是对待"三一律"的态度。文章的结论不无诙谐:"要了解正统的古典主义,就去研究法国新古典主义;如果要了解深刻并且自由的古典主义,还是来学习英国新古典主义。"①

张国培的《外国文学222题》,②在"欧美文学"部分第四章以"17世纪欧洲文学与古典主义"为题,提出了12个问题,其中大部分都是有关古典主义的,如什么是古典主义文学?法国古典主义的基本特征是什么?法国古典主义最突出的成就是什么?高乃依为什么被称为"法兰西的悲剧之父"?为什么说莫里哀是杰出的古典主义大师?什么叫"三一律"?布瓦洛对古典主义文以理论有什么贡献?我们只需把其中的关键词由法国改为其他任何一个欧洲国家,那么每一个都是真正需要从头认识,而后才能给出回答的。这再次说明,有关17世纪欧洲古典主义的研究,在很多方面,我们尚待起步。

第三节 巴罗克文学研究

1986年7月,在全国高等院校外国文学教学研究会讲习班上,杨周翰的演讲论及巴罗克,这便是后来的《巴罗克的涵义、表现和应用》一文。③ 在国内学者中间,杨周翰或许最早论及巴罗克。文章开门见山地指出,巴罗克在《中国大百科全书·外国文学卷》没有出现,在中国的外国文学史和外国文学研究论文中也从不出现或很少出现,这说明巴罗克还没有受到注意或不予接受。正因为如此,文章提出的第一个问题是,"今天研究巴罗克有什么意义?"在简要论述了建筑、绘画、音乐、文学等领域的巴罗克及其表现之后,文章提出了研究巴罗克的四个角度:巴罗克文学的效果;达到这种效果的手段;构思;意图,或创作的出发点。并逐一进行了论证说明。文章特别指出,巴罗克作为一种情感或心态,具有五种主要表现:忧郁、沮丧;悲哀、怜悯、同情;幻觉;放纵;神秘主义。在谈到巴罗克的应用时,文章提出了两个令人深思的问题:是否可以将其用作文学断代史的标记?能否将其作为一个普遍的批评概念?可以说,这两个问题乃是引发后来各种研究的基点。

---

① 汪立祥:《试论英国新古典主义》,《镇江师专学报》1986(4)。
② 张国培:《外国文学222题》,广州:广东高教出版社,1987年。
③ 杨周翰:《镜子和七巧板》,中国社会科学出版社,1990年,第121—132页。

2005年,《外国文学研究》发表黄云霞、贺昌盛的论文《被遗忘的巴罗克》。这个标题,连同正文的二级标题——"巴罗克"的基本界定、"巴罗克文学"的文本研究、"巴罗克"与其他艺术形式的关系——都明确显示,截至2005年,我国的巴罗克研究尚未起步。但是文章的27个尾注中,16个都是中国学者有关巴罗克的研究成果,包括13篇论文。论文中最早的便是上述杨周翰先生的文章。而在本文刊发的两年后,刘立辉主持的《英国十六、七世纪巴罗克文学研究》便获得了国家社科基金项目立项。这从一个方面说明,对巴罗克的研究,虽起步相对较晚,但进步却非常显著。另外,就论文的绝对数而言,据我们的初步统计,从90年代开始,对巴罗克的研究已经胜过对古典主义的研究,其中的一个重要原因是,巴罗克因长期处于休眠状态,所以一旦苏醒便被认为是全新的选题,硕士生和博士生在选题上便会优先考虑,而且会以远远大于普通论文的篇幅,就其中的某个问题展开研究。而这也会在较短时间内提升巴罗克的研究质量。比如暨南大学金琼,其博士论文就只选择了张力。①

另一方面,由于时间毕竟较短,巴罗克的名声远远不及古典主义,所以现有成果之一就是对巴罗克本身的探究,比如杨周翰的《巴罗克的含义、表现和应用》,以及樊锦鑫的《巴罗克:欧洲文学史断代概念的新课题》、叶廷芳的《巴罗克的命运》和《西方现代文艺中的巴罗克基因》等。② 也有研究巴罗克主题的,如刘润芳的《德国的巴罗克自然诗》、屈薇和刘立辉的《马维尔诗中的巴罗克时间主题》等。③ 有研究巴罗克风格的,如宋协立的《巴罗克与巴罗克风格散文》、王宏图的《卡彭铁尔及新巴罗克主义风格》等。④ 也有研究巴罗克美学观念的,如张玉能的《巴罗克艺术的美学观》、王智明和高春湃的《无定形之美:巴罗克艺术探源》等。⑤

与古典主义不同,巴罗克所展现的是丰富的感官感受,因此在诗歌中最为常见,在抒情诗中尤为突出。而17世纪的西班牙正处于抒情诗的辉煌时期,所以巴罗克在西班牙文学中有着十分重要的地位。陈众议《变性珍珠:巴罗克与17世纪西班牙文学》从巴罗克的本义入手,结合西班牙的政治经济和生存状况,对巴罗克文学的成因、美学思想、体裁和形式进行分析,并以贡戈拉的十四

---

① 金琼:《十七世纪欧洲巴罗克文学张力研究》,暨南大学博士论文,2010年。
② 樊锦鑫:《巴罗克:欧洲文学史断代概念的新课题》,《长沙水电师院学报》1990(4);叶廷芳:《巴罗克的命运》,《文艺研究》1997(4);叶廷芳:《西方现代文艺中的巴罗克基因》,《文艺研究》2000(3)。
③ 刘润芳:《德国的巴罗克自然诗》,《外国文学评论》2003(2);屈薇、刘立辉:《马维尔诗中的巴罗克时间主题》,《外国文学评论》2009(3)。
④ 宋协立:《巴罗克与巴罗克风格散文》,《烟台大学学报》1998(2);王宏图:《卡彭铁尔及新巴罗克主义风格》,《中国比较文学》2001(1)。
⑤ 张玉能:《巴罗克艺术的美学观》,《武汉教育学院学报》2001(2);王智明、高春湃:《无定形之美》,《齐鲁艺苑》1999(2)。

行诗《为了与你的秀发争衡》为例,以说明巴罗克诗人的艺术追求。① 在新版《欧洲文学史》中,沈石岩进一步分析了西班牙巴罗克的两个基本特征,即悲观情感的自然流露和虚幻夸张的表达方式,指出了侧重表现的五个基本主题:世界一片混乱;生活充满艰辛;生命转瞬即逝;表象与现实脱节;生命就是走向死亡。他还较为详细地分析了贡戈拉、克维多和卡尔德隆的生平和艺术。② 景西亚和黄燕芸的《人文主义的衰落与巴罗克风格的兴起:17世纪西班牙文学探究》则是基于巢湖学院人文社科研究资助项目的一项成果,更多地属于介绍性质,但反映的是青年一代对巴罗克的兴趣。③

德国的巴罗克有着自己的特征。刘润芳在《德国的巴罗克自然诗》中说:"德国的巴罗克文学不是对文艺复兴的否定,而是对它的学习和继承。这是因为当时的德国文学还处于萌生阶段,需要的是吸收营养来发育成长,而德国自己也没有一个成熟的人文主义文学要否定。因此,德国的巴罗克是在接续自己人文主义传统的同时又被裹进席卷欧洲的巴罗克大潮中的,它既是人文主义的嗣子,又是巴罗克的'别体'。"通过分析德国巴罗克自然诗的艺术风貌,文章提出了三个明确的观点:德国17世纪的巴罗克诗歌有自己的特殊性,它不是对人文主义的否定,而是对人文主义的继承;巴罗克诗歌既追求象喻性,也追求形式美,包括严谨的格律和声色藻绘;巴罗克自然诗还不是真正的自然诗,因为自然还没有成为审美对象。文章认为,在17世纪中叶以后,象喻的布景式自然逐渐向真实的自然转化,自然开始从喻体走向一个自在的审美客体,这就兆示着18世纪的启蒙自然诗,即真正的自然诗的诞生。

英国巴罗克显得有些另类。在巴罗克这一观念引入之前,人们讨论的是玄学诗,现在则是玄学诗与巴罗克混用。比如马维尔,一直都将其视为四大玄学诗人之一,现在则越来越倾向于从巴罗克的角度对他进行研究。屈薇和刘立辉就从巴罗克角度出发,认为马维尔深刻地体察到了自己所处时代的动荡局面,所以他的诗歌充分展现了一种动态的时间观,而这种灵动的、充满张力的时间观正是巴罗克艺术追求的理想境界。王芳实则发现,莎士比亚的部分喜剧弥漫着浓厚的忧郁、沮丧情绪,表现了现实和幻想的混淆,揭示了崇尚感官刺激、追求享乐所导致的人性悖谬,流露出较为浓厚的巴罗克因素,体现了巴罗克时代的世界感受。④ 这表明有关英国巴罗克文学的研究正在发展之中。

对法国巴罗克文学的研究,最系统的是《新编欧洲文学史》。作者认为早在

---

① 陈众议:《变形珍珠:巴罗克与17世纪西班牙文学》,《外国文学评论》2005(4)。
② 见新编《欧洲文学史》,第340—352页。
③ 景西亚、黄燕芸:《人文主义的衰落与巴罗克风格的兴起:17世纪西班牙文学探究》,《新乡学院学报》2011(4)。
④ 王芳实:《莎士比亚喜剧的巴罗克因素》,《贵州教育学院学报》2008(7)。

16世纪末,在多比涅和杜巴尔塔斯的诗歌中就已经有了巴罗克的思想和艺术特色,戴奥菲尔和圣塔芒则是17世纪初巴罗克诗人的代表。巴罗克不仅影响诗歌,而且影响了沙龙小说甚至整个小说创作。巴罗克对戏剧也有影响,不仅在17世纪前期的作品中有表现,在中期以后也有表现,甚至在古典主义代表作家如高乃依、莫里哀和拉辛的作品中,都能找到巴罗克的痕迹。作者因此说:"一个具体的文本是否有巴罗克印记,其评判固然可以讨论,但是巴罗克和古典主义这两个文学流派不是泾渭分明,而是相互渗透,这已经成为共识。"①

---

① 《新编欧洲文学史》,第304页。

第三章
18世纪欧洲文学流派研究

第一节 总 况

在18世纪的文学流派中,占主导地位的是古典主义文学、启蒙文学和感伤主义文学。这三种大的思潮和流派几乎影响了整个欧洲文学。此外在某些国家还因具体情况不同,存在自己特有的流派。① 总体来讲,18世纪对于欧洲大多数国家的文学来说,是从17世纪末的古典主义向19世纪初的浪漫文学过渡的时期。关于18世纪文学流派的专题研究,在国内还不多见,比较集中和全面的介绍说明,主要分布在欧洲或国别文学史中。② 关于18世纪文学流派研究的论文也少之又少,而且基本没有超越文学史给出的基调或提供的材料。因此我们不得不撷取文学史中有关章节,梳理新中国成立60年来关于18世纪文学流派的研究。对于哥特小说这样的创作流派,近年倒是出现不少专题研究,在本节最后将对之略加圈点。

一、关于古典主义文学的研究

古典主义文学主要盛行于17世纪的法国。18世纪上半叶各国文学中都有余波,但称谓和内涵有所不同。英国称之为"新古典主义",德国虽没有这个

---

① 如18世纪法国文学分为三种流派:除"资产阶级启蒙文学"外,还有"贵族阶级的文学"和"资产阶级的写实暴露文学"。见柳鸣九主编:《法国文学史》(修订版)第1卷,人民文学出版社,2007年,第222页。但除启蒙文学外,另外两种即便在国别研究中也很少提及,故此处不计。此外,德国的"狂飙突进运动"我们将放在"感伤主义"范围讨论。18世纪末以歌德、席勒为首的古典文学严格说是德国特有的一个文学时期,而非狭义上的文学流派,故也暂不予考虑。

② 上世纪50、60年代编写的文学史中,涉及18世纪文学处均以作家作品为主,还没有划分文学流派。文学流派划分多出现在改革开放以后编写的欧洲和国别文学史。

称谓,但以高特舍德为旗手的早期启蒙文学,就是以法国古典主义为准则的。然而无论英国还是德国的该类文学,其发生与法国古典主义文学都有所区别。它们与启蒙有着千丝万缕的联系,是启蒙理性在文学中的反映。

英国的新古典主义,就是指"模仿和推崇古代文学大师们的创作和美学原则"的文学。①《英国18世纪文学史》把德莱顿的《一切为了爱情》和艾狄生的《卡托》这两部悲剧定为这一潮流的开始,主要代表有蒲柏、斯威夫特和约翰逊等人。新古典主义文学主要形式是诗歌和散文。作家们推崇拉丁文化,效仿古罗马作家,讲求条理清晰、文风工整、自然和谐。这些作家模仿古罗马奥古斯都统治时期的作家(贺拉斯、维吉尔和奥维德等),因此文学史又把18世纪上半叶称为"奥古斯都时期"。对于新古典主义文学的性质,学界主要从社会史和阶级分析方法出发,认为它与古典主义不同,根本上属于资产阶级文化。它早在复辟时期就已产生,反映了当时对理性的追求,在某种程度上是资产阶级对革命激情的一种反思。而它在18世纪上半叶的发展,则是因为上层中产阶级进入了统治阶级行列。克伦威尔清教共和国公民的后代获取了巨大财富后,"开始追求过去只有贵族阶级垄断的典雅文化"。他们与古典文学里的道德模式和秩序产生认同,接受了古典文学的价值观。同时又因其阶级特殊性,为古典主义增添了"实用性和活力"。

二、关于启蒙文学的研究

启蒙文学是18世纪最大的文学思潮,是贯穿整个欧洲18世纪的文学现象。除法、德、英外,俄罗斯、西班牙、东南北欧文学中都或多或少带有启蒙因素。启蒙文学是一个大的范畴,里面包含不同流派,在国别文学中表现形式也不尽相同。因本章还将单辟一节对"启蒙文学"进行深入探讨,故在此只做简要描述。

英国虽然是启蒙的先驱,有丰富的启蒙思想,但并没有形成法国意义上的启蒙文学。无论早期洛克、牛顿、沙夫茨伯里和曼德维尔的学说,还是中后期休谟、亚当·斯密和伯克的著作,本身并非严格意义上的文学作品。但我们的文献中却有对英国这类广义上"启蒙文学",即哲学思想著作的描述,而且对理解和研究启蒙文学大有裨益,故在此略作归纳。《英国18世纪文学史》对洛克、沙夫茨伯里、伯克的哲学、美学思想进行了比较系统详细的评述,特别指明了它们与文学发展的关系。洛克的《人类理解论》中的基本思想,尤其他的经验主义认识论、"观念联想"等思想,②成为18世纪英德两国感伤主义或重情主义思想的重要来源。沙夫茨伯里《人、举止、观点和时代之特征》《论机智和幽默之自由》

---

① 刘意青主编:《英国18世纪文学史》,外语教学与研究出版社,2000/2006年(增补),第6页。
② 同上书,第57页。

《道德家》等著作,对早期乐观主义"性善论"的启蒙文学、后期的感伤主义文学,都构成了思想支持。沙夫茨伯里提倡的原始主义,即纯朴的人性存在于古人或未开化的野蛮人,为文学中新型的"高尚的野蛮人"提供了哲学依据。18世纪后半叶对美学理论贡献最大的是伯克。伯克的美学论文《对我们有关崇高美和秀丽美概念来源的哲学探讨》对美的感受进行了区分,特别指出恐怖和令人不愉快的事物,也能带给人精神震撼的享受。这不仅给康德和席勒之论优美与崇高以启发,而且成为哥特小说美学的理论根据。

法国是18世纪启蒙文学的主要阵地。然而60年来,却很少看到法国文学方面对启蒙文学的论述。我们只能通过几种文学史,考察法国启蒙文学的研究状况。几种文学史之间总体上只有简繁之分,在主要问题上并无实质性区别。对于法国启蒙文学的研究,学界迄今为止仍主要沿用阶级分析的方法,认为它是资产阶级反封建斗争的武器。从这一基本点出发,一般把启蒙文学以1750年为界分为两个阶段。孟德斯鸠和伏尔泰属于前期启蒙作家,特点是具有一定局限性,反封建不彻底。狄德罗和卢梭属于第二阶段,特点是战斗性增强。出于同样评价体系,法国启蒙文学的文艺理论和创作原则被归结为:打破古典主义美学,建立资产阶级文艺标准。[1] 为此法国启蒙文学是启蒙思想的组成部分,文学创作为表达资产阶级反封建反教会的思想而服务。孟德斯鸠、伏尔泰、狄德罗和卢梭从不同领域共同建构了启蒙思想:孟德斯鸠在《论法的精神》中提出君主立宪方案;伏尔泰以《查第格》《老实人》和《天真汉》等哲理小说有力宣传了启蒙思想;狄德罗为首的百科全书派传播了科学和唯物主义思想,他本人则发展了"唯物主义的美学、现实主义的文艺理论"。而卢梭在《论人类不平等的起源和基础》《社会契约论》中提出的平等、个性解放、限制私有制等思想充满战斗精神,《爱弥儿》《新爱洛伊斯》和《忏悔录》被定义为资产阶级人道主义、个人主义的文学样本。

再来看有关德国启蒙文学的研究。文学史传统上把18世纪德国文学划分为启蒙文学、狂飙突进文学和古典文学三个时期,而启蒙文学则只包括分别以高特舍德和莱辛为代表的前后两个阶段。[2] 洛可可、重情派和狂飙突进被划到启蒙之外,甚至划为"反启蒙文学"。新近的《德国文学史》第二卷把启蒙视为贯穿18世纪的文学运动,涵盖不同文学潮流和倾向。[3] 启蒙文学重被划分为过渡期、发展期、鼎盛期和狂飙突进时期。发展期先有高特舍德提倡理性和古典主义原则;随后出现瑞士文学理论家博德默尔和布赖廷格尔,他们反法推英,提倡

---

[1] 柳鸣九主编:《法国文学史》第1卷,第228页。
[2] 余匡复:《德国文学的四个高峰和三个特点》,《外国文学研究》1987(1);《德语文学史》,上海:上海外语教育出版社,1991年。
[3] 范大灿:《德国文学史》第2卷,南京:译林出版社,2006年,第26页。

想象和奇特,注重感情和创造力。他们介绍荷马史诗和英国文学,开辟了搜集整理日耳曼古籍的工作。这个时期还包括洛可可风格的文学。鼎盛期以克罗卜施托克的重情诗歌、莱辛的文论和市民悲剧、维兰德的长篇小说为代表。莱辛以《汉堡剧评》《拉奥孔》树立了文学批判精神,创作出《爱米丽娅·迦洛蒂》等市民悲剧。最后,狂飙突进文学提倡民族精神、自由、自然和天才思想,既构成激进的启蒙,又是启蒙运动的终结。此时的代表作是歌德的《少年维特的烦恼》和席勒的《强盗》《阴谋与爱情》。把启蒙前期对理性、规则、秩序的推崇,与后来对自然情感、自由创新和个性解放的要求结合起来的,是 18 世纪末出现的以歌德、席勒为代表的德国古典文学。古典文学追求的理想是理性与情感的和谐地统一。

三、关于感伤主义的研究

感伤主义是 18 世纪下半叶的一个思想和文学潮流,主要出现在英德两国。感伤主义虽然作为一种文学流派很早就得到承认,但与 18 世纪的"现实主义作品"相比,却很长时间没有受到足够重视。20 世纪 90 年代开始,出现了比较深入和具体的对感伤主义的研究,表现在文学史中针对该流派的篇幅增大,论文数量有所增加。

传统上认为,感伤主义起源于英国,得名于斯特恩的《感伤之旅》。感伤主义产生的原因在于资本主义进一步发展,中下层资产阶级面对贫富悬殊和自身处境产生不满和感伤情绪。[①] 感伤主义的思想根源在于经验主义和感觉主义,它不提倡理性,而是把人的情感提升到首要位置。因抒发真情实感,感伤主义具有浪漫主义倾向,引发了 19 世纪初的浪漫主义文学。感伤主义一般被分为积极和消极两类,积极类诗人包括斯特恩、理查生、哥尔德斯密斯和汤姆逊,他们的文字如诉如泣,悲怜小人物;消极类包括以杨格和格雷为代表的墓园派诗人,表达孤独、彷徨、绝望的情绪。[②] 其中哥尔德斯密斯的《威克菲尔德牧师传》被称为田园感伤主义,显示了感伤主义表达良善质朴、固守人情和真善美信念的特征。杨格的《夜思》、格雷的《墓园挽歌》与 18 世纪早期的新古典主义诗歌相比,题材主要是大自然、纯朴的凡人,呈现出"乡村化"特征,表达了诗人强烈的感情以及悲天悯人的感伤情绪。另一方面,它们显示出了更多的创造力、想象力和天才的灵感。[③]

有关英国感伤主义的论文在主要观点上几乎没有超出文学史的表述。《英国感伤主义诗歌简论》[④]基本是文学史摘抄。《18 世纪英国感伤小说"重情者"

---

① 杨金才:《英国感伤主义文学之见》,《外国文学研究》1994(2)。
② 同上。
③ 王佐良:《十八世纪英国诗歌》,《外国文学》1990(3)。
④ 孙旭华、傅俊:《英国感伤主义诗歌简论》,《外国文学论集》1997(6);另见孙旭华:《来自理性王国的浪漫气息——论英国感伤主义诗歌》,《牡丹江大学学报》2009(9)。

渊源考》[①]以弗洛伊德忧郁症理论为基础，认为重情者是抑郁症患者，而原因在于贵族依恋已失去的社会身份。感伤诗歌是"无力应对早期资本主义社会现实的贵族绅士阶级的挽歌"。但论文涉及感伤主义与宗教关系以及上流社会妇女生存状态问题，对于国内读者不乏新意。

迄今为止，与感伤主义相关的研究，最有深度的是《德国文学史》第二卷。与英国感伤主义相对应的是德国的"重情主义"（或称"善感运动"），两者有所不同，但在思想起因、表现形式和文学特征方面有异曲同工之处。因此针对两者的研究可以相互照应。首先，德国方面的研究廓清了重情与启蒙的关系。虽然20世纪60年代的《欧洲文学史》就已认识到，感伤主义是"启蒙主义的一个支流"，[②]但它与启蒙的关系却一直没有得到确切表述。《德国文学史》第二卷从探讨启蒙与理性的关系入手，认为，理性虽然是启蒙的核心范畴，但并非唯一范畴，更非终极目标。[③] 追求理性只是启蒙前期的特征。启蒙的目标是全面开启人的心智，包括人的理智和感情。它本身充满矛盾，不断徘徊在理性认识与体验、理智与直觉、理与情、道德律令与自然冲动之间，并寻找对立面之间的平衡。18世纪中叶开始，德国启蒙运动就告别了唯理独尊，吸纳经验主义和唯感主义，而启蒙运动鼎盛期的重要标志就是"从理到情的转变"。

第二，论者认真梳理了经验主义和重情之间的逻辑关系，认为重情的出现源于人们对经验的认识发生变化，即承认经验也是认识的来源。这样，带有个体特征的经验感受，包括对外在世界的感觉和内心世界的感情，就都成为认识的来源。既然承认了人的情感的重要性，美德便不再等同于抑制感情。谋求理性与感情的和谐发展成为追求的目标。当然这里的"情"是指经过道德净化后的"爱"，表现为怜悯、同情、友谊等等。重情作家帮助人们通过切身体验识别善恶，以感情为渠道进行道德教育，重情在这个意义上与道德理性联系在一起。于是，经验、感情、主观和个体就得到充分肯定，文学就克服了早期启蒙的理性独尊，进入创作高潮。[④] 重情主义集中反映在克罗卜施托克歌颂自然、友谊、爱情、上帝的颂歌中。狂飙突进运动则过分推崇感情，走向了另一个极端。

第三，论者追溯了重情现象的宗教文化基础，这就大大拓宽了对感伤主义研究和认识的维度。英国的感觉主义、卢梭的思想和德国的虔诚主义，被公认为重情的思想根源。但此前对虔诚主义的认识还相对薄弱。虔诚主义很多方面与清教类似，是新教路德宗内部的一场改革运动，以市民和小市民为主。虔诚主义把个人信仰置于中心位置，对抗僵化的教条和教会机构。源于神秘主义

---

① 牟玉涵：《18世纪英国感伤小说"重情者"渊源考》，《国际关系学院学报》2008(2)。
② 杨周翰、吴达元、赵罗蕤主编：《欧洲文学史》，人民文学出版社，1962年，第108页。
③ 范大灿：《德国文学史》第2卷，第4页。
④ 同上书，第114—117页。

的虔诚主义特别强调内在信仰、内心感受。信徒在团契中,或通过日记、书信方式考察自己的信仰,交流彼此之间的感情。因此,虔诚主义从18世纪中叶开始日益与正在兴起的重情主义相融合。"在德国,重情主义与虔诚主义一脉相承,可以说,重情主义是世俗化以后的虔诚主义。"①

四、关于哥特小说的研究

最后,在18世纪文学流派中值得一提的是哥特小说。哥特小说出现在18世纪下半叶,沃尔波尔的《奥特朗托堡》开启了这类小说的创作,到90年代达到高潮。哥特小说演绎古堡幽灵、恐怖谋杀,是对18世纪中叶兴盛的写实小说的一种反动,是"浪漫主义对理性主义的挑战"。②《英国18世纪文学史》第一次把"哥特小说"单列一节,从18世纪下半叶英国对中世纪、对古远神秘的民族文化、对异域文化的向往入手,系统分析了哥特小说兴起和发展的外部原因。在文学上,墓园派诗人对黑夜、死亡和恐怖的描写,感伤主义的多愁善感以及关于"崇高"的美学——可怕的事物可以引起壮美(伯克),汇聚到哥特小说中,构成其重要文学元素。③

近十年,关于哥特小说研究的论著日渐密集,对小说流源、心理学及美学根源的研究也日益细化和深入。如有论者在一组文章和专著中,④通过文本细读,给哥特小说做了全方位定位,揭示了哥特小说的浪漫主义意识形态以及阶级特征,并从精神分析、性别分析角度对主人公行为方式进行剖析。近几年,针对哥特小说概念的泛化,又有论者试图通过对概念进行界定,恢复哥特小说作为历史概念的原初内涵。⑤ 这些专项研究,尤其是专著,为系统而批判地开展18世纪文学流派研究,提供了良好的学术模式。

结　语

通过以上对18世纪文学流派研究的学术史梳理,可以明确看出,除哥特小说外,针对各种流派,尤其针对启蒙文学的研究十分缺乏,几乎只有文学史中的介绍。而文学史中的介绍,除个别例外,大多缺乏批判和反思精神。这一方面

---

① 范大灿:《德国文学史》第2卷,第25页。
② 肖明翰:《英美文学中的哥特小说》,《中华读书报》2001年9月5日。
③ 刘意青主编:《英国18世纪文学史》,第253页及以下。
④ 苏耕欣:《自然与文明、城市与乡村:评英国哥特小说中的浪漫主义意识形态》,《国外文学》2003(4);《自我、欲望与反叛:哥特小说中的潜意识投射》,《国外文学》2005(4);《压迫与保护、对立与依赖:评哥特小说中女性与赋权制度的矛盾关系》,《北京大学学报》2003(4);《哥特小说:社会转型时期的矛盾文学》,北京大学出版社,2010年。
⑤ 黄禄善:《哥特式小说:概念与泛化》,《外国文学研究》2007(2);《哥特身份和哥特式复兴:英国哥特式小说的"哥特式"探源》,《外国文学研究》2008(1)。

说明,启蒙文学是一个非常复杂的现象。各国、各国内部对启蒙的理解不同,启蒙文学呈现的形式也不同。它本身就非常驳杂,充满矛盾,因此很难把它作为一个流派,用一篇论文去涵盖,哪怕是探讨其中一个局部问题。另一方面也表明,新中国成立60年以来对18世纪文学流派的研究还远远不够,这与18世纪文学的地位十分不相匹配。启蒙文学和感伤主义是19世纪和20世纪重要文学流派的直接源头。理解19、20世纪不可能抛开这段文学传统。这也许是下一个60年的任务,也就是,在后现代之后,重温现代的源头。

第二节 欧洲启蒙文学研究

启蒙是18世纪思想史中重要事件,启蒙文学是贯穿18世纪欧洲文学的最大文学流派。[①] 无论是文化发达的国家,还是正在崛起的民族国家,都不同程度受到启蒙影响。除英、法、德外,意大利、俄罗斯、西班牙、东南北欧文学中都或多或少带有启蒙因素。其中法国产生了系统的启蒙思想,拥有代表性的启蒙文学;英国是启蒙思想的发源地,18世纪英国文学虽然不是法国意义上的启蒙文学,但同属大的启蒙范畴;德国启蒙文学贯穿了整个18世纪,酝酿了近代以来文学的高峰——古典文学。18世纪欧洲的启蒙自20世纪初就对中国政治、社会和文化变革产生推动作用,又由于马克思、恩格斯对启蒙的积极和正面评价,启蒙文学成为新中国成立后外国文学接受的一个重点。这表现在对法国启蒙文学的译介以及文学史中相对详细的介绍。

然而,新中国成立60年来,启蒙文学的研究却迟迟没有展开。直至今日,针对启蒙文学所作的工作多集中于文学史描述,把启蒙作为一个文学流派的论文和专著屈指可数。2006年版《德国文学史》第二卷用了近三十万字篇幅阐述德国启蒙文学,相当于一部专著的分量。因此我们不得不在很大程度上借助文学史中的相关表述,考察有关启蒙文学的研究状况。而这样做的合理性在于,文学史,包括欧洲和国别文学史,大多以高校文科教材形式出现,其中关于启蒙文学的描述,为新中国成立以来该流派研究打下了基础,定下了基调,基本决定了新中国成立以来我们对启蒙文学的认识。即便相关专题研究也很少突破文学史给定的框架。故考察文学史相关内容,不仅可以提供一个关于启蒙文学研究的全貌,而且可以为今后对该流派研究的修正、突破、拓展工作提供全面的

---

① 与"启蒙"相关的一系列概念在学界使用中存在一定混乱。考虑到启蒙运动是一个涵盖面广、内容丰富复杂的事件,而非某种"主义",本文倾向于使用"启蒙运动"和"启蒙文学",而不用"启蒙主义"和"启蒙主义文学"。

参照。

以下我们先来考察启蒙文学整体研究状况,然后简要描述一下针对启蒙文学中各主要流派和文学现象的研究,最后聚焦于有关英、法、德三国的研究,重点放在研究工作最为充分的德国文学。在综述结尾是对启蒙文学研究的一个总结和评价。

对启蒙文学的研究和阐述,首先出现在《欧洲文学史》,分 20 世纪 60 年代编写出版、80 年代修订后再版的老版,[①]和改革开放后在此基础上修改扩充而成的新版。[②] 此外系统和详细的阐述分布在国别文学史。两版《欧洲文学史》在对启蒙运动、启蒙文学总体定义和描述上,没有太大区别。两者均依照社会史、思想史方法,从分析欧洲政治经济局势入手,把启蒙运动定义为资产阶级反封建君主专制、反宗教教会的全欧性思想运动。启蒙的思想基础是法国的理性和怀疑主义、英国的经验主义和自然科学发展。英、法、德启蒙运动的激烈程度和表现形式不同。原因在于,启蒙运动是资产阶级夺取政权、建立资产阶级社会秩序、树立资产阶级价值观的运动,反封建和反维系封建政权统治、社会秩序和价值观的宗教(教会),是启蒙的首要任务,而英国早在 17 世纪就完成了资产阶级革命,确立了君主立宪政体,在宗教上确立了贵族和资产阶级都可以接受的国教,因此它在 18 世纪的启蒙就没有那么激烈,也没有形成法国那种富于批判性和战斗性的启蒙文学。德国是一个小邦分裂的国家,有神圣罗马帝国制约,没有形成法国那样中央集权的君主制,[③]宗教改革发生在 16 世纪,到 1648 年三十年战争结束,"教随国定",已确立了新教和天主教的格局。所以"德国启蒙运动就其总体而言关注的是社会—道德问题,而不是政权—制度问题",它没有引发政治和宗教变革,而是集中在思想文化领域。法国则不同。中央集权的君主专制和天主教会还没有被撼动,所以反专制和教会就成为启蒙的主要目标,因此法国启蒙文学表现特别激烈。

基于这种对启蒙的基本认识,两版《欧洲文学史》《法国文学史》都把启蒙文学的共同特点概括为,它是资产阶级传播新思想和价值观的工具,是启迪和教育民众的媒介,因此启蒙文学与思想密不可分,并且带有明显说教和教化成分。启蒙文学的发展变化也随启蒙思想而动。在启蒙初期,启蒙思想崇尚理性,提出以理性为标准衡量一切,目的在于以天赋的理性对抗封建和宗教权威。而在启蒙中期,英、法、德都在经验主义、感觉论美学的铺垫下,出现从独尊理性向重

---

① 杨周翰、吴达元、赵萝蕤主编:《欧洲文学史》上卷,人民文学出版社,1980 年。
② 李赋宁总主编:《欧洲文学史》第 1 卷《古代至十八世纪文学》,刘意青、罗经国主编,商务印书馆,1999 年(以下简称新版《欧洲文学史》)。
③ 范大灿:《德国文学史》第 2 卷,第 5 页。文中详细讲解了德国专制主义的特征、类型,知识分子对等级制度和君主制的不同态度,尤其是知识分子与宫廷关系,以及关系变化所引起的文学生活的变化。

情的转变。以英国感伤主义为首,各国文学都出现重情特征。为适应传播启蒙思想需要,启蒙时期出现了新的文学式样。法国有哲理小说,英国出现写实小说;英国和德国分别出现感伤或重情诗歌;法国和德国分别产生"严肃的喜剧"或"市民悲剧"。此外在启蒙前期,各国的讽刺文学和教谕文学都十分发达。在文学语言上,总体存在从韵文向散文,从讲求修辞的典雅文学向注重民族民间文学过渡的特点。

至于启蒙文学能够在18世纪得到发展和广泛传播,则得力于新的文学关系和文学机关的出现。对于这点,各文学史(无论《欧洲文学史》还是有关英、法、德的国别文学史)都有特别提及。大致包含三方面内容:首先,启蒙文学时期,读书识字的人增多,促进了文学市场和职业作家的形成。文学市场出现后,图书成为商品,作家和书商开始了共生状态。作家从为对宫廷服务过渡到有市民职业的业余作家,再发展到"职业作家"。这种变化无疑有利于知识和思想的传播,但另一方面也开始了现代作家不可避免的矛盾:为生存和经济利益撰写符合大众品味的通俗文学,还是坚持艺术理想撰写高雅文学。其次,启蒙时期,英法出现了贵族性质的沙龙文化以及平民知识分子的咖啡馆、俱乐部文化,德国出现志同道合者组成的小派别或私人"交友"文化,凡此都大大促进了文学思想交流传播。最后,英、法、德都出现大量文学或文学性质的期刊,登载作家思想家的作品或评论,成为展示和传播启蒙文学思想的主阵地。这表明,对于文学关系这样相对客观的史实的陈述,并没有受到意识形态变化的影响。我们的研究者从根本意愿上,还是本着科学和学术的态度的。

启蒙文学是一个庞大而驳杂的现象,里面包含很多小的文学流派和文学现象。波及广泛的流派,有古典主义、洛可可和感伤主义;引人注目的文学现象有法国的哲理小说和"正剧"、德国的"市民悲剧"和英国的"写实小说"。这在改革开放后出版的各种文学史中都有评述。尤其是各国别文学史吸收了对象国研究成果,倾向于把以前排除在启蒙文学以外的派别,如洛可可或狂飙突进文学,都纳入启蒙文学范畴。关于"新古典主义"和"感伤主义",我们在18世纪文学流派一节已作了相关陈述。以下简要交待一下关于洛可可和几种文学现象的研究。

关于洛可可文学的研究性介绍,集中出现在改革开放后编写的欧洲文学史,尤其是近十年出版的法、德国别文学史。在改革开放前编写出版的文学史中一直对洛可可文学持有偏见,认为它文风轻浮,过分追求感官享受,带有封建宫廷文化的残余。我们目前看到的关于洛可可的新认识有这样几点:洛可可是宫廷高雅文化与市民品味结合的产物。它虽带有宫廷特征,但本质不同于巴罗克文学,而是启蒙文学的一部分。因为随着启蒙运动深入,人们认识到,享受人生是人的基本权利,追求生活享受逐渐成为时尚。享受生活包括物质和精神两方面,首先表现在要为日常生活赋予艺术性。德国的洛可可排除了法国的情色和讽刺成分,把享受生活和道德修养相结合,认为有道德的生活才会带来内心的满足。当然这种"艺术人生"的态度,也是对启蒙理想无法在现实中实现的逃避。① 德国的洛可可文学集中表现在阿那克里翁派的诗歌,主要形式是以颂歌歌颂美酒、友谊和爱情。此外还有维兰德的小说。法国的洛可可以讽刺短诗、小说和故事为主,形式轻佻活泼,充满异国情调、异域风光。"从孟德斯鸠的《论法的精神》到伏尔泰的《老实人》,从狄德罗的《拉摩的侄儿》到卢梭的《社会契约论》",从文学新意来讲,"都可以列为洛可可文学范畴"。② 这些论断显示表明,学界已充分肯定了洛可可文学的启蒙文学性质。新的研究有意识吸收了国外成果,排除了意识形态干扰,恢复文学的本来面貌,让洛可可文学研究回到学术层面。充分肯定了洛可可文学的启蒙文学性质。唯一期待的是有更多专题研究出现。

启蒙文学由一个个文学现象组成,文学史中涉及最多的是法国哲理小说、"正剧"及其在德国的对应——"市民悲剧"和英国写实小说。法国启蒙思想家的重要文学作品都采用哲理小说形式。孟德斯鸠的《波斯人信札》,伏尔泰的《老实人》和《天真汉》,狄德罗的《拉摩的侄儿》和《定命论者雅克和他的主人》,卢梭的《爱弥儿》《新爱洛伊斯》和《忏悔录》都可归入哲理小说。启蒙思想家在小说这种宏大而自由的叙事散文中,找到了表达哲理、演绎思想、针砭时弊或抒发情怀的理想形式。顾名思义,哲理小说就是以小说形式表达哲理,阐发思想。这类小说可以是书信体或游记体,情节散漫,人物缺乏个性,因为小说的目的在于作为传声筒,传播作者的思想。改革开放前的文学史基本就停留在这个层面。新近的《法国文学史教程》为认识哲理小说带来了新意:论者不仅描述了现象,而且追溯了该类小说的由来,认为它由中世纪寓意文学发展而来,中世纪的寓意文学把抽象概念化为具体形象,而哲理小说则更进一步,把思想化为具体人物。③ 论者同时看到了哲理小说的发展:在狄德罗的《拉摩的侄儿》中,人物已经开始获得个性,而卢梭的《新爱洛伊斯》则已经受英国感伤主义小说影响,开始向表达个体情感发展。论者继续引用黑格尔,指出拉摩侄儿的人格分裂是"现实世界内在矛盾"的体现,主人公是一个"被社会异化"的人物。④ 而哲理小说研究的真正突破则在于,它不再停留在社会史和阶级分析层面,而是开始在结构主义、离间效果、复调结构等20世纪文学理念关照下,指出小说超越时代的现代特征。新的研究认为在这个意义上,狄德罗是第一位现代小说家。⑤

---

① 范大灿:《德国文学史》第2卷,第93页及以下。
② 新版《欧洲文学史》,第387页。
③ 郑克鲁:《法国文学史教程》,外语教学与研究出版社,2008年,第88页。
④ 同上书,第105—106页。
⑤ 同上书,第104页;参见新版《欧洲文学史》,第397页。

对启蒙戏剧的研究和阐述集中表现在法德文学。在欧洲文学史的框架中，我们可以看到两国启蒙戏剧发展的共通之处。首先引发戏剧发生变化的是对审美认识的改变，即从古典主义讲求规则的审美，转向以经验和感觉为基础的审美。戏剧模式相应从法国古典主义悲剧转向英国莎士比亚戏剧。狄德罗提出的"严肃的喜剧"后被博马舍称为"正剧"，相当于今天的话剧。与之相应的是德国出现的"市民悲剧"，如莱辛的《爱米丽娅·迦洛蒂》、席勒的《阴谋与爱情》。对该类戏剧产生的缘由，德、法研究存在完全共识，一致认为它们是打破古典主义悲剧等级规定的结果。古典主义戏剧规定悲剧的主角只能是帝王将相或宗教殉道者，以国家大事、公共事件为题，表现重大变革时期伟大人物的命运。喜剧则用来表现市民私人领域，讽刺市民的德行，市民只能充当喜剧主角。狄德罗开始让现实中的人充当戏剧主角，让戏剧围绕市民家庭、市民生活和市民道德展开。① 而市民悲剧背后隐含的政治诉求是，18世纪市民在私人领域建立起一整套行为准则和道德规范，并认为它们优于宫廷贵族的道德习俗，市民悲剧因此试图以"市民的精神改造掌握国家大事的王公贵族"。②

在启蒙文学框架中，英国写实小说繁荣。新版《欧洲文学史》没有把写实小说并入启蒙文学。《英国18世纪文学史》中说，英国本土对英国是否出现启蒙文学也不置可否。但无论如何，写实小说是启蒙时期一个重要文学现象，也是各种文学史介绍的重点。文学史普遍认为，启蒙时期各国启蒙文学都具有写实因素，以英国写实小说成就最高。该类小说一方面继承了人文主义时期"流浪汉小说"与伊丽莎白时代市民小说的写实传统，以漫游形式反映广阔社会现实，另一方面受到18世纪经验主义和个人主义思潮影响，更加注重描述个人的生活经历和心理活动，力求展现日常的社会生活与人性的本来面目。该类小说同时带有启蒙文学的道德教化特征。笛福、斯威夫特、菲尔丁等人的写实小说为19世纪现实主义小说的发展奠定了基础。

启蒙文学虽然有很多共通之处，但因具体情况不同，各国启蒙文学也呈现不同形态，因此学界研究和考察的重点也不尽相同。以下分别考察有关英、法、德启蒙文学的研究状况。英国在17世纪就确立了君主立宪制和国教，因此它不再面临启蒙的典型任务：反封建君主专制和反天主教会。当法国人争取自由平等时，英国已享有了一定政治自由和宗教宽容。英国虽然是启蒙的先驱，有丰富的启蒙思想，但它基本否认出现过法国意义上的启蒙文学。因此，对于英国启蒙文学的研究，是在广义启蒙文学的意义上，即重点针对其启蒙思想。《英国18世纪文学史》对洛克、沙夫茨伯里、伯克的哲学、美学进行了系统详细的评

---

① 郑克鲁:《法国文学史教程》，第102页。
② 范大灿:《德国文学史》第2卷，第157—158页。

述,特别指明了它们与文学发展的关系。① 这对我们理解整个启蒙文学都大有裨益。洛克的《人类理解论》中所表述的经验主义认识论、"观念联想"等思想是18世纪下半叶感伤主义思想的重要来源。沙夫茨伯里的《人、举止、观点和时代之特征》《论机智和幽默之自由》和《道德家》等著作对早期乐观主义"性善论"的启蒙文学、后期的感伤主义构成了思想支持。沙夫茨伯里提倡的原始主义,即纯朴的人性存在于古人或未开化的野蛮人,为文学中新型的"高尚的野蛮人"提供了哲学依据。该书提到18世纪下半叶对美学理论贡献最大的是伯克。伯克的美学论文《对我们有关崇高美和秀丽美概念来源的哲学探讨》对美的感受进行了区分,特别指出恐怖和令人不愉快的事物也能带给人精神震撼的享受。这不仅给康德和席勒之论优美与崇高以启发,而且成为哥特小说美学的理论根据。

法国是启蒙文学的发源地,孟德斯鸠、伏尔泰、狄德罗和卢梭是欧洲启蒙文学的典型代表。然而新中国成立以来,法国文学研究领域中,把启蒙文学作为流派的研究却不多见,基本没有专门的论著。我们只能通过几种文学史,考察法国启蒙文学的研究状况。对比几种文学史,我们发现,虽然在基本认识、作家作品选择上无实质性差异,但在局部还是显示出很多发展变化。最大的变化表现在,改革开放后的新近的文学史很大程度上告别了纯唯物主义和阶级分析的方法,逐步开始以文学元素为本,考察文学内部规律。② 学界一般以1750年为界,把法国启蒙文学分为两个阶段。这种划分在改革开放前后没有区别。第一阶段是启蒙思想逐渐形成和发展时期。贝尔的《历史批评词典》和丰特奈尔的《宇宙万象解说》被视为向启蒙过渡的作品。孟德斯鸠和伏尔泰的前期属于第一阶段,以主张温和的改良和君主立宪为特征。狄德罗和卢梭属于第二阶段,以激进和富有战斗性为特征。法国启蒙文学的创作思想虽因作家而异,但共同特点在于对抗古典主义的形而上的美学思想,对抗巴罗克和洛可可风格,以"美是相对的"论断否定"绝对美",提出艺术模仿的对象、艺术的基本原则是"自然"。

具体到作家作品。对孟德斯鸠的研究一般集中在书信体哲理小说《波斯人信札》以及政治法学文论《论法的精神》。学界普遍认为前者是第一部重要启蒙文学作品。小说通过虚构的"波斯人"信札,展示了路易十四去世前后五年巴黎的全景图,再现了当时的政治体制、宗教、宫廷生活及经济状况,体现了孟德斯鸠温和的改良思想以及提倡开明君主专制的主张。进入21世纪,在新文论关

---

① 刘意青主编:《英国18世纪文学史》,第57页及以下。
② 柳鸣九主编:《法国文学史》(修订版)第1卷基本延续上世纪70年代原版的唯物主义和阶级分析方法;新版《欧洲文学史》相关章节阶级分析因素明显减少,重点放到了对文学元素的考察;郑克鲁的《法国文学史教程》融入了更多国外研究新观点。

照下的新近的研究特别指出小说的"异文化"视角以及对"异国文化"的关注,认为"对东西方文化的透视"构成了小说独特的文化景观。① 这显然吸纳了近十年国内外研究的新成果,是对异文化研究的一个回应。对于《论法的精神》的描述可以概括为,它区分了共和、君主、专制三种政体,提出立法、司法、行政三权分立的主张。其中隐含的政治诉求在于,让资产阶级掌握立法、司法权,与贵族平分权力。总体来说没有新的突破。

　　伏尔泰是公认的启蒙领袖。他活动时间长,全面体验了当时欧洲的政治社会生活,参与了哲学历史讨论,并以丰富的理论和文学创作,营造启蒙舆论,传播启蒙思想。伏尔泰的重要历史功绩在于,他对英国经验主义哲学和科学思想进行了通俗化改造,并在法国大力传播它们,为批判笛卡尔的先验论和纯粹思辨方法打下基础。《法国文学史》或《欧洲文学史》中的相关章节文学史一般把伏尔泰的思想和创作分为两个时期。早期伏尔泰的创作以带有古典主义特征的戏剧和史诗为主,后期集中于哲理小说。哲理小说在伏尔泰作品中最富文学价值。它们没有沿用古典形式,而是开辟了新的文学式样,以神话或传奇笔调影射现实,以滑稽笔法揭露和批判现实。对伏尔泰作品的阐述集中于《如此世界》《查第格》和《老实人》。值得一提的是,新版《欧洲文学史》对伏尔泰最重要的小说《老实人》的评价逾越了传统的阶级分析,提出作品的核心在于探讨人如何从天真到以知识丰富自己,以对世界的认识完善自身修养。这样《老实人》就塑造了理性关照下的人的典范。这表明改革开放以后,对于伏尔泰的研究的出发点,已从阶级分析发展到对更为广泛和深刻的人性的分析。

　　关于狄德罗的表述,主要围绕百科全书派和小说展开。针对这两点,新近的研究都有所突破。传统观点认为,旧版《欧洲文学史》和上世纪70年代初编写的《法国文学史》认为《百科全书》是在"唯物主义和无神论的进步思想"指导下编写的一部"反封建、反教会"的巨著,它对封建意识形态进行了全方位批判,为新兴资产阶级大造了舆论。在此语境中重点推介达朗伯、拉美特利、孔狄亚克、爱尔维修和霍尔巴赫等人的"唯物主义""泛神论"乃至"无神论"思想。新近研究矫正了过激的言辞,对《百科全书》进行了更为科学、客观的描述。② 首先我们看到参加编写的不只是几位唯物主义哲学家,而是包括更为广泛的各个学科的精英150多人;《百科全书》包括"科学、自由艺术和工艺"三个主要板块。我们也第一次从对狄德罗《出版说明》的引述中看到,《百科全书》的宗旨在于为读者提供一个"人类精神在各个领域和各个世纪的努力的完整画面",目的在于促进"人类知识的进步",或如达朗伯在《绪论》中所言,目的在于"阐述人类认识

---

① 郑克鲁:《法国文学史教程》,第96页。
② 同上书,第107页及以下。

的次序和连贯性"。虽然启蒙思想家所谓的"人"或"人类"有等级或阶级属性，但狄德罗在此并未明确表现出阶级观念，而是突出了"人"或"人类"的维度。这些局部上对新知识、新认识的补充，无疑有益于修正对《百科全书》派模糊和片面的认识，有助于启发对启蒙文学更细致深入的思考。而对"人"的观念的突出，则从学术层面消除了对资产阶级人性论的曲解，把启蒙文学与16世纪的人文主义文学、19世纪以探讨人性为中心的现代文学联系起来。

  在对卢梭的研究中，最大的突破在于注意了他思想之间、作品之间的关联。此前除新版《欧洲文学史》以外，对卢梭的介绍基本是割裂式的。卢梭一直被当作资产阶级激进启蒙者加以阐释，认为他在经济关系中发现了人类不平等的根源，提出了自由平等思想和建立资产阶级共和国的方案。他的思想直接为法国资产阶级革命提供了理论、纲领和口号。[①] 按此思路，卢梭的长篇书信体小说《新爱洛伊斯》、哲理小说《爱弥儿或论教育》和自传《忏悔录》都表达了强烈的个性解放要求，抒发了个人情感，为资产阶级人道主义和个人主义提供了文学样本。而新近新版《欧洲文学史》对卢梭的阐述，不仅逾越了意识形态和阶级分析，而且把《论科学和艺术》《论人类不平等的起源和基础》和《社会契约论》看作三篇有着内在关联的论文，是针对一个问题所作的层层深入的探讨。[②] 而问题的出发点就是他在第一篇论文《论科学和艺术》中提出的，人在自然状态下原本是善良的，是科学和艺术的进步，亦即文明，腐化了习俗。《论人类不平等的起源和基础》出发点仍然是，人处于原始状态的时代是黄金时代，文明导致了人与人之间的不平等、奴役和虚伪。不平等的起源在于私有制观念产生和私有制出现，随后出现的国家机器和专制制度维护私有制，造成了不平等的进一步深化。《社会契约论》则试图解决不平等的问题，提出建立以社会契约为基础的共和政体。这样的论述就为理解卢梭的整体思想提供了线索，从中也可以看出，《新爱洛伊斯》暴露的等级不平等问题和对自然的崇尚、《爱弥儿》中体现的返璞归真、顺其自然的教育理念、《忏悔录》的坦白，事实上与卢梭的思想一脉相承、相互照应。由此可见，新近的研究在很大程度上克服了词条式的割裂的做法，把注意力转移到找寻和提供思想与作品之间以及理论著作内部的关联。

  在对启蒙文学的研究中，迄今为止硕果最为丰富的是德国文学。2006年版的《德国文学史》第二卷用了近30万字——相当于以一部专著的篇幅，详细阐述了德国启蒙文学的来龙去脉。这是新中国成立60年来对启蒙文学最系统、最全面、最详细的研究。此外还出现了数量不多但颇具启发意义的论文。相对于此前迄今为止的各国别史中的研究，《德国文学史》可以说完全逾越了阶

[①] 柳鸣九主编：《法国文学史》（修订版）第1卷，第227页。
[②] 新版《欧洲文学史》，第398—399页。

级分析方法，做到了把启蒙文学置于更为广阔的社会史、思想史和文化史语境去考察。这就从根本上扭转了传统对启蒙文学的认识，不仅为德国也为欧洲启蒙文学研究提供了新的范式。这部启蒙文学研究表现出这样几点突破：

第一，它把德国启蒙文学作为一个整体去研究，而不是割裂地去考察。这样它就对启蒙文学有一个整体认识和整体思路，可以把个别文学现象、作家作品置于一个思想和文化的有机体，指明它们在文学纵横发展的坐标上的位置，揭示它们的内在关联，详细阐明它们的思想根源和来龙去脉。在这一有机体中，思想基础、作家经历、作品内容能够相互照应，融为一体，而不是平摆浮搁，各说各话。这样的做法应当成为对文学流派，至少是对启蒙文学研究的一个基本要求。因为只有做到对一个流派透彻而融会贯通的把握，才能避免百科全书词条式的割裂的事实罗列。

第二，基于上述出发点，《德国文学史》特别关注了启承转接式的思想和作家作品，对它们不止于点到为止，而是进行缜密的阐述。因为有了这项工作，启蒙文学的研究就不再停留于一个个孤立的重点作家作品，而是连成了片结成了网。完成这项工作的前提是既要关注经典，又要大量掌握关键的过渡性思想和作品。这样做的好处是可以呈现一些重要文学现象的生成发展过程。

比如对于狂飙突进文学，我们一般知道这一史实、它的性质和代表作家作品，也知道它的思想先驱是哈曼和赫尔德。但哈曼和狂飙突进到底有怎样的关系，他的哪些思想使之成为狂飙突进的先驱？哈曼出生和就读于柯尼斯堡，康德的故乡，一个与英国关系密切的东普鲁士文化中心，哈曼曾经是该城一个崇拜卢梭的作家团体的中坚。哈曼是"即兴学者"，不求系统，而是及时记录个人体验、个人感受，以思想的火花给人启发。笃信基督教、追求感觉的自然生动是哈曼思想的两个基本特征。在《苏格拉底值得缅怀的地方：一个喜欢悠闲的人为读者的悠闲汇集而成的书》中，哈曼借对苏格拉底的解释表达自己的思想：人认识世界要通过感性经验；历史本来的样子并不重要，重要的是它在不同解释中获得了怎样的意义。哈曼在《语文学者的十字军东征》的《简明美学》一文中，从上帝以感性、经验和感情对凡人讲话，使用的语言是形象化、象征性、充满诗意和富有创造性的出发，认为人也应当如此应答，而创造这种文学的人就是"天才"，天才是上帝的代言人，是上帝的"赠品"和"恩赐"。真正的天才，其思想近乎"疯狂"，其行为近乎"愚蠢"。[①] 在另一篇与门德尔松论争卢梭的文章中，哈曼对卢梭所强调的"情感"和"自然"进行了德国式加工，并在德国广泛传播。在《对我的阅历的一些想法》中哈曼提出了文明与自然对立的思想，他提倡自然，拒绝一切非自然的规则，并推导出艺术家要创造性地重塑自然、艺术家是"创造

---

① 范大灿：《德国文学史》第 2 卷，第 211 页及以下。

者"的思想。哈曼的情感论、经验论、天才论和自然论,通过门徒赫尔德得到大力传播,成为狂飙突进运动的主要精神动力。哈曼的思想以复杂晦涩著称,能够讲解得如此清楚到位,非一般功力可为;而如果达不到这样的广度和深度,恐怕对狂飙突进乃至对德国启蒙文学的研究,则永远只能停留在雾里看花。

第三,仍然与整体性和有机性相关。启蒙文学与启蒙思想密不可分,无论作品表现出激进还是保留态度,都是对时代的政治社会变革作出的回应,是与它们的对话。这是启蒙文学的特殊性。因此,《德国文学史》特别注意把政治格局和思想基础阐释清楚,并明确指出它们与文学现象的关系。德国启蒙文学在"思想基础"一节,分析和阐释了笛卡尔的理性主义和怀疑论,指出笛卡尔所谓的怀疑亦即思考,为启蒙提供了认识真理的态度;笛卡尔在肯定理性是获得真理保证的同时,认为自由意志是一切错误的根源,这就造成启蒙前期独尊理性的局面,束缚了文学创作,同时也解释了为什么中期以后会出现理与情的博弈。这样的逻辑推演就把启蒙思想与文学的关系落到实处。同时,启蒙的"思想基础"不排除宗教文化。论著吸纳德国研究成果,肯定路德教内部的改革运动——虔诚运动,是重情主义文学的重要来源:"在德国,重情主义与虔诚主义一脉相承,可以说,重情主义是世俗化以后的虔诚主义。"① 而虔诚运动与重情主义的契合点在于,它强调个人的内在信仰、内心感受,信徒在团契中,或通过日记、书信方式考察自己的思想,交流彼此之间的感情,在市民阶层广泛培养了个体和情感文化。

第四,对启蒙文学的阐述带有强烈的问题意识。也就是说它不是简单的知识铺陈,而是始终在对某些问题求解,并且通过解决问题,把更多更系统的知识贯穿起来。比如关系到德国,遇到的第一个引人注目的问题就是,为什么启蒙时期,在一个"政治保守、经济落后、社会鄙陋的国家,文学能飞速发展,不仅摆脱了落后状态,而且站到了世界文学的顶峰"?② 这是因为德国是一个小邦分裂的国家,文化取代政治社会成为维系民族的纽带;德国文化的担纲者是一个特殊的市民阶层——"有教养的市民阶层",他们因无法参与政治经济生活而把精力投入精神、文化和教育领域;封建宫廷不关心文学生活,德国作家反而享有相对的创作自由;而文化与政治的脱节,则造成了德国知识分子更加关心抽象和理论层面,关心普遍的人类问题。总之,德国的启蒙运动政治色彩很淡,非政治性是它一大特点。正是它不追求政治实效的超功利性、非功利性,促进了德国文学文化的发展。这就从社会史角度令人信服地指出了德国启蒙文学与英法不同的原因所在。

---

① 范大灿:《德国文学史》第 2 卷,第 25 页。
② 同上书,第 1—2 页。

以上是德国启蒙文学研究中指导思想的变化。下面再来看一下指导思想的变化带来了哪些新认识，修正了哪些看法。新的研究到底带来了哪些新的认识，修正了哪些看法。这首先涉及对启蒙文学涵盖面的定义，背后隐含的问题是如何看待启蒙与理性的关系。学界在此之前传统上认为，启蒙文学包括分别以高特舍德和莱辛为代表的前后两个阶段。① 洛可可、重情派和狂飙突进被划到启蒙以外，甚至被看作"反启蒙文学"。新论则接受了20世纪60年代以后德国学界的观点，把德国启蒙文学视为贯穿整个18世纪的文学运动，涵盖不同文学潮流。这样的结论取决于对启蒙与理性关系的认识。论者认为，理性诚然是启蒙的核心范畴，但并非唯一范畴，更非启蒙的终极目标。故启蒙不笼统等于理性，更不能与"理性主义"混为一谈。只有理性主义才独尊理性，而理性主义占主导地位只是启蒙运动的一个阶段。经验主义和感觉主义同样是启蒙的思想财富。人对外在世界的感觉、人内心世界的感情，同样是获得认识、做出符合道德行为的前提。尤其在道德实践方面，善行不止依靠理性约束，而是同时取决于人的意志和情感。因此如何摒除恶的情感、培养同情心、爱心等高尚情操，就成为启蒙情感教育的任务。就这样，德国启蒙就贯穿了理性与经验、理智与情感、道德律令与自然冲动之间的矛盾。对这一矛盾的解决方案不同，表现在文学上的形式也就不同，由此构成了不同流派。德国启蒙文学因此充满矛盾、流派纷呈，包含了各不相同甚至相互对立的流派。②

与之相应，德国启蒙文学被更精确地划分为四个发展阶段：过渡期、发展期、鼎盛期和狂飙突进时期。也就是说，把上述分别以高特舍德和莱辛为代表的前后两个阶段，进行了更为细致的划分。这样划分的好处在于，可以分层次认识每个阶段的文学特征，避免对启蒙文学一概而论。比如在发展期，道德周刊盛行，取代宗教修身文学教育和启迪民众，为培养大众的独立思考能力搭建了平台。也是在这一时期，以理性为尺度、以教育教化为目的的教育诗、寓言、讽刺文学发达。鼎盛期的特征是经历了从理到情的转变，文学从理性独尊的局面解脱出来，真正的文学创作开始发达，出现克罗卜施托克的诗歌、莱辛的文论和戏剧、维兰德的长篇小说。狂飙突进文学以戏剧和诗歌最为繁荣，因为两者最有利于抒发情感和表达对自由的要求。青年歌德的诗歌、书信体小说《少年维特的烦恼》，青年席勒的戏剧《强盗》《阴谋与爱情》把德国启蒙文学推向高潮。德国文学随后进入以歌德、席勒为代表的古典文学时期。古典文学仍然在回答理和情的关系问题，而它的做法是试图把启蒙前期的理性、规则、秩序，与后来的自然情感、自由创新和个性解放结合起来，追求理性与情感的和谐统一。

---

① 余匡复：《德国文学的四个高峰和三个特点》；《德语文学史》；新版《欧洲文学史》，第438—440页。
② 范大灿：《德国文学史》第2卷，第29页。

除专著性质的系统论述外,在德国启蒙文学研究中,可圈点的还有三篇论文。数量不多,但具有首创意义,全部是名副其实的填补空白之作。其中两篇论文分别针对17、18世纪之交巴罗克到启蒙的过渡期,18、19世纪之交启蒙到浪漫的过渡期,即不约而同选择了被学界忽视的"过渡期";涉及的文体包括诗歌和小说。在《德国启蒙运动过渡期(1687—1720/30)的小说和诗歌》①中,论者以文体为线索,重点探讨了从巴罗克向启蒙过渡过程中,文学生活和文学式样的变化,使读者对迄今为止模糊的启蒙萌芽阶段,有了明确认识。论文尤其对诗歌如何从巴罗克式的即事诗过渡到现代的体验诗,进行了分析和阐释。《启蒙运动与德国浪漫派》聚焦于启蒙与浪漫派的关系,这无疑是向后延伸了对启蒙文学的研究。论文的新意在于,扭转了传统看法,认为浪漫与启蒙并不完全对立,而是存在"精神联系和继承关系"。② 论文吸收了德国上世纪60年代以来的学术成果,以诺瓦利斯和施莱格尔为例,以对卢卡契的批判切入,提出浪漫作家"并不反对理性,并不反对理性原则",他们只是"反对理性主义,反对把理性绝对化、教条主义化……"浪漫派的两个基本特征,即对中世纪的兴趣和提倡创作自由,被解释为在启蒙关照下对民族民间文化的重视以及对启蒙创作思想的继承。

《启蒙时期的德国国家小说》③是一篇难得的专题研究。因为德国启蒙时期的"国家小说"(也译"政治小说")是一种探讨政体建设的小说类型,与德国启蒙政治思想存在相互照应关系。也就是说,可以从对国家小说的研究中,透视德国启蒙政治思想的特殊性。论文认为,德国试图寻找一条介于霍布斯和卢梭的中间道路,既限制君主权力,又避免普遍人权,因此把理想锁定在开明君主制。国家小说应运而生。国家小说的主题,就是如何通过理性和美德教育,塑造这样一位贤明的君主。当时的人们已经相信人是可以改变的,可以通过外部的教育培养获得美德,然后崇奉美德,以德施政。这当然带有浓厚的乌托邦色彩。论文的可贵之处还在于分析和探讨了尚无译本、但十分重要的启蒙作品,如施纳贝尔的《弗尔森堡孤岛》、著名的维兰德的小说《阿伽通的故事》和《金镜》。

改革开放以后,除对英、法、德等主要启蒙文学的研究外,还加强了对意大利、俄罗斯、西班牙等国的关注。因这些国家启蒙不甚发达,启蒙文学相对滞后,迄今尚未出现带有专题性质的研究,④但相关表述也呈现全面和细化的趋势。比如对意大利的研究,已经具体区分出理性在启蒙两个阶段的不同性质。

---

① 范大灿:《德国启蒙运动过渡期(1687—1720/30)的小说和诗歌》,《外国文学研究》2000(3)。
② 陈恕林:《启蒙运动与德国浪漫派》,《外国文学评论》2001(1)。
③ 王晓钰:《启蒙时期的德国国家小说》,《外国文学评论》1999(2)。
④ 对意、俄、西启蒙文学的介绍除新版《欧洲文学史》外,主要分布在国别文学史。见任光宣:《俄罗斯文学简史》,北京大学出版社,2006年;沈石岩:《西班牙文学史》,北京大学出版社,2006年。

在第一阶段的阿卡迪亚派时期,理性意味思想简单明确、语言表达清晰,实质上是用理性约束创作,对抗巴罗克风格。第二阶段的理性则意味以科学方法观察和处理问题,推动诗歌和戏剧改革。此外还增加了对著名启蒙思想家维柯及其《新科学》、戏剧家哥尔多尼的述介。俄罗斯启蒙时期的特点是,作为一个文化落后、正在崛起的国家,它特别强调民族性和爱国主义。启蒙诗人罗蒙诺索夫、戏剧家冯维辛、散文作家拉吉舍夫都表达了对农奴制的批判,对科学和贤君的礼赞。进一步加强意、俄等其他国家的研究,无疑会对欧洲范围内启蒙文学之间的比较研究大有裨益。

以上是对60年来启蒙文学研究的一个综合考察。很明显的一个现象是,对这一流派的专题研究少而又少。分析造成这种局面的原因大概有这样几点。其一,启蒙文学是一个庞大驳杂的流派,一个大的范畴,里面包含不同潮流。各国启蒙文学之间存在很大差异。启蒙文学贯穿一个世纪,每个阶段呈现出不同特征。凡此都造成很难用一篇论文来涵盖某一问题,或以一部专著囊括这样一个流派。其二,由于意识形态早已确定了对启蒙的看法,尤其是对法国文学的看法,因而很长时间里很难启动批判精神,对它进行重新认识和评价。

但综观60年的学术史,还是可以看到改革开放以来的很多进步:第一,研究中基本克服了纯粹受到意识形态和阶级分析方法,逐渐回到对人性的考察。这对于启蒙文学并不是件易事。众所周知,新中国成立后的第一个30年中,对西方启蒙的接受受到意识形态影响较大,对启蒙文学的研究深受牵连。上世纪60年代,尤其是70年代开始编写的文学史,确实把启蒙看作一场阶级斗争,把进步与落后、积极与消极、激进与保守,甚至革命与反革命的二元标准,移用到文学解释,几乎完全屏蔽了文学元素和文学的意趣。这种情况随改革开放日渐改善。各种研究都把启蒙时期对"人"的重视放在突出位置。20世纪90年代的论文《阿波罗的风采——论法国启蒙文学》虽然出发点仍然是启蒙如太阳打破了漫长中世纪"宗教神学的阴霾""封建贵族的淫靡",但也认识到"遭到蒙昧、野蛮的放逐"的人成为中心。论文尤其看到,18世纪启蒙带来的理性和分析,揭开了"人性深层结构",带来了对人心理层面的认识,是真正意义上人的发现,"启蒙文学在对人的探究上达到了前所未有的深度"。[1] 新版《欧洲文学史》称"启蒙作家共同的特点就是关注人类命运,他们无一例外都是人文主义者,同时又都是世界主义者"。[2] 英国文学研究也特别提出:"18世纪的英国启蒙思想家和文人都特别关心'人',人在社会和自然中的地位,以及应当具有的正确态度

---

[1] 秦弓:《阿波罗的风采——论法国启蒙文学》,《外国文学评论》1990(4)。
[2] 新版《欧洲文学史》,第384页。

和行为。"① 德国文学通过赫尔德，阐述德国启蒙中的人性论或人道主义。与此相应，新版《欧洲文学史》法国文学部分基本用"第三等级"或"平民"取代了"资产阶级"的说法，《德国文学史》第二卷一以贯之采用了德国学术中通用的"市民"。这个小小的指征表明，我们对启蒙文学的研究进入了一个新阶段，开始有意识从更广泛的思想史、文化史角度阐释文学现象，使启蒙文学研究重新回到学术层面。

第二，我们从一味强调启蒙文学的"新""反叛"和与过去的"截然不同"，转向探寻它对文学传统的继承、与文学传统的联系。这不仅是逐渐摆脱意识形态主导的一个表现，而且对于中国人理解启蒙文学至关重要。因为我们对西方启蒙文学接受的难点，恰好在于它所承载的文学文化传统。这在学理上相当于，我们对五四以后新文学的理解，不可能脱离对中国传统文化、文学经典的把握。因为无论孟德斯鸠还是伏尔泰，都曾有意识继承古典文学传统进行创作，而他们的哲理小说在叙事形式和母题上，都借鉴了17世纪巴罗克小说。在这点上，上述法国启蒙文学对哲理小说追根溯源的探究，是一个很好的启示。

第三，对一些问题的研究开始逐步细化。出于新中国成立第一个30年的特殊历史原因，我们对某些领域缺乏基本的知识，造成学术研究中的盲从或武断。比如对于宗教这一启蒙核心问题的研究，自20、21世纪之交有了很大改观。新版《欧洲文学史》《英国18世纪文学史》《法国文学史教程》已经开始从神学、教会机制、信仰等不同层面阐述宗教问题。启蒙不再是一概而论地"无情揭露教会的黑暗和腐朽、宗教迷信、偏见和狂热"，以"泛神论或彻底唯物主义的无神论代替上帝、天国、地狱等一整套宗教迷信观念"。② 这说明，改革开放之前，由于缺乏国际学术交流，掌握的原始和研究资料有限，因而，人们无法识别启蒙所批判的到底是什么，只能武断地喊一些口号。然而，在这项研究上，似乎旧也不必不如新。20世纪30年代的《法国文学史》在谈到伏尔泰对待宗教的态度时说："在宗教里他是教会的大敌。但是他所攻击的不过是旧教的制度，他对于上帝仍旧是信仰的。"③ 这表明作者至少认识到"教会""制度"和"信仰"是宗教的三个不同层面。如果采取这样科学客观的态度，无疑会把启蒙对宗教的批判表述得更令人信服，也会把文本中的宗教问题解释得更为透彻。

第四，研究中专题意识和问题意识在有的论文中有所逐渐增强。囿于各种条件限制，有的探讨启蒙文学的学术论文至今很少能超越文学史给定的基调、设定的范围。《启蒙主义与现代文学的三种类型的发展》不过把文学史知识进行了归纳，认为"启蒙主义"包括经验主义、理性主义、"情感伦理"，然而后笼统

---

① 刘意青主编：《英国18世纪文学史》，第273页。
② 柳鸣九主编：《法国文学史》，第219页。
③ 徐霞村：《法国文学史》，上海：北新书局，1930年，第107页。

得出结论,由经验主义产生了重写实的叙事型文学,由理性主义产生了重思考的议论型文学,由情感伦理产生抒情型类型,三者奠定了现代文学的基本类型。①《启蒙主义与十八世纪英国文学》称"启蒙主义运动"对 18 世纪英国文学的影响表现为新古典主义思潮的流行。② 这基本等于把文学史关于 18 世纪英国文学的表述冠以启蒙主义。而相比之下,上述三篇关于德国启蒙文学的论文都超出了通常的文学史框架,开始探讨新的问题、开辟新的议题、选择新的作家作品。它们有意识吸纳了国内外的研究成果,阅读了原始文献和第一手研究资料,这是它们对国内学界有所的研究能够加以创新的前提。

此外,还可以继续深化的具体工作有这样几项。第一,从比较文学角度,启蒙文学是一个欧洲事件,英、法、德启蒙文学之间存在活跃的交流。伏尔泰曾在普鲁士弗里德里希大帝宫廷做客,狄德罗曾效力于俄罗斯叶卡捷琳娜二世宫廷,更不必说孟德斯鸠、伏尔泰的英国之旅,狄德罗的《定命论者》在法国正式出版前,就被翻译成德语。除这些外在交流活动,还有文学思想、文学形式上的相互影响相互借鉴。针对三国启蒙文学之间的比较研究还可以继续展开和深化。第二,从多学科角度,国内近年在政治哲学、神学、社会学领域对启蒙研究取得很多突破,出版了大量译著论著。既然启蒙同时是一项思想史事件,启蒙文学又是传播启蒙思想的媒介,那么对启蒙流派的研究,理所当然应该吸纳更多其他学科领域的新成果,拓宽理解启蒙文学的视域。第三,还可以挖掘更多作家作品,如伏尔泰的《哲学通讯》和《风俗论》、狄德罗与索菲·沃朗的通信、哈曼和赫尔德的思想等等,有了这些研究,才能使启蒙的图像更为清晰和丰富,也可以给其他学科提供更多的参考和借鉴。第四,启蒙是欧洲从封建社会向现代工业社会转变的开始,启蒙文学比其他任何史料,都更生动形象地记录了这一过程中出现的问题,尤其是个体如何面对价值和观念的转变。因此完全可以把启蒙文学与当下关注的心态、生态、异文化、身份认同等议题结合起来研究。

启蒙文学是现代文学的发端,19、20 世纪的文学或顺承之,或反其道而行之,这都使启蒙文学成为研究现代乃至后现代不可缺少的参照。目前对启蒙文学研究的力度,与它在文学史中的地位极不匹配。当务之急,是要重新回到文学研究和思想史语境,全面启动启蒙文学研究。然而在启蒙时代,"我们找不出一部所谓的'纯粹的文学'",所有作品都为"传播某种思想"而作。③ 这表明,启蒙文学研究面临双重挑战:它不仅要求潜心阅读语言古旧的原文,而且需要全面的人文修养。

---

① 林朝霞:《启蒙主义与现代文学的三种类型的发展》,《天水师范学院学报》2009(6)。
② 陈兵:《启蒙主义与十八世纪英国文学》,《湛江师范学院学报》2009(1)。
③ 徐霞村:《法国文学史》,第 99 页。

第四章
19世纪欧美文学流派研究

第一节 总 况

在欧洲,启蒙运动通过提倡民主与科学,为1789年的法国大革命提供了思想基础,继法国之后,德意志、意大利、西班牙、俄国都发生了革命运动。到19世纪中叶,欧洲各主要国家均已完成资产阶级革命,欧洲资本主义在经历了简单协作和工场手工业阶段之后,进入到高度发展的大机器生产时代。大变革时代的政治运动、经济发展以及科技进步深刻地影响着这一时期的哲学思想和文艺理念。大体而言,浪漫主义和现实主义作为具有全欧影响的文学运动,是19世纪欧洲的两大主要文学思潮。到了19世纪后期,自然主义、象征主义、唯美主义等文学流派先后出现,也留下许多传世之作。

同一时期,在大西洋的另一端,美国也出现了文学的勃兴和繁荣,涌现出一批在美国文学史上占据重要地位的作家。纵观整个19世纪,美国的主要文学思潮是浪漫主义和现实主义。浪漫主义大约形成于19世纪初,兴盛于20、30年代至南北战争前夕。现实主义大约形成于19世纪70年代,至80年代达到顶峰。这一时期美国的文学流派基本与欧洲同步,且产生的社会历史背景、具有的文学特点等都大致相同。下文根据新中国成立以来国内学者对19世纪欧美流派的研究情况分别加以叙述,以期对相关研究获得一个概览。

一、关于19世纪欧洲浪漫主义的研究

早在18世纪末的德国和英国、19世纪初的法国和俄国,就已经有了明显与18世纪新古典主义和启蒙理性思想相悖的文艺潮流,被称作"浪漫主义运动"或"浪漫主义复兴"。对于浪漫主义在欧洲各国文坛的发展历程,新版《欧洲文学史》是这样总结的:"虽然在19世纪30年代英国浪漫主义的辉煌时期已接

近尾声,但在法国,浪漫主义不久前才刚刚取得对古典主义的决定性胜利,而在诸如西班牙、意大利,以及东欧、北欧的一些国家里,浪漫主义文学潮流一直持续到19世纪中期"。① 尽管欧洲各国浪漫主义文学运动各有其政治立场和思想主张,但也运用了许多相似的艺术表现手法,比如"特别着重描写作家个人的主观世界、对事物的内心反应和感受";把大自然作为精神的寄托,"着力描绘大自然景色,抒发作家对大自然的感受";从民谣和民间传说中撷取创作素材;喜用"夸张的手法""华丽的辞藻和丰富的比喻",以及"舒展、自由"的诗歌格律等。②

如前所述,欧洲浪漫主义作为一种文艺思潮得到国内学人的关注始于20世纪上半叶,其时对浪漫主义的称法还不统一,或称"浪漫派""感想派",或称"传奇主义""理想主义"等。比如周作人在其授课讲义《欧洲文学史》末尾提到19世纪初的"传奇主义复兴"。③ 陈独秀在《现代欧洲文艺史谭》中说,随着18世纪"政治社会之革新"与19世纪的"科学大兴","欧洲文艺思想之变迁,由古典主义一变而为理想主义"。④ 曾虚白在《西洋文学讲座之英国文学》中谈道,"所谓浪漫派时代,就是解放时代,就是法国革命潮流汹涌澎湃的时代……法国革命的口号是'自由,博爱,平等'。我可以说,浪漫派的口号,也是这三样,浪漫派的精神也集中在这三个中心。"⑤浪漫主义文学运动与欧洲民族解放运动的渊源及其破旧立新的革命精神十分契合中国反帝反封建斗争的需要,因此国内文艺界对浪漫主义的态度以欢迎、赞誉为主,浪漫主义反抗陈规、张扬个性、直抒胸臆的艺术理念也对当时国内的文艺创作产生了深刻影响。

新中国成立后,1953年召开的"中国文艺工作者第二次代表大会"把社会主义现实主义作为文艺创作和批评的最高准则,文艺理论界的论辩主要围绕"社会主义现实主义与现实主义的区别"以及"世界观和创作方法的关系"展开。1958年下半年,文艺理论界开始热烈讨论"革命的现实主义和革命的浪漫主义相结合"及其与社会主义现实主义的关系,认为革命的现实主义和革命的浪漫主义相结合"吸收了文学史上现实主义和浪漫主义的优点及二者相结合的优良传统,但是却与过去的现实主义和浪漫主义有了根本的区别",是"我们今天最好的创作方法"。⑥ 作为与革命的浪漫主义相区别的"旧浪漫主义",19世纪欧洲浪漫主义重新受到关注。当时普遍认可的是高尔基把浪漫主义分为"积极浪

---

① 李赋宁主编:《欧洲文学史》第2卷,商务印书馆,2001年,第7页。
② 同上书,第9—10页。
③ 周作人:《欧洲文学史》,河北教育出版社,2002年。
④ 载于《青年杂志》1915年第1卷第3号。
⑤ 见《民国丛书》第2编,上海书店,1989年,第43—44页。
⑥ 于言:《革命的现实主义和革命的浪漫主义相结合问题的讨论》,《文学评论》1959(2),第123页。经之:《邵荃麟同志谈革命现实主义与革命浪漫主义相结合》,《北京大学学报》(人文科学版)1959(2)。

漫主义"与"消极浪漫主义"的做法,是以现实为基础,推动现实前进的积极浪漫主义为唯物主义的、先进的,而逃避或脱离现实,转向内心寻求避难的消极浪漫主义为唯心主义的、落后的。在这样的基调下,新中国成立后头 30 年对 19 世纪欧洲浪漫主义的研究主要集中在少数革命浪漫主义作家身上,如拜伦与雪莱。①

改革开放以来,国内外国文学研究经历了从恢复到快速发展的 30 年,这期间有关欧洲浪漫主义的研究在广度和深度上都有突破。80 年代的研究重新梳理、审视了浪漫主义的创作方法、基本特征、思潮流派及其在文学史上的地位。进入 90 年代,积极浪漫主义与消极浪漫主义的划分标准逐渐被废弃,从此间发表的论文看,西方浪漫主义文艺思潮对中国现代文学的影响、欧洲各国浪漫主义文学的比较、浪漫主义文艺思想中的重要概念②是研究者感兴趣的话题。1991 年出版的《英国浪漫主义诗歌史》更以"独到的见解和令人信服的分析,说明了 19 世纪浪漫主义诗歌与 20 世纪英美现代主义诗歌之间的血缘继承关系"。③ 这部著作对浪漫主义诗歌与现代主义诗歌之间继承关系的肯定对以后的浪漫主义研究产生了深刻影响。2000 年以来,相关论文和专著的数量明显增加,④研究的范畴日趋广泛,既有对这场席卷全欧的文学运动的整体性研究,也有对不同国家的浪漫主义文学的个别性研究,⑤既有对经典浪漫主义作家作品的深入研究,也越来越多地顾及一度被忽略的作家作品。⑥ 比较研究依然是热点,研究者开始从欧洲浪漫主义及其批评史的视野来反思我国的现代文学理

---

① 参见杜秉正:《革命浪漫主义诗人拜伦的诗》,《北京大学学报》(人文科学版)1956(3);范存忠:《论拜伦与雪莱的创作中现实主义与浪漫主义相结合的问题》,《文学评论》1962(1)。
② 如罗成琰:《西方浪漫主义文学思潮与中国现代文学》,《外国文学评论》1994(3);黄满生:《英法德浪漫主义文学概略比较》,《国外文学》1990(1);童庆生:《有机主义文学理论在浪漫主义文艺思想中的地位》,《外国文学评论》1993(3)。
③ 参见李赋宁:《独到的见解信服的分析——读〈英国浪漫主义诗歌史〉》,《外国文学》1992(5)。
④ 以"浪漫主义文学"为主题在 CNKI 数据库进行检索,2000—2010 年间刊发的相关论文约 675 篇,是 90 年代的三倍;据国家图书馆的最新数据,2000—2013 年间约出版相关专著 30 余部,几近 20 世纪后 50 年相关专著总和的三倍。
⑤ 论文如张旭春:《再论浪漫主义与现代性》,《文艺研究》2002(2);张少文:《旧瓶新论——论浪漫主义反讽的叙事体式》,《外国文学》2003(5);吴岳添:《波希米亚:浪漫主义文学花园里的奇葩》,《外国文学研究》2004(6);刘润芳:《德国浪漫派抒情诗探识》,《外国文学评论》2006(3)。专著如杜瑞清等:《欧洲浪漫主义文学》,西安:陕西人民出版社,2002 年;刘春芳:《英国浪漫主义诗歌情感论》,天津:天津大学出版社,2011 年;张帆:《德国早期浪漫主义女性诗学》,上海:上海大学出版社,2012 年。
⑥ 论文如刘敏:《海涅诗歌与浪漫主义民歌风格》,《国外文学》2005(2);王立业:《〈黄昏〉:俄罗斯文学的清晨——解读茹科夫斯基的风景哀诗〈黄昏〉》,《国外文学》2006(2);蒋承勇:《于"颓废"中寻觅另一个自我——从诺瓦利斯和霍夫曼看德国浪漫主义的人文取向》,《外国文学研究》2008(4)。专著如李枫:《诗人的神学:柯勒律治的浪漫主义思想》,社会科学文献出版社,2008 年;赵立坤:《卢梭浪漫主义思想研究》,中国社会科学出版社,2008 年;贾峰昌:《浪漫主义艺术传统与托马斯·曼》,浙江大学出版社,2012 年。

论研究,进而探寻中国文学的道路;①多样化的研究方法和多元化的视角是这一时期的重要特点,研究者借助各种批评理论重新审视浪漫主义的美学特征、核心概念、创作成因、历史影响,拓宽了浪漫主义的研究思路。②

二、关于19世纪欧洲现实主义的研究

19世纪欧洲现实主义文学潮流形成于30年代,在19世纪中期成为主流,代表作家有法国的司汤达、巴尔扎克,英国的狄更斯和俄国的普希金、果戈理等。到了50、60年代,俄国现实主义文学势头仍然强盛,西欧现实主义文学,尤其是法国文学则日益显露出自然主义倾向。就世界观和价值观而言,现实主义文学作品崇尚的是人道主义与普世价值。就创作方法而言,与推崇想象的浪漫主义作家不同,现实主义作家力图按照事物的本来面目进行创作,通过客观细致的描写反映现实生活,揭露社会弊病,剖析人与人、人与社会的关系。写实作为艺术方法古已有之,对19世纪现实主义产生直接影响的则有"18世纪英国小说、法国启蒙运动文学和俄国讽刺文学等";同时,"黑格尔的辩证法、费尔巴哈的人本主义唯物论、孔德的实证主义、自然科学方面的新成就和实验科学的流行,以及法国复辟时期资产阶级历史学家如基佐等的历史观,都在不同程度上影响了一些现实主义作家,启发他们去探求写实的新方法。"③

对于19世纪欧洲现实主义如何传入中国并对国内文艺界产生了怎样的影响,我们可以从温儒敏的文章《欧洲现实主义传入与五四时期的现实主义文学》(《中国社会科学》,1986年第3期)中得到非常清晰的认识。文中说道,"在新文学第一个十年的前半期,现实主义思潮的发展还比较偏重于理论的倡导与探讨……而在后半期,探讨现实主义理论的文章相对少一些,创作的空气却变得浓厚一些"(1986)。在前半期里,倡导、探讨现实主义理论的文章有系统介绍欧

---

① 论文如王元骧:《我国现代文学理论研究的反思与浪漫主义理论价值的重估》,《外国文学评论》2000(1)。文章认为浪漫主义反对"启蒙运动"的功利原则,主张"诗与人生合一",这一理想对于抵制物欲维护人的独立与自由有积极作用;批判地吸收浪漫主义理论则有利于反思我国现代文艺理论中长期存在的纯认识论和唯科学主义倾向。专著如张旭春:《政治的审美化与审美的政治化》,人民出版社,2004年,作者引入"现代性"作为该书的"浪漫主义研究范式",将19世纪英国浪漫主义思潮与新文学运动中的中国浪漫主义思潮"放入各自的现代性语境中",审视不同文化中浪漫主义对现代性的来临所做的独特反应。

② 以专著为例,王欣的《英国浪漫主义诗歌的形式主义批评》(上海外语教育出版社,2011年)运用形式主义批评理论解读浪漫主义诗歌,证明"语言直白、直抒胸臆的浪漫主义诗歌也同样具有文学性、统一性和复杂性的形式审美价值";张鑫的《英国19世纪出版制度、阅读伦理与浪漫主义诗歌创作关系研究》(复旦大学出版社,2012年)通过研究阅读伦理观和出版体制对19世纪英国浪漫主义诗歌创作的影响探讨"英国浪漫主义诗歌发展和经典产生的历史因素与文学因缘",突破"以诗人为中心"研究英国浪漫主义诗歌的传统模式;张帆的《德国早期浪漫主义女性诗学》(上海大学出版社,2012年)通过重读施莱格尔、诺瓦利斯等思想家的经典文献,从女性视角阐释了德国早期浪漫主义女性观。

③ 李赋宁主编:《欧洲文学史》第2卷,第206页。

洲文艺思潮之递变的《现代欧洲文艺史谭》(陈独秀,《青年杂志》1915 年第 1 卷第 3 号),有主张写"普通人"生活的《人的文学》(周作人,《新青年》1918 年第 5 卷第 6 号)、《平民文学》(周作人,《每周评论》1919 年第 9 号),更有《小说月报》在 1921 年至 1922 年间连续以专栏形式刊载的大量译介、评析自然主义(写实主义)的论辩文章。① 从这些文章可以看出,当时国内多用写实主义指称 19 世纪欧洲现实主义文学,此外,当时大都强调现实主义和自然主义的承继关系,因此关于自然主义的讨论从广义上来说仍是关于现实主义讨论。

20 世纪 30 年代,中国左翼文学从苏联文艺理论界引入"社会主义现实主义"作为文艺与文艺批评的基本方法,后来毛泽东又把它发展为"革命的现实主义与革命浪漫主义相结合"的文艺观。新中国成立后头 30 年间围绕"现实主义"展开的争论上文略有提及,后面还有专节进行详细梳理,在此不赘。大体而言,当时提及 19 世纪欧洲现实主义主要是把它作为旧现实主义与革命的现实主义相区别,在肯定其真实性的同时对其"错误的"、带有"阶级局限性的"世界观是予以批判的。

1980 年,中国社科院外文所出版的《欧美古典作家论现实主义的浪漫主义》(中国社会科学出版社)意味着文艺为政治服务的时代已经过去,国内学界开始借助"新"的眼光重新审视现实主义。遗憾的是,对于 20 世纪 80 年代的受众而言,19 世纪欧洲现实主义作为一种文艺思潮已经失去了新锐性,人们的视线更多地被现代主义、魔幻现实主义、后现代主义等新生力量吸引;相关论文以作家(作品)、理论家的个案研究为主,涉及作家和理论家有普希金、哈代、易卜生、卢卡契、布莱希特、卢那察尔斯基等。总体性研究的文章主要有两篇:柳鸣九的《论法国十九世纪批判现实主义文学》(1980),作者从时代背景、代表人物、思想意义等方面全面概括了批判现实主义这一法国 19 世纪文学中"最重大的"文学现象;杜东枝的《关于欧美现实主义文学的几个问题》(1987),文章集中讨论了现实主义的发展阶段、人道主义问题和审美特征。相较于其他从社会历史角度研究现实主义文学的论述,蒋承勇的《十九世纪现实主义文学的现代阐释》(中国社会科学出版社,1994)引入结构主义、接受美学、心理分析等批评方法,将 19 世纪现实主义作家分为外倾性和内倾型两大类,深入探讨了这两种审美

---

① 参见岛村抱月:《文学上的自然主义》,陈望道(晓风)译,《小说月报》1921 年第 12 卷第 12 号;沈雁冰:《自然主义与中国现代小说》,《小说月报》1922 年第 13 卷第 7 号;谢六逸:《西洋小说发达史·自然主义时代(下)》,《小说月报》1922 年第 13 卷 7 号等;此外,还有刊发在其他报刊上的文章,如沈雁冰:《文学上的古典主义浪漫主义和写实主义》,《学生杂志》1920 年第 7 卷第 9 号;胡愈之:《近代文学上的写实主义》,《东方杂志》1920 年第 17 卷第 1 号;李之常:《自然主义的中国文学论》,《时事新报》1922 年 8 月 11 日;胡愈之:《近代文学上的写实主义》,《东方杂志》1920 年第 17 卷第 1 号等。

心理机制之于现实主义文学的意义。从蒋著以及其他研究者的论文①中可以看出90年代现实主义研究的两个特点：强调19世纪现实主义是现实主义文学发展史上一个承前启后的阶段；重视19世纪现实主义文学与20世纪现代主义文学的承继关系，并从文学反映现实的方式出发比较他们的异同。2000年以来，研究19世纪欧洲现实主义文学的论文不多，这些年出版的相关专著则多将19世纪欧洲现实主义文学研究纳入现实主义研究的整体框架内，或审视欧洲现实主义文学对中国现实主义文学的影响，或以时间为纬爬梳现实主义之内涵的嬗变。②

三、关于19世纪欧洲自然主义和象征主义的研究

自然主义和象征主义都首先产生于法国，并在19世纪末20世纪初发展成为具有全欧乃至全世界影响的文学思潮。19世纪60年代中期，笃信科学的左拉提出把实证科学运用到小说创作中去，反对主观抒情，强调对人物进行"科学实验"；在后来的自然主义戏剧理论中，他批评了以离奇的情节吸引观众的戏剧风尚，要求作家像科学家那样"以具体代替抽象，以严格的分析代替单凭经验所得的公式"，主张文学作品中"不再是抽象的人物，不再是谎言式的发明，不再是绝对的事物，而只有真正历史上的真实人物和日常生活的相对事物"。③ 按照自然主义原则创作的作品"总是着重对生活琐事、变态心理和反常事例本身的详细描写，把现实的丑恶、阴暗赤裸裸地展现在读者面前"，因此，"自然主义作家与早期现实主义作家一样强调写社会中、下层百姓的日常生活经历，但他们在写实方面进一步要求毫无艺术点缀和修饰，甚至反对任何带有理想主义的升华描写"。④ 左拉的自然主义理论与其倚赖的科学理论、哲学思想和医学观念一样，体现了强调实证、崇尚科学的时代精神，然而文学毕竟不同于科学，全然从人的生物性理解人以及人类社会难免失之偏颇甚至差之千里，因此我们同样需要"客观"看待自然主义的"科学精神"。除了左拉以外，其他表现出自然主义倾向的作家还有法国的龚古尔兄弟、莫泊桑，挪威的易卜生，俄国的果戈理、陀思妥耶夫斯基、屠格涅夫，德国的霍普特曼等，80年代末德国还产生了以史拉夫和霍尔茨为代表的"彻底的自然主义"运动。

---

① 参见杨金才：《廿世纪现实主义文学的历史命运》，《南京社会科学》1993(3)；肖明翰：《现代主义文学与现实主义》，《外国文学评论》1998(2)。
② 如陈顺馨：《社会主义现实主义理论在中国的接受与转换》，安徽教育出版社，2000年；李晓卫：《从欧洲到中国：现实主义的发展与嬗变》，兰州：敦煌文艺出版社，2005年；中国社科学文学研究所编辑：《世界文学中的现实主义问题》，北京：知识产权出版社，2010年；殷企平、朱安博：《什么是现实主义文学》，上海外语教育出版社，2011年。
③ 左拉：《戏剧上的自然主义》，伍蠡甫主编：《西方文论选》(下)，上海：上海译文出版社，1979年，第246页。
④ 李赋宁主编：《欧洲文学史》第2卷，第465页。

19世纪下半叶的法国文坛并非自然主义一枝独秀,与它相对立的是"象征主义这样带有显著非理性主义特征的思潮"。[①] 1857年波德莱尔出版了被视为象征主义诗歌奠基之作的《恶之花》,他的美学主张为魏尔伦、兰波、马拉美等一批才华横溢的诗人所继承,他们追求的是诗的精粹,即"声音、芳香、色彩互相呼应"的"一种奥秘而深沉的统一"。[②] 威尔逊指出,象征主义的首要任务之一是"去暗示事物而不是直白地陈述它们",这种暗示,或者说象征,"是如此与众不同,如此转瞬即逝,如此朦胧缥缈,以至于不能通过直接的陈述和描写来表现,只能通过一系列的语词和形象暗示给读者",[③]所以马拉美才会说自己写的是音乐,兰波才会声称诗歌要有色彩的和谐。法国象征主义诗歌理论在欧洲文坛影响巨大,韦勒克认为,它甚至支配了20世纪整个西方世界的诗歌理念。

前面谈到过五四前后写实主义的倡导者对自然主义的基本态度:把自然主义视为写实主义的一个分支,主要强调它反映现实、揭露社会黑暗的一面。这并不是说当时没有批评之声,沈雁冰在倡导写实主义的同时就指出自然主义"专重客观,其弊在苦涩而乏轻灵活泼之致","徒事批评而不出主观的见解,便使读者感到沉闷烦忧的痛苦,终至失望"。沈雁冰也是"这时期介绍象征派最有力者之一",[④]此外还有鲁迅、刘延陵、李金发、戴望舒、卞之琳等。在《西方现代主义文学在中国》一文中,袁可嘉引述了鲁迅、沈雁冰对象征派的评析,称赞他们"一开始就对现代派采取具体分析、区别对待的态度……吸收有益的养分,排除消极的因素。这就为我们后人作出了榜样"[⑤]。综观当时对象征主义的态度,基本上是借鉴其艺术手法,肯定其反抗资产阶级、欢迎革命的一面。

在一篇1962年刊发的,涉及象征派诗歌美学特征的文章中,钱锺书指出通感是"象征诗歌在风格上的标志",[⑥]但过度使用甚至滥用通感是欧洲象征诗歌存在的问题。这样客观中肯的评述在当时是比较少见的,因为新中国成立后头30年里,自然主义和象征主义作为资产阶级颓废文学受到批判,被打入冷宫。承认其理论和创作中的缺陷,肯定其对20世纪文学思潮的影响是80年代自然主义和象征主义研究的主旋律。为了给自然主义"正名",柳鸣九在80年代末连续出版了三部专著向国内读者推介自然主义,[⑦]在《自然主义》(1988)"前言"

---

① 李赋宁主编:《欧洲文学史》第2卷,第470页。
② 同上书,第487页。
③ Edmund Wilson, *Axel's Castle: A Study in the Imaginative Literature of 1870—1930*, New York: Charles Scribner's Sons, 1959, p. 21.
④ 袁可嘉:《西方现代主义文学在中国》,《文学评论》1992(4),第20页。
⑤ 同上书,第23页。
⑥ 钱锺书:《通感》,《文学评论》1962(1),第16页。
⑦ 柳鸣九选编:《法国自然主义作品选》,天津人民出版社,1987年;柳鸣九:《自然主义》,中国社会科学出版社,1988年;《自然主义大师左拉》,上海文艺出版社,1989年。

中,柳鸣九强调了自然主义对现实主义文学传统的继承,提出应该视自然主义为写实文学发展过程中的一个阶段。在同年出版的《欧美象征主义诗歌赏析》(1988)中,编者也指出,象征主义诗歌固然有其弊病,但其对传统诗艺的继承与发展,对现当代文学进程的深远影响仍然值得深入研究。从刊发的论文看,这十年间研究者关注的主要是两者产生发展的轨迹,代表作家的理论主张与代表作品的美学特征。90年代自然主义文学研究讨论较多的话题包括左拉的理论与实践,欧洲自然主义文学对日本自然主义文学、中国五四新文学的影响(尤以茅盾的创作为例)等;[1]同时期象征主义文学研究的一个显著特点则是对俄国象征主义文学的研究相对比较深入。[2] 2000年以来,研究自然主义和象征主义的论文与论著明显增多,虽有一些学术性不强的重复研究,但也有不少观点新颖、思想深刻的论述,论题涉及法国自然主义文论中的核心概念,[3]柏林自然主义与维也纳现代派的抗衡、[4]自然主义在英国的接受、[5]俄国象征主义文学的"音乐精神"和宗教色彩[6]等。还有一些研究考察的是法国自然主义和象征主义如何在其他国家的文坛播下种子,这些种子又如何开出了千姿百态的花朵。[7]

另一个颇受我国研究者关注的19世纪欧洲文学流派是19世纪中期在英国兴起的唯美主义。新文学运动期间英国唯美主义及其先声经闻一多、吴宓、邵洵美、郭沫若等现代作家和翻译家译介给中国读者,对王尔德剧作和小说的译介更是蔚然成风。[8] 1927年光华书局出版了藤固的讲稿集《唯美派的文学》,称英国唯美主义是"完成浪漫派的精神","承应大陆象征派的呼响"的文学思潮。1934年中华书局出版了萧石君的专著《世纪末英国新文艺运动》,作者聚焦于唯美主义运动的思想基石、风格特征,深刻揭示了英法文坛的关系。新时期英国唯美主义研究始于80年代下半期,1985年《当代外国文学》邀请陈瘦竹撰写《王尔德的唯美主义理论和他的喜剧》,陈瘦竹在文中详述了英国唯美主义

---

[1] 如苏华:《文学研究会时的茅盾与法国文学》,《文艺理论与批评》1990(3);肖厚德:《左拉的自然主义文学理论与实践》,《法国研究》1992(1);黎跃进:《日、欧自然主义文学比较》,《国外文学》1995(4)。
[2] 代表性的论文和专著有贾放:《俄国象征主义小说诗学如是观》,《苏联文学联刊》1992(1);刘文飞:《论俄国象征诗派》,《外国文学评论》1992(3);杜文娟:《象征主义,洞察本真世界——安德烈·别雷象征主义文学理论探微》,《外国文学评论》1998(4);周启超:《俄国象征派文学研究》,北京:社会科学文献出版社,1993年;周启超:《俄国象征派文学理论建树》,合肥:安徽教育出版社,1998年。
[3] 曾繁亭:《"真实感"——重新解读左拉的自然主义文论》,《外国文学评论》2009(4)。
[4] 韩瑞祥:《自我—心灵—梦幻——论维也纳现代派的审美现代性》,《外国文学评论》2008(3)。
[5] 高建为:《从自然主义在英国的读者反应看文化适应问题》,《四川大学学报》2008(3)。
[6] 王彦秋:《漫谈俄国象征主义的音乐精神》,《国外文学》2004(1);汪介之:《弗索洛维约夫与俄国象征主义》,《外国文学评论》2004(1)。
[7] 蒋承勇等:《欧美自然主义文学的现代阐释》,上海:复旦大学出版社,2002年;高建为:《自然主义诗学及其在世界各国的传播和影响》,南昌:江西教育出版社,2004年;张冠华:《西方自然主义与中国20世纪文学》,北京:中央编译出版社,2007年。
[8] 解志熙:《英国唯美主义文学在现代中国的传播》,《外国文学评论》1998(1)。

文学代表作家王尔德的理论与创作。80年代以来,唯美主义文学的美学特征、王尔德艺术理念与矛盾人格、唯美主义对中国现代作家的影响始终是研究的重点。一般认为唯美主义强调为艺术而艺术,艺术无任何道德和实用目的,周小仪却通过对王尔德作品与生平的分析指出其艺术中"渗透着资本和资本主义消费文化的逻辑",并从中国现代文学对"莎乐美"的接受与运用中审视了五四新文化的启蒙主义精神。① 近年来,相关研究论文和专著明显增加,②王尔德仍然是研究热点,唯美主义及其先声拉斐尔前派的诗学主张、美学特征、与其他诗学流派的关系、对中国现代文学的影响也是研究者的兴趣所在。

四、关于19世纪美国浪漫主义的研究

18世纪末、19世纪初浪漫主义思潮波及美国,于1820年至1860年间盛行。它是在"原殖民地文化基础上产生的,是当时社会发展和整个历史时代的产物"。③ 华盛顿·欧文的《见闻札记》标志着美国浪漫主义文学的开端,随后美国出现了爱伦·坡、惠特曼等重要浪漫主义诗人。坡的诗歌创作和诗歌理论极大影响了美国文坛,惠特曼的《草叶集》无论在内容上还是形式上都是对浪漫主义和新诗的巨大贡献,是美国浪漫主义思潮的顶峰。值得指出的是,浪漫主义时期美国的小说也表现出了相当的水平,但美国小说家只能借助浪漫主义所崇尚的想象力和罗曼司所具有的自由表达想象的特权。当时的小说家有库柏、霍桑、梅尔维尔等较为著名。因为美国浪漫主义文学是美国文学的繁荣时期,所以也称为"美国的文艺复兴"。

国内研究一般认可国外的结论,即认为美国浪漫主义思潮的核心是新英格兰的超验主义。超验主义运动开始于19世纪30年代的新英格兰地区,"是后期浪漫主义文学的思想基础"。④ 超验主义崇尚直觉,反对理性和权威,认为它们阻碍了人直接与真理和超灵的交流。超验主义理论的奠基人是爱默生,其《论自然》被称为超验主义理论的"圣经"。爱默生说:"只有人心灵的尊严才是

---

① 周小仪:《唯美主义与消费文化:王尔德的矛盾性及其社会意义》,《外国文学评论》1994(3);《莎乐美之吻:唯美主义、消费主义与中国启蒙现代性》,《中国比较文学》2001(2)等系列论文;周小仪:《超越唯美主义:奥斯卡·王尔德与消费社会》,北京大学出版社,1996年;周小仪:《唯美主义与消费文化》,北京大学出版社,2002年。

② 以"唯美主义"为主题在CNKI上检索,刊发在CSSCI来源期刊上的文章约290篇,相当于80年代和90年代刊发论文的总和。专著有吴其尧《唯美主义大师王尔德》,杭州:浙江大学出版社,2006年;李元:《唯美主义的浪荡子:奥斯卡·王尔德研究》,外语教学与研究出版社,2008年;杜吉刚:《世俗化与文学乌托邦:西方唯美主义诗学研究》,中国社会科学出版社,2009年;朱立华:《拉斐尔前派诗歌的唯美主义诗学特征研究》,天津:南开大学出版社,2013年。

③ 董衡巽:《美国文学简史》,人民文学出版社,2003年,第29页。

④ 同上书,第34页。

最神圣的"。① 超验主义还认为自然是高尚的,个人是神圣的,因此人必须自助。虽然超验主义对后期浪漫主义影响很大,但他们本身的作品"往往流于哲学的冥思和抽象的议论,缺乏生动的、有血有肉的现实生活的内容"。② 因此,国内对此的研究多为对其哲学等思想的研究上,如钱满素的《爱默生和中国——对个人主义的反思》③等。

国内对美国浪漫主义思潮产生的原因有了一定高度的总结和研究。19世纪初,第二次对英战争后,美国在国际上完全摆脱了英国的控制,在经济上,正在向工业化、城镇化和现代化转化,在政治上,民主与平等成为国家的理想,产生了两党制,在文化上也极力摆脱英国的影响,亟须自己的文学,反映"资产阶级上升时期的理想和热情"。④ 诗人布莱恩特指出,"美国应该创造表现自己民族和时代的文学"。⑤ 这时文学环境业已初步形成,报纸杂志如雨后春笋,"推动了文学教育与普及,培养和指导着文学欣赏习惯与口味",⑥同时也拥有了一大批文学读者,形成了19世纪上半叶蓬勃的浪漫主义的文学思潮。他们在创作方法上依然受英国浪漫主义创作方法影响,因此美国浪漫主义诗人和小说家依然强调文学的想象力、感情抒发,崇尚大自然、个人主义。不过,他们在题材和主题上还是具有美国特色,"他们更多地是借用欧洲浪漫主义的基本精神和主要的风格特征,来反映和表达本地的内容和本地人的心绪"。⑦

国内学者总体认为,虽然美国文学受到外国文学的影响,但这一时期著名的文学作品表现的却是富有美国色彩的浪漫主义思想,"它首先是许多'美国'因素和条件融为一炉的产物",表达了"一种真正的新的经历",具有"一种异样的性质",⑧描述了美国本土的自然风光、美国人物、本地方言。另外,作为特有的文化遗产,清教对美国人的道德观念产生了很大影响,"美国清教徒在把自己的思维方式强加在北美大陆人民方面,做得最彻底、最成功"。⑨ 因此,美国文学的道德倾向十分浓厚。

总之,国内研究一般认为,美国浪漫主义文学在一定程度上与欧洲浪漫主义文学之间有衍生性,与此同时,又认为大部分美国浪漫主义文学作品还是典

---

① 朱蔓:《轻灵个性与超验思索的奇异结合——由爱默生诗作透视超验主义思维》,《东北大学学报》2002(2)。
② 董衡巽:《美国文学简史》,第35页。
③ 钱满素:《爱默生和中国——对个人主义的反思》,三联书店,1996年。
④ 董衡巽:《美国文学简史》,第32页。
⑤ 同上书,第29页。
⑥ 刘海平、王守仁主编,张冲主撰:《新编美国文学史》第1卷,上海外语教育出版社,2002年,第219页。
⑦ 同上书,第221页。
⑧ 常耀信:《美国文学史》,南开大学出版社,2003年,第118页。
⑨ 同上书,第119页。

型的美国化作品,其特征与产生的特定的社会、历史、文化背景渊源相关,反映了美利坚民族一个"真正全新的经历"、深受美国清教主义运动的影响、信仰个人主义和直觉的价值、追求民主与政治上的平等、强调"使命感"以及多样化的创作形式。

五、关于 19 世纪美国现实主义的研究

国内学者的主流意见认为,19 世纪 70 年代后现实主义思潮在美国出现,80 年代达到高峰,[①]"战前的文学为美利坚民族的民主、自由、平等的理想所鼓舞,战后的文学便是理想与现实之间的深刻矛盾,其主要表现是浪漫主义文学的衰落和现实主义文学的兴起"。[②]

国内研究对于美国现实主义思潮之所以在这一时期产生、兴盛的原因基本趋于一致:第一,内战之后,"工厂打败了农场,美国向资本主义工业化和机械化迅猛前进",[③]资本主义的生产关系得以确立,但不久"资本的集中造成无产阶级的贫困化,中小资产阶级的破产和失业大军的不断扩大,使社会矛盾不断地表面化和尖锐化",[④]因此,革命期间的理想、热情和英雄主义消失,悲观失望情绪浓郁,导致了对现实主义的认同。第二,自然科学的发展使人们对自然的认识升华,使人们意识活动的关注中心转向了"认识世界",如细胞学说、能量转化学说、进化论和黑格尔的辩证法、费尔巴哈的"人本学说"以及孔德的实证哲学等,都催化了现实主义文学思潮。第三,美国现实主义思潮"得力于欧洲现实主义的影响",[⑤]与欧洲现实主义的哲学和文学传统相关。在欧洲文学中,从中世纪市民文学到 16 世纪的短篇小说,从 17 世纪莫里哀的卓越喜剧到 18 世纪先哲高扬的"理性"都注重现实主义创作风格。而美国的豪威尔斯等自觉提倡现实主义,"在刊物上热心地介绍托尔斯泰、易卜生、契诃夫、哈代和左拉等欧洲作家"。[⑥] 当然,还有当时的实用主义哲学,如皮尔斯就"强调生命的意义就在于其最终的实用性,抛弃对形而上学和理想主义的追求"。[⑦] 创作出优秀现实主义作品的有豪威尔斯、马克·吐温、亨利·詹姆斯、赫姆林·加兰、弗兰克·诺里斯、斯蒂芬·克莱恩、西奥多·德莱塞、杰克·伦敦等。他们的作品有以微笑态度反映民主社会的,有嘲笑社会的不民主、不平等的,有探索美国主人公的内

---

① 刘海平、王守仁主编,朱刚主撰:《新编美国文学史》第 2 卷,上海外语教育出版社,2002 年,第 279 页。
② 董衡巽:《美国文学简史》,第 29 页。
③ 常耀信:《美国文学史》,第 410 页。
④ 董衡巽:《美国文学简史》,第 126 页。
⑤ 刘海平、王守仁主编,朱刚主撰:《新编美国文学史》第 2 卷,第 282 页。
⑥ 董衡巽:《美国文学简史》,第 129 页。
⑦ 刘海平、王守仁主编,朱刚主撰:《新编美国文学史》第 2 卷,第 283 页。

心世界的,还有用批判的眼光看待美国社会的,"围绕城市下层人社会妇女的命运展开广阔的社会生活的描写的",①甚至还有否定资本主义制度的。

　　国内研究对美国现实主义的特点也做了较为全面的归纳和总结:第一,与欧洲现实主义相类似,对资本主义社会的统治阶级不满,同情下层人民的疾苦,从 70 年代马克·吐温的《镀金时代》到第一次世界大战前的"黑幕揭发"运动,②都深刻地展示资本主义条件下人与物、人与社会的矛盾关系。第二,强调客观真实地反映生活,认为作家应该"按照生活本来的样子去反映生活",从而使文学具有科学真理的精确性。可以说,"19 世纪后半期美国文坛所出现的现实主义之风在某种意义上乃是对极端浪漫主义的一种反动",新兴的现实主义作家"主张运用现实主义手法写人生,写平庸的人和事,写生活的卑贱、低微、阴暗的侧面,主张揭穿伤感主义的'谎话'"。③ 尽管如此,美国"现实主义并没有形成独特的理论主张",而且对于现实的理解也不尽相同,最多是"基于观察和历史文献而来的细节真实;情节、环境、人物的表现符合常理;对人性的表现采取客观态度。"④值得指出的是,他们所讲的客观不可能达到绝对,尤其在 70 和 80 年代,美国现实主义作品"表现出一种自然的美化倾向",只是到了 90 年代当机械文明使普通人民生活愈加暗淡,"人们在其中所付出的高昂物质和心理代价,已足以令人感到惶惑和震惊"时,作家们才"更强调宇宙的冷酷、人的无能为力以及人生的痛苦"。⑤ 第三,重视人与社会环境的关系的描写,塑造典型环境中的典型性格,主张从人物所处的社会历史环境中刻画人物性格,即强调"人物、情节与背景的代表性"以及"对人性和人生的客观评价,而不是加以理想化"。⑥ 第四,以叙事小说形式为主。现实主义思潮中产出的多以概括和分析现实生活的社会小说为主要形式,只是"美国作家往往在小说里将现实主义与自然主义交融在一起,从艺术形式到主题思想与欧洲的同类作品存在明显的差别"。⑦ 另外,美国作家往往将现实主义和自然主义创作方法"与本国的风土人情结合起来,形成自己独特的风格,而不是简单的移植和模仿"。⑧

结　语

自我国的外国文学研究走上正轨以来,对 19 世纪欧洲文学流派的研究虽

---

① 董衡巽:《美国文学简史》,第 131 页。
② 同上书,第 132 页。
③ 常耀信:《美国文学史》,第 413 页。
④ 刘海平、王守仁主编,朱刚主撰:《新编美国文学史》第 2 卷,第 280—281 页。
⑤ 常耀信:《美国文学史》,第 415 页。
⑥ 同上书,第 414 页。
⑦ 杨仁敬:《美国文学简史》,上海外语教育出版社,2008 年,第 129 页。
⑧ 同上书,第 129 页。

然没有出现过炙手可热的盛况,却一直在平稳发展着。研究的常见模式是从传统文学史的视角出发,对流派的形成发展、传承影响进行梳理,对其理念技巧、与时代思潮的关系进行总结,同时辅以对代表作家作品的评析。这样的研究有宏观性、系统性的优点,能有效展示流派文学的共性,却难以深入挖掘流派的复杂性、作家的个性与创作的多元性。综观60年来19世纪欧洲文学流派的研究成果,正本清源的工作做得比较多,能立足于史料发人所未发、见人所未见之议论的研究不多。

另一方面,新中国成立60年来,国内学者对19世纪美国文学流派的总体性研究十分稀少,基本以研究浪漫主义和现实主义为主,研究的成果又以文学史为主,而文学史中又多以归纳总结为主,只是最近几部文学史才增加了论的内容和新的观点。总起来看,国内学者对美国文学流派的整体研究还相当匮乏,①相形之下,对浪漫主义和现实主义这两个流派的代表人物的研究则比较丰富。② 这对未来的研究方向是个启发,也给未来研究留下了一定的空间。

第二节　欧洲浪漫主义研究

所谓"浪漫主义"主要是指18世纪末到19世纪上半叶广泛流行于欧洲的一种文艺思潮。从地域上看,该思潮涉及的国家主要包括法、德、英、俄等。就其思想性和创作手法而言,该思潮大致具有如下特点:强调个人情感的自由抒发;注重对大自然的讴歌;追求强烈的艺术效果,因而多用夸张、对比等修辞手法;重视对民间文学的挖掘和利用。实际上,早在18世纪末的德国和英国以及19世纪初的法国和俄国,就已经有了一种新的文艺潮流的发端,它显示出与之前盛行的新古典主义和启蒙理性思想明显相悖的倾向,因而被称为"浪漫主义运动"或"浪漫主义复兴"。虽然浪漫主义运动在19世纪下半叶不可避免地遭到了现实主义的强烈挑战,其影响之深远却不容置疑。正如勃兰兑斯在《十九世纪文学主流》一书中所说:"浪漫主义曾经几乎在每个文学部门使风格赋有新的活力,曾经在艺术范围内带来了从未梦想过的题材,曾经让自己受到当代各种社会观念和宗教观念的滋润,曾经创造了抒情诗、戏剧、小说和批评,曾经作为一种滋润万物的力量渗入了历史科学,作为一种鼓舞一切的力量渗入了

---

① 整体研究也有一些,如卢敏的《美国浪漫主义小说类型研究》,上海人民出版社,2008年;王林的《西方宗教文化视角下的19世纪美国浪漫主义思潮》,北京:中央民族大学出版社,2010年。

② 国内对于美国两种思潮的代表人物的个体研究相对比较多,如杨金才的《赫尔曼·麦尔维尔》《美国文艺复兴经典作家政治解读》以及其他学者对爱默生、霍桑、惠特曼、德莱塞等的个体研究。

政治。"①

作为一种文艺思潮,欧洲浪漫主义于20世纪上半叶始入中国,对国内的文学创作和文学研究产生了极为重要的影响。1949年以前人们对欧洲浪漫主义的接受主要凭借翻译和介绍,因此对该思想流派的理解和研究不免流于片面和肤浅。纵然如此,在西学东渐的大背景之下,它仍给国内文坛注入一股新鲜的活力。此时期国内浪漫主义作品的译介主要包括华兹华斯的《亭台寺》(辜鸿铭译)、拜伦的《希朗堡》(曹鸿昭译)、歌德的《歌德谈话录》(黄源选译)、《牧羊人的哀歌》(杨武能译)、《威廉的修业年代》(伍蠡甫译),海涅的《孤树》(钱春绮译),雨果的《沙丘上的话语》(穆木天译)、《活埋》(卢鸿基译)等,多集中于少数几位极富影响力作家的代表性作品。

此时对欧洲浪漫主义的介绍,多散见于报刊文章,如鲁迅在河南籍留日学生创办的刊物《河南》(1908年第二期和第三期)上连续发表的《摩罗诗力说》,便是盛赞拜伦、雪莱等"罗曼宗"(又称"摩罗派")诗人之作。② 而大多讲授欧洲文学史的课程和书籍也总是谈及浪漫主义。1918年,身为北京大学文科教授的周作人将其授课讲义结集出版为《欧洲文学史》,他称该书"全由英文本各国文学史,文人传记,作品批评,杂和做成"(《知堂回想录·五四之前》)。实际上,周作人先生对自己作品所做的介绍概说用以说明当时国内欧洲文学研究的总体特征也颇为精当。该文学史著作虽主讲18世纪的欧洲文学情况,对部分浪漫主义作家及19世纪初的"传奇主义之复兴"亦有述及。1930年茅盾先生的《西洋文学通论》(上海世界书局初版,作者署名为"方璧")出版,该书专章论述浪漫主义,较为全面地评述了英、法、德、俄等国的浪漫主义文学,并对浪漫主义在文学史上的性质和特征进行了分析,认为它是"一种思潮,一种有意的运动",是与资产阶级民主相应而生的文艺运动,"冲激了全欧洲的文坛"。③ 此外,当时也有更为细致的国别文学史研究对所涉国家的浪漫主义文学做了详细的介绍。1935年世界书局出版了《西洋文学讲座》(沈雁冰编),收录了英、法、德、意、俄等国的国别文学史,其中如曾虚白的《英国文学》就对主要的浪漫主义作家作品作了介绍,并就浪漫主义反抗陈规、张扬个性、表露情感等特征进行了概述。在金东雷的《英国文学史纲》(上海商务印书馆,1937年)一书中,仅"浪漫主义时代"就占了80页的篇幅,内容涉及浪漫主义的社会背景、相关作家和作品、创作特征及影响等。④

新中国成立后,国内对欧洲浪漫主义的译介和研究历程大致可以分为两个

---

① 勃兰兑斯:《十九世纪文学主流》第5分册,张道真等译,人民文学出版社,1982年,第440页。
② 鲁迅,《鲁迅全集》第1卷,人民文学出版社,1981年,第63—115页。
③ 茅盾:《西洋文学通论》,北京:书目文献出版社,1985年,第75页。
④ 金东雷:《英国文学史纲》,长春:吉林出版集团,2010年,第202—279页。

时期,即新中国成立后 30 年(1949—1979)和改革开放后 30 年(1979—2009)。如果说前 30 年是一个缓慢发展的时期,后 30 年则是走向繁荣的时期。

一、1949—1979 年:浪漫主义研究缓慢发展的 30 年

陈国恩在《20 世纪中国浪漫主义文学思潮概观》一文中谈到:"新中国成立初,是现实主义的一统天下。人们用'现实主义'和'反现实主义'来为文艺作品定性。毛泽东 1957 年发表诗词,并于 1958 年提出'革命现实主义和革命浪漫主义相结合'的创作方法。"①而"两结合"的重点是"革命浪漫主义",因此,在"文化大革命"期间,革命浪漫主义最终蜕变成了伪浪漫主义。在这一特殊时期,于夹缝中求生存的外国文学工作者们也不得不将"革命浪漫主义"视为指导原则,以缓慢的节奏,不断地向国内的文学学习者和研究者输入关于浪漫主义代表人物及其作品的信息和译作。特别需要指出的是,此时期的作品译介仍为政治环境所囿限。总体看来,此时期关于欧洲浪漫主义的研究数量甚少,范围窄狭,主要是对英、德等国的重要浪漫主义作家的介绍,且根本上没有摆脱政治倾向性,尚未形成大的批评"气候"。虽如此,在这个领域里已能寻到老一辈学者筚路蓝缕的芳踪。

从这一时期有代表性的评论文章中,我们可以管窥当时浪漫主义研究的大致状况。试就《北京大学学报》为例,该学报先后刊登了杜秉正的《革命浪漫主义诗人拜伦的诗》(1956 年第 3 期)、朱光潜的《席勒的美学思想》(1963 年第 1 期)和《歌德的美学思想》(1963 年第 2 期)以及王佐良的《威廉·科贝特的〈骑马乡行记〉》(1963 年第 3 期)。在《席勒的美学思想》一文中,朱光潜以席勒的代表性美学论著《论美书简》《审美教育书简》和《论素朴的诗与感伤的诗》为例,详细论述席勒的美学思想,重点分析了席勒如何对德国的哲学—美学传统进行承袭与发展。在作者看来,虽然席勒未曾在其作品中使用"浪漫主义"这一术语,其美学思想体系已蕴含了某些关于浪漫主义的重要思考和讨论。他指出,"席勒在美学和文艺理论上的最大功绩在于首次指出现实主义的素朴诗与浪漫主义的感伤诗的分别在于前者反映现实而后者表现理想('更高的理想'),前者重客观而后者重主观……"②另一篇文章《歌德的美学思想》是对德国美学思想的进一步追索,虽意在讲述歌德,却也不时地将歌德与席勒进行对照。正如作者在《席勒》一文中提到,席勒像歌德一样经历了由狂飙突进时代浪漫主义的倾向到古典主义的转变;③和歌德在一起,席勒在《审美教育书简》以及其他论文

---

① 陈国恩:《20 世纪中国浪漫主义文学思潮概观(下)》,《四川外语学院学报》2004(6)。
② 朱光潜:《席勒的美学思想》,《北京大学学报》1963(1)。
③ 同上。

里建立起了浪漫运动时期的人道主义的理想,①在《歌德》中作者一以贯之地阐述了此类观点。此外,后文就"浪漫"与"古典"之分展开了论述,是之后关于这一主题讨论文章的肇始之作。王佐良的文章是对19世纪英国政论文作家威廉·科贝特的具体研究。科贝特的创作理念及政治主张与浪漫主义思想可谓泾渭分明,然而通过作者对其反面的论述,人们仍可获得不少关于浪漫主义的知识从而深化对该流派的理解。此时期,《南京大学学报》亦载有商承祖、范存忠、张威廉等学者讨论欧洲浪漫主义的文章。

检索CNKI中国知网期刊数据库,在1949—1979年间,篇名含"浪漫主义"的文章共计82篇。其中,1949—1955年间0篇,1958—1960三年间41篇,占到了新中国成立后30年内浪漫主义研究文章总数的一半。细化到研究内容,这些文章所论及的主要是中国古典文学中的浪漫主义。如果我们回归到当时的历史语境之中,并联系当时毛泽东提出的革命现实主义与革命浪漫主义"两结合"的文艺创作方法,②就不难理解何以出现这样的数据了。

二、1979—2009年:浪漫主义研究从恢复到繁荣的30年

十一届三中全会前后,随着改革开放的进行,学术研究开始复苏,欧洲浪漫主义研究亦迎来了春天。继续以篇名含"浪漫主义"为条件在中国知网数据库中进行检索,我们会发现1979—2009年间约有1500多篇相关文章公开发表。其中,第一个15年(1979—1994)有论文428篇,后一个15年(1995—2009)有1000多篇。与之前的30年相对照,在这30年间,国内浪漫主义研究的数量和内容呈现明显的上升和扩大趋势,因此我们可以称之为"国内浪漫主义研究的恢复和繁荣时期"。

1. 1979—1994年:浪漫主义研究的恢复期

对我国外国文学研究界来说,1978年和1979年是尤其值得纪念的两年,因为正是在这两年间,最具代表性的欧洲浪漫主义作家及作品重新进入了文学研究者的视野。学界前辈如程代熙、郑克鲁、王佐良、曹让庭、缪朗山、朱维之、戈宝权、冯至、刘半九、薛诚之等人纷纷在《外国文学研究》等重要学术刊物发表文章,评论德、英、法等国的浪漫主义作家作品,德国文学研究多研究歌德、海涅和席勒,英国文学研究聚焦于拜伦和雪莱,法国文学研究则给予雨果和大仲马以极大重视。以法国文学研究为例,金嗣峰、奠自佳、张英伦等学者就如何公允地评价大仲马及其小说《基度山伯爵》展开了热烈的争鸣。尽管有些观点不可避免地带有些许政治色彩,沿用某些毫无生机的政治套语,对这部作品的评价

---

① 朱光潜:《席勒的美学思想》,《北京大学学报》1963(1)。
② 张越瑞:《关于"革命的现实主义和革命的浪漫主义相结合"》,《科学与教学》1959(3)。

大体上仍算客观公允。1983年,中国外国文学学会、华东十所高校与安徽省外国文学研究会联合举办了西方浪漫主义文学讨论会。这是国内第一次以西方浪漫主义文学为专题的大型学术会议,会议议题主要就"现实主义""浪漫主义"等基本概念及其特征、浪漫主义文学流派的形成和嬗变等展开。此后,浪漫主义研究在广度和深度上得到了进一步的拓展和深化,既包括对浪漫主义的定义、分期等基本概念的探讨,又涉及浪漫主义作为一种创作方法、思潮或流派,对其基本特征进行分析,还就浪漫主义之于现实主义、现代派等文艺思潮的区别与联系进行了讨论。

这一时期的研究中有两个突出话题的讨论:一是关于"积极浪漫主义"和"消极浪漫主义"之联系与区分的论争,一是浪漫主义与现实主义之关系的探讨。

关于两种浪漫主义的区分问题,讨论尤为热烈,主要表现为两种对立的观点。一种观点认为,西方浪漫主义文学本身就存在积极和消极两种倾向,高尔基最早明确使用了"积极浪漫主义"和"消极浪漫主义"的提法,并且认为区分的标准主要在于政治态度和思想倾向(涵盖哲学、宗教、道德观等范畴)。另一种观点则认为浪漫主义文学是一个整体,作为一种文艺思潮,它本身即是统一的;作家的政治思想、宗教观念、政治立场和观点只能作为评判作家和作品思想倾向的依据,不能成为划分文艺思潮、创作流派的界石;就一个作家而言,不管他属于"积极浪漫主义"抑或是"消极浪漫主义",其思想都存在着极为复杂的情况,不能一概而论。高尔基关于浪漫主义的论述本身也不尽一致,前后观点相互矛盾。从浪漫主义文学的发展过程来看,对浪漫主义进行前和后的时间区分是比较可取的。关于浪漫主义和现实主义的关系问题,不少学者认为这是两种最基本的创作方法,不存在高低优劣之分,而是可以相互依存、彼此渗透的。

与此同时,19世纪欧洲浪漫主义主要作家和作品也得到了较为深入的研究。法国的作家,如雨果、乔治·桑和夏多布里昂,得到了较多的关注。尤其是关于夏多布里昂,批评研究在集中探讨其文艺观、政治观及宗教观的同时,还探究其具体创作与其思想乃至人生观之间的矛盾关系。相比过去评论者主要依据马克思对他的一些批评文字而对他全盘否定的方法,这样的研究范式显然更具说服力,并昭示着浪漫主义批评更加乐观、正确的走向。

除了评论文章,这一时期也涌现出了一些颇具开拓性的研究著作。杨周翰、吴达元、赵萝蕤等学者编写的《欧洲文学史》(人民文学出版社,1979)较为全面、系统地对浪漫主义时期的文学做了评述,罗钢所著的《浪漫主义文艺思想研究》(陕西人民出版社,1986)是国内较早地对浪漫主义文艺思潮进行系统介绍的著作,而由杨江柱和胡正学联合主编的《西方浪漫主义文学史》(武汉出版社,1989)是第一部以西方浪漫主义为主题的文学史著作。就国别浪漫主义研究而言,王佐良的《英国浪漫主义诗歌史》(人民文学出版社,1991)既是对英国浪漫主义诗歌的专门研究,又是我国第一部断代英国诗史著述。该书以中国读者为目标读者,以"叙述性""阐释性""全局观""文学性"等为写作标准,①不仅做到了对英国浪漫主义诗歌发展脉络的整体性把握,还结合当时的社会、经济、政治和思想背景,对作家作品做出了较为"客观"的阐释。由于该书具有种种优点,李赋宁先生亦对之不吝赞词,称该书具有"独到的见解,信服的分析"。②

2. 1995—2009 年:浪漫主义研究的繁荣期

随着改革开放的深化和思想的解放,研究环境和研究条件也相应地得到了改善,欧洲浪漫主义研究开始进入了繁荣时期。纵观这 15 年的研究,我们发现了一个明显的特征:在研究经典浪漫主义作家作品的同时,学界开始把视角转向研究相对较少或影响力相对较弱的作家作品,譬如匈牙利等东、北欧国家的作家或作品开始进入研究者们的视野。此时国内的欧洲浪漫主义研究呈现出整体繁荣的可喜局面,但具体到不同国家,研究的力度和发展态势便显示出了明显的差异性。

(1) 俄罗斯浪漫主义研究趋于式微。相比 1995 年之前的 15 年内人们对高尔基的热烈讨论,1995 年之后对高尔基的探究则冷落许多,为数寥寥的几篇文章讨论了高尔基的浪漫主义观点,但也绝非可圈可点之作。其中具有代表性的文章有韦建国的《高尔基再认识论——"新浪漫主义者"的"心灵评判"创作模式》(《陕西师范大学学报》1999 年第 2 期)。这篇论文在讨论高尔基的心灵批判创作模式时,指出高尔基对俄国浪漫主义传统的承继,就此展开论述的过程中,着重用墨于高尔基之外的其他作家,虽称高的浪漫主义别于传统浪漫主义,却始终有些顾左右而言他,未能深入到高尔基浪漫主义的核心。因此,文章内容显得空洞。总之,这一时期的俄国浪漫主义研究领域鲜有建树的声音。这种趋势莫不与当时国内及国际形势有关。由于国际政治、经济形势的变化,国内经济、政治、外交等领域也做出相应的调整。反映到教育领域,就是我国国内教育模式发生了转变,就外语教育而言,英语为主的模式逐渐取代了早年俄语为主导的模式,且范围更广,规模更大。

(2) 关于德国、法国浪漫主义的研究亦呈现式微之势。但对两者进行比较,关于德国浪漫主义的研究又比关于法国浪漫主义的研究发展更为稳定。与同时期关于英国浪漫主义的研究相比,法、德研究稍显逊色。此前 15 年对巴尔扎克、雨果、歌德、席勒、海涅等作家的具体研究相对较多,后 15 年多侧重于探索德国和法国浪漫主义思潮的源起并对一些边缘作家给予了更多关注。在德

---

① 王佐良:《〈英国浪漫主义诗歌史〉序》,《读书》1988(3)。
② 李赋宁:《独到的见解信服的分析——读〈英国浪漫主义诗歌史〉》,《外国文学》1992(5)。

国浪漫主义研究方面,评论中仍不乏值得学习和借鉴的文章。以李永平的《通向永恒之路——试论德国早期浪漫主义的精神特征》(《外国文学评论》1999年第1期)和刘锋的《浪漫派与审美主义——施米特的"政治的浪漫派"》(《国外文学》2003年第3期)二文为例,虽是论述德国浪漫主义研究中常为人议的问题,但因它们从根源上探究问题始末,所以论述极具说服力并且富有启发意义。李文将德国浪漫主义置于西方文明的进程之中进行考察,指出古希腊文化时代到近代的过渡使现代人陷入"普遍分裂"的状态,德国浪漫主义的产生正是对这种分裂状态的"痛苦体验和深刻意识"。① 如何弥合分裂而归返和谐家园成为德国浪漫主义所要解决的问题。对回归自然、希腊文化楷模化、将人类引上一条无止境接近"绝对"的道路等的倡导不仅成了浪漫主义的重要创作理念,同时也是解决问题的重要路径。② 欲使有限与无限达到最紧密的统一,就要诉求于诗。因此,"'浪漫精神'在根本上就是诗的精神"③"'浪漫化'亦即'诗化'"④等主张也就易于理解了。刘文以20世纪德国重要思想家施米特的早期著作《政治的浪漫派》为分析对象,首先讨论了那种将古典主义与浪漫主义相对立的研究方法,接着从西方近代思想史的转变来追溯浪漫主义的哲学渊源,指出浪漫派的泛审美化倾向:"浪漫派几乎对什么都感兴趣,举凡哲学、伦理、宗教等等无不在其论域之内,世界万物变成了触发和表达主观感受的机缘。"⑤由此,讨论过渡到施米特提出的"浪漫派是主观化的机缘论"⑥的重要命题。在作者看来,"浪漫派的机缘论将世界当作艺术创作的偶然契机,这种倾向在政治领域里的逻辑后果是,国家作为一个修辞载体构成了纯粹审美感情的直接对象"。⑦ 施米特关于政治浪漫派的讨论正是基于上述内容而展开。不仅如此,刘文还指出施米特对浪漫派的分析与当下问题,诸如与现代性问题的相关性。一言以蔽之,该文以小见大,分析透辟,是德国浪漫主义研究中不可多得的好文。姜爱红的《痛苦的追寻——评德国浪漫主义诗人约瑟夫·封·艾辛多尔夫及其诗歌》(《北京大学学报》2009年第4期)一文是对约瑟夫·封·艾辛多尔夫的诗歌的创作美学及思想的研究。该文发表之时,国内对艾辛多尔夫尚未有研究,因而填补了研究空白。该文注重诗歌艺术、技巧、措辞等的分析,就诗论诗,很大程度上契合了新批评和形式主义的研究思路。此时期的德国浪漫主义研究文章

---

① 李永平:《通向永恒之路——试论德国早期浪漫主义的精神特征》,《外国文学评论》1999(1)。
② 同上。
③ 同上。
④ 同上。
⑤ 刘锋:《浪漫派与审美主义——施米特的〈政治的浪漫派〉》,《国外文学》2003(3)。
⑥ 同上。
⑦ 同上。

并不限于此,但就思想性和影响力而论,上述三篇文章具有十分重要的学术价值。

关于法国浪漫主义研究,这一时期虽少有突破性研究成果,却也并未全然沉寂。吴岳添的文章《波希米亚:浪漫主义文学花园里的奇葩》(《外国文学研究》2004年第6期)结合法国的政治、历史背景来讨论波希米亚的源起,指出波希米亚与浪漫主义的承接关系。在作者看来,不同于雨果或巴尔扎克等主流人物,波希米亚是浪漫主义流派中被边缘化了的"奇花异草",代表人物如波德莱尔、戈蒂埃和奈瓦尔等。吴文从历史和文化视角切入考察该文艺思潮的形成,文中偶或穿插波希米亚一派代表人物的生平轶事。该文的文化意义和史料价值不容怀疑。盛雪梅的《雨果与法国浪漫主义戏剧美学》(《艺术百家》2007年第1期)从戏剧美学的维度研究浪漫主义,文中仍涉及一些基本问题的讨论,比如浪漫主义与新古典主义之关系。盛文的意义在于通过对具体的戏剧美学的论述来引导人们认识浪漫主义。张向荣的《法国浪漫主义文学的女性审美视野——以斯达尔夫人和乔治·桑为考察对象》(《学术交流》2009年第11期)意在将浪漫主义与女性批评联系起来。文章以斯达尔夫人和乔治·桑为研究对象,讨论其文学创作理念中的浪漫主义与审美表现。实际上,"女性的"和"浪漫的"如何架构起联系?女作家的创作方法及审美模式到底是女性的还是浪漫的?对此,张文并未给出回答,甚至未加考虑,这是该文留下的一点遗憾。申扶民的《被误解的浪漫主义——卢梭的非浪漫主义与康德的反浪漫主义》(《学术论坛》2010年第7期)等,也是这一时期为数不多的相关成果,文章看似对两位法、德重要思想家进行比较研究,本质上仍是就浪漫主义的基本问题展开讨论,有旧话重提之嫌。2002年,中国法国文学研究会为了纪念雨果诞辰200周年,召开了以"雨果和浪漫主义"为题的研讨会,围绕雨果的生平和民主主义思想、浪漫主义美学、诗歌和小说的艺术特色,以及我国对雨果的研究状况等专题进行探讨。不过,这也只是昙花一现,曾经枝繁叶茂的雨果研究已经不再有早年的盛况。

(3) 关于英国浪漫主义的研究却有一枝独秀之势。前一时期(1979—1994)主要侧重研究英国浪漫派诗人的生平、创作和风格等方面,也涉及18、19世纪现实主义小说中呈现的浪漫主义特征。而这一时期(1995—2009),学界对济慈、拜伦、雪莱、柯尔律治等浪漫派诗人保持了持续的关注,关注的角度却比以往更为全面和新颖。我们试从其中几篇具有代表性的文章来综观这一时期的英国浪漫主义研究情况。申迎丽的《19世纪英国浪漫主义诗歌对21世纪人的启示》(《解放军外国语学院学报》2001年第4期)通过分析英国浪漫主义美学及诗歌中自然的重要性来观照当下现实,倡导人与自然的和谐共处,且不论其深度和新意,该文依循典型的生态批评路径,某种程度上反映了当时国内文学批评的导向。张箭飞的《解读英国浪漫主义——从一个结构性的意象"花园"开始》(《外国文学评论》2003年第1期)以"诗歌中的花园"这一角度切入,以文本细读与语境映照的方式研究浪漫主义的核心概念之一"自然崇拜"如何转化为英国文学中的一个重要的视觉意象。通过解读华兹华斯、拜伦和济慈三位诗人的花园意象的不同风格类型,描述存在于想象空间的花园和存在于现实空间的花园之间的互相仿写的关系,张文论述了浪漫派诗人如何将自然情感化,把情感(花园)意象化。杜维平在《以诗论诗——英国经典浪漫主义诗歌解读》(《外国文学》2003年第4期)一文中探讨了英国浪漫主义诗歌中"以诗论诗"的现象。这种现象表现为,在英国浪漫派诗人布莱克、华兹华斯、柯尔律治、雪莱、济慈等每个人的诗作中,都有一首或几首关于诗歌创作的诗。此类诗歌探讨诗人灵感之来源、灵感危机、想象力、诗人的主体地位及诗人与读者的关系等问题,它们潜藏于诗文之中而不易为一般读者所发现。杜文首先通过分析布莱克的作品来详细阐述"以诗论诗"这一现象,其次通过解读具体诗作来论述"以诗论诗"诗歌谈论的问题,最后考察"以诗论诗"现象产生的根源以及对现实的意义。在英国浪漫主义诗歌研究中,杜文极具启发性。此外,还有相当数量的其他研究文章,如董琦琦的《体验处的神启——柯尔律治的浪漫主义启示观》(《晋阳学刊》2007年第5期)、王欣的《英国浪漫主义诗歌的结构主义阐释程式》(《作家杂志》2009年第11期)、鲁春芳的《英国浪漫主义诗人神性自然观的生态伦理价值》(《四川外语学院学报》2009年第1期)和杨莉的《19世纪英国浪漫主义诗人的美学思想及其影响》(《江西财经大学学报》2010年第2期)。

对英国小说中的浪漫主义的研究亦是有增无减。苏耕欣的《自然与文明、城市与乡村——评英国哥特小说中的浪漫主义意识形态》(《国外文学》2003年第4期)通过分析"自然与文明"以及"城市与乡村"在哥特小说与浪漫主义诗歌中的意识形态表达的相似之处,在两种创作流派之间建立起联系。在作者看来,二者之所以互为关联,就在于它们兼为对18世纪以来的巨大变革给社会造成冲击所作出的回应。陈雷的《中产阶级与浪漫主义意象——解读〈最漫长的旅程〉》(《外国文学评论》2006年第2期)分析了E. M. 福斯特早期作品《最漫长的旅程》与浪漫主义之间的关系,特别分析了小说主人公里基·艾略特作为"浪漫主义者原型"的思想特征。文章意在论证里基心目中的"浪漫主义意象"事实上是中产阶级经过曲折升华后的变体,中产阶级和浪漫主义意象之间的诸多相似性也证明了两者间的联系。这一联系又可追溯到浪漫主义产生的历史语境当中。陈文以单个作家的某部作品来考察英国中产阶级与浪漫主义的渊源联系,其独到之处在于文章将文学、文化和文艺理论做了很好的贯通。此时期不乏对具体的作家作品进行浪漫主义挖掘的文章,如刘爱勤的《从〈德伯家的苔丝〉看托马斯·哈代超现实的浪漫主义精神》(《山花》2010年第7期)和鹿彬的《各自的房间与和谐的共存——〈一间自己的屋子〉的后浪漫主义生态美学解读》(《名作欣赏》2010年第2期)。此外,还有学者在后现代的文化和理论背景下来探讨英国浪漫主义的特征。例如,章燕对英国浪漫主义诗歌研究在后现代文化视域中的多元走向进行了研究,认为当代的英国浪漫主义诗歌研究在后现代主义文化批评的影响下,走向了更加宽泛和更加宽容的立场,对弱势诗人群体和女性诗人诗作给予了高度的评价,提出了对浪漫主义诗歌精神的本质化与统一性的质疑,进而开拓了浪漫主义诗歌研究的多元走向。[①]

这十五年关于欧洲浪漫主义的研究还具有以下三个显著特征:

首先,关于欧洲浪漫主义的研究不仅在数量上突飞猛进,研究的视角也更加多元,在程度上也更加深入。研究的焦点已经从浪漫主义作家、作品和浪漫主义思潮的初步研究转向对具体问题的专题研究,例如张帆的《德国早期浪漫主义女性诗学》(上海大学出版社,2012年)、鲁春芳的《神圣自然:英国浪漫主义诗歌的生态伦理思想》(浙江大学出版社,2009年)、张鑫的《英国19世纪出版制度、阅读伦理与浪漫主义诗歌创作关系研究》(复旦大学出版社,2012年)、王欣的《英国浪漫主义诗歌的形式主义批评》(上海外语教育出版社,2011年)、袁宪军、王珂平、胡继华编著的《多维文化视野下的浪漫主义诗学研究》(上海文化出版社,2011年)等专著。相关的硕士论文和博士论文也体现了这一特征。在中国知网的博、硕士论文资料库中,2000—2010年题名含"浪漫主义"的有127篇,其中博士论文18篇。这些论文除了对浪漫主义诗歌的研究,还有很多从小说、音乐、美术、史学、哲学等方面对浪漫主义的研究。例如,王美萍的博士论文《康拉德与浪漫主义批判》(2010年)便详细考察了康拉德关于浪漫主义的三个核心观点(即康拉德对浪漫主义的神化自然、个人主义以及终极真理的把握)的反思。

其次,研究的范畴日趋广泛,方法更加多样。在解读经典浪漫主义作家和作品的同时,也在关注20世纪以来的浪漫主义作家。研究的视角也拓展到了解释学、生态美学、文学人类学、史学、文化功能观、认识论等领域。相对前一阶段对浪漫主义与现实主义的关系的研究,这一阶段更多关注现代性、后现代语境中浪漫主义与其他人文学科之间的关系。例如,卓新平的论文《基督宗教与欧洲浪漫主义》(上、下)(《国外社会科学》2003年第5、6期)便分析了浪漫主义在哲学、神学和文学上的各种表述方式,并指出其与基督宗教思想的密切关联,认为它比较典型地反映出与理性主义相对应的唯灵主义具有重情感、重主体和侧重神秘思维等特色。[②]

---

① 章燕:《英国浪漫主义诗歌研究在后现代文化视域中的多元走向》,《外国文学研究》2003(5)。
② 卓新平:《基督宗教与欧洲浪漫主义(上、下)》,《国外社会科学》2003(5);2003(6)。

最后,除了从具体作家作品的比较研究深化到对浪漫主义的理论问题的专题研究外,还有大量的研究开始从欧洲浪漫主义及其批评史的视野来反思我国的现代文学理论研究。因此,不仅关于中西方浪漫主义的比较研究视野有了很大的拓展,中国文学的道路也得到了有意识的探寻。例如,张旭春连续发表了《革命·意识·语言——英国浪漫主义研究中的几大主导范式》(《外国文学评论》2001年第1期)、《再论浪漫主义与现代性》(《文艺研究》2002年第2期)以及《没有丁登寺的〈丁登寺〉——英国浪漫主义研究中的新历史主义范式》(《国外文学》2003年第2期)等几篇文章。在该系列论文中,张旭春特别分析了英国浪漫主义在研究史上所经历的几大范式转换更迭,如政治—历史范式、内在性范式、解构主义的语言范式和新历史主义的话语权力范式。作者不仅指出这些范式的更替与近现代西方文艺理论的发展基本同步,还提出新兴的现代性范式或许能解答浪漫主义研究中"雅努斯难题"的研究设想[1]。另一位学者俞兆平则对20世纪上半叶西方浪漫主义文学思潮在中国的传播和接受形态进行了考察,认为主要存在四种范式:一是以早期鲁迅为代表的尼采式的浪漫主义,此种范式偏于从强力意志的角度激发悲剧性的抗争精神;二是以沈从文为代表的卢梭式的美学浪漫主义,它偏向从美的哲学角度对人类在现代化进程中所产生的异化状态的抗衡;三是以1930年之后的郭沫若为代表的高尔基式的政治学浪漫主义,它偏重从政治角度对无产阶级功利价值的追求;四是以林语堂为代表的克罗齐式的心理学浪漫主义,着重从心理角度对表现型的创作本质的推崇。[2] 他在专著《浪漫主义在中国的四种范式:鲁迅、沈从文、郭沫若、林语堂》(广西师范大学出版社,2011年)中把西方浪漫主义思潮的传播与中国文学的接受形态结合了起来,通过对具有代表性的作家或理论家的研究,概括出了相对独立的研究范式。

结　语

自20世纪上半叶欧洲浪漫主义传入中国后,经历了新中国成立前的翻译介绍时期、新中国成立初30年的缓慢发展时期,改革开放后30年进入恢复时期,并在21世纪的头十年步入了繁荣发展的阶段。在跨学科、跨文化的研究背景中,国内对欧洲浪漫主义的研究呈现出了多样化的趋势。中国学者在借鉴国外相关研究成果的同时,也在总结和探索国内关于欧洲浪漫主义的研究模式。目前来看,这方面的研究尚存不足。首先,受历史语境、语言障碍等因素的影

---

[1] 张旭春:《革命·意识·语言——英国浪漫主义研究中的几大主导范式》,《外国文学评论》2001(1)。
[2] 俞兆平:《浪漫主义在中国的四种范式:鲁迅、沈从文、郭沫若、林语堂》,桂林:广西师范大学出版社,2011年,第1页。

响,缺乏从宏大的世界历史和文化语境对欧洲浪漫主义整体发展动态的研究。研究批评多是从微观层面对浪漫主义思潮进行考察。因此,从整体效果来看,浪漫主义研究中片断式的、局部的解读居多,能将历史、文学、宗教、美学等融会贯通而阐释该流派的大气之作实属凤毛麟角。其次,研究角度缺乏新意,研究内容单一、重复。大概是受西方文学批评流派此消彼长的更替趋势影响,浪漫主义研究在某一个时期总是以若干论述角度相近的文章构成,因此造成该时期研究的跟风之势,类似不良研究风气亦挫伤了浪漫主义研究的发展。最后,欧洲浪漫主义进入中国后,在与中国本土文化接触碰撞的过程中势必发生变异与分化,对此,国内光有提法而少有具体的批评研究。究其原因,该类研究涉及中外不同文化及文学类型,研究势必更"费时费力",研究者驻足不肯接受艰巨挑战亦显得合乎情理。前述种种不足当引起学界同好的持续研究兴趣与深入关注,以使欧洲浪漫主义批评为新时期的文学研究注入新的活力,并在保证学术严谨与视野开放的基础之上,参与到国际学界的研究讨论之中。

第三节　欧洲现实主义研究

《论衡·逢遇》中讲了一个周人的故事,仕数不遇,年老白首,泣涕于途,人问其由,他答曰:"吾年少之时学为文,文得成就,始欲仕宦,人君好用老。用老主亡,后主又用武,吾更为武,武节始就,武主又亡。"作者最后慨叹"仕宦有时,不可求也"。回顾新中国成立以后60年来"19世纪欧洲现实主义流派研究"在中国的遭遇,不得不让人发出同样"时运不济"的感叹:前30年,为"社会主义现实主义"的洪流所裹挟;后30年,为"现代性"的话语所挤压。

一、术语界定

19世纪欧洲现实主义文学流派研究在新中国"时运不济",与"现实主义"这一概念的含混[①]不无相关。要明确"19世纪欧洲现实主义文学"的性质和范畴,首先有必要对"现实主义"的类型进行清理。简单地说,"现实主义"可以分两种:作为"艺术原则"的"现实主义"和作为"文学流派"的"现实主义"。

1. 作为"艺术原则"的"现实主义",实质上是一种广义的"现实主义"概念。它等同于艺术中的"真实性"原则。这个原则是超历史范畴的。它是艺术对现

---

① 雷蒙·威廉斯:《关键词:文化与社会的词汇》,刘建基译,三联书店,2005年,第391—398页。威廉斯认为:"Realism的词义复杂,不只是因为其主要的用法涉及艺术与哲学上颇为复杂的争论,而且因为其词义源自于real与reality这两个词义演变非常复杂的语汇。"(第391页)

实的真实而客观的反映。由于艺术中的一切伟大作品都一定是趋向于真实的,所以它表现在各个时代和各种派别的艺术现象中。从这个意义上讲,现实主义是艺术的实质本身,与这种现实主义对立的东西不是别的什么艺术派别,而是冒牌艺术,是形象化的创作的赝品。德国当代著名学者埃里希·奥尔巴赫就秉持这样的"现实主义"观念,在他1953年出版的经典著作《摹仿论》①中,他从美学的角度出发,用文学史家的眼光,讨论了现实主义进程演化,对西方三千年来最具影响的经典文学——荷马史诗、教会文学、骑士小说以及法国、西班牙、德国、英国中具有代表性文学——中的各种不同写实风格做了精辟的分析,影响深远。另一部影响很大的作品是法国著名文艺理论家罗杰·加洛蒂的《论无边的现实主义》②,他选取通常意义上的"现代主义艺术家"毕加索、圣琼·佩斯、卡夫卡三人,分别从绘画、诗歌、小说的角度对现实主义的当代形态提出了自己的看法,认为现实主义可以在自己所允许的范围之内"无边"扩大。

2. 作为"文学流派"的"现实主义",实质上是一种狭义的"现实主义"概念。我们可继续划分为单数的"现实主义"和复数的"现实主义"。

单数的"现实主义"大致等同于"19世纪欧洲现实主义"。这一术语1826年首见于法国。最初只是强调写作中"惟妙惟肖的细节",属于一般浪漫主义作家遵循的原则;19世纪40年代,它的含义开始转变为对当世风俗的细腻刻画。作为艺术流派的口号,其暴得大名要归功于居斯塔夫·库尔贝的画作。作为文学上的历史性运动,它在法国得到它最连贯一致的发展,在英国、俄罗斯则有些平行、类似的发展,而在20世纪初的美国,则激荡着它的回声。它的目标是,要在对当代生活严密观察的基础上,对现实世界进行真实、客观且公允的再现。前有浪漫主义,后有象征主义,现实主义在欧洲盛行的时间大约在19世纪40到70、80年代,"不过流行三十来年"。③诺曼·雅各布逊的流派划分在学界非常知名,他说:"在浪漫主义和象征主义的文学流派中,隐喻方式的首先地位已一再为人们所承认,但是,人们尚未充分认识到,构成所谓的现实主义倾向和事实上预先就决定了这一倾向的,是居支配地位的转喻,现实主义处在浪漫主义衰落和象征主义兴起的中间阶段,并与这两个流派相对。沿着接近关系的途径,现实主义的作家转喻地离开情节而导向环境,离开人物而导向时空背景,他喜欢提喻式的细节。"④作为单数的"现实主义"文学流派,这在西方学者的论著

---

① 埃里希·奥尔巴赫:《摹仿论:西方文学中所描绘的现实》,吴麟绶等译,天津:百花文艺出版社,2002年。
② 罗杰·加洛蒂:《论无边的现实主义》,吴岳添译,百花文艺出版社,2008年。
③ 雷纳·韦勒克:《近代文学批评史》第4卷,杨自伍译,上海译文出版社,2009年,第1—3页。
④ 诺曼·雅各布逊:《隐喻与转喻的两极》,周宪译,见《西方二十世纪文论选》第2卷,胡经之、张首映主编,中国社会科学出版社,1989年,第68—69页。

中比较常见。①

复数的"现实主义"概念,主要见于苏联和中国的文艺理论著作中。某种程度上,它是艺术原则和文学流派的综合。不过,这里的艺术原则不是亘古不变的"真实性",而是受时代性、阶级性制约的"真实性"。苏联的文艺理论家,据此区分了文艺复兴现实主义、启蒙现实主义、19世纪现实主义和社会主义现实主义。在这方面,中国是受苏联的影响,将中国文学中的现实主义历史分为"古典现实主义"和"社会主义现实主义"。

在中国的语境中,"19世纪欧洲现实主义"有不同的别称。大致而言,在新中国成立后前30年"社会主义现实主义"的语境中,它等同"古典现实主义""旧现实主义""资产阶级现实主义""批判现实主义";在改革开放后30年"现代主义"的语境中,它大致等同于"现实主义"。本文将依据这两大语境,来观察"19世纪欧洲现实主义"文学流派在新中国的研究史。

二、1949—1979年

从1949年到1979年间,除去"文化大革命"的十年,在剩下的20年里,"现实主义"是当之无愧最重要的话题。在1979年出版的一本名为《现实主义问题研究资料》②书中,对"文化大革命"前文艺界关于现实主义问题的主要论点做了摘编,同时提供了"文化大革命"前全国报刊有关现实主义问题的重要论文索引。从索引部分的近200篇文章的标题来看,直接研究"19世纪现实主义"的文章基本付之阙如。对"19世纪欧洲现实主义"的看法主要折射于关于"现实主义"或"社会主义现实主义"的相关争论之中。

新中国成立初,中国文艺界关于现实主义和社会主义现实主义的理解,基本上遵循伟大革命导师的教导。马克思在1854年《英国资产阶级》一文中,谈到了对以狄更斯为代表的英国现实主义作家的看法,"现代英国的一批杰出的小说家,他们在自己的卓越的、描写生动的书籍中向世界揭示的政治和社会真理,比一切职业政客、政论家和道德家加在一起所揭示的还要多。他们对资产阶级的各个阶层,从'最高尚的'食利者和认为从事任何工作都是庸俗不堪的资本家到小商贩和律师事务所的小职员,都进行了剖析"③。在《资本论》中,马克思谈到了"以对现实关系具有深刻理解而著名的巴尔扎克"。④ 马克思虽然没有明确提到"现实主义",但他对这批作家的成就表示了赞赏。恩格斯在1859

---

① 可参见哈里·莱文编辑的"Symposium on Realism"专题,见1951年 *Comparative Literature* 第三期夏季号。
② 南京师范学院中文系编:《现实主义问题研究资料》,1979年。
③ 《马克思恩格斯全集》第10卷,人民出版社,1962年,第686页。
④ 《马克思恩格斯全集》第25卷,人民出版社,1974年,第47页。

年5月18日"致斐迪南·拉萨尔"一信中,首次提到了现实主义:"我认为,我们不应该为了观念的东西而忘掉现实主义的东西,为了席勒而忘掉莎士比亚"①。但是,恩格斯未及点明"现实主义"的具体意义。直到1888年4月,在致玛·哈克奈斯的信中,他才提出了如下定义:"据我看来,现实主义的意思是,除细节的真实外,还要真实地再现典型环境中的典型人物。"他如此评价巴尔扎克,"我认为他是比过去、现在和未来的一切左拉都要伟大得多的现实主义大师,他在《人间喜剧》里给我们提供了一部法国'社会',特别是巴黎'上流社会'的卓越的现实主义历史,他用编年史的方式几乎逐年地把上升的资产阶级在1816—1848年这一时期对贵族社会日甚一日的冲击描写出来……我从这里,甚至在经济细节方面(诸如革命以后动产和不动产的重新分配)所学到的东西,也要比从当时所有职业的史学家、经济学家和统计学家那里学到的全部东西还要多。"②可以说,恩格斯"总结了19世纪前期欧洲的现实主义创作的经验,找出了一些现实主义创作的主要规律"。③ 1932年10月26日,斯大林在苏联作家会议上发表讲话时,提出了"社会主义现实"的概念,"(如果艺术家)真实地表现我们的生活,那么他在生活中不能不看到,不能不表现使生活走向社会主义的东西。这就是社会主义的艺术。这就是社会主义现实主义"。④ 1942年,毛泽东"在延安文艺座谈会上的讲话"中旗帜鲜明地宣布:"我们是主张社会主义的现实主义的"⑤。

什么是社会主义现实主义?它与"19世纪欧洲现实主义"的区别与关系何在?这是解放后30年围绕"现实主义"论争的核心问题。大体上说,存在过三次大的争论。

第一次是批判"胡风的文艺思想",论争焦点在"世界观"与"创作方法"。1953年,林默涵率先撰文,批评胡风的文艺思想是"反马克思主义"的,因为胡风将"世界观"和"创作方法"割裂。林默涵认为:"旧现实主义者"的创作方法只是一定程度上弥补了其世界观的缺陷,但其错误的世界观终究妨碍了其成就。真正的社会主义现实主义者,创作方法和世界观是"不可能分裂的,而只能是一元的。"林默涵还认为,在阶级社会里,无论怎样的现实主义都有它的阶级性,离开了阶级的观点和离开了现实主义在各个时代中的历史具体性,必然不能正确地了解现实主义。现实主义的根本问题,"首先是作家的阶级立场问题"。他指出,"胡风的错误,就是始终离开阶级的观点,看不到各种不同的现实主义的阶级性,因此也就看不到旧现实主义和社会主义现实主义的区别。"混淆了旧现实

---

① 《马克思恩格斯全集》第29卷,人民出版社,1972年,第585页。
② 《马克思恩格斯选集》第4卷,人民出版社,1995年,第683—684页。
③ 以群:《论社会主义现实主义》,《文学研究》1958(1)。
④ 转引自《马克思列宁主义美学原理》下册,三联书店,1961年,第698页。
⑤ 《毛泽东选集》第3卷,人民出版社,1991年,第867页。

主义和社会主义现实主义,不是批判地学习和继承旧现实主义,而是把旧现实主义看成等于社会主义现实主义,其实质就是"否认作家的世界观的作用,否认革命的作家必须取得革命的阶级立场,自然也就是否认文学艺术中的党性的原则"。① 胡风在1954年的回应文章中称,他承认过去的伟大现实主义作家的世界观当然是有限制和缺陷,但是,这"有限制和缺陷"的世界观是不妨碍他们艺术的伟大性的,我们应该认识这限制和缺陷,但是为了如实地认识过去,作为我们的借鉴,是绝对不能上纲上线,借助阶级立场的粗暴划分和世界观的缺陷,就可以"胡乱审判古人"。②

林、胡之争在学界引其巨大反响,终至升级为"胡风反革命集团案",直到1980年,中共中央才决定为"胡风反革命集团案"平反。在这场论争中,冯雪峰认为,"社会主义现实主义作家"和"旧现实主义"的根本区别是"唯物主义和唯心主义"。他承认,世界观和作家的创作活动是有密切的根本性关系,一般来说,过去伟大的现实主义作家的世界观大多数是唯心主义的。假如他们能够成为唯物主义者,他们世界观和创作方法的矛盾就不复存在,他们的现实主义也就一定可以"更充分、更正确、更高度"。③ 周扬也认为,世界观和创作的关系是复杂的问题,对其简单化、庸俗化的理解是有害的。他同时指出,过去时代伟大的现实主义作家的世界观常常是矛盾的,一方面,他们描写了生活的真实,但另一方面,他们世界观中的偏见常常妨碍他们对生活的真实作正确的理解与解释,所以经常会有"体现作者错误思想的不真实的形象"。他认为,"只有马克思列宁主义的世界观才能帮助作家从根本上克服这种矛盾。"④

第二次是批判何直、周勃为代表的"修正主义"苗头,论争焦点在"真实性"与"倾向性"。1956年9月,何直发表了《现实主义:广阔的道路》一文,他说,"文学的现实主义,不是任何人所定的法律,它是在文学艺术实践中所形成、所遵循的一种法则。它以严格地忠实于现实,艺术地真实地反映现实,并反转来影响现实为自己的任务。它是指人们在文学艺术实践中对于客观现实和对于艺术本身的根本的态度和方法。"这才是"现实主义的一个基本的大前提",现实主义文学的"思想性和倾向性",是生存于它的"真实性和艺术性"的血肉之中的。它不是指人们的世界观。世界观虽然重要,但并不是决定作家创作活动的唯一条件,作家对于生活知识的积累,作者的艺术修养、经验、才能,也都是一些重要的条件。在他看来,不存在社会主义现实主义,只有"社会主义时代的现实

---

① 林默涵:《胡风的反马克思主义的文艺思想》,《文艺报》1953(2)。
② 胡风:《胡风对文艺问题的意见》,中国作家协会,1955年,第28—29页。
③ 冯雪峰:《关于社会主义现实主义》,《语文学习》1955(8)。
④ 周扬:《建设社会主义文学的任务》,《文艺报》1956(5)、1956(6)。

主义"。① 同年12月,周勃发表了《论现实主义及其在社会主义时代的发展》一文,明确指出,"我们之所以特别强调真实是现实主义艺术创作的基础,是因为我们不仅仅把对现实主义的理解安放在坚定的唯物主义的基础上,同时也是把现实主义作为一种客观的、独特的艺术法则来理解。"②

何、周的文章在理论界同样引起巨大反响。因为,如果强调"真实性"是现实主义作品的根本灵魂,那么,"旧现实主义与社会主义现实主义没有质的区别",从而成功否定社会主义现实主义存在的依据。为了捍卫社会主义现实主义,张光年率先撰写了《社会主义现实主义存在着、发展着》一文,拉开了批判"修正主义"的序幕。③ 蒋孔阳在《关于社会主义现实主义》中,开宗明义指出,社会主义现实主义,首先是从思想的性质和倾向上,就和过去的现实主义相互区别开来。它是"社会主义革命和建设时代的一种新的文艺思潮,一种以社会主义思想为指导的、在创作方法上有了新的发展的新的创作方向"。它不仅在"时代上"与过去的现实主义相互划分开来,而且"在性质上,在方法上,在多方面,都已经超过了过去的现实主义,再不属于过去的现实主义的范围了"。④ 直到1960年,在全国第三次文代大会上,周扬仍然旧话重提:关于"真实",关于"现实主义",我们和修正主义者之间存在着截然不同的理解,修正主义者常常在"写真实"的幌子下,反对社会主义文艺的"倾向性";他们的所谓的现实主义,是没有理想的"现实主义",是"卑琐的自然主义"和"颓废主义"。⑤

第三次是围绕"现实主义深化"的讨论,焦点在于"批判性"和"革命性"。1958年3月2日,毛泽东"在成都会议上的讲话"中指出了中国诗的出路,"第一条是民歌,第二条是古典,在这个基础上产生出新诗来,形式是民歌的,内容应当是现实主义和浪漫主义的对立统一。太现实了就不能写诗了。"⑥茅盾立刻撰文呼应,认为"现实主义和革命浪漫主义的结合,是到达社会主义现实主义的道路"。⑦ 郭沫若认为,"不管是浪漫主义或者现实主义,只要是革命的就是好的。"⑧周扬表示,"革命现实主义和革命浪漫主义相结合,实际就是革命现实主

---

① 何直:《现实主义:广阔的道路》,《人民文学》1956(9)。
② 周勃:《论现实主义及其社会主义时代的发展》,《长江文艺》1956(12)。
③ 1956年12月到1957年12月的31篇批判性文章,后来结集为《社会主义现实主义论文集》第1集,上海:新文艺出版社,1958。除张光年外,其他批驳何、周观点的作者有:蔡仪、巴人、贾文昭、蒋孔阳、楼栖、以群、陈善文、齐云、瑞芳、苏鸿昌、王克华、姚文元、李希凡、艾芜等。
④ 蒋孔阳:《关于社会主义现实主义》,《文艺月报》1957(4)。另见《社会主义现实主义论文集》第1卷,第64—78页。
⑤ 周扬:《我国社会主义文学艺术的道路》,转引自《现实主义问题研究资料》,第87页。
⑥ 转引自《现实主义问题研究资料》,第22页。
⑦ 茅盾:《关于革命浪漫主义》,《处女地》1958(3)。
⑧ 郭沫若:《浪漫主义和现实主义》,《红旗》1958(3)。

义和革命理想主义相结合。"①相形之下,"19世纪欧洲现实主义"只具有"批判性",而缺少"革命性",自然受到排斥。这种"两结合"的创作方法,影响非常深远,在"文化大革命"结束后的初期,理论界对现实主义的反思,依然摆脱不了它的影响。正如朱寨在1978年的一篇文章中说:"革命的现实主义和革命的浪漫主义相结合,是毛主席在概括了古往今来艺术创作的客观规律的基础上提出来的。它的哲学基础就是辩证唯物主义和历史唯物主义。"他在评价"19世纪欧洲现实主义"大师的时候认为,因为他们没有辩证唯物主义和历史唯物主义的观点,所以在反映现实上不能不受局限,"他们的作品往往缺乏理想,或者理想不符合现实发展的趋势"。②

总之,由于意识形态的原因,"19世纪欧洲现实主义"在新中国成立后的前30年来的形象基本是刻板、僵化、负面的。但是,在这千人一面、千腔一曲的批评洪流中,还是有些吉光片羽的真知灼见,难能可贵。如李长之就区别了狭义的和广义的现实主义,"所谓狭义的现实主义,是区别于广义的、一般的现实主义,它不是指作品中对现实的一般关系说,也不是指现实主义作品的共同点说,而是指特定的历史阶段的产物。具体地说,是带有鲜明的、近代的,亦即具有在资本主义社会中才可能产生的观察方法和描写方法的产物,并且指作为一个流派看,它能够鲜明地区别于浪漫主义流派的作品"③。显然,他这里的狭义现实主义大体就是指"19世纪欧洲现实主义"。同样,苏鸿昌也对作为"艺术方法"的"现实主义"和作为"文学流派"的"现实主义"做了区分。他认为,流派是文艺现象中独特的现象,是不能重复、不能再现的;但艺术方法却是在不同的时代、不同的国家里的艺术家都一地可以适用的。他进而对作为"文学流派"的"现实主义"与"浪漫主义"和"自然主义"进行了区分,认为"现实主义"和"浪漫主义"的根本区别在于"客观性",或以现实本身的样式来反映客观现实的差异上;而"现实主义"和"自然主义"的根本区别在于是否运用"典型化"。④ 郝昆衡则对作为文学原则的"现实主义"有比较独到的认识,"现实主义是富有现代性、都市性、现实性和科学性的。它是在19世纪欧洲文学发展中形成的,它是各种艺术创作方法之一。"⑤

以上的吉光片羽,虽然难能可贵,但不可否认,缺乏系统性。在新中国成立后的前30年里,尤其是在思想更为活跃的前10年,对"欧洲19世纪现实主义"文学思潮较为系统、全面的认知是岷英翻译、1958年出版的《现实主义问题讨

---

① 周扬:《关于社会主义文化建设的报告》,《光明日报》1959年3月27日。
② 朱寨:《从生活出发》,《文学评论》1978(3)。
③ 李长之:《现实主义和中国现实主义的形成》,《文艺报》1957(3)。
④ 苏鸿昌:《试论目前在现实主义及社会主义现实主义讨论中存在的若干问题》,《红岩》1957(5)。
⑤ 郝昆衡:《关于〈中国文学史〉的几个问题》,《解放日报》1959年4月12日。

论集》。^① 1957年4月12—18日,苏联科学院高尔基世界文学研究所进行了现实主义问题的讨论,苏联科学院刊物《文学和语言学通报》为这次讨论会出了一个专号。岷英从该专号选了四篇文章:《现实主义在世界文学中发展的主要阶段》《现实主义在19世纪俄罗斯文学中的发展》《一个文艺学术语的命运》和《文艺学家谈现实主义》。另外,译者还从苏联《文学报》上选译了两篇文章:《现实主义的发展》和《现实主义问题和世界文学》。这六篇论文构成了当时苏联学界对"现实主义"、同样也对"19世纪欧洲现实主义"的最前沿研究成果。其中,最值得注意的是布尔索夫的《现实主义的发展》一文。布氏没有将"现实主义"简单理解为各种真正艺术所固有的"真实性",而是理解为"单独具有一套性格描写原则的艺术方法"。他认为,现实主义有其自身的历史,其宗谱是从莎士比亚和塞万提斯开始。19世纪欧洲现实主义是对前人的批判继承,"具有巨大的思想深度和明显的社会目的(这是启蒙时代现代主义已经做到的),同时描绘了人的生动的感情、欲望和感受的广大领域(这是文艺复兴时代现实主义的特点)。"他还区分了两类19世纪现实主义的差异:"在俄罗斯文学中无疑是叙事诗因素占主要地位;而西欧文学则以直接分析社会经济关系的广度而著称。巴尔扎克称自己为社会科学博士,这是有根据的。在伟大的俄罗斯作家中,没有一个人能够被授予这样的称号。但是西欧文学却没有获得托尔斯泰和陀思妥耶夫斯基所特有的那种描绘人的智慧、灵魂和内心活动的力量。"除了横向的对比外,他还做了纵向的比较,考察了现实主义在法国和俄罗斯的流变,解释了其成因。他最后指出,整个19世纪现实主义的特点是"更充分地描写世界的可能性大大地扩大了"。^② 遗憾的是,由于文艺思想领域的日益"左倾",布尔索夫的这篇文章及文集中其他文章在当时没有得到足够的重视,致使我们在对现实主义,尤其是19世纪欧洲现实主义的认知方面走了不少弯路。即使放到今日来看,这本译文集依然是新中国成立60年来关于现实主义讨论的最重要文献,其中的观点仍旧发人深省。

三、1979—2009年

在新中国成立后的头30年,如果说19世纪欧洲现实主义文学流派研究是整个文艺理论界的浓厚背景,那么,在新中国成立后的第二个30年,当它从背景中走出来,登上舞台,却发现自己只不过是一个十分边缘化的小角色。

这种边缘化的一个重要量化指标,就是学界谈论"现实主义"——更遑论研究"19世纪欧洲现实主义文学流派"——的文章迅速减少。比如,在1980年出

---

① 布·布尔索夫等:《现实主义问题讨论集》,岷英译,曹葆华校,新文艺出版社,1958年。
② 同上书,第1—16页。

版的《文艺论丛》第 11 辑,收录的 24 篇文章中,仅有郑应杰和夏虹的一篇文章《现实主义辨析》与之有关。文章的内容依然没有跳出前人的思维,集中在辨析如何认识现实主义这一创作方法、旧现实主义和社会主义现实主义有无本质区别、创作方法与作家世界观的关系等问题。① 到了 80 年代中期,这种边缘化状况加剧。我们不妨以张月超主编、1986 年出版的《外国文学研究中的新发展》一书为观察点。这本书是从全国高等学校外国文学研究会第一届学术讨论会和第一届讲习班中精选出来的论文集,作者中既有老一辈专家,如朱维之、李赋宁等,但更多的是活跃于学术界的中青年学者,集中的文章对欧美文学中若干重要作家、文学现象、流派进行了比较深入的研究,反映了当时外国文学研究的水平。在 22 篇文章中,仅两篇文章研究现实主义作家作品,无一篇文章研究 19 世纪现实主义流派。显然,这一研究领域在学界已呈昨日黄花之势。文集中李赋宁先生的文章代表了学界研究的新趣味:《20 世纪英美文学批评》纵论了新批评、结构主义、解构主义和读者反应等理论。②

改革开放后的头十年,由于国门打开,各种思潮、流派纷至沓来,打破了"社会主义现实主义"一统天下的局面,研究力量迅速分化。再难有举全国精英研究某家、某派的现象存在。③ 而追新成为人之本能,是以在整个 80 年代,"19 世纪欧洲现实主义文学流派"的研究相当岑寂。比较引人注意的几篇文章是:王向峰对整个欧洲现实主义思潮特点的研究,认为现实主义文学思潮的核心特点是"真实地反映现实关系,深入地认识现实社会",它联结广大的作家群,促成文学流派的产生。④ 王远泽把焦点集中在俄罗斯的现实主义文学,认为从 19 世纪 20 年代末至 30 年代初,现实主义开始成为俄国文学发展的主流,到了 19 世纪末叶,在欧洲现实主义文学运动中,它已名列前茅,起着开路先锋的作用,在短短的数十年间,俄国现实主义大师辈出,这一历史现象的产生有其"内在的必然性和发展规律"。⑤ 温儒敏从比较文学研究的角度考察了欧洲现实主义文学对五四时期现实主义文学的影响,认为"强烈的历史使命感,民族自省精神以及开放性,是'五四'现实主义不同于欧洲现实主义的几个重要民族特色,除鲁迅外,多数'五四'作家还不成熟,'五四'现实主义总的艺术成就比不上欧洲现实主

---

① 《文艺论丛》第 11 辑,上海文艺出版社,1980 年。
② 张月超主编:《外国文学研究中的新发展》,南京:南京大学出版社,1986 年。
③ 举全国之精英,研究某家、某派,在"文化大革命"前,倒是常见。如《文艺理论译丛》第 2 期(人民文学出版社,1957 年)的"巴尔扎克专号",便收录了陈占元、李健吾、沈宝基、鲍文蔚、钱锺书、成钰亭、王道乾、易克信、于海洋等人的译文。
④ 王向峰:《欧洲现实主义思潮的特点》,《锦州师范学院学报》1980(4)。
⑤ 王远泽:《略论十九世纪俄国文学的现实主义》,《广西民族学院学报》1981(4)。

义"。① 王南把重心放在如何区别现实主义和自然主义,认为两者不宜混同。②

20世纪最后十年,是19世纪欧洲现实主义文学流派研究的复苏期。某种意义上,这得力于蒋承勇先生的单打独斗之力。在80年代中,在学界竞逐新潮的流风之下,他选择了这条略显寂寞的路,辛勤几载,终于在90年代迎来花开,先后在国内学术刊物发表了系列相关论文③,其中一些收录于其专著《十九世纪现实主义文学的现代阐释》。④ 蒋著打破了以"社会主义现实主义"为参照体系来考察19世纪现实主义文学的窠臼,而是将其纳入"现代性"的框架下来思考,这点从其书名就可管窥。从中也可看出80年代各种新思潮,尤其是译介的《无边的现实主义》对其研究路径的潜在影响。他在初版后记中写道:"在我国文学界,长期以来,对'现实主义'的理解与认识,已远远超出了它本身,而扩大或泛化到了对'文学'的整体理解与认识。但是,对'现实主义'本身的认识与理解,我们以为是很不完整、很不全面的。每当阅读19世纪欧洲现实主义作品时,我总觉得它们的艺术内涵,要比我们那些关于'文学'的解说要深刻得多,丰富得多。这种令人困惑的矛盾现象引发我的思考。我感到,在什么是'现实主义'和'文学'的问题上,我们有许多正本清源的工作要做。于是,我选择了19世纪现实主义这一并不'现代'的课题,默默沉思了七年之久。期间,我力图改变思维方式,对19世纪现实主义重做解释。我也确实发现了其中许多尚未被人们认识与发掘的'优良传统'。为此,我常常在激动和兴奋的思考中享受着发现的喜悦,而且也一直认为自己的这种探索与思索是很'现代'的,因而曾把这一课题定名为'19世纪现实主义文学的现代性',后又改为'19世纪现实主义的现代阐释'。我对这一课题研究的现代意义与现实意义一直是深信不疑的。"⑤

蒋承勇根据"审美心理机制的差异性与反映生活的不同取向",提出了对19世纪现实主义的再认识。他认为,19世纪欧洲现实主义文学是欧洲近代文

---

① 温儒敏:《欧洲现实主义文学传入与"五四"时期的现实主义文学》,《中国社会科学》1986(3)。
② 王南:《试论现实主义与自然主义的区别》,《青海社会科学》1989(2)。
③ 这些系列论文包括:蒋承勇:《审美心理机制的差异性与反映生活的不同取向——对批判现实主义的新认识》,《国外文学》1990(1),另载《社会科学战线》1991(2);《内倾性与表现性:19世纪现实主义传统的另一面》,《外国文学研究》1991(1);《19世纪欧洲现实主义文学与我们》,《南京师范大学学报》1991(2);《心理原型的外化与反映的变形:对19世纪现实主义的再认识》,《国外文学》1992(1);《浅论19世纪现实主义的表现性》,《杭州师范学院学报》1993(1);《试论西方现代派文学的真实观——兼及与传统文学的联系》,《杭州师范学院学报》1995(1);《对批判现实主义的文化阐释》,《文艺理论研究》1995(3);《论19世纪现实主义的现代文化基因》,《台州师专学报》1995(4)。
④ 蒋承勇:《十九世纪现实主义文学的现代阐释》,中国社会科学出版社,1994年初版,2010年修订版。
⑤ 同上书,第397页。

学的高峰。"从微观看,每个作家都有自己独特的审美心理机制,因而都有自己独特的创作个性,他们中任何一个成就巨大的作家都无法涵盖其他作家的独特风格。从宏观看,批判现实主义作家存在着内向型与外向型两种基本的审美心理机制,因而在反映生活上也就存在着内倾性与外倾性两种不同的流向。司汤达、托尔斯泰、陀思妥耶夫斯基等属于内倾性作家的代表,巴尔扎克、狄更斯、左拉等属于外倾性作家的代表。司汤达和巴尔扎克是批判现实主义文学的奠基人,因而他们分别是内倾性与外倾性批判现实主义的创始人。"[①]作为两种不同趋向的艺术思维模式,内倾性与外倾性都符合艺术创作规律,是对立统一的。伟大的现实主义作家在内倾性与外倾性方面虽然有所侧重,但并不割裂,往往是不同程度地兼而有之。由此,19世纪现实主义文学明显存在双重流向。只要跳出19世纪现实主义文学的历史范畴,把视线往20世纪文学延伸,就会看到,托尔斯泰等内倾性作家同向内转的20世纪现实主义和现代主义有渊源关系,而巴尔扎克等外倾性作家则同20世纪的纪实文学、报告文学和新小说派相沟通。文章最后指出,认清19世纪现实主义中的内倾性与外倾性两种流向,并不是将这一文学流派模式化地一分为二,而是旨在阐明:"第一,19世纪现实主义沿着内倾与外倾两种流向沟通了与20世纪文学的联系;第二,19世纪现实主义文学的成就与精华并不只表现在真实广阔地描写人的外部社会生活上,同时还表现在真实、深刻地揭示人的心灵世界上;广阔性和深刻性的双重结合,才构成了完整意义上的19世纪现实主义文学传统,只讲它的广阔性而忽视深刻性,只讲客观性而忽视主体性,就使现实主义肤浅化甚至庸俗化,这就人为地把现实主义传统给歪曲了。"[②]在对19世纪现实主义文学的"文化阐释"中,蒋承勇还特别强调了其"文化批判"的功能,"人们还普遍认为,19世纪欧洲现实主义之所以被称为'批判的'现实主义,那是因为它深刻地揭露和批判了资本主义社会的种种弊病,引发了人们对资本主义现实制度之永久性的怀疑,具有强烈的社会批判性。其实,社会批判性还不足以说明19世纪现实主义深刻性的全部内涵。批判现实主义的'批判'并非仅仅是社会批判,而且是文化批判,这种文化批判是基于对西方近代传统文化观念的怀疑与动摇,其中蕴涵了20世纪西方文化中普遍存在的危机意识。"他进一步指出,正是这种具有双重超越的深层文化探索,才构成19世纪现实主义向现代主义过渡的桥梁,沟通了与现代主义文学在文化内质上的血缘关系,从而在某种意义上,才可以说19世纪现实主义是现代主义的文化母体,进而捍卫19世纪现实主义文学的伟大价值,驳斥那些认为它是肤浅文学的论调。正如蒋承勇在文章结尾写道:"那些杰出的19世纪

---

① 蒋承勇:《十九世纪现实主义文学的现代阐释》,第358页。
② 同上书,第373—374页。

现实主义作家的创作,并不像某些作家和评论家所说的那样是'肤浅的文学',表现生活的深刻性也不专属于现代主义。认为19世纪现实主义'肤浅'的人,是表现出一种偏执,即从既定的'现实主义'理论概念出发,认为现实主义只是模仿生活的外部结构形态,甚至是为某种政治和社会需要服务,自然无深刻性可言。然而,这只是对现实主义、至少是对19世纪现实主义的误解与歪曲。"①

进入21世纪以来,19世纪现实主义文学流派进入了又一个低谷期。这可能与学术的日益精细化有关,像流派研究这样的大题目,需要大手笔写作大文章,非得多年的学术积累难以突破和办到。所以最近十年来,与此相关的论题呈现琐碎化的倾向。值得注意的一些论文包括:姜岳斌论19世纪现实主义中个人奋斗者形象的美学意义;②王钦峰论司各特作为欧洲现实主义文学的开拓者、论欧洲现实主义中的民族差异及各国间相互影响的文章;③车莉探讨了19世纪现实主义流派是否存在的问题;④徐瑾考察了现实主义概念的形成及现实主义的泛化。⑤这些论文的一个共同特征,就是试图把研究的焦点聚拢在19世纪现实主义文学流派之上,这也是值得欣喜的现象。

结　语

综观新中国成立后60年来19世纪现实主义文学流派在中国的研究状况,可以看见:在前30年,虽然处于幕后,但在关于"社会主义现实主义"的历次讨论中都时有所指,有着"缺席的存在";在后30年,它登上了研究的舞台,但在"现代性"话语的大演出中,它却只是一个不起眼的小角色,如"在场的缺席",虽在20世纪90年代小有气象,但难掩80年代和最近十年的寥落景遇。研究思路遭遇瓶颈,缺乏领军人物,加之学术后备力量匮乏,这些都是该流派研究急需解决的问题。

蒋承勇在《十九世纪现实主义文学的现代阐释》的再版后记中写道:"可以毫不夸张地说,这本小书以及已发表的与之相关的系列论文,在学术界是产生了较好的影响。而且,时至今日,仍未见有同样选题的著作问世。因此,它依然可以说是国内对欧美19世纪现实主义文学(批判现实主义文学)作比较集中、深入研究的唯一专著。"⑥这番话的确"毫不夸张",甚至某些措辞("小书""较好"

---

① 蒋承勇:《十九世纪现实主义文学的现代阐释》,第375,394—395页。
② 姜岳斌:《进入资本主义时代的审美意识》,《咸宁师专学报》2001(4)。
③ 王钦峰:《司各特:欧洲现实主义文学的创始者》,《湛江师范学院学报》2003(4);《论十九世纪欧洲现实主义文学的民族差异》,《烟台大学学报》2002(2);《十九世纪现实主义文学在欧洲国家间的影响关系》,《学术研究》2005(12)。
④ 车莉:《19世纪西方现实主义文学流派真的存在吗?》,《大连大学学报》2004(1)。
⑤ 徐瑾:《简论现实主义概念的形成及现实主义的泛化》,《佳木斯大学学报》2005(3)。
⑥ 蒋承勇:《十九世纪现实主义文学的现代阐释》,第399页。

"比较集中")还太低调。这番话写于2009年,恰是本文要考察内容的时间下限。15年前的一本旧著,却依然是该领域内"深入研究的唯一专著",这既是作者的荣耀,也是该领域尴尬研究的写照,但在另一层意义上,也是表明充满了良机,期待有心人在下一个60年内破局。

第四节 欧洲自然主义研究

起源于法国的自然主义文学思潮,首先在欧洲、美国和日本产生了巨大的影响,继而成为一个世界性的文学流派,并且在小说、诗歌、戏剧和文艺理论等方面取得了丰硕的成果。20世纪初,自然主义文学思潮开始传入中国。老一代学者对该思潮进行了译介和传播,如陈独秀、胡愈之、田汉、茅盾、周作人等。1922年,《小说月报》就"自然主义"展开了长达十个月的大讨论,"使新文学家们认清了自然主义文学的利与弊,是他们走向现实主义的重要一步"。① 然而在初期的新鲜感之后,中国文坛对该流派的热情却没能持续,以至于被冷落了半个多世纪。尤其是新中国成立后受苏联文艺理论的影响,将自然主义斥为异端邪说,批评它"呆板""色情""不反映现实""不塑造典型人物"。直到80年代,我国文学界才对自然主义进行重新认识和评判。1989年,《钟山》杂志倡导"新写实小说",开始认可"如实地表现自然"、人物非典型化和"生物式"观照等理念,表现出某种对自然主义的回归。

外国文学研究界也开始重新认识自然主义及其文学理论。1990年纪念左拉诞辰150周年学术座谈会在北京召开,与会者"从各个不同的角度对自然主义进行了讨论",认为"左拉的作品深受欢迎,历百年而不衰,他可与巴尔扎克齐名"。② 法国文学研究会还在《法国研究》(1990年第1期)上印发邵小鸥整理的《自然主义与左拉研究目录索引》,"希望我国文学界对左拉及其作品的研究取得新的更大的成果",从此对自然主义的研究掀起了新一轮的高潮。柳鸣九的《自然主义大师左拉》无疑是为左拉正名的宣言,也为自然主义重新得到重视奏响了序曲,迎来了左拉及其自然主义研究的春天。二十多年来,关于左拉及自然主义的研究著作有十余部,学术论文一百余篇。其研究的历程主要有如下四个特征:自然主义思潮的译介和评判、中国的借鉴与吸纳、与欧美国家的比较与观照、近年来的反思与探索。尤其是新世纪以来,人们更加关注自然主义文学的哲学本源,同时也折射出向诗学研究的转向。

---

① 李锋伟:《自然主义在中国的流变》,《济源职业技术学院学报》2004(3)。
② 林青:《纪念左拉诞辰150周年学术座谈会在京召开》,《外国文学评论》1990(2)。

一、译介和评判

20世纪80年代初,在摆脱了苏联文学艺术观的禁锢之后,自然主义在中国得到比较系统和客观地介绍和评判。首先是对自然主义本身进行的考察,先后有10余篇文章介绍自然主义。例如何孔鲁的《略谈左拉与自然主义文学》、孙钦华的《谈谈自然主义》、文彬的《略谈自然主义》、阎凤海的《试论左拉的自然主义》等,还有翻译介绍法国学者于思曼的《试论自然主义的定义》、日本学者岛村抱月的《文艺上的自然主义》等。尤其是柳鸣九的《法国自然主义作品选》与吴岳添的"自然主义文学年表",系统地介绍了法国自然主义思潮及文学创作状况。上述研究主要体现在三个方面:一是考察自然主义产生的哲学社会根源;二是描述自然主义思潮的主要特征和文学观;三是介绍自然主义文学作品,评判其文学创作的创新手段和作品价值。柳鸣九的《自然主义大师左拉》及《法国文学史》中的相关论述,对自然主义思潮及文学创作做了比较客观和全面的定位。李锋伟在《自然主义在中国的遭遇及其成因》中总结说,"以柳鸣九为代表的自然主义研究者的视野也空前扩大了。""过去对自然主义的批判是极不公正的,左拉的艺术理论及艺术实践都有许多值得今人借鉴的地方。"中国法国文学研究会"对左拉及其作品、对自然主义都做出了客观、公正的评价"。另有一批学者对自然主义在中国的传播和接受进行了总体性回顾,①其中张冠华强调自然主义文学与过去的文学相比,打破了关于人的"神话",成为向现代主义文学过渡的中介,它的超前性和创新性在今天得到了验证。

在译介的同时,中国学者对自然主义理论及其创作思想也进行了多方位的评判。②徐学重点讨论了自然主义与现实主义的关系,并在此基础上归纳出自然主义的创作思想,认为"就整体而言,自然主义创作方法无疑是一种背离现实

---

① 参见董佳佳的《自然主义文学发展浅析》,《时代文学(下半月)》2010(2);张冠华的《自然主义文学的历史地位》,《黄河科技大学学报》2003(12);李锋伟的《自然主义在中国的流变》,《济源职业技术学院学报》2004(9);李莉的《试析自然主义文学及其历史局限性》,《沧桑》2007(6);董晓的《论自然主义戏剧思潮及其早期译介》;李锋伟的《自然主义在中国的遭遇及其成因》,《作家》2008(12)。

② 参见徐学的《自然主义创作方法试论》,《自然主义创作方法试论》1984(3);童福元的《论左拉自然主义创作方法》,《外国文学研究》1986(7);柳鸣九的《自然主义功过当议》,《读书》1986(05);李保国的《论左拉的自然主义文学观》,《辽宁师范大学学报》1987(5);王建高、邵桂兰的《左拉自然主义戏剧观再评价》,《外国文学评论》1988(4);王秋荣、周颐的《左拉的自然主义与生理学》,《外国文学研究》1988(9);肖厚德的《左拉的自然主义文学理论与实践》,《法国研究》1992(4);尹岳斌的《左拉与自然主义》,《益阳师专学报》1994(5);张冠华的《自然主义文学批评中的"卢卡契情结"》,《武汉大学学报》(哲学社会科学版)1997(7);孙靖的《左拉自然主义理论的误区与启示》,《台州师专学报》2001(2);罗明洲的《自然主义与现代主义文学关系略论》,《焦作教育学院学报》2001(2);丁国旗的《自然主义同现代主义的不解之缘》,《河南社会科学》2004(4);王一玫的《自然主义与左拉的创作》,《襄樊职业技术学院学报》2005(6);沙家强的《左拉自然主义真实观辨析》,《宁波大学学报》(人文科学版)2009(5)等。

主义的创作方法"。不过,"作为一种文艺思潮,自然主义所以能够产生、发展并在世界文学史上产生一定的影响,自有其可取之处。"其原因有二:一是自然主义文艺思潮在一定程度上推动了现实主义理论的传播,二是自然主义创作方法本身也具有一定的合理因素。然而,随着"现实主义文艺思想日益深入人心,自然主义如同昙花一现,很快地消失了其诱人的光彩"。童福元的文章则对自然主义作了比较积极的肯定,认为"长期以来,在社会主义国家的文艺理论界和批评界,对左拉自然主义理论与创作实践之间存在矛盾的有关论述……不符合左拉理论与创作实践之间关系的客观实际"。在回顾了左拉探索自然主义文学创作的道路之后,他指出了自然主义与现实主义的区别,批评当时的人们"总是拿现实主义套自然主义,好的归入现实主义,坏的留给自然主义,将左拉自然主义理论和创作实践对立起来,全面否定自然主义"。肖厚德则综合了自然主义文学理论的要点,从左拉的作品分析入手,最终证明"自然主义是彻底的极端的更强调科学性的现实主义"。王一玫对自然主义作了比较客观的定位,认为自然主义的产生是历史的必然,左拉的创作与其理论总体上基本一致。不过也有两个缺陷:一是表现在美学观点和文学批评观点上的发展深化,导致前后期作品的某些不同;二是表现在理论中受实证主义影响,导致某些作品和章节过分强调遗传生理学决定论。而郑克鲁在其《法国文学史教程》中,对自然主义文学思想作了全面归纳,系统地阐述自然主义文学特点,比较权威地介绍和评价了自然主义思想及其创作。①

二、借鉴与吸纳

自然主义传入中国后,对中国的文艺理论和创作实践产生了较大的影响。这种影响主要表现在两个方面,一是对文艺理论革新的影响,二是对文学创作的影响。② 在文艺理论方面,自然主义以其崭新的文学主张,引起了中国文艺界的强烈反响。牛水莲回顾了自然主义在中国引发的争论过程。她引述王向远对自然主义进入中国的情况的研究,认为陈独秀是最早介绍自然主义文学思潮的人,因为陈独秀说,左拉之"毕生事业,唯执笔耸立文坛,笃崇所信,以与理想派文学家勇战苦斗,称为自然主义之拿破仑"。然而真正系统介绍和评价自

---

① 郑克鲁:《法国文学史教程》,北京大学出版社,2008年,第215—218页。
② 参见徐学的《茅盾早期创作与左拉自然主义文学理论》,《文学评论》1986(8);王向远的《五•四时期中国自然主义文学的提倡与日本自然主义》,《国外文学》1995(5);牛水莲的《自然主义在中国的早期传播》,《中州学刊》2000(7);张冠华的《新时期文学中的自然主义倾向》,《黄河科技大学学报》2004(9);王志明的《外国文学和茅盾早期的现实语言文学观》,《兰州教育学院学报》1985(5);吴冰洁的《自然主义理论对郁达夫早期小说创作的影响》,《齐鲁学刊》2006(7);王怡静的《"自然主义"手法在中国小说中的体现》,《创新》2009(5);范水平的《李健吾文学批评的自然主义倾向》,《求索》2011(6)等。

然主义的人是胡愈之,他在《东方杂志》上发表的《近代文学上的写实主义》中,把近二百年欧洲文艺思潮的变迁分作四个时期:古典主义、浪漫主义、写实主义或自然主义、新浪漫主义。还说"写实主义与自然主义,在文艺上虽各有分别,但甚细微……概称作'写实主义'"。在分析了自然主义的利弊之后,胡氏认为中国文学必需经过写实主义文学阶段,说中国的文艺界"直到如今,总不脱离古典主义的时代。比起西洋近代文学来,既缺少狂放的情绪,又没有写实的手段,始终被形式束缚着,没一点振作的气象"。中国文学"要走向新文艺的路上去,这写实主义的摆渡船,却不能不坐"。徐学则分析了茅盾的早期创作观,指出了茅盾对左拉自然主义的借鉴与改造。茅盾的现实主义文学观、创作三阶段的论述、对反映重大社会问题的强调,"表现出他的创作观具有生机勃勃的近代批判现实主义的内容";茅盾对"科学"与"客观"这类命题的强调,反映了他"对左拉理论改造的有效性与局限性"。然而,"五四时期对左拉自然主义的借助和介绍,客观上促进了中国现实主义文学思想的传播和茅盾自身创作观的完善"。王志明也评述了茅盾早期文学思想中的自然主义因素,说茅盾提倡创作"表现人生、宣传新思想"的"平民文学",倡导精密严肃、描写忠实的写实主义,提倡"诅咒反抗"和"激厉民气"的文学。范水平则认为,李健吾的文学批评也有明显的自然主义倾向,说李氏的批评"无论对作家的批评还是对作品中人物形象的批评,常取病理学、生物学、种族学的角度;在考察环境对人的影响时,坚持自然地理环境对人具有极其重要的影响"。

在中国文学创作方面主要有张冠华和王怡静的研究。张冠华在回顾了80年代后期中国"新写实小说"之后,认为这是自然主义对中国新时期文学的影响。他列举了1987年后发表的作品,如方方的《风景》、池莉的《烦恼人生》、叶兆言的《挽歌》、苏童的《米》、李晓的《天桥》、赵本夫的《涸辙》、余华的《活着》以及《钟山》杂志的"新写实小说大联展",说从中"很容易看到新写实小说与自然主义文学有诸多相似之处"。因为这类小说有三个特点:一是"强调对客观现实的如实描绘",正如池莉所说,"我的作品都是写实的,客观的写实……我不篡改客观现实";二是"消解作者的主观态度和作品的倾向性",新写实作家主张用"零度感情"进行创作,冷静客观地叙述故事,只写生活本身,而不评价生活;三是"不把塑造典型作为追求的目标",新写实小说像法国的自然主义文学一样,力求避免任何人为的布局和匠心的安排,严格按照生活的自然发展流程来叙述日常生活事件。另外,张冠华还对纪实文学与自然主义、新体验文学与自然主义进行了比较,展示了这类文学的自然主义倾向。王怡静则通过对张爱玲的《半生缘》与左拉《人兽》的分析比较,发现张爱玲"在写作中运用了很多自然主义的描写原则"。由此可见,在中国文坛上虽然没有出现一支明确标榜"自然主义文学"的流派,但"自然主义的创作方法和文学观念则渗透在中国文学的各种不同流派之中,对 20 世纪的中国文学起到了深远的影响"。

三、比较与观照

自然主义文学思潮对欧美文学也产生了巨大的影响,许多学者对此进行过研究。① 根据张合珍的研究,"自然主义在英国和法国出现较早,但持续时间较短,在美国出现较晚,但持续时间较长,反响更为明显而强烈。"自然主义在欧洲的影响,我国学者涉及的较少,目前仅见盛浩的《莫泊桑短篇小说的自然主义色彩》、刘敏的《德国自然主义戏剧的叙事方法》、吴建广的《论德意志文学中的自然主义》、徐杨的《显微镜下的西班牙百态人生——论西班牙的自然主义文学》等。他们对自然主义在这些国家中的传播和创作作了探讨,认为这些国家的作家在借鉴了左拉的自然主义文学思想后,又融合了各国的文化元素,形成了"各具特色的创作背景和发展倾向"。因此莫泊桑的小说只具有"自然主义色彩";德国自然主义则"把文学创作等同于科学实验,试图以单维度的理性和逻辑来描述变化莫测和繁复多元的人与世界";西班牙的自然主义通过细节描写向读者揭露当时社会的黑暗现实,并且具有地域特色,"向世人传递着西班牙的人间百态,表现了西班牙人中立乐观的性格"。而詹志和通过分析肖洛霍夫的"象征主义",发现他的创作在艺术表现上"混合着自然主义与象征主义","自然主义手法大都用在与人、与社会有关的叙述里,他的象征主义手法则主要表现在对自然风光、自然景物的描写中"。

美国和日本是受自然主义影响最大的两个国家。首先是美国,根据张合珍的研究,自然主义在美国文坛的崛起是"美国梦"破产的必然结果,像诺利斯、克兰、伦敦和德莱塞等作家用尖锐的、深刻的、毫不妥协的自然主义作品对社会进行批判和揭露。如加兰的《大路》和《草原上的人们》"以劳动农民为主人公,比较真实地描写了西部边疆农民的恶劣环境,为了生存所进行的残酷斗争的现实";克兰的自然主义之作《街头女郎玛吉》将女主角玛吉的悲剧

---

① 参见张合珍:《简论斯蒂芬·克兰作品中的自然主义》,《杭州师院学报》1982(3);张合珍:《美国早期的自然主义文学》,《外国文学研究》1984(4);张合珍:《美国自然主义文学在中国》,《国外文学》1994(1);潘新华:《德莱塞〈嘉莉妹妹〉的自然主义解读》,《湖州师范学院学报》2005(3);杨晓峰:《美国自然主义文学先驱:斯蒂芬·克莱恩》,《许昌学院学报》2006(4);黄波:《论美国自然主义文学的嬗变》,《学术界》2012(1);韩维:《弗兰克·诺里斯和他的自然主义小说》,《山东外语教学》1990(3);詹志和:《肖洛霍夫创作中的"象征主义"略探——兼谈与自然主义的关系》,《吉首大学学报》1992(2);叶渭渠:《试论日本自然主义文学思潮》,《日本问题》1987(5);靳明全:《张资平与日本自然主义文学》,《东北师大学报》1993(5);项晓敏:《法国与日本自然主义文学的异同》,《浙江大学学报》2002(4);赵仲明:《日本近代从自然主义到无产阶级文学运动及其若干理论争论》,《马克思主义美学研究》2008(2);周有艳:《日本自然主义文学的"真实观"》,《安徽文学》2011(1);等等。另有蒋承勇的《欧美自然主义文学的现代阐释》(复旦大学出版社,2002 年)、张冠华的《西方自然主义与中国 20 世纪文学》(中央编译出版社,2007 年)、方成的《美国自然主义文学传统的文化建构与传承》(上海外语教育出版社,2007 年)等专著。

归罪于社会环境,《红色英勇勋章》是对人所固有的恐惧特性的印象主义研究;被称为"美国自然主义之父"的诺利斯"手中总是离不开一本黄色封面的左拉小说",认为左拉的自然主义不过是浪漫主义的一种表现形式。他的长篇小说《凡陀弗与兽性》描写一个得了"退化病"的人的毁灭,探讨了人类的遗传返祖现象。在分析画家凡陀弗的堕落时,诺利斯突出了他的"动物本性",把他的道德败坏归之于生理原因。杰克·伦敦也写了不少带有自然主义元素的作品,比较典型的是他描写动物的小说《野性的呼喊》和《白牙》;而德莱塞的《嘉莉妹妹》以大量近乎纪实性的描写向我们展现了一个非道德的世界,从客观真实性、欲望本能对人的影响、环境的决定作用等角度,向我们展现了世纪之交资本主义社会的全景。方成的《美国自然主义文学传统的文化建构与价值传承》一书则分别从美国自然主义的本土渊源和欧洲始源、文本策略与审美转型、工业社会中的文化表征裂变、社会心理和大众意识等角度,对美国自然主义文学做了全面归纳。

20世纪初,自然主义文艺思潮的影响也波及日本,形成了日本的自然主义文学。根据叶渭渠的研究,法国自然主义文学和俄国现实主义文学对日本自然主义的诞生起到了催生作用。在这一过程中,日本发表了数百篇论文,从哲学、美学和文艺上阐述了自然主义的文学主张和观点。叶渭渠归纳出日本自然主义文学的几个特征:"无理想、无解决"的"平面描写论""迫近自然、追求一个真"字的"露骨描写论"、强调人的本能的"性欲决定论"等。就连"私小说"的形态,在与其他文学形式互相影响和渗透后,也逐渐形成日本现代文学的一种独特样式。田山花袋的《棉被》、岛崎藤村的《家》、德田秋声的《霉》和岩野泡鸣的《耽溺》等长编五部曲,不仅形成自然主义小说的主流,而且开启了日本私小说的先河。在浪漫主义、现实主义没有得到充分发展的情况下,自然主义文学思潮对于反对封建文学遗风,推动日本近现代文学的向前发展起过不可忽视的历史作用。这类研究还有靳明全对张资平从日本引进自然主义、推动中国自然主义的传播所起的作用进行的回顾;赵仲明对日本近代从自然主义到无产阶级文学运动中的若干理论争论进行的介绍;还有周有艳对日本自然主义文学的"真实观"进行的探讨等。

四、反思与探索

进入新世纪以来,中国对自然主义的研究呈现出了一些新趋势,主要集中在对自然主义哲学本源的思考、作品的诗学研究和其他方面的探索①。首先，自然主义文学来源于哲学上的自然主义。王一玫首先论证了自然主义产生的必然性，认为社会的变革、文学自身的发展、自然科学的启示是自然主义文学产生的基础；谢冬冰重新探讨了自然主义的概念，追溯了自然主义文学的哲学根源，在对实证主义与自然主义两种美学观念进行比较后，认为"实证主义哲学是自然主义文学的哲学根源"。常捷则回顾了自然主义的实证主义、共和主义和空想社会主义的哲学基础，认为左拉在写作中探讨环境和遗传因素对人物命运的影响，在文学创作中坚持"自由、平等、博爱"的共和主义思想，在作品中倾注空想社会主义的热情，其目的就是要承载这些哲学思想，同时也构成了左拉作品的自然主义特色。

在自然主义的诗学研究方面，高建为对自然主义诗学体系的性质作出分析界定，认为自然主义诗学属于认知和混成的诗学，"虽然自然主义诗学与现实主义诗学存在许多共同点，甚至包括在一些基本审美准则上也是相似的，但二者有不同的价值取向，因而体现在创作中就有不同的色彩和审美效果"。杜吉刚也从诗学角度考察了自然主义，认为"唯美主义与实证主义、自然主义作为两个现代诗学流派，它们都产生形成于现代性文化语境之中"，二者具有共同的逻辑起点，即一元意识与世俗化性质，然而其意义生成之源又存在着差异，价值取向上也存在差异。面对唯美主义对写实和科学性的拒绝，自然主义将成为"现代性诗学建构中"需要考虑的要素。傅军从叙事角度对自然主义创作进行考察，认为自然主义创作显示出的冷漠只是作家力求客观的一种叙事策略。"在客观的场景描写中，在'非个人化'的叙事姿态的背后，作家还以独有的生命体验、浓重的情感温度、鲜明的个性气质无所不在地影响着文本，使叙述带有极强的感受性"。王继丽则展示了自然主义对当下文学创作的启示，如"打工文学""亚乡土叙述""躯体文学""去资源化"写作、网络文学等。这些体裁通过实地观察的精神、消解作家的主观倾向、坚持真实性和独创性、"事事实地观察和经过近代科学洗礼的写作态度和方法"，使新世纪的文学体现出自然主义的色彩。

---

① 参见项晓敏的《重评自然主义及其"人学"表现》，《浙江广播电视高等专科学校学报》2000(12)；李侠的《有关自然主义的几个问题的辨析》，《自然辩证法研究》2005(2)；谢冬冰的《自然主义文学哲学根源再探》，《海南师范学院学报（社会科学版）》2005(5)；常捷的《论埃米尔·左拉的自然主义文学之哲学基础》，《时代文学（双月上半月）》2010(2)；高建为的《论自然主义诗学的性质及其与现实主义诗学的区别》，《国外文学》2003(2)；王继丽的《自然主义对当下文学创作的启示》，《郑州航空工业管理学院学报（社会科学版）》2009(4)；傅军、刘艳的《左拉自然主义文学叙事的感受性与象征化》，《山东师范大学学报（人文社会科学版）》2009(7)；杜吉刚的《现代诗学的两极唯美主义与实证主义；自然主义诗学》，《湖南社会科学》2009(11)；董朝文、刘艳的《自然主义与印象派绘画》，《山东师范大学学报（人文社会科学学报）》2008(1)。

第五节 欧洲象征派研究

象征派也称象征主义,是19世纪起源于法国的一个文学思潮,在文学尤其是诗歌领域影响巨大。象征主义的创始人是夏尔·波德莱尔,而运动主将有魏尔伦、兰波和马拉美等,雷尼埃、雅姆和瓦莱里则是世纪之交的象征主义诗人。该流派后来扩展至英国、爱尔兰、比利时、俄罗斯、奥地利、美国、日本等国,成为一个国际性的诗学潮流。法国象征主义和其他西方文学思潮一样,于五四新文化运动时期逐步进入中国。陈独秀1919年在《新青年》上发表了《现代欧洲文艺史谭》一文,把象征主义作家称颂为"皆其国民之代表作家,以剧称名于世也";陈群的《欧洲十九世纪文学思潮一瞥》把"象征主义文学"作为19世纪末一大文学流派,说"象征主义文学全把宇宙及人生的实状做个标象,表示思想感情时间,专用解剖心理的方法,来做他描写的资料"。沈雁冰在《小说月报》发表上的《我们现在可以提倡表象主义的文学么?》被公认为最早系统介绍象征主义思潮的论文。后有谢六逸、陶履恭、周作人、刘延陵、郑振铎等人也分别对象征主义诗歌作了不同程度的介绍。

然而,象征主义在中国的遭遇也与自然主义基本相同,在20年代中国诗人和法国象征诗歌的"爱情的故事"之后,很长一段时间不受主流文学艺术的重视,尤其是新中国成立后的前30年,象征主义被看作一种颓废文学。20世纪80年代中国"朦胧诗"和"新潮诗"的崛起,重新开启了译介法国象征主义诗歌的高潮。1981年人民文学出版社再版了王了一译的《恶之花》,1986年又出版了钱春绮译的《恶之花》;1981年外国文学出版社出版了范希衡译的《法国近代名家诗选》,1983年湖南人民出版社出版了罗洛译的《法国现代诗选》。然而,1981年柳鸣九、郑克鲁和张英伦主编的《法国文学史》仅到19世纪为止,对法国象征派尚无"史"的论述。而从80年代开始,介绍和评价象征主义的论文和著作陆续出现,分别对象征主义在中国的传播、象征主义诗歌的内涵特征、象征主义对中国诗人的影响及象征主义在欧美国家的接受等情况进行了研究,掀起了研究象征主义的新高潮。

一、象征主义在中国的传播

象征主义传入中国,最早是在五四时期。[①] 根据钱光培的考察,现代中国

---

① 参见江柳的《泛论象征派诗歌》,《黄石师院学报(哲学社会科学版)》1981(3);崔宗玮译《克洛代尔谈象征派两大师》,《文艺理论研究》1981(3);袁可嘉的《象征主义诗歌》;葛雷的《论法国象征派三诗人》,《国外文学》1988(4);陆文绪的《法国象征派诗步入中国的历史足迹》,《法国研究》1988(4);钱光培的《法国象征派诗歌在中国》,《国外文学》1991(7);尹康庄的《象征主义与20世纪文学》,《延边大学学报(哲学社会科学版)》1996(11);车成安的《论象征主义在西方文学史上的地位》,《吉林大学社会科学学报》1997(3);刘淮南的《中西象征主义之比较》,《中国文学研究》1999(10);何林军的《西文象征主义:象征的诗学勃兴》,《中国文学研究》2005(9)等。

诗人对法国象征派诗歌的接受曾经有过一个"热恋期",而在这"热恋期"过去之后,又处在了平静的状态中。1920年的《少年中国》先后发表了吴弱南、周无、李璜、黄仲苏等人的介绍文章,尤其是田汉的长篇论文《恶魔诗人波陀雷尔的百年祭》,第一次呼唤中国的艺术家们去借取波德莱尔的"恶魔之剑";创造社中的其他成员王独清、穆木天、冯乃超等都先后尝试象征派诗作,从四面八方借取这种"伟力"。陆文缙总结了象征诗歌进入中国的情况,认为"初期关于法国象征诗的介绍文字,主要是描述性介绍,笼统地肯定较多,具体剖析少,仅有少数文章作了些有根据的分析"。在对法国象征派作家的介绍文章中,提及最多的是波德莱尔,其次是魏尔伦、马拉美、雅姆、雷尼埃。最初译介法国象征诗歌呈现出零星和非系统的特点,翻译最多的是波德莱尔,其次是魏尔伦和果尔蒙,他们后来都分别受到中国象征诗人的青睐。初期的翻译工作曾对后来的创作产生了很大影响,而且这些译诗大多附有短文。如周作人《杂译诗二十三首》之后,说果尔蒙的"《西蒙尼》一卷尤为美妙"。周无译的魏尔伦诗歌后面附有作者的简短介绍,徐志摩译的《死尸》前面也有较长的序文,称赞"他的臭味是奇毒的,但也是寄香的,你便让他醉死了也忘不了他那异味"。这样,早期的翻译工作也带有某种评介性。袁可嘉在《象征主义诗歌》中对该流派作了综述,认为"象征主义在题材上侧重写个人幻景和内心感受",在艺术方法上"否定空泛的修辞和生硬的说教,强调用有质感的形象,通过暗示、烘托对比和联想的方法来表现"。他们重视音乐性,目的不仅在声韵上的美妙动听,而且在它能引起丰富的暗示和联想。袁可嘉还分别对波德莱尔、魏尔伦、兰波、马拉美等"前期象征主义"诗人的特色和作品进行了介绍,继而又对"后象征主义"诗人法国的瓦莱里、德国的里尔克、奥地利的叶芝和美国的艾略特做了详细介绍和评论。另有江柳、葛雷、崔宗玮、车成安、刘淮南、何林军等人对象征主义流派、诗人和诗歌在中国的传播情况作了评述。

二、象征主义诗学思想研究

象征主义进入中国后,许多学者对它的内涵和特征进行了探讨。[①] 张英伦

---

① 参见张英伦的《法国象征主义诗歌概观》,《诗探索》1981(4);莫自佳、余虹的《欧美象征主义的美学主张与诗艺》,《华中师范大学学报(哲学社会科学版)》1986(3);陈宇的《象征主义诗歌的喻体特点及其借鉴意义》,《福建师范大学学报(哲学社会科学版)》1989(10);郑克鲁的《象征派诗歌的发展过程和理论主张》,《抚州师专学报》1996(5);荣光启的《诗歌空间的自律——围绕法国象征派诗的一次叙说》,《广西师范大学学报(哲学社会科学版)》1996(12);项晓敏的《象征主义析论》,《杭州师范学院学报》1997(4);邵维加的《试论象征主义诗歌的神秘美》,《鄂州大学学报》2001(2);刘波的《〈应和〉与"应和论"——论波德莱尔美学思想的基础》,《外国文学评论》2004(8);尹丽、刘波的《探索"象征主义"的现代资源》,《四川外语学院学报》2006(7);户思社的《法国象征主义诗歌的思与辩》,《外语教学》2007(5);马永波的《法国象征主义的诗学思想》,《南京理工大学学报(社会科学版)》2008(8);柳东林的《法国早期象征派诗歌的生命意识》,《外国问题研究》2009(6)等。

在介绍了波德莱尔、兰波、魏尔伦、马拉美、瓦莱里等诗人及其代表诗作之后,概括了象征主义诗歌的基本艺术原则:一是其朦胧性,即他们的描写总是采取间接含蓄的方式,务求造成若明若暗的朦胧境界,让读者自己去探索和寻味,把实指的事物变成"面纱后面的美丽的双眼",透过隔在中间的这层面纱去感觉和领味它;二是其交感性,即客观世界在诗人的主观世界中的复杂感应。兰波认为大自然是象征之林,其中色、香、味可以互相交流和转换,要调动宇宙万物来体现他们的直觉、幻觉、思想、感情和微妙情绪;三是其音乐性,认为"万般事物中,音乐位居第一",奇数音节、自由诗体、音韵与内容的协调、"词汇乐器化"、作曲法结构等是构成音乐性的主要元素。他认为"法国象征主义诗歌的非社会政治倾向的个人自由主义思想内容,作为历史的陈迹,今天对我们已毫无意义。但象征主义诗歌在艺术上的一些成功经验,却不失其借鉴价值"。奠自佳对象征主义诗歌的美学主张和诗艺作了深入研究,认为大致可概括为象征、恶美和神秘美三个方面:首先是"象征",它是象征主义诗艺和"美学思想的基石",在现象世界和主观世间之间,"既然现象世界在终极本质上是自我……那么通过对可见可感的现象世界的表现也就可以象征性表现真正的本体——自我;其次是"恶美",象征主义诗人认为真善美不存在于现象世界,而是本体世界的本质,现象世界是假的、恶的、丑的,"自然不过是罪恶的教师"。然而正如波德莱尔所说,"透过粉饰,我会掘出地狱",于是"诗的基本形象体系也变了,平庸的、可厌的、丑陋的、病态的形象取代了优美纯净的形象,连蛆虫、苍蝇、粪土、尸体这样一些在传统诗歌中不敢想象的形象也大量涌进诗歌",成了"恶之花"。最后是"神秘美",认为"本体世界只是一个神秘的存在,人与它的关系是神秘而无法言说的",所以马拉美说诗歌就是"暗示,即梦幻。这是这种神秘性的必要的应用。象征就是由这种神秘性构成的"。神秘应是诗歌最重要的特征,神秘美应为象征主义诗歌的审美理想。而波德莱尔把现代感性理解为"离奇的、神秘的"东西。而遵照非理性的创作方式与陌生化的审美特征,通过奇喻、怪拟、非逻辑诗歌结构和诗歌语言与日常语言的分离,将创造出这种神秘美。

郑克鲁则对象征派诗歌的发展过程和理论主张作了综合归纳。他将象征派分为三个阶段和三个短暂团体:雨果和内瓦尔为第一代,被称作象征派先驱;第二代始于洛特雷阿蒙,然后有魏尔伦、兰波、拉福格、马拿斯派(也称高蹈派)等形成颓废派,有魏尔伦、兰波、柯比埃尔、雷尼埃等形成的自由诗派,还有莫雷亚斯、富尔和雅姆等形成的工具派。第三代则为后期象征派瓦莱里等。郑克鲁还对象征派的理论主张作了归纳:一是莫雷亚斯在《象征主义宣言》中强调的"观念",勒内·吉尔在《语言论》中也指出"唯有观念是重要的,它分布在生活中"。认为象征派对观念的强调和重视,其实是力图挖掘人的内心,"力图在材料之间寻找不同的感觉……寻找神秘的通感,这种通感给他们提供开启宇宙的钥匙"。二是要追求所谓的"纯诗",如魏尔伦在《诗艺》中将音乐性放在首位,莫雷亚斯追求"像黄金和青铜的盾牌一样经过千锤百炼"的韵律,马拉美则提出要"在滞重紧密的诗句中间创造出某种流动感、灵活性",兰波则提出了"语言炼金术"。三是探索与内心世界相关的梦与潜意识,如马拉美就把暗示与梦幻等同起来,并且这种关于梦和潜意识的主张直接为超现实主义提供了理论和实践的范本。因此郑克鲁认为,象征派诗歌"解放了诗歌语言,革新了诗歌作为认知工具的创作道路,将意象和象征作为表现方法,深入挖掘了自我的内心以及人与世界之间的内在联系。象征派丰富了诗歌乃至文学创作的方法,在诗歌形式上也有新的探索。它为现代派的登场提供了理论和作品"。另有陈宇对象征主义诗歌的"喻体特点"进行了考察,荣光启对象征主义的"诗歌空间的自律"作了剖析,项晓敏对象征主义审美观念、内容的丰富性及美学价值作了描述,邵维加专门探讨了象征主义诗歌的"神秘美",刘波对波德莱尔的"应和论"作了深入考察,户思社回顾了象征主义诗歌美学观的产生与嬗变,马永波从契合、暗示、纯诗等角度探讨了法国象征主义的诗学思想,这些研究都具有比较独特的见解。

三、对中国诗歌的影响

象征派诗歌对中国文学界产生过巨大的影响。[①] 中国知名作家和诗人对象征主义的推崇和钟爱成了一番独特的风景。陈秋红在《象征主义文学在中国》中说:"象征主义对中国文学产生过巨大而又深刻的影响,并由此形成了中国的象征主义文学。象征主义对中国文学的影响渗透在小说、诗歌、戏剧、散文等各个方面,并在此基础上形成了中国的象征主义诗学。"在陈独秀、茅盾、谢六逸、周作人等人引进象征主义概念之后,西方象征主义的重要作家被纷纷译介到中国来,并且得到卞之琳、曹葆华、戴望舒、袁可嘉等人的大力推介,以自己的作品作为传播载体和试验园地。在小说方面,茅盾的《子夜》、钱锺书的《围城》、老舍的《猫城记》、萧乾的《蚕》和《道旁》、废名的《桥》、沈从文的《边城》等"都隐约地感到了小说的象征";在诗歌方面,李金发和戴望舒的诗"开了中国新诗象征主义的先河"。他们迷恋波德莱尔、马拉美、魏尔伦等象征主义大师的诗句。

[①] 参见张直心的《试论戴望舒对法国象征派诗歌的"接受"》,《大理师专学报(社会科学版)》1987(4);陶长坤的《象征主义与"五四"新文学》,《内蒙古师大学报(哲学社会科学版)》1990(12);胡绍华《戴望舒的诗歌与法国象征派》,《外国文学研究》1993(10);冯俊锋的《象征主义对中国新诗的影响及嬗变》,《西南师范大学学报(哲学社会科学版)》2000(4);李玫的《论法国象征派文学对戴望舒中后期创作的影响》,《西安外国语学院学报》2000(9);廖四平的《穆木天王独清早期诗论与法国象征主义诗派》,《齐鲁学刊》2001(3);吴忠诚的《波德莱尔与中国"象征派"之比较》,《武汉科技大学学报(社会科学版)》2001(6);邓程的《新诗象征派的理性主义本质》,《重庆社会科学》2003(10);孙绍振的《红杏枝头之"闹"和法国象征派》,《语文建设》2011(4);刘一静的《魏尔伦〈秋歌〉与戴望舒〈雨巷〉之比较》,《西安外国语大学学报》2007(12);艾立中、鲍开恺的《象征主义与20—30年代戏曲本质观的论争》,《聊城大学学报(社会科学版)》2007(8);陈秋红的《象征主义文学在中国》,《东方论坛》2007(10)等。

周作人、朱自清等赞赏象征主义诗歌的新颖和独特,即"诗中的那种颓废的情绪、对梦幻的追求,以及句法上的省略和跳跃、章法上的不连贯、结构上的变化多端"。卞之琳曾受到后期象征主义诗人瓦莱里等人的影响,明确表示"我就在1930年读起了波德莱尔、高蹈派诗人、魏尔伦、玛拉美以及象征派诗人"。另有冯至、艾青、徐志摩、九叶诗人袁可嘉和穆旦等都对他们笔下的"象征意象感到迷惑和震惊"。另外,中国现代戏剧的产生和发展与西方象征主义戏剧艺术是分不开的,如郭沫若、田汉、陶晶孙、陈楚淮、向培良、高长虹等都进行了探索,如"曹禺的戏剧创作标志着现代话剧对象征艺术运用的真正成熟"。并且,中国现代散文诗也不乏象征主义色彩,如周作人的《小河》被认为是中国最早的象征主义散文诗,与波德莱尔的散文诗有着很多相似之处。穆木天的《复活日》、许地山的《空山灵语》、高长虹的《心的探险》、林语堂的《萨天师语录》、何其芳的《画梦录》、唐弢的《落帆记》、沈从文的《烛虚》、冯至的《山水》、鲁迅的《野草》等都"具有浓郁的象征主义气息"。

张直心、胡绍华和李玫就象征主义对中国现代派诗人戴望舒的影响做了专门研究。如戴望舒初期诗作中对法国象征派诗歌和后期象征派诗歌的模仿:《忧郁》似乎是对魏尔伦同名诗作的模仿,《我的记忆》在意象、观念和风格上与雅姆的《膳厅》非常相似。而且在戴望舒的诗作中也贯穿着一种"忧郁",不过这种忧郁似乎是法国象征派诗歌在戴望舒诗作中的共鸣,而不能说是法国象征派的"舶来品"。胡绍华在对象征派诗歌作了简要介绍后,便从"寻找自我""感情的外化""朦胧感意象"等手法考察了象征派诗歌对中国新诗带来的新鲜感。李玫则认为,"戴望舒一生的创作与法国象征派文学对他的影响是分不开的,但他并非全盘接收,而是努力把中外诗歌的优秀传统、特别是把中国新诗的创作形式和法国象征派诗歌的艺术手法有机地结合起来,以求创新"。此外,廖四平对穆木天、王独清的"纯粹性""统一性""持续性""诗的思维术""诗的文章构成法"等"纯粹诗歌"理论进行了探讨,吴忠诚则将波德莱尔与中国"象征派"进行了比较,邓程讨论了"新诗象征派的理性主义本质",刘一静将魏尔伦的《秋歌》与戴望舒的《雨巷》进行了比较,艾立中则讨论了象征主义与20、30年代戏曲本质观的论争。这些研究对中国文学界全面了解和把握象征主义的特征起到了积极的作用。

四、对欧美诗歌的影响

象征主义对欧美的诗歌创作和诗学理论也产生了巨大的影响,引起我国许多学者的大力关注。① 首先有詹志和、周启超、武继平、车成安等人对象征主义在俄国传播与接受的情况进行了研究。詹志和认为，俄国象征派诗歌是"西欧的象征派文艺思潮的一个重要分支，是在后者的直接影响下产生的"。"把象征派诗歌首先引进俄国的，当推著名俄国诗人勃留索夫"，而普列汉诺夫则指明了俄国象征派产生的社会思想根源。苏联著名文艺学家赫拉普钦科院士认为，勃洛克在相当长的时期内也被当作象征主义者，"如今在我国已经同普希金、莱蒙托夫、涅克拉索夫、马雅可夫斯基、叶赛宁并列为民族诗人"。《苏联文学》还在1988年第1期中着重介绍了巴尔蒙特、吉皮乌斯、索罗古勃等俄国象征主义诗人。车成安则从艺术观和象征论总结了俄国象征派的批评思想，对索洛维约夫的"青年象征派"和勃留索夫的"元老派"关于象征主义的理论进行了介绍，归纳了俄国象征派批评思想的特定内涵。武继平则对日本象征派神秘主义诗歌作了评介，主要为日夏耿之介的《转变颂》，其中诗作《黑色》和《雪上的圣母像》被看成"与神对话的诗"。日夏耿之介还将自己独创的诗歌表现形式命名为"哥特式浪漫"，其最大的特色即寓意性和神秘性，集中体现于哥特式建筑特有的立体形态美之中。扑朔迷离的幻觉、交叉共鸣的五官通感效应、古雅的汉字复杂句式和修饰关系，"共同构成了哥特式艺术一般立体的、给人以向上升华的、天国神秘的幻觉的艺术氛围"。

在欧美象征主义译介和评论方面，首推奠自佳、余虹编著的《欧美象征主义诗歌赏析》。该书分前言、诗人评介和诗作赏析三个部分。陶勇认为，该书由面到点对欧美象征主义诗歌进行了宏观和微观的研究：前言探讨了象征主义诗歌的发展历程、思想内容、美学主张和艺术特色；在诗人评介方面，侧重于揭示他们在象征主义诗歌发展中的独特地位和贡献，从中"可以看到一部简要的象征主义诗歌发展史"；《赏析》部分既有理论研究价值，又可作初学者的阅读指南，在"在诗作与读者之间架起一座桥梁"。杨金才则回顾了象征主义对英美诗人艾略特的影响，其诗集《荒原》一方面反映出波德莱尔对他的影响，另一方面，

---

① 参见詹志和的《海明威与象征、象征主义》，《吉首大学学报（社会科学版）》1987(4);《关于俄国象征派诗歌》，《苏联文学》1988(3);周启超的《俄国象征派文学的历史风貌》，《苏联文学联刊》1992(3);武继平的《与神对话的诗——日本象征派神秘主义诗评》，《四川外语学院学报》1989(4);周启超《俄国象征派的"象征观"》，《外国文学评论》1992(4);杨金才的《谈法国象征主义诗歌对艾略特的影响》，《外国文学评论》1993(12);车成安的《论俄国象征派的批评思想》，《吉林大学社会科学学报》1994(9);杨秀杰的《隐喻与象征主义诗歌》，《解放军外国语学院学报》2002(11);夏尚立的《象征主义的审美极限》，《贵州社会科学》2005(11);赵玉珊的《爱伦·坡诗歌中的象征主义特征》，《泰安教育学院学报岱宗学刊》2008(3);郑体武的《西风东渐——论法国象征主义和德国浪漫主义对俄国象征主义的影响》，《中国比较文学》2008(10);李宜兰的《爱默生与象征主义》，《首都师范大学学报（社会科学学报）》2008(8);张玉能、张弓的《德国象征主义文学思想的总体特征》，《外国文学研究》2010(2);《格奥尔格的象征主义诗论》，《湖南城市学院学报》2010(5)等。另有奠自佳、余虹编著的《欧美象征主义诗歌赏析》，长江文艺出版社，1988年。

"艾略特的诗学理论大大拓展了法国象征派所倡导的'象征'内涵,其影响至为深远"。赵玉珊从音乐化的语言、伤感的主题、朦胧美和神秘色彩等方面探讨了爱伦·坡诗歌中的象征主义特征;李宜兰则讨论了"爱默生的象征主义文论"和特征;詹志和探讨了"海明威的象征主义",认为从他对象征的暧昧态度、象征类型和象征方式等方面来看,海明威的象征特质表现为写实性与寓意性的统一、多义性与明确性的统一。另有杨秀杰分析了别雷诗集《蓝天里的金子》中的"隐喻"特征,夏长立通过分析康拉德的代表作《黑暗之心》里的主角柯兹形象,探讨了"象征主义的审美极限",而张玉能则从哲学思辨、神秘主义、唯美主义等角度综合了"德国象征主义文学思想的总体特征",而且特别介绍了格奥尔格的"象征主义诗论"。

第六节　美国浪漫主义研究

美国的浪漫主义文学研究历来是国内外美国文学研究的一个主要重点。不过,就文学史的分期而言,虽然文学研究者一般都认为这个时期结束于美国内战的终结(1865 年),但就美国浪漫主义的开端如何界定,则有所不同。比如,《诺顿美国文学选集》(Norton Anthology of American Literature)将这个时期的范围定为 1820 年到 1865 年,因此将华盛顿·欧文(Washington Irving)与詹姆斯·费尼莫尔·库珀(James Fenimore Cooper)也划入这个时期。美国文学研究大家 F. O. 马泰森(F. O. Matthiessen)则将这个时期称为"美国的文艺复兴"(他的同名巨著可以说奠定了美国浪漫主义文学研究的学科基础),根据他的观点,这个时期应该以爱默生发表其第一部代表作《自然》(1836 年)为开端,直到内战的结束;而马泰森书中所讨论的五位作家爱默生、梭罗、梅尔维尔、霍桑与惠特曼也被称为这个时期最有代表性的五大文学人物。另一位著名的文学批评家范·维克·布鲁克斯(Van Wyck Brooks)在他的《新英格兰的繁盛》(The Flowering of New England)中,则将这个时期略微提前到 1820 年。因此在他的研究中,这个时期还包括像弗朗西斯·帕克曼(Francis Parkman)和历史学家及文学评论家乔治·班克罗夫特(George Bancroft)等人。其后英美学者的主要研究基本依循了这样的两个分期方法,但是在作家研究方面有了很大的拓展,除了马泰森提出的"五大家"之外,艾米莉·迪金森这位诗歌奇才,在湮没多年之后,成为另一位比肩于惠特曼的 19 世纪美国诗歌巨匠。此外,像斯妥夫人(Harriet Beecher Stowe)、玛格丽特·富勒(Margaret Fuller)、布朗森·埃尔克特(Bronson Alcott)和弗雷德里克·道格拉斯(Frederick Douglass)等也成为研究者注意的人物。本篇综述基本按照马泰森的分期方法以及他对于主要作家的界定,同时也会兼顾其他同时代的重要作家。

美国的浪漫主义文学最为重要的特点是它的多面性和复杂性。根据当前海外美国文学研究者的一般共识,美国的浪漫主义远非简单的文学运动,它首先起始于美国哲学思想的变化,即所谓"超验主义运动"(Transcendentalism)的兴起。除哲学思想的变迁之外,美国浪漫主义还涉及新英格兰地区宗教思想的转变,比如当时的超验主义者对清教传统和基督教统一神派思想(Unitarianism)的反动。同时,它还与非常重要和非常复杂的一系列社会和文化改革运动,比如废奴运动、对欧洲空想社会主义的吸收和实践以及各类教育和宗教信仰改革等密切相关。在萨克文·博科维奇(Sacvan Bercovitch)主编的《剑桥美国文学史》(1995年)中,美国加州大学洛杉矶分校英文系教授芭芭拉·派克(Barbara Packer)有一篇长达百页的论文详述了这个时期的美国文学。值得注意的是,派克用了"超验主义者群体"这个题目来代替比如"浪漫主义"这样的文学性的标签。虽然讨论的作家群体与其他的研究差别不大,但是派克的视角有一定的不同。派克的题目实际上暗示我们,美国的浪漫主义文学应该被看成美国当时整个思想运动与社会改革运动的一个组成部分,而不能简单地当成一个文学传统来研究。关于这个时期,美国当代的批评家即使在自己的研究中会侧重某个具体的方面,比如美国浪漫主义的文学特点(如 Laurence Buell 所著的 *Literary Transcendentalism*),或超验主义运动的哲学基础(如 Leon Chai 所著的 *The Philosophical Foundations of American Renaissance*),或浪漫主义运动的社会与历史背景等等,但他们都是在试图从不同的具体角度切入这个文学和思想传统内在多元复杂的因素。因此,就美国当代学者对于美国浪漫主义文学的研究而言,一方面,我们能够看到更加细致和具体的对作家、作品、文学观念和文学现象的研究,而另一方面,我们也能够看到这些具体的研究作品后面的"整体性"关怀,即不同的研究者都意识到,对于这个时期美国文学和思想的任何讨论,都需要我们注意其不同层面之间的相互联系,注意其背后的历史、思想史、哲学方法与社会伦理关怀等方面的多重内涵。这一点是研究美国浪漫主义的国内学者,在学理层面,须多加注意的地方,也是我国学者有所不足之处。

国内对于美国浪漫主义的研究历史可以上溯到民国时期,例如在 20 世纪 40 年代,费正清就已经与国内有关学者讨论出版经典美国文学作品集的事宜,其中就包括了徐迟先生翻译的《瓦尔登湖》。但在 1949 年后,国内政治局势发生了根本性的变化,而国际上在二战之后,也迅速进入了冷战时期。作为社会主义阵营的重要成员,中国不可避免地成为美苏冷战格局中的一员。随着朝鲜战争的爆发和随后历次政治运动直到"文化大革命"浩劫,国内长期存在着反美反帝的意识形态;与此相关,在 1950 年代中国政府对国内大学学科也进行了大规模的撤并调整,这一切都对国内外国文学研究的学科布局和教学研究,包括美国文学的教学研究,造成很大的影响。这个时期,虽然对英美文学与思想传统的介绍仍有所进行,也有一些重要的研究和翻译作品面世,但就总体而言,美国文学研究始终难以摆脱政治和意识形态方面的控制和制约,因此其发展的空间并不宽广。国内学者对于作家、作品和文学传统的选择,在很大程度上也为政治和意识形态因素所决定;作家作品的选择按照政治要求多是为美国共产党和苏联所推崇的,批评美国"颓废腐朽的资本主义制度"的所谓有"战斗性"的文学作品。在这样的背景下,美国的浪漫主义文学因起源于德国唯心主义哲学和美国本土的宗教与思想传统,本身对于中国的研究者就比较陌生;加上美国的浪漫主义文学所宣扬的个人主义的精神价值,更与国内主流的政治与文学意识形态明显对立,因此几乎得不到任何学术层面的重视和介绍。此中唯一的一个例外是美国浪漫主义诗人沃尔特·惠特曼。在这个时期,惠特曼的诗歌在国内得到了比较细致的介绍,而《草叶集》也有楚图南先生的译本流行,但与惠特曼同样重要的其他浪漫主义时期的美国作家却几乎难见有翻译和研究面世。这个现象的产生明显有政治方面的缘由,惠特曼是被苏联文学研究者推崇的美国作家之一,甚至连斯大林也曾对他有一些赞扬之辞。国内的美国文学研究者,也因此有一定的"政治合法性"来研究惠特曼的诗歌。比如,在《草叶集》出版一百周年之际(1955年),黄嘉德写了一篇长文介绍惠特曼的诗歌成就。[①] 其他的研究者,比如荒芜、徐迟和周扬都有过赞扬惠特曼的文字。任教于四川大学的著名外国文学研究家石璞在1956年发表了一篇学术分量颇重的论文《民主诗人瓦尔特·惠特曼》。[②] 与黄文一样,石璞的论文也是那个时代难得的细致和学术性较强的文章。如果我们认真地对比黄氏与石氏的这两篇论文,我们也许会找到一个很有价值的例子来勾勒出当时研究介绍美国浪漫主义文学的国内学者复杂微妙的心态和方法。

首先,黄氏与石氏在50年代的气氛中能够发表有关惠特曼的论文,其"合法性"根本上都来自于当时统治性的意识形态。这一点国内的研究者都心知肚明,所以在论述惠特曼的作品和思想时,黄石两位的文章都有意识地将惠特曼纳入社会主义、人民民主、对资本主义制度的批判以及革命的国际主义等主流意识形态所强调的话语系统之内。姑且不论这是否代表了国内研究者自己真实的立场,实际上唯有如此,国内的研究者才有可能将惠特曼的诗歌与思想呈现给国内的读者。当然,这样做难免在相当程度上曲解惠特曼的作品和思想。这是因为惠特曼始终是美国民主最为热诚的赞美者和支持者,所以将惠特曼表

[①] 见《文史哲》1955(10)。
[②] 见《四川大学学报》(社会科学版)1956(1)。

现为一个具有社会主义思想的诗人是不准确的；另一方面，国内的研究者着意于论证惠特曼的"大众性""人民性"和"民族性"等特征（这些提法明显是为了符合毛泽东《在延安文艺座谈会上的讲话》一文中对于文学创作基本原则的政治性规定），这使得惠特曼诗歌中强烈表现出来的个人主义精神价值几乎难觅踪迹。比如，当石文触及惠特曼的"个人主义"和"自我主义"思想时，便立刻说明此自我主义的目的是要通过"自我"来发出"大众的声音"。当然，与此同时，国内的研究者也没有论述惠特曼的诗歌如何受到美国个人主义哲学之父爱默生以及德国唯心主义哲学的影响。不过，如果我们明了当时的情形，就不应该去苛责那时的研究者在论述层面的诸多回避和沉默，而更应该体认到正是这样的"政治性"话语才给予了研究者可能的空间来研究惠特曼的诗歌艺术。在这个方面，黄文和石文都尽可能地进行了学术性很强的作品细读及讨论，可以说是当时国内美国文学研究论文中的佳作。

  国内在50年代对于惠特曼的介绍和研究可以说是当时美国浪漫主义文学在中国命运的一个缩影。政治性因素在很大程度上限制了美国文学在国内的介绍，美国的浪漫主义文学也是如此。此外，在政治上具有一定"合法性"的美国作家在当时也能够得到比较多的介绍，比如惠特曼的诗歌。国内的研究者在自己的论述中，必须有意识地使自己的研究对象符合当时主导意识形态的要求；这样的"自我审查"当然会阻碍我们从学理层面如实地表现美国作家的思想和文学创作。最后，能够在当时的政治气氛中得到认可的美国作家不可能太多，也不太可能是居于主流传统的经典美国作家，所以对美国文学的介绍从学术和学理层面上讲，有诸多不合理之处，而对于惠特曼一人的介绍和研究也无法帮助国内的学界从整体上了解美国浪漫主义文学和思想传统。但是，无论如何，对于惠特曼的介绍和研究毕竟能够在如此困难的情况下，让国内的读者了解到美国浪漫主义诗歌的经典作品，能够意识到惠特曼诗歌语言中那些丰富、复杂和多元多彩的内涵（不管研究者怎样界定这些文字的意义），《草叶集》译本的发行也使得这一美国浪漫主义文学的经典能够长久地在国内读者中流行。《草叶集》诗歌中对于个性的表现，对于个体价值的尊重，对于民主制度和民主精神的想象和弘扬，对于情感和肉体不加掩饰、充满张力和隐喻性的描写——这些宝贵的思想财富若没有50年代的研究者和翻译者的努力是没有办法生存于大陆的读者中的，而如樊星在《新时期中国文学对美国文学的接受》一文中所云，惠特曼的诗歌和许多其他美国文学作品都成为"文化大革命"后期，许多知识青年的"地下阅读"中的热门选择。[①] 这部美国浪漫主义文学经典在这个意义上，帮助了中国人反思"文化大革命"灾难中的专制和愚昧，帮助了中国读者

[①]《沈阳大学学报》（社会科学版）2007（2）。

重新思考个性的尊严、自由的价值和民主的精神,成为推动中国人走出那个黑暗时代的一种精神力量。这一点,假如惠特曼能够知晓,他应该也不会感到惊讶。

1979年之后,中国进入了改革开放的新时期。随着"文化大革命"的结束,大学教学科研秩序开始恢复,极左的意识形态对于人文学科的影响也开始有所减弱,外国文学学科也在新时期得到了新的发展机遇和更加宽广的发展空间。随着意识形态因素不再对外文学科有很大的约束,美国文学研究也呈现出繁荣和活泼的局面。就美国浪漫主义文学而言,这个时期的研究和教学都有很大的拓展。一方面是这个时期的经典作家和经典作品都得到国内学者的研究和介绍(除了惠特曼之外,尤其得到重视的还有爱默生、梭罗、霍桑、梅尔维尔、艾米莉·迪金森、埃德加·爱伦·坡等浪漫主义文学大家),在国内重要的外国文学研究刊物上发表的文章不下数十篇,而研究的角度也逐渐多样化。其中,值得一提的是国内的研究者开始关注美国浪漫主义文学背后的思想背景和哲学方法,如张世耘的两篇论文细致解读了爱默生的重要散文作品,能够立足美国爱默生研究的批评传统,深入分析了爱默生的个人主义思想在美国思想传统中的意义,也揭示了个人主义哲学思辨方法内在的矛盾和紧张。[①] 同时,对于梭罗的研究也有不下二三十篇的论文面世,研究者的视角大多集中在"自然"的观念、环境批评以及梭罗和儒家及东方文化之间的关系。跨文化比较的视角也同样多见于对爱默生作品的研究,这部分也是因为爱默生与梭罗在作品中喜欢引用中国和印度文化的思想观念。钱满素的著作《爱默生和中国》是这个研究视角的代表作品,试图既揭示东方文化对于美国浪漫主义的影响,也点明爱默生对于中国的曲解、误解和偏见。[②] 但是,爱默生与梭罗之外的美国浪漫主义思想家的介绍和研究仍不多见。

霍桑、梅尔维尔和坡是美国浪漫主义小说传统的代表作家,也是国内对这个时期美国小说研究中着墨最多的对象。霍桑和坡尤其得到不同研究者的关注。对于霍桑的研究角度比较多地集中在《红字》这部小说,话题也相对集中在爱情、个人对于压迫的抵抗等方面。在最近十年中,国内的霍桑研究开始涉及更多的霍桑作品,同时作品中其他层面的含义,比如历史、宗教和政治伦理问题,也得到了比较有深度的探讨。这个十年霍桑研究的水平和之前相比,有了明显的提高。甘文平和金衡山的论文都涉及小说《红字》结尾主人公"奇异"的回归,以及其蕴涵的政治与伦理意义;这个问题也是美国霍桑研究中的一个焦

[①] 张世耘:《"私人"的困局——爱默生的个人与社会》,《国外文学》2005(3);《爱默生的原子个人主义与公共之善》,《外国文学》2006(1)。
[②] 钱满素:《爱默生与中国》,三联书店,1996年。

点问题。① 戚涛的论文则通过对霍桑另一部代表作《福谷传奇》(The Blithedale Romance)的解读,分析了霍桑对于爱默生的个人主义思想中"自我中心"与"自恋"的批评,而这个研究角度开始关注美国浪漫主义作家之间的联系和异同。② 程巍的论文《清教徒的想象力与1692年塞勒姆巫术恐慌——霍桑的〈小布朗先生〉》则从新历史主义的角度出发,将《小布朗先生》的创作与早期清教社会的一个重大的"危机事件"联系起来并以此来探究霍桑的历史和伦理意识。③ 程文重视霍桑对新英格兰历史的关注和再现,并将文学文本与思想及历史文本相互结合,呈现出霍桑作品的深度以及他与美国思想传统之间的密切关系。

埃德加·爱伦·坡一直是中国研究者比较关注的作家,部分的原因是因为坡对于现代主义文学的影响,而现代主义文学是1979年以来,外国文学和美国文学中的一个热点。另一个原因是坡精妙奇绝的构思和写作方法对于国内文学研究者和创作者都有很多值得了解和借鉴之处。这个时期研究坡的论文著述很多,也有不少佳作,比如盛宁的论文《人·文本·结构:不同层面的爱伦·坡》细致清晰地梳理了美国本土爱伦·坡研究的批评传统和研究路径。④ 这篇论文在文学理论阐释和历史语境分析方面都达到了相当高的水准。梅尔维尔是另一位伟大的美国浪漫主义小说家,而其代表作《白鲸》不仅是美国小说中的一部经典,也是世界文学史上的一部杰出作品。国内大多数梅尔维尔研究的论文也多是关注《白鲸》这部小说。在梅尔维尔研究中,南京大学杨金才的一系列研究成果具有研究内容和研究路径上的代表性;他的研究涉及梅尔维尔主要的文学作品,而不只局限于《白鲸》一部小说,因而也具有比较开阔的研究视域。杨金才研究的基本路径是将梅尔维尔的作品置于美国和西方的帝国主义、殖民主义和种族主义话语的背景之下进行解读。与杨的研究思路不同,北京大学韩敏中的论文《黑奴暴动与"黑修士"——在后殖民语境中读梅尔维尔的〈贝尼托·赛来诺〉》则是通过对作品的细读以及对这部小说几个不同版本和"底本"的比较,说明了梅尔维尔即使在看上去明显带有种族和政治问题的作品中,也同时在思考涉及人性本质的形而上学问题。⑤ 韩敏中的研究具有很大的价值,因为它提醒我们要注意梅尔维尔作品中丰富和深刻的哲理性思辨(这是梅尔维尔属于美国浪漫主义传统的根本原因),不能完全被作品中种族和政治话题所左右,尤其要注意避免对梅尔维尔作品进行一种"政治化"和"后殖民化"的"简

---

① 甘文平:《惊奇的回归——〈红字〉中的海斯特·白兰形象解读》,《外国文学研究》2003(3);金衡山:《〈红字〉的文化与政治批评——兼谈文化批评的模式》,《外国文学评论》2006(2)。
② 戚涛:《霍桑对爱默生超验主义的解构》,《外国文学》2004(2)。
③ 程文见《外国文学》2007(1)。
④ 盛文见《外国文学评论》1992(4)。
⑤ 韩文见《外国文学评论》2005(4)。

单化约",也间接指出进一步改进研究思路和研究方法的必要性。杨金才和韩敏中的论文不仅代表了国内梅尔维尔作品研究两条颇为不同的思路,也同时提示我们研究美国浪漫主义文学时需要注意不同层面的问题。美国浪漫主义作家与美国超验主义运动的关系非常密切,所以虽然不同的作家会关注不同的社会现象和历史经验(比如霍桑之于清教历史,梅尔维尔之于"异域探险"),但是他们同时也都有明显的形而上学倾向,他们都耽于对于人性善恶和自由意志等问题进行深邃的思辨和想象,并在小说作品中多有表现,而这个层面的文本内涵是难以用后殖民理论来切入的。因此,韩文的解读路径对我们研究包括梅尔维尔在内的美国浪漫主义作家都很值得重视。在诗歌方面,对于惠特曼的介绍和研究也有进一步的进展,而迪金森的诗歌也成为研究者的热门话题,这使得我们对于美国浪漫主义诗歌的了解更加完整。

当然,国内对于美国浪漫主义文学的研究也存在着不少问题。1979年改革开放之前,限制的因素主要来自于政治和意识形态方面。新时期之后,美国文学研究虽然日益繁荣,但是研究布局有所欠缺。比如,一直以来,国内的美国文学研究普遍存在着偏重现当代和偏重小说的问题。20世纪80年代,国内对于美国现代派文学及其他西方现代主义文学尤为重视,但是对于其他时期的美国文学则比较忽视。20世纪90年代之后,除了现代派文学之外,少数族裔美国文学,尤其是华裔美国文学和非裔美国文学成为国内研究的热点。这个热点的产生并非因为少数族裔美国文学与中国人自己的关心的问题有多少联系,主要还是因为美国国内的文学研究中少数族裔问题和多元文化主义成为一时的焦点,而国内很多研究者比较盲目和不加反思地追随这种批评倾向。美国的文学批评自20世纪80年代以来,出现了比较过头的"政治化"和"意识形态化"的倾向,不断地质疑文学的意识形态偏见,强调对于少数族裔写作的关注,强调对于经典的解构和重构。这样的批评倾向被移植到了国内的研究,可以说进一步加剧了学科研究中本来就存在着的不平衡和不协调的状况。在这样的背景下,既非现代派也非少数族裔文学的美国浪漫主义文学自然难以成为被大家重视的研究领域。国内美国文学研究中出现如此"政治化"和"意识形态化"的潮流多少有着反讽的意味。如果说改革开放之前,学科的"政治化"来自于主导意识形态自上而下的压力,那么改革开放之后,尤其是最近20年来,国内美国文学研究中的"政治化"倾向却不是因为政府的压力,而是由于研究者自身盲目追随美国当代文学理论的趋势而自我施加的立场。总之,就目前国内美国文学研究的基本情况而言,可以说美国浪漫主义文学虽然有较大的进展,但并没有得到应有的重视和学科地位。

就具体的作家作品研究而言,国内研究的重点是美国浪漫主义时期几位最重要的作家(爱默生、梭罗、惠特曼、霍桑、梅尔维尔、坡和艾米莉·迪金森),成果比较丰富而研究角度也日益多样化。但是,对于这几位作家之外的美国浪漫主义者的关注比较少。同时,就单个作家的研究而言,也存在研究视角和作品选择过于单调和重复性强的问题。比如,霍桑研究中对于《红字》的关注度过大,而对于霍桑其他的长篇小说和大量的短篇小说的重视不多,这个情形直到最近十年才有所改变。又如在梭罗研究中,《瓦尔登湖》几乎是唯一得到关注的作品,而对于梭罗其他几部重要的作品和大量其他的散文作品则鲜有关注;同时,在解读《瓦尔登湖》这部作品时,也存在着视角比较单一的问题,主要是从中西文化对比和环境伦理两个角度来研究,论文重复性大,而且对梭罗浪漫主义思想中的哲学背景、思想史背景和思辨方法等关键问题缺乏挖掘。事实上,西方经典的梭罗研究都在提醒我们,"自然"在梭罗的文学想象中并不具有绝对和独立的价值,而是人认识自我、改造自我以及变革社会的一个媒介。[①] 同样的情况在爱默生研究中也比较突出。国内许多从中西文化对比的角度来解读爱默生或梭罗作品的论文由于只是简单的对比或摘引而显得文化比较的框架不清,而且讨论的逻辑也比较肤浅和生硬。

这些问题的存在说明我们对于美国浪漫主义文学的研究仍然有一些宏观层面的缺失和偏差。比如说,我们对这个时期美国文学的研究缺乏一种"整体性"的把握。美国浪漫主义文学不仅是一场文学运动,它同时也是一场哲学思想的巨大变革;换言之,浪漫主义文学的哲学基础是美国的超验主义运动,同时它又与新英格兰地区宗教思想传统的变化有着密切的关系。此外,浪漫主义文学与当时的社会改革运动也有着密切的关系,如空想社会主义运动,废奴运动,教育改革,知识分子新社团的形成甚至各种通灵术的泛滥等等。同时,浪漫主义文学与19世纪上半叶美国社会的"杰克逊民主"时代(即杰克逊总统任内推行的一系列反垄断和削弱联邦政府经济干预权的政策)有着复杂的联系,也与美国的西部开拓和美国社会开始进入现代性阶段的历史经验密切相关。这些不同的方面构成了美国浪漫主义运动的丰富面相和复杂内涵,而研究美国浪漫主义文学的国内学者应该注意这些不同的层面,应该对这个时期美国文学、文化、哲学、宗教和社会诸方面有一种整体性的把握和认识。我们在研究某一个具体的作家时,也应该思考这位作家与美国浪漫主义运动的整体形态之间有什么样的关系。此外,我们也应该在具体作家作品研究之外,从思想史、历史和宗教研究的角度切入,尽可能将美国浪漫主义运动的多元内涵呈现给国内的读者。

---

① 关于此点,可参考比如 Jane Bennett, *Thoreau's Nature: Ethics, Politics and the Wild*, Thousand Oaks, California: Sage, 1994; James McIntosh, *Thoreau as Romantic Naturalist*, Ithaca, NY: Cornell UP, 1974; Leonard Neufeldt, *The Economist: Henry Thoreau and Enterprise*, New York: Oxford University Press, 1989。

展望未来的美国浪漫主义文学研究,我们应该继续完善目前的研究思路,进一步拓展和深化我们对于不同作家作品的研究。同时,我们也应该试图在学理层面改善国内美国文学研究的学科布局,强调对于现当代文学之外的关键时期和经典作家的研究,使国内的研究者能够更多地认识到美国浪漫主义文学的重要性。同时,我们也要注意在运用研究方法和选择研究角度时避免单调和重复。更重要的是,要注意美国浪漫主义文学背后的思想史背景,尤其是哲学和宗教层面的思想背景,因为这些哲学思辨的方法和理解宗教的路径是美国浪漫主义文学的思想基础。对于这些问题的研究和梳理是我们深入研究美国浪漫主义文学的"基础工程",它要比东西方文化比较之类的问题来得迫切得多。对这个时期哲学、宗教等方面的研究作品,国内目前还不多,但国外的学者在近几十年来有不少经典研究作品问世。因此,我们应该在自主研究之外,投入足够的力量来系统地介绍和翻译有关的研究作品,借助已有的国外优秀研究成果来帮助我们从不同方面理解美国浪漫主义文学和思想传统。美国的浪漫主义文学与浪漫主义思想运动在美国文学和文化的历史中具有特别重要的意义。美国的浪漫主义文学树立了现代美国文学的核心主题和重要形式,所以马泰森称之为"美国的文艺复兴";此外,美国的浪漫主义思想在世俗化的时代背景内,努力为一个民主社会寻找新的价值观,它在坚持民主和平等原则的同时,又试图纠正民主社会中"平庸的暴政"和财富至上的观念,这是美国浪漫主义中个人主义精神的真谛。总体而言,我们应该努力从多方面多角度出发研究和把握这个时期的美国文学、文化和思想传统,在细致深入地研究美国浪漫主义文学经典的同时,也努力呈现出文学作品后面丰富的思想和社会内涵。

第五章
20世纪欧美及拉丁美洲文学流派研究

第一节 总 况

20世纪欧洲文学流派名目繁多，超迈前代。这是一个社会急剧变化、文化思潮多元更迭、人的精神世界复杂多变的时代。相应地，其时代精神在文学上的表达必然比前代更为多元、复杂，由此出现了不同于以往任何时期的新格局与新特征：一方面，20世纪对19世纪兴盛起来的文学流派多有继承，如自然主义、浪漫主义等在20世纪仍有余波，特别是现实主义在20世纪持续兴盛，并演变出了新的形态；①另一方面，20世纪因其独特的时代背景而多有自己的创造，各种新的文学派别以及与之相应的文学实践以令人目不暇给之势纷纷涌现，这些派别统称为现代主义，并大致以第二次世界大战为界分为前后两个时期，通常把二战前期具有现代主义特征的文学统称为"现代派"文学，把二战后期具有现代主义特征的文学统称为"后现代主义"文学。我国新中国成立60年来就20世纪西方文学流派所作的研究，与对于此前各个世纪所作的研究相比可以说为数众多，除各种西方文学史与国别文学史对之有所涉及之外，还出现了大量专门性的论著和研究论文。②

另一方面，20世纪美国文学流派的状况与欧洲有着显著的不同。首先，欧洲现实主义较晚才传入美国（现实主义文学在19世纪30年代首先形成于法国，于40、50年代在欧洲达到高峰，而直至19世纪70年代才在美国形成气候，

---

① 例如，将现实主义分为两种，一种是19世纪传统现实主义的延续与发展，另一种是从19世纪中后期无产阶级文学发展而来的社会主义现实主义文学，参见蒋承勇、项晓敏、李家宝主编：《20世纪欧美文学史》，武汉：武汉大学出版社，2007年，第1—2页。

② 关于20世纪文学流派的研究论文数量庞大，本节篇幅有限，难以一一论及，特以专门性研究论著为重点讨论对象。

80年代始达到高峰),待到20世纪现实主义文学在欧洲为各种形态的现代派文学所取代,美国却由于其特殊的文化环境,仍对现实主义情有独钟,从而在欧洲早已式微的现实主义直至20世纪末在美国仍然活跃。此外,美国所特有的南方文学、黑人文学、地方色彩文学、美国华裔文学、犹太文学等丰富而独特的文学样态为关于美国文学流派的讨论提供了一个具有美国本土特色的参照系统,这些文学样态虽然不属于文学流派的范畴之内,但这个丰富的参照系统无疑将增加相关讨论的层次与厚度。再则,在现代派、后现代主义诸文学流派当中,美国的黑色幽默小说独具特色,其独有的代际文学,如"迷惘的一代""垮掉的一代"等等,亦形成了共享同一种宗旨与目的、拥有一个作家群体的文学流派,这些因素使得20世纪美国文学从整体上呈现出与欧洲大不相同的样态。

进入20世纪后,拉丁美洲也出现了众多的文学流派。回望新中国成立60年来拉丁美洲文学流派研究,首先进入视野的是以下引人注目的现象:一方面,各种"主义"的标签层出不穷,其中一些术语间存在着不同程度的界限含混或交织。在《拉美文学流派的嬗变与趋势》一书中,与20世纪相关者即罗列出"现代派或现代主义""后现代主义""先锋派或先锋主义""克里奥约主义""地域主义""风俗主义""土著主义与印第安主义""古巴非洲主义""魔幻现实主义""心理现实主义""结构现实主义"等十余种。[①] 另一方面,拉美文坛上又出现了魔幻现实主义一家独大的局面。自80年代(特别是1982年哥伦比亚作家加西亚·马尔克斯获诺贝尔文学奖)以来,魔幻现实主义成为评论界的关注热点,甚至给人造成"谈拉美文学言必称魔幻现实主义"的印象。相形之下,对其他文学流派思潮尚缺乏专门、深入的研究,主要散见于文学史教材和个别研究文献中的介绍和评述。

下文将在以上考量的基础上,对我国新中国成立以来对20世纪欧美及拉丁美洲文学流派的研究状况加以梳理和归纳,以期对之获得一个总体性印象。

一、关于欧洲现实主义的研究

现实主义文学在19世纪30年代首先形成于法国,同时出现在英国、俄国、美国等各国并得到极大发展,于40、50年代达到高峰。进入20世纪之后,欧美各国的现实主义文学普遍得到较大发展,就总体而言,在19世纪已经取得长足发展的法国、英国、美国继续保持良好势头;德国、奥地利、瑞士等国突飞猛进,达到了前所未有的高度;东欧、南欧和北欧亦涌现出众多著名作家。

由于我们特殊的国情,新中国成立初期关于外国现实主义文学的研究几乎

---

① 李德恩:《拉美文学流派的嬗变与趋势》,上海译文出版社,1996年;修订增补版《拉美文学流派与文化》,上海外语教育出版社,2010年。

全部集中于苏联"社会主义现实主义"文学研究之上,其基调早在1942年毛泽东《在延安文艺座谈会上的讲话》中便已奠定,在这种基调的主导之下,1948年新中国建成前夕,出现了影响巨大而饱受争议的胡风的《论现实主义的路》,此系中国最早的关于现实主义的著述。[①] 从1949年开始,新中国涌现出一大批冠以"社会主义现实主义研究"名目的著述,逐年均有国人著述或译介自苏俄的作品出版,这种情况一直持续到1960年。从1949年到1960年的12年间,唯有何其芳的《关于现实主义》(1950)这一部作品系就"现实主义"整体立言。在一个国家近12年的外国文学研究当中,全国上下对某一类型的文学热情高涨而步调划一,这应该算得上是一种独特的时代文化景观。到了1961年,"社会主义现实主义"这一说法突然在专门性著述中隐退,并就此消失不见。从1961年蔡仪的《论现实主义问题》开始,国内的相关研究开始逐步走上较为客观、学术化的道路。这个情况持续到1964年为止,此后15年间,再未见到相关著述。直至1979年,我国始重新出现相关研究作品,并且标题中再度出现"社会主义现实主义"字样,但提法已悄然变作《七十年代社会主义现实主义问题:苏联关于开放体系理论的讨论》,以及《苏联现实主义问题讨论集》(1981)等等。将以上这些题目与1958年的《保卫社会主义现实主义·第一辑》和《保卫社会主义现实主义·第二辑》等名目对比来看,是颇为有趣的一件事情。前者是不容置疑的"保卫",而后者则是颇为中立的"讨论",从这两个时期的题目中反映出的时代变迁颇令人兴味。

到了1981年,《欧美古典作家论现实主义和浪漫主义》一书出版,此系首次译介欧美(并且是古典)作家对于"现实主义"的相关看法,第一次出现了关于苏俄现实主义文学之外的讨论。此后三十余年间,我国进入了真正可以称之为关于现实主义的"研究"的时代,每一个代际都颇有不同的特点与重点:在80年代,欧美与苏俄现实主义文学研究齐头并进,拉美文学当中的"魔幻现实主义"亦开始出现了研究与介绍(如陈光孚:《魔幻现实主义》,1986),此外,"未来主义""超现实主义"等名堂也开始进入国人视域(见柳鸣九:《未来主义超现实主义魔幻现实主义》,1987)。到了90年代,一方面出现了不少从整体上探讨现实主义渊源流变等论题的专著,如《现实主义反思与探索》(彭启华,1992)、《二十世纪现实主义》(柳鸣九,1992)、《现实主义当代流变史》(张德祥,1997);另一方面出现了一些回顾反思性的著作,如《现实主义文学在当代中国:1976—1996》(张学正,1997),以及《抗争宿命之路:社会主义现实主义(1942—1976)研究》

[①] 在胡风之先,尚有1924年商务印书馆出版的《写实主义与浪漫主义》、1934年释太虚的《现实主义》等著述,但本节系专就新中国成立以来的研究立言,故将表达了新中国意识形态的胡风作品称为"最早的"著述。

(李杨,1993)等,并且后一部著作是90年代为数不多的关于"社会主义现实主义"的讨论之一。到了2000年,相关讨论的重点开始转向关注现实主义(包括魔幻现实主义)与中国之特定文化语境的关系,如《现实主义的当代中国命运》(崔志远,2005)、《魔幻现实主义在中国的影响与接受》(曾利君,2007)、《魔幻现实主义与新时期中国小说》(陈黎明,2008)等,甚至关乎"社会主义现实主义"的讨论也是如此,如《社会主义现实主义理论在中国的接受与转换》(陈顺馨,2000)等。所有这些研究作品,均带有各个不同时代的特色,亦是不同时代风潮的反映。

二、关于欧洲现代派的研究

严格说来,现代派本身并非一个流派,而是由许多采用现代主义创作手法的派别共同汇成的一股思潮(包括美术、音乐、戏剧和建筑等等)。归于现代派文学名下的派别和旗号名目众多,如象征主义、表现主义、未来主义、意象派、意识流等。

自19世纪90年代起,法国象征主义文学波及到欧美各国而蔚为一个国际性文学运动,标志着现代主义文学作为西方文学史上一个重要思潮而开始。我国最早对象征主义文学进行专题讨论的作品是1988年吴亮的《象征主义小说》,以及奠自佳的《欧美象征主义诗歌赏析》。进入90年代之后,出现了对象征派文学所做的国别研究,见《俄国象征派文学研究》(周启超,1993),以及关于象征主义及象征主义当中一个独特门类"意象派"的专门研究,见《象征主义·意象派》(黄晋凯,1998)。2000年以后,我国关于象征主义的研究多呈现出"比较"的面向,如《象征主义与中国现代文学》(吴晓东,2000)、《象征主义与中国现代诗学》(陈太胜,2005)、《诗筑的远离:中俄象征主义诗歌语言比较研究》(刘永红,2011)等。

相比之下,我国关于表现主义、未来主义、意象派、意识流等流派的研究成果在数量上明显少于象征主义研究。这或许与象征主义是西方现代主义文学运动中出现最早、影响最大的文学流派有关。德语国家的表现主义戏剧于20世纪初正式登上国际舞台,并于第一次世界大战前后20世纪初至30年代广为流行于西方世界。我国关于表现主义的论著多系就表现主义艺术而发,新中国成立后第一部关于表现主义文学的作品(《德国表现主义戏剧》,本森)迟至1992才进入国人眼帘,并且该书是一部译著。令人有些意外的是,实际上早在1928年,中国便出现了刘大杰的《表现主义的文学》,此系国人最早的关于表现主义文学研究的著述,然而迟至2000年,在这部开先河之作出版72年之后,才出现此一领域的新的国人著述,即徐行言的《表现主义与20世纪中国文学》,此后在2003年,复出现一部《新表现主义》(王瑞芸),总之相关著述是少而又少。

未来主义文学于20世纪初兴起于意大利,我国相关研究成果同样为数较少。第一部研究著述是之前曾提及的柳鸣九的《未来主义·超现实主义·魔幻现实主义》(1987)一书,此外80年代还有一册沈恒炎的题为《未来学与西方未来主义》的著述,该书作于1989年,虽然写作年代较早,题目却颇为前卫。进入90年代以后,关于这一题目仅出现一册《未来主义·超现实主义》(张秉真,1994),此后再无相关研究著述。意识流小说于20世纪20年代兴起于西方,并于30年代在英、美、法等国形成了一个颇为壮观的现代主义文学流派。此后,意识流文学成为现代主义文学诸多流派中的中流砥柱,产生了一批杰出的文学大师和作品。我国国内第一部研究意识流文学的著述是李春林的《东方意识流文学》(1987),这个题目颇为出人意料:需知意识流文学兴起于西方,并以英美等国为最盛,而国内的相关研究与介绍,却首以这部题为"东方意识流文学"的研究著述,此后才出现了吴亮的《意识流小说》(1988)、柳鸣九的《意识流》(1989)、瞿世镜的《意识流小说理论》(1989)等。直至进入90年代,我国才终于出现专门讨论"英美意识流文学"的著述,见《英美意识流小说》(李维屏,1996)。进入新千年之后,只出现了一部相关研究作品《接受与阐释:意识流小说诗学在中国:1979—1989》(吴锡民,2008),与前此各文学流派的研究状况类似的是,进入2000年以后,各路研究多从"比较"的视角入手,或讨论其与中国的关系,或论述其在中国接受与变异,总之比较文学的研究路数最为流行。

三、关于欧洲后现代主义的研究

西方现代派文学衰退,后现代主义文学随之产生。后现代主义文学是第二次世界大战之后西方社会中出现的范围极广的文学思潮,于20世纪70、80年代达到高潮。无论在文艺思想还是在创作技巧上,后现代主义文学都是现代主义文学的延续和发展。主流学术界曾经主张不区分"现代"和"后现代"两个概念,但由于二战之后文学发展的特征已经远远超过了"传统的"现代主义所能涵盖的范围,因此将后现代主义文学看作一个独立的文学思潮,和古典主义、浪漫主义、现实主义以及现代主义并举。后现代主义文学流派主要有:存在主义文学、荒诞派戏剧、新小说等等。

存在主义滥觞于20世纪30年代的法国,二战后达到顶峰,而存在主义文学乃是后现代主义文学流派当中声势最大的一种。我国关于"存在主义"的研究主要是在哲学方面,最早进入国人眼帘的关于存在主义文学的著述乃是一部译著(《存在的原始忧虑:存在主义的文学运用》,麦克尔罗伊,1989),而国人最早研究专论迟至1997年始出现,即柳鸣九的《"存在"文学与文学中的"存在"》,直至目前,成果仅此一项而已。我国的相关研究成果与存在主义这一文学流派的地位影响以及重要性相比,似乎不成比例。荒诞派戏剧是最初兴起于法国,尔后迅速风靡于欧美其他国家的一个反传统戏剧流派。关于荒诞派戏剧,我国1995年后出现了最早的研究著述,分别是张容的《荒诞、怪异、离奇:法国荒诞派戏剧研究》,以及黄晋凯的《荒诞派戏剧》(1996),如果再加上吴亮1988年论"荒诞派小说"的著述(《荒诞派小说》),我国关于"荒诞派文学"的论著,一共便仅有这三部。新小说派又称反小说派或拒绝派,形成于20世纪50年代的法国,尔后成为二战后法国和西方最重要的小说流派之一。我国关于新小说的研究专著数量更少,最早的是柳鸣九的《新小说派研究》(1986),以后便只有张容的《法国新小说派》(1992)这一种著述。总而言之,我国关于西方后现代主义文学的研究,较之于西方现代派文学的研究,数量又少于后者。但即便如此,每一种具有代表性的后现代文学思潮在我国均出现了专门性研究著述,可以说扼守了各个要津,为以后的研究工作奠定了开端性的基础。

四、关于美国现实主义的研究

在前一章"19世纪美国文学流派"当中,现实主义文学流派已得到了重点介绍,但由于现实主义在20世纪美国仍具有重要的地位与影响,本文在此仍就其在20世纪的情况做一扼要综述。有研究者认为,20世纪美国文学的主要成就是小说,小说的主要成就是表现社会、政治、风俗、心理、个人、种族、性别等为主题的现实主义小说,在经过了从世纪初到90年代从自然主义、现代派、左翼文学、南方文学、犹太文学、黑人文学、"垮掉派"、黑色幽默、后现代主义等各种思潮、风格、流派的实验和兴衰后,20世纪美国文学的发展呈现出一条贯穿所有流派、风格与主义的"红线",这便是现实主义,即便是后现代主义小说,从根本看,也可以被视为现实主义的特殊形式,即"后现代现实主义"。[①] 美国现实主义文学如此重要,然而我国新中国成立以来的相关研究状况却呈现出与此并不相符的样态:相关题目仅在各种美国文学史(其中具代表性的有:常耀信的《美国文学史》,1998;杨仁敬的《20世纪美国文学史》,2000;刘海平、王守仁主编的四卷本《新编美国文学史》,2002;李公昭主编的《20世纪美国文学导论》,2000;等等)以及各种欧美文学史当中见有专门讨论,除此之外,国内仅有数篇论文涉及这一题目,如《美国文学中的现实主义》(邱安昌、王军,《西安外国语学院学报》,2001)、《美国现实主义文学产生的过程及特点》(尚铁英,《学术交流》,2007)、《论美国现实主义文学的产生与发展》(潘淑娟,《吉林省教育学院学报》,2009),其余文章则均系围绕某个"现实主义"作家及其作品加以讨论(其实这些作家往往身兼几种流派的特点,不能简单将之目为"现实主义作家"而泛泛论之),国内可见的论及美国现实主义的专门性著述,仅有一册《美国现实主义和

---

① 李公昭主编:《20世纪美国文学导论》,西安:西安交通大学出版社,2000年。

自然主义》(皮泽,2000),并且这是一部兼论美国现实主义与自然主义的译著,目前国内尚未出现一部就美国现实主义文学流派进行梳理与总结的国人专著,这应属我国在美国文学研究方面的一种缺憾,期待着这一缺憾能够尽快得到弥补。

五、关于美国现代派的研究

我国国内最早就美国现代派文学总体加以评述的文章是1982年王文彬的《从"群体社会"看战后美国现代主义文学的时代特征》(《社会科学战线》),此后出现了回顾总结性的《八十年来的美国现代主义文学》(姜其煌,《国外社会科学》,1986),其余文章大都围绕美国现代派诗歌而发,至2000年后出现了《论美国现代派文学的发轫》(朱荣杰,《解放军外国语学院学报》,2000)、《20世纪美国现代主义文学》(黄波、吴允淑,《淮南师范学院学报》,2001)等论文,除2007年出现一册《英美现代主义文学新视野》(申富英)之外,至今尚未出现关于美国现代派文学的专著,相关讨论仅见于各种美国文学史论之中。

美国现代派文学当中具有代表性的有意象派诗歌、意识流小说、"迷惘的一代"等文学流派。美国意象派诗歌的代表人物为庞德,我国目前有专门性研究论著一部《象征主义·意象派》(黄晋凯,1998),此外距此10年之前(1988年)还见有一册综论欧美象征主义诗歌的相关论著,即奠自佳的《欧美象征主义诗歌赏析》。相关论文为数众多,最早的文章是发表于1989年的《美国的意象派与中国的朦胧诗》(吉姆·邓恩、贾瑞芳,《文学自由谈》)一文,该文从中美各自的诗歌类型当中寻找可资比对的共性,阐发二者之间的异同以及实际联系,此后的文章亦大多遵循同一路数,返诸中美各自诗歌传统之资源,比较并确认二者之间事实上的影响关系,出现了《美国意象派新诗借鉴中国文化之管窥》(周美霞,2000)、《中国古典诗歌对美国意象派诗歌的影响》(田朝绪,2003)、《美中意象诗比较》(郑殿臣,2003)等题目。同时也出现了论述美国意象派诗歌本身特点的文章,如《论美国意象派诗歌的视觉性特点》(王阿晶、马雅萍,2004)、《短暂的生命,永恒的意象——浅探美国意象派诗歌特色》(王文娟,2006)、《从意象到具象——也论美国意象派诗歌的视觉性特点》(查建明,2008)等等,可以说国内对美国意象派诗歌研究颇为着力。

至于就美国文学当中意识流一派的研究,我国国内历年来的研究成果大多限于对福克纳这一个作家的研究,且所涉及的文本大多仅限于福克纳的《喧哗与骚动》这一部作品,这导致我国历年来的研究成果内容比较单一,如《试论〈喧嚣与骚动〉的主要艺术手法》(2004)、《浅析威廉·福克纳〈喧哗与骚动〉中的意识流手法》(2011)、《试析〈喧器与骚动〉中的意识流创作手法》(2011)、《浅析〈喧器与骚动〉的艺术手法》(2011)等等,从题目来看,颇有重复的嫌疑,显然在我国关于美国意识流文学流派的研究还有广阔的拓展空间。

"迷惘的一代"是第一次世界大战后美国的一个文学流派。20年代初，美国女作家格·斯泰因对海明威说："你们都是迷惘的一代"，海明威把这句话作为他第一部长篇小说《太阳照常升起》的题词，"迷惘的一代"从此成为这批虽无纲领和组织但有相同的创作倾向的作家的称谓。我国对于美国"迷惘的一代"文学流派的关注，最早见于1979年刁绍华的《海明威和"迷惘的一代"》（《吉林大学学报》）与赵一凡的《"迷惘的一代"初探》（《学习与思考》），此后相关研究层出不穷。就其主流而言，多系相关作家作品研究，这些研究以海明威及其作品为核心，此外得到讨论较多的是菲茨杰拉德，偶尔也会有美国《"迷惘一代"左岸作家中唯一幸存者凯·博伊尔》（桂国平，《外国文学研究》，1989）这样的题目。讨论"迷惘一代"这个流派本身之特质的研究论文有《迷惘的一代文化背景透视》（赵一凡，《美国研究》，1987）、《浅议"迷惘的一代"文学的历史成因及主流思想》（李振莲，1998）、《文化精神分析：迷惘的一代研究》（杨俊光，2004）、《从迷惘的一代到布波族——盎格鲁撒克逊新教文化衰落的见证人》（张步通，2006）、《简析美国"迷惘的一代"形成的历史原因——对美国精神的执着和战后"美国梦"的破灭》（李晓娜，2010）等等不错的文章。此外，还有将我国"伤痕文学"与"迷惘的一代"文学加以比较的论文，如《哀而不伤——"伤痕文学"与"迷惘的一代"等思潮比较》（郑万鹏，1998）、《"迷惘的一代"与"伤痕文学"之比较》（白敏，2004），以及将"建安风骨"与"迷惘的一代"文学思潮加以比照的文章，如《"迷惘的一代"与"建安风骨"：两种文学思潮的个性对比》（赵荣栓，2000）、《试论"迷惘的一代"与"建安风骨"》（林建强，2009）等，显示出国人寻找本国相应文学资源对治西方文学流派并由此自我定位的努力。我国新中国成立以来对于美国现代派文学的研究，除美国意识流文学研究一支稍嫌单调之外，其余就总体而言表现不俗。

六、关于美国后现代主义的研究

美国后现代主义文学的发生与发展自然是在美国现代派文学之后，但有趣的是，我国对于美国后现代主义文学的研究不但"后来居上"、在成果数量上远远超过美国现代派文学，并且有相当一部分研究成果十分"前瞻"，甚至发表时间亦在美国现代派文学研究之前。国内总论美国后现代主义文学的论文出现在20世纪90年代，见《对美国后现代主义文学的评估》（许汝祉，《外国文学评论》，1991）、《对美国后现代主义文学的借鉴与扬弃》（许汝祉，《文学评论》，1992），以及《美国的后现代主义及其诗歌》（李增，《外国问题研究》，1994）等等，进入新千年之后，开始出现对后现代小说、诗歌等不同文体的讨论文章，如《美国后现代诗歌的发展与美学特征》（王卓、孙筱珍，《北京科技大学学报》，2003）、

《美国后现代主义小说的审美特征——浅谈其主题和叙事结构》(翁佳云,《探索与争鸣》,2003),以及《论美国后现代主义小说的两大走向》(王松林,《外国文学研究》,2004)等题目。相关专著亦为数颇为可观,如《美国后现代派小说论》(杨仁敬,2004)、《虚构亦真实——美国后现代主义小说研究》(陈世丹,2005)、《危机与探索——后现代美国小说研究》(刘建华,2010),以及《美国后现代主义小说详解》(陈世丹,2010)等等。不过,严格说来这些著述并非专门性的美国文学流派研究,如《虚构亦真实——美国后现代主义小说研究》一书与《危机与探索——后现代美国小说研究》一书均系从理论及作家作品入手加以分说,《美国后现代主义小说详解》一书则主要着眼于后现代主义小说的艺术特征,只有《美国后现代派小说论》一书分为两个部分:"黑色幽默"与"新近小说",基本算是从美国文学流派入手所作的讨论。

美国后现代主义文学流派当中具有代表性的有黑色幽默、"垮掉的一代"、自白派诗歌、新现实主义小说等。黑色幽默是60年代风行美国的一个后现代主义小说流派,据美国作家弗里德曼所编的《黑色幽默》文集而得名。有趣的是,我国最早介绍美国黑色幽默的文章,乃是从王蒙小说评论开始的,题为《王蒙的〈买买提处长轶事〉和美国黑色幽默》(武庆云,《郑州大学学报》,1986)。此外相关论文颇多,值得注意的是,进入2000年以来,出现了将黑色幽默与存在主义并提的研究趋势,见《美国黑色幽默小说与存在主义》(王卓,《济南大学学报》,2002)、《论存在主义影响下美国黑色幽默小说的创作特色》(覃承华,《电影评介》,2008)、《试析"黑色幽默"与60年代美国的"荒谬世界"》(滕永琛,山东大学硕士毕业论文,2009)等题目。此外,我国还出现了一部相关专著:《美国黑色幽默小说研究》(汪小玲,2006)。

"垮掉的一代"是二战后风行于美国的文学流派,作家多为男女青年,他们以性格粗犷豪放,落拓不羁著称,用同性恋、爵士乐、吸毒酗酒等来逃避现实并向美国传统社会及其价值观念挑战。我国对这一流派最早的介绍见于1959年,有《垮掉的一代与美国诗歌》(腊克司劳斯、周煦良,《现代外国哲学社会科学文摘》),以及《垮掉的一代和愤怒的青年》(费尔曼、卡登堡、孙梁,《现代外国哲学社会科学文摘》,1959)等文,可谓紧贴时代脉搏。此后出现了又一篇将"垮掉的一代"与"愤怒的青年"并举的论文,如《"愤怒的青年"和"垮掉的一代"——介绍当代资本主义世界的两个文学流派》(董衡巽、徐育新,《前线》,1963),此后在近二十年的时间里相关论述几乎销声匿迹。1981年,赵一凡的《"垮掉的一代"述评》(《当代外国文学》)发表,"垮掉的一代"重新进入国人视域,此后相关文章所在众多,特别还出现了将"迷惘的一代"与"垮掉的一代"并提加以论述的文章,如《比较"迷惘的一代"与"垮掉的一代"中现代主义写作手法》(王晓红、王双,《黑龙江科技信息》,2004),以及《"迷惘的一代"与"垮掉的一代"的反叛》(肖娜,《安徽文学》,2009)等等。此外,我国出现了两部相关专著:《"垮掉的一代"与中国当代文学》(张国庆,2006),以及《"垮掉一代"及其他》(文楚安,2010)。

1958年,美国诗人罗伯特·洛威尔的诗文集《生活研究》出版,在诗坛掀起一股"自白热",成为"自白派"的创始人。从上世纪80年代开始,我国出现了一系列研究文章,如《自白派的宗师——罗伯特·洛厄尔与美国当代诗》(汤潮,《外国文学》,1987)、《试析美国"自白派"诗歌的基本特征及普莱斯绝命诗的深层意识》(杨清容,《九江师专学报》,1988)、《"神圣的痛苦,辉煌的绝望"——介绍美国"自白派"诗歌》(向飞,《外国文学研究》,1988)等等,似乎即将掀起一股研究热潮,但是进入90年代之后,却再未见到相关研究文章。至2000年以后,又开始涌现出大量相关研究论文,其中较为突出的研究者彭予发表了近10篇相关文章,如《论美国自白诗的社会批判倾向》(2001)、《美国自白诗的疯狂主题》(2003)、《悲惨的一代,痛苦的缪斯——美国自白派诗歌现象述评》(2004)、《试论自白诗的治疗作用》(2005)、《自白诗:精神分析式的艺术》(2011)等,推动了我国的自白派诗歌研究。

70年代以来美国出现了一部分作家,他们在坚持现实主义基本原则的同时,吸收、借鉴、消化实验主义小说的创作思想和方法手段,赢得了"新现实主义小说家"的称号。他们的创作实践丰富了现实主义的内涵,使现实主义得以螺旋式地向前发展。[①] 我国的相关论文均出现于2000年以后,如《论辛顿新现实主义杰作中的浪漫主义色彩》(张颖、杨千帆,《吉林师范大学学报》,2005)、《美国新现实主义与后现代小说中的道德意识》(陈彦旭,《外国问题研究》,2009)、《中国的美国新现实主义小说研究》(余军,《南通大学学报》,2012)等等。2011年,出现了一册《超越犹太性:新现实主义视域下的菲利普·罗斯近期小说研究》(高婷,2011),兼及美国犹太文学与新现实主义文学,2012年又出现一部《超越后现代——美国新现实主义小说研究》(罗小云),是为总结美国新现实主义文学乃至美国后现代主义文学的最新著述。

七、关于拉美现代派(现代主义)和后现代主义的研究

谈到这一部分的时候首先要做的是术语内涵和外延上的澄清。拉美文学史上的现代主义与欧美现代主义不是同一概念。较早的拉美文学史一度将现代主义视为现代派文学的第一阶段(19世纪末至20世纪20年代),而将此后(30年代到70年代)包括魔幻现实主义在内的众多潮流统统归在现代派文学名下,与现实主义革命文学对观。[②] 之后的文学史著述没有沿用这一分期模

[①] 刘海平、王守仁主编:《新编美国文学史》第4卷,上海外语教育出版社,2002年,第245页。
[②] 吴守琳编著:《拉丁美洲文学简史》,中国人民大学出版社,1985年,第13—17页。

式,大多将现代派和现代主义无差别使用。按《拉丁美洲文学史》一书的定义,拉美现代主义文学始于1882年,以卢文·达里奥逝世的1916年为终结。[①] 文学成就则主要凸显于诗歌领域,小说、散文也有波及。一般认为,拉美现代主义诗歌以古巴的何塞·马蒂为前驱,尼加拉瓜的卢文·达里奥为集大成者,后期的代表诗人还有玻利维亚的弗雷伊雷,墨西哥的阿马多·内尔沃和马丁内斯,哥伦比亚的巴伦西亚,阿根廷的卢贡内斯等。80年代的文学史教材基本沿袭社会历史决定论和阶级分析法,将这一文学运动定性为"资产阶级文人处在精神危机之中而又不甘寂寞的产物"。同时也注意到现代主义与此前文学思潮的关联,将之视为"浪漫主义要求超脱现实而走向极端的表现",但在艺术形式上"又是对浪漫主义的否定"。考察近现代拉美文学的流派思潮,都必然要涉及与欧美文学的渊源与互动,这里也不例外,只是上文提及的几部文学史著作在谈及法国象征主义和帕尔纳斯派促成拉美现代主义诗歌的同时,都特意强调了以卢文·达里奥为代表的拉美现代主义文学对欧洲宗主国的"倒流"影响和反哺作用。[②]

所谓的后现代主义也与当下热门语境中的含义不同,特指拉美文学史上现代主义向先锋派过渡时期的诗歌,时间跨度被界定在1910年至1930年之间。[③] 其风格上的特质在于"摒弃了现代主义的夸饰文风,提倡洗练、凝重"。[④] 代表诗人有阿根廷的莫雷诺,以及此阶段涌现出的女诗人群体:乌拉圭的德尔米拉·阿古斯蒂妮和胡安娜·德·伊瓦尔沃罗、阿根廷的阿尔丰西娜·斯托尔尼,以及拉丁美洲第一位诺贝尔文学奖获得者智利女诗人卡夫列拉·米斯特拉尔。为避免混淆,近年的一些文学史著述如《西班牙与西班牙语美洲诗歌导论》中的相关章节不再使用"后现代主义诗歌"的说法,而是直接以"从现代主义向先锋派过渡时期的诗歌"代之。[⑤]

八、关于地域主义(地方主义)的研究

20世纪初"因描写某一地区的自然风光而得名"的地域主义文学表现了人与自然的关系及其背后的社会因素。狭义的地域主义小说以《漩涡》《堂娜芭芭拉》和《堂塞贡多·松布拉》为代表,也有文学史将墨西哥革命小说、土著小说、反映土生白人民族诉求的克里奥约小说、人与自然斗争为主题的大地小说等都归为地域主义小说一类。对该流派的评价方面,80年代的研究者肯定了地域

---

① 赵德明、赵振江、孙成敖、段若川编著:《拉丁美洲文学史》,北京大学出版社,1989年,第231页。
② 李德恩:《拉美文学嬗变的启示》,《外国文学》1989(3)。
③ 赵德明、赵振江、孙成敖、段若川编著:《拉丁美洲文学史》,第421页。
④ 李德恩:《拉美文学流派与文化》,第75页。
⑤ 赵振江:《西班牙与西班牙语美洲诗歌导论》,北京大学出版社,2002年。

主义一方面将关注点"从反映贵族和资产阶级的生活转向了生活在'底层的人们':农民、贫民、印第安人和黑人";①另一方面通过对拉丁美洲本土风土人情和自然景观的重点描写,"扎根于民族土壤"为"开创拉美民族文学道路迈出了第一步"。但同时也指出其艺术技巧上未臻成熟。90年代有学者寻根溯源,将鲁尔福的文学创作还原到20世纪初的地域主义传统中予以考察,认为这位墨西哥经典作家在"取材方面集拉美地域主义之大成"而又有所创新,最后得出结论:"研究鲁尔福这样的先锋派作家的作品时,也不能撇开地域主义"。②

九、关于拉美先锋派的研究

80年代后期拉美文学研究者从海外学界吸纳了"先锋派"的概念应用于文学史编写,1989年版的《拉丁美洲文学史》中即设立了先锋派小说和先锋派诗歌两个独立章节。国内学者在辨析相关术语时认为与西方现代派文学对应的是拉美的先锋派,③但在承认超现实主义、达达主义、未来主义等欧美风潮影响的同时,一再强调拉美的独特性,努力澄清拉美先锋派从欧洲现代派文学只是"借鉴了艺术技巧",语言和结构方面的改革相对而言"十分有限",但却从"植根本土和发扬民族文化传统"方面给予高度评价。小说方面,将鲁尔福、阿斯图里亚斯、卡彭铁尔、博尔赫斯都囊括在内,维夫多罗及其创造主义、博尔赫斯等人的极端主义、聂鲁达、巴列霍、帕斯(后先锋派代表)也都合流归于先锋派诗歌一章。这样大而化之的设置有架构清晰的好处,但也存在细化的空间和必要。④例如聂鲁达和博尔赫斯特定时期的创作诚然与先锋派潮流关系紧密甚至是该潮流中不可或缺的组成部分,但这一量级的作家很难以某一派某一主义的标签限定;鲁尔福和阿斯图里亚斯在90年代后的文学史布局中更多地被归为地域主义或印第安主义的发展和魔幻现实主义的先驱。

十、关于"文学爆炸"、拉美新小说和魔幻现实主义的研究

魔幻现实主义与"文学爆炸"、拉美新小说在所指上存在一定程度的重合,但却又不尽相同。因本书下文另有对魔幻现实主义的专门探讨,此处只对后两者简要辨析。"文学爆炸"(或"爆炸文学")来自英文单词"Boom",严格说来并非文学流派,而属于文学和文化现象,与另一个相形之下不那么知名的术语"拉

---

① 赵德明、赵振江、孙成敖、段若川编著:《拉丁美洲文学史》,第253页。
② 刘长申:《鲁尔福的文学创作与拉美"地域主义"》,《解放军外语学院学报》1995(3)。
③ 赵振江:《西班牙与西班牙语美洲诗歌导论》,第281页。
④ 如《剑桥拉美文学史》将先锋派精准定位为1916年(维夫多罗《水镜》出版)—1930年(聂鲁达《大地上的居所(二集)》出版)之间,参见 Historia de la literatura hispanoamericana, II. El Siglo XX, Madrid: Gredos, 2006, p. 138。

美新小说"一样都用来指称60年代前后拉美文坛涌现出来的一批作家作品,异军突起,在欧美引发"轰动效应"并获得世界范围的声誉。晚近有论者指出所谓"爆炸"的命名带有鲜明的西方中心主义的偏见,但在译介引入汉语学界之初,80年代的论者更看重其"一举冲上世界文坛的气势"[①]而给予正面的评价,并着力探寻其成因:拉美文学自身发展的结果,古巴革命的影响及国内外出版业的推手。科塔萨尔、加西亚·马尔克斯、富恩特斯、巴尔加斯·略萨等作家作为"文学爆炸"代表的经典化地位也已在此阶段奠定。但"文学爆炸"与魔幻现实主义之间的差别却常常被忽略,粗放处理为二者等同(严格说来上述四位"文学爆炸"大师中只有马尔克斯可以归在魔幻现实主义名下)。而拉美新小说的提法虽然在《拉丁美洲文学史》中以章节标题出现,但在此后的研究文献中少有人以此角度作专题讨论,被"文学爆炸"或魔幻现实主义的光芒遮蔽。

结　语

　　从新中国成立以来国内学者对20世纪欧洲文学流派研究的情况来看,我们可以发现,现实主义文学研究在我国的基础要好于现代派文学研究,而现代派文学研究的基础又好于后现代主义文学研究。这种状况一方面与这些流派的诞生与发展的时间长短有关,历史较为悠久、影响较为深远的自然具有更多的研究著述,另一方面与我国的特殊历史时段的接受环境也有着一定的关系,如"社会主义现实主义"文学研究从新中国成立初期直到1979年的30年中几乎一直都是现实主义文学研究的主流甚至唯一内容。虽然现代派与后现代主义研究相对较弱,但各个重要的组成思潮大致都得到了研究与介绍,可以说是疏而不漏,这颇能说明我国新中国成立60年来西方现代派、后现代主义文学研究先行者的眼光和见地,从而为此后的研究搭建了一个较为可观的基础。另一方面,通过以上对20世纪美国文学流派研究状况的简要梳理,我们可以看出,美国后现代主义研究在我国的基础要好于美国现代派研究,而美国现代派研究的基础又好于美国现实主义研究,可谓"后来者居上",与新中国成立以来欧洲文学流派研究的状况正好相反。何以会出现如此的状况,不是本文所要解决的问题,我们在此所看到的相关研究的薄弱环节,才是值得我们有针对性地加以补充与完善之处。
　　回眸新中国成立60年间特别是1979年后的拉美文学研究史,前人筚路蓝缕之功,功不可没,改变了拉美文学领域(相较传统欧美文学研究而言)"一穷二白"的面貌,又恰逢国内新时期文学探索的大潮,因缘际会,促成80年代至90年代初的"拉美文学热"。无论是围绕"现代主义"还是"魔幻现实主义"的讨论,

---

① 陆龚同:《试论拉丁美洲文学的"爆炸"》,《国外文学》1984(1)。

国内的西语文学研究者在与整个文艺理论界及创作界的互动中体现出强烈的问题意识与现实关怀。鉴于研究对象的复杂性(地域上拉美十余个西语国家,文化上多元融合的特质),一手文献的门槛和西语科研人才的相对匮乏("拉美文学热"退潮与经济大潮的勃兴,"西语学习热"背后的专业文学研究队伍的青黄不接)等诸多原因,拉美文学流派研究仍呈现有失均衡的状态。未来的任务有如下几项:其一,可以考虑分步骤、有体系地将尚未有中译本的重要文本引入。以"文学爆炸"时期为例,文论方面如科塔萨尔研究英国诗人济慈的专著,巴尔加斯·略萨解读西班牙骑士小说和拉美地域小说等重要文论,作品方面富恩特斯的《吾土》、莱萨玛·利马的《天堂》、科塔萨尔的《曼努埃尔之书》等,必能给汉语读者带来更开阔的视野。同时藉此推动更多细密扎实的文本个案研究,将"主义"和"问题"结合。其二,建议将注意力投向那些居于承上启下位置的作家作品,构建更整全的文学史图景。以阿根廷为例,罗伯特·阿尔特和卢贡内斯在中国少有人知,却是对科塔萨尔、博尔赫斯等人影响甚巨的重要作家。此外,希祈能开拓跨学科研究的视角,吸纳思想史资源。例如若结合雷耶斯等人的美洲意识建构,拉美解放神学等,还原相关文学作品的社会文化情境,必然能够呈现出不同的"文学爆炸"景观。

第二节 欧洲现代派研究

在现代中国历史上,如果有某种外国文学思潮能够超越文学创作和研究本身,起到引领时代,开创新的思维范式的巨大作用,它只可能是现代主义;如果有某种外国文学思潮与现代化进程中的中国结下最为深厚的缘分,它只可能是现代主义。

西方现代主义与现代中国的缘分主要表现在两个方面:第一,在其刺激下,我国1920至1940年代、1978年以来的两次现代派文学运动,以及伴随文学运动而发生的两次思想启蒙运动;第二,1978年以来,我国学界对西方现代派文学现象和理念的理解和把握。本节虽主要讨论1949年以后我国对西方现代派的认识,但认为,如果不把学术研究同现代派文学实践结合起来研究,对现代主义在我国译介、传播和接受的考察便不可能圆满,甚至有严重缺陷。因此,不妨首先对20年代至40年代我国现代派文学创作作个简单回顾。

早在20和30年代,现代主义思潮便进入中国,其中影响最大者为象征主义、表现主义和心理分析。留法归来的李金发开风气之先,发表了在法国写成的象征主义诗歌《弃妇》《夜之歌》等,"表现了波特莱尔式的沉郁气氛、愁苦精神和病态情绪"。① 同样有留法背景的戴望舒发表了传颂一时的象征主义诗作《雨巷》,该诗"带有魏尔仑的亲切自然的抒情风格",以丁香为中心意象,表达了一种"幽怨、凄婉、迷惘的感情"。② 熟悉德语的郭沫若则发表了《凤凰涅槃》等诗篇,径直挪用德国表现主义文学中一再出现的"再生"母题。在小说领域,熟知德语的鲁迅出版了《狂人日记》,郭沫若发表了《残春》,郁达夫则有《沉沦》问世。这些作品都包含象征主义和心理分析元素,③都是中国现代小说开先河之作。此时,戏剧创作也进行了现代主义实验,如向培良的《沉闷的戏剧》,再如高长虹的《一个神秘的悲剧》。④ 在散文领域,鲁迅的《野草》同样深受象征主义和超现实主义影响,"表达了作者对人生、宇宙的体验和探究,充满了深曲的造意和奇异的幻像"。⑤

五四时代开启的中国现代主义传统一直持续到40年代的九叶诗派。⑥ 同之前的现代主义文学创作相比,九叶诗派"对西方现代主义有着较为全面的了解和理解,在他们的观念和创作中,我们可以找到自波德莱尔以降的几乎所有现代主义诗歌思潮的影子,他们将这些思潮具有的创造性因素都有所选择地吸收过来,结合中国语言和当时的现时情景、人文心态加以融汇和创造"。⑦ 事实上,在抗日战争和解放战争的国情下,九叶诗派不可能一味追求现代主义的形式实验,只能是努力把现代主义与现实主义结合起来。虽然该诗派有着反传统的外表,但诗人们反传统的同时又有意无意地继承了传统,走上了一条"新旧贯通、中西结合"的道路。⑧ 但因时代原因和超前的意识,该诗派的现代主义价值在当时未能得到充分承认,直到1981年出版诗歌选集《九叶集》后,影响才逐渐扩大。

大体上讲,1949年以前我国现代派作家承接欧洲思潮所进行的文学活动,并非追求一种为艺术而艺术的时髦,或进行一种为先锋而先锋的实验。他们的创作动力源自一种改造"国民性",新中国之民,使国家获得新生的抱负。在这个意义上,当时的现代派作家所发动的是一场思想启蒙或文化革命,准确地讲,是新文化运动的一个重要组成部分。也应看到,欧洲现代主义同样是在20至

---

① 袁可嘉:《西方现代派诗与中国新诗》,《现代派论·英美诗论》,中国社会科学出版社,1985年,第362页。
② 袁可嘉:《西方现代派诗与中国新诗》,第363页。
③ 王再兴:《从"期许与犹疑"到"突破与边缘"》,《沈阳大学学报》2004(10)。
④ 同上。
⑤ 同上。
⑥ 九叶诗派主要成员有辛笛、穆旦、袁可嘉等九人,主要刊物有《诗创造》《中国新诗》。
⑦ 蒋登科:《西方现代主义诗歌与九叶诗派的流派特征》,《社会科学研究》2000(1)。
⑧ 袁可嘉:《西方现代派诗与九叶诗人》,《现代派论·英美诗论》,第374页;杨恬:《中国诗歌传统最深刻的叛逆者和传承者——论九叶诗派的现代性和民族性》,《云南师范大学学报》2008(1)。

30年代才达到鼎盛,开始对人们的思想观念产生强烈冲击的。考虑到这点,如果将欧洲现代主义酝酿期(1857至1910年)排除在外,那么可以说,李金发、戴望舒、鲁迅等中国现代派作家的创作活动与欧洲现代主义大体上是同步的。这些中国作家当时并没有意识到,他们的文学理念和实践属于现在称之为"现代主义"或"现代派"的范畴。可是同一时期欧洲的现代派作家自称是"现代派"了吗?这难道不意味着,现代中国有一个与西方现代主义大体平行的现代派传统?

应当看到,由于存在一个至为深厚的文学传统,我国的现代主义文学刚一肇始,便拥有一个极高的起点。除创作量小于欧美现代派以外,以艺术价值、思想深度来衡量,戴望舒、郭沫若、鲁迅等人作品的质量实在不逊于同时期西方主要的现代派作品,在中国社会所发挥的启蒙和革命性作用就更不是西方现代派所能比拟的了。然而,除了汉学领域里专治现代中国文学的学者外,目前欧美主流知识界对我国五四时代的现代主义文学还很缺乏认识,甚至可以说视而不见。回头审视西方现代主义在中国译介、传播和接受的历史,我们不应忘记,正是由于戴望舒、郭沫若、鲁迅等一大批文学家的现实主义实践,中国在席卷全球的现代主义运动中才占有一席重要的地位。随着中国的崛起,国际学术界将对我国的现代主义传统给予越来越多的注意,我国学界也理应对之进行更深入的研究。

一、对保守思维的冲击

由于众所周知的原因,1949年至1978年,我国学界对西方现代派文学的认知大体上是一片空白,即便出版了少量西方现代文学作品和理论,也只是"内部发行",供高级干部"参考"或"批判"。① 打倒"四人帮"以后,1978年5月《光明日报》发表了《实践是检验真理的唯一标准》一文,引发了关于"真理标准"的大讨论。1978年12月,十一届三中全会召开,"以阶级斗争为纲"的口号被摒弃,拨乱反正,解放思想,实现四个现代化成为全党和全国的共识。在这种形势下,外国文学界乃至整个文艺界、思想界对现代主义的引进、研究和批判开始呈现出一种爆炸性态势。《外国文艺》《外国文学》《世界文学》和《外国文学研究》等一大批外国文学刊物创刊或复刊,大规模翻译介绍西方现代派作品和理论。袁可嘉、陈焜、卞之琳、柳鸣九、杨周翰、董衡巽、伍蠡甫等外文功底深、汉语功夫好的学者在新时代现代主义文学的引进上发挥了极重要的作用,所译介文字立即对文学创作产生了强烈冲击。70年代末、80年代初出现的朦胧诗派(代表人物有北岛、舒婷、顾城、江河、杨炼等),就明显受到西方现代派诗歌的影响,80

---

① 洪子诚:《中国当代文学史》,北京大学出版社,1999年,第187—188页。

年代中期以后爆炸般出现的新文学现象如"寻根小说""先锋小说""新写实小说""第三代诗人""60年代出生作家""70年代出生作家""80后作家""小剧场"等同样以卡夫卡、乔伊斯、普鲁斯特、托马斯·艾略特、罗布-格里耶、福克纳等西方现代派作家的理念和手法为灵感的源泉。①

然而,此时对现代主义的引进和接受决不仅仅是学术界的任务,也决不仅仅是文艺界的事。80年代初现代主义的影响大大超越了学术研究和文艺创作本身,因为现代主义挑起了一个敏感的话题。表面上看,这是一个究竟是让新近引进的、被统称为"现代派"的诸多"主义"或"派"(如象征主义、表现主义、达达主义、超现实主义、意象主义、未来派、荒诞派、新小说派等等)占领文艺阵地,还是继续坚持仍被视为绝对正确的现实主义原则的问题,实则涉及超越纯粹学术的意识形态领域,关系到中国向何处去——是大刀阔斧拨乱反正,解放思想,还是继续在"左"倾教条主义路线上走下去——这一大问题。事实上,改革开放初期意识形态领域每一次重大争论,现代主义都处在风口浪尖上:"在80年代多次政治运动中,现代主义都被作为主导文化的危险对立面加以批判。不管是'清除精神污染',还是'反对资产阶级自由化',都把文学上的现代主义看成是重点批判对象。"②

现代主义当然不是有意要同主流思维对抗,但无论它怎么辩白,在正统派眼里,它都是异己的,是资产阶级的,是对现实主义即主流文艺思维的否定和颠覆。这就是为什么在改革开放初期,现代主义与现实主义及其背后革新与保守力量的对立、冲突总是显得那么火药味十足。回头看去,"文化大革命"后的思维转变和知识结构转型是一个艰难的过程,不可能一蹴而就;现代主义在思想解放运动中固然起到了引领潮流的作用,但意识形态领域保守思维根深蒂固,不可能在短时期内清除。就在西方现代主义的译介、传播如火如荼的同时,苏联学者撰写的《英国文学史纲》和《英国文学史》仍然被学界奉为正统马克思主义文艺史观的代表作而一再重印。③ 这些著作简单、粗暴地将西方现代主义斥为腐朽没落、标新立异、违反现实主义原则、反映帝国主义时期资产阶级的意识形态,根本算不上学术,但正是这些东西竟能堂而皇之进入改革开放后1979年出版的《辞海》。④《辞海》是权威工具书,这意味着在相当长一段时间,保守思维将继续影响新时代的中国人。

事实上,在改革开放初期,现代主义的传播和接受远非一帆风顺。在因循

---

① 程光炜:《二十世纪八十年代的"现代派文学"》,《文艺研究》,2006(7)。
② 陈晓明:《中国当代文学主潮》,北京大学出版社,2009年,第311页。
③ 盛宁:《现代主义·现代派·现代话语——对"现代主义"的再审视》,北京大学出版社,2011年,第14—15页。
④ 同上书,第17页。

守成的论者看来,现实主义是不可动摇的真理、不可违逆的文艺规律,现代主义在与之作对,在冒犯其真理性、权威性。甚至可以说,作为一种西方资产阶级思潮,现代主义对"社会主义文化领导权"构成了威胁:"现实主义的审美规范,构成社会主义文化领导权的核心部分,企图用西方现代主义来冲击现实主义,并不是什么艺术创新,而是把当代中国文学引入西方没落的资产阶级思想歧途。"① 显然,此时文学领域里现代主义与现实主义的争论并不是单纯的文学流派之争,而反映了思想政治领域里开放与保守两种势力之间的斗争。或许正因这一缘故,作家徐迟替现代主义辩护不得不把它与现代化挂起钩来:"西方现代派文艺和批判的现实主义文艺都是资本主义生产发展到了一定程度,而后产生意识形态的反映,也都是对资产阶级社会取批判和否定态度的反映……在它继续发展的进程中,西方现代派文艺也将创作出有利于人类进步的信心百倍的理想主义的作品,描绘出未来的新世界的新姿。资产阶级的现代化的物质建设正在为新世界创造它的物质条件,这种物质条件也必然会为新世界创造它的精神条件。"②

徐迟的观点当时可以说十分大胆,也立即受到严厉批评。富于论战精神的一兵这样写道:"西方的现代化和现代派有联系,因而我们国家的现代化和现代派也同样有联系,这是一些人的逻辑。这是一种简单的、可笑的逻辑。社会主义的现代化和西方资本主义的现代化不是一回事。"③ 出于革命现实主义与革命浪漫主义相结合等于绝对真理的信念,同一论者认为,"没有必要把西方资本主义的现代派搬来",因为"现实主义有着充分的表现力,完全可以真实、充分地表现现代生活,充分表现现代人的思想感情"。最后,一兵以"现实主义万古长青,光凭一些人的嚷嚷是否定不了的"来结束文章。④ 不难想见,在当时的历史条件下,一兵很大程度上代表了正统立场,即现实主义是一种自在自足、全然正确的文艺原则,其真理性不证自明,权威性不容挑战;庸俗的经济唯物论不可与马克思主义历史唯物论相提并论,资本主义的现代化也不可与社会主义的现代化混为一谈;既如此,从西方舶来的现代主义合法吗?看来,现代主义即便没有被妖魔化,也已成为异端了。事实上,至少在80年代前半期,即便改革开放政策已在实施,禁锢多年的思想已有所松动,人人似乎热衷于探求新知识新观念,

---

① 陈晓明:《中国当代文学主潮》,第312页。
② 徐迟:《现代化与现代派》,《外国文学研究》1982(1)。
③ 一兵:《现代化与现代派》,《前线》,1982(12)。
④ 同上书,36-37页。持相同观点的还有李准:《现代化与现代派有着必然联系吗?》(《文艺报》1983年第2期);黄一平:《历史唯物主义不是经济唯物主义》(《社会科学研究》,1983年第6期)。孙子威在《也来谈谈现代化和现代派》(《江汉学刊》1984年第1期)一文中,也以经济唯物主义不是马克思主义,资本主义的现代化不等于社会主义的现代化参加了对徐迟的批判。

现实主义仍然具有难以动摇的意识形态地位。

尽管现实主义仍然被视为终极原则或唯一正确的理念,但在此时的影响却并非强大无比,甚至可以说被日益边缘化。中国毕竟已进入改革开放的新时代,对不同思想的容忍度和耐受性已经大大提高,决非前30年尤其是"文化大革命"期间所能比拟。无论对现代主义多么不满,保守派也不可能将其引介者和实践者打成"反党""反社会主义"的阶级异己分子。他们所能做的,只能是在媒体或讲台上与现代派"同志"们平等地"商榷"问题。正是在争论中,现代主义的新奇性、启蒙性得到了凸显,由此捕获了大量眼球,现代主义热出现了。可以说,1980年代对中国人心灵冲击最大的,不是现实主义,而是现代主义。据统计,1978年至1984年,我国报刊上总共发表650余篇评介西方现代派的文章。[①] 袁可嘉等编选的《外国现代派作品选》第1卷1980年出版,一次便印刷发行了50000册,[②]对今日学术书籍出版而言,如此大的发行量已很难想象。当然,其他领域西方思想的引进也对现代主义起到了推波助澜的作用。就在现代主义被热烈拥抱的同时,被视为西方现代派思想家的尼采、弗洛伊德、萨特的著作也被迅速且往往不太准确地译为中文,大量出版。事实上弗洛伊德热、萨特热一直持续到90年代后期,而尼采热直到本世纪初也无降温的迹象。

二、相互涵容的"主义"

以上有关现代主义是不是一种异端或是否具有合法地位的争论,大体上发生在意识形态的领域。可是,现代主义再次进入我国时虽发挥了思想启蒙的功能,甚至可以说在新时代全民知识结构转型中,对现代主义的再次移植和接受起到了助推器的作用,但现代主义的引介不可能永远受意识形态制约,现代主义不可能永远处于一种跟现实主义激烈争论的状态,也不可能因了这种争论而永远祛除不了意识形态论战的味道。毕竟,起源于欧洲的现代主义主要是一种文艺思潮,一个文艺现象,而不是一件纯意识形态产品。

早在1981年10月,卞之琳有感于"现实主义"一词之被滥用,也出于替现代主义做辩护的动机,撰写了《现代主义和现实主义构不成一对矛盾》一文,提出应对"手法"和"主义"进行区分,对"广义的"主义和"流派的"主义进行区分。比如象征作为一种"手法"是"古今中外都有用到的",但作为一种流派或"主义",却另当别论。从该文的立论来看,现实主义应从"广义"上理解,或者说应视为一种手法,而非一个流派:"把'现实主义'(说成是流派的)和'现代主义'(本就是流派)对立而谈,我不以为恰当。真正有价值的'现代主义'作品也是

---

① 应天士:《当代外国文学的宏观研究》,《当代外国文学》1987(4)。
② 一兵:《现代化与现代派》,第315页。

'反映'现实的,其中往往也有广义的现实主义,也有广义的浪漫主义。只是时代变了,表现手法也不能墨守成规,也得有所改变而已。"①

像袁可嘉关于现代主义的一系列论文具有定调的作用那样,卞之琳的文章同样产生了矫正偏激的意识形态立场、确立更客观包容的思维方式的效应。这篇文章写于现实主义与现代主义之争开始不久的1981年,发表于两种主义鏖战正酣的1983年,却产生了持久的效应。直到新世纪,探讨两种主义的关系的外国文学论文仍不在少数,如易晓明的《现实主义与现代主义:两种语境的"整体性"》②,于艳玲的《现实主义与现代主义的有机融合——谈福斯特小说〈可以远眺的房间〉的写作手法》③,吴志伟、王欧雯的《绵延不绝的文学香火——论唯美主义于现实主义与现代主义间的历史作用》④,等等。卞之琳的文章发表后,现代主义中包含现实主义因素,或者说现代主义像现实主义一样同样能够"反映"现实的观点在讨论中逐渐获得认同,知识界对于现代主义、现实主义、浪漫主义、象征主义等文学现象的认识也在此过程中越来越清晰、越来越深入。伴随着认识上的进步,80年代仍有很大影响的左倾教条主义思维——如革命现实主义与革命浪漫主义相结合等于真理——将渐渐被摈弃,意识形态性的主义之争将渐渐淡出人们的视线。

当然,学术界、文艺界认识的深化有一个过程,不可能一蹴而就。也在卞之琳文章发表的1983年,权威刊物《文学评论》刊登了一篇署名"魏理"("保卫真理")、火药味十足的论文——《现实主义与现代主义不能合流》。文章中这样写道:"现代主义的拥护者是不容现实主义存在的",因为他们"对现实主义总是一知半解,任意贬低、丑化,说现实主义只写事物表面,写已有事实;现实主义只是反映、再现,所以是模仿;现代主义是表现,所以是创造;现实主义只重客观,现代主义则尊重作家的主观创造性,等等,然后宣布现实主义过时"。如果说,文章作者说这话时采取的还是守势,他说另一段话时,则主动采取了攻势:"有的同志提出现实主义可与现代主义结合的理由之一,是说现实主义可以吸收现代主义的艺术手段来丰富自己。这种做法,实际上把不同的创作原则当成了不同的艺术手法,模糊了两种创作原则的区别。"⑤"原则",不是细枝末节,而是根本。也就是说,现实主义与现代主义的分歧不是手段、方法上的,而是本质性的,最

---

① 本段引文均出自卞之琳:《现代主义和现实主义构不成一对矛盾》,《读书》1983(5)。
② 易晓明:《现实主义与现代主义:两种语境的"整体性"》,《外国文学》2003(3)。
③ 于艳玲:《现实主义与现代主义的有机融合——谈福斯特小说〈可以远眺的房间〉的写作手法》,《理论月刊》2004(5)。
④ 吴志伟、王欧雯:《绵延不绝的文学香火——论唯美主义于现实主义与现代主义间的历史作用》,《文学界》(理论版)2011(5)。
⑤ 魏理:《现实主义与现代主义不能合流》,《文学评论》1983(6)。

终这可能意味着社会主义与资本主义的分歧（当然，作者没有把问题上纲上线到姓"社"姓"资"的高度，甚至称对手为"同志"）。这与卞之琳现实主义应被视为一种手法的观点刚刚相反。

然而，在拨乱反正、解放思想的大形势下，魏理的观点不可能获得太多喝彩。他本人很可能意识到了这一点，故用笔名而非真名发表文章。也在1983年，《解放日报》发表了王纪人的《也谈现实主义与现代主义》。该文把现代主义与现实主义的争论明确定位为"走现代主义道路还是坚持现实主义道路的论争"，认为"文学方向和道路的总提法"应该"用现实主义这个词来概括"，这是因为"提出任何口号，都必须从具体的国情和民情出发。要切合时代的需要。从我国的情况来看，多数的读者还是欣赏写实的作品，再过若干年也不会有多大的变化"。值得注意的是，王纪人的立场虽与魏理大体上一致，他对现代主义却表现出一种久违的宽容态度："强调文学的现实主义精神，不应该排斥借鉴浪漫主义或现代主义；指出我们的文学在主体上是现实主义的，不应该剥夺作家用其他任何艺术方法来写作的权利。"他对不问情由一概否定"现代派手法"的同志提出批评，认为这对"发展丰富多彩的社会主义文学是不利的，对于现实主义本身的丰富和发展也是毫无益处的"。[①]

及至80年代后期，情况有了很大变化。这时，有关异化问题的讨论（详下）已使持不同甚至相反意见的人们意识到，现代主义可能不仅不是资本主义的卫道士，反而深刻揭示了资本主义社会的种种异化和矛盾现象。事实上，存在主义的异化理论与青年马克思《1844年经济学哲学手稿》中的异化理论在很大程度上是相似的。在这种形势下，知识界对现代主义的态度已不只是单纯的容忍。当论及卡夫卡《变形记》等现代派作品的内涵时，有论者这样写道："虽然从形式到内容都是荒诞的，但某种意义上，这种以扭曲的形式表现扭曲的世界、扭曲的人性，比现实主义那种古典式散文的笔法来得更为触目惊心。"[②]为何现代主义文学与现实主义文学都表现出对西方社会的"揭露批判的精神"呢？因为二者都具有"人道主义的理想"，都"把人当作最高的价值和目的"，都"从人性出发，期待人获得最大限度的自由和发展"。这种共同的人道主义理想"在本质上"把现实主义文学和现代主义文学至为紧密地联系起来。因此，"不管是拼命鄙弃现实主义的艺术成就，还是盲目贬低现代主义的认识价值，两者的血缘关系都是不可抹杀的，对各自的在文学史上应占的地位也应予以客观承认"。[③]显然，此时现代主义已不再是刚进门的小媳妇，而已名正言顺，登堂入室了。

---

① 观点介绍文章，《如何认识现实主义与现代主义》，《文艺理论研究》1983(3)。
② 叶飞如：《决裂的脉承：试论现实主义与现代主义的血缘联系》，《外国文学研究》1988(2)。
③ 同上书，第109—110页。

进入90年代以后,一批外语好、学术功底深的学者加入了讨论。黄梅指出,西方现代主义虽然标志着"深刻的变化和触目惊心的决裂姿态",但与"写实传统"的断裂却"远不是彻底或绝对的"。① 奥尔巴赫在《论摹仿》(1946)中便把吴尔夫《到灯塔去》"纳入了早在荷马史诗中就已见端倪的绵长的西方写实主义传统""19世纪作家并不那么天真幼稚,他们已经意识到'写实'的深刻矛盾性;而现当代某些反现实主义的理论和创作也不那么突兀崭新,两者之间是有着'历史连续性'的";现代派小说在一些重要方面与"曾一度被它大加抨击的'写实'传统息息相通",所谓"转向'内心'是在飘扬已久的'写真实'的旗号下提出的";吴尔夫、劳伦斯、乔伊斯这些转向"内心"的现代派作家都有"写实情结",也都取得了突出的成绩,也就是说,"传统的写实精神"在很大程度上被现代主义小说"深化"了。② 肖明翰也在《现代主义文学与现实主义》一文中说:"从整体上看,现代主义文学家在本质上仍然属于文学与现实密切相连的那一伟大的文学传统,现实仍然是他们的文学艺术的出发点和归宿。也就是说,他们的文学艺术不仅来源于现实,而且是对现实的表现、批评和探索";在此意义上,"现代主义在本质上是现实主义在20世纪的新发展"。③ 应当注意的是,上引学者都没有藉"人道主义"把现代主义和现实主义撮合到一起,以赋予前者跟后者同等的文学史地位,而更多是用文学史事实来证明,现代主义中包含"写实精神"即现实主义传统或手法,从而提请知识界文艺界注意,现实主义与现代主义之间存在无可否认的"历史连续性"。这表明,论战性的"主义"之争开始具有稳健、深沉的学理内涵。

现代主义既然包含"写实精神"或"写实传统",就是能够涵容现实主义的。现实主义既然能被现代主义所涵容,它就应当被视为一种文学手法、现象或传统。反之亦然。同样在90年代,陈立志、肖谊在《现代主义与现实主义再认识》一文中写道,现实主义是一种"手法",不只属于19世纪,"而属于人类所有的时代"。事实上,"现实主义是自从有了文学这一形式以来就存在的一种表现手法",因此,现实主义元素不可能不依然存在于各种现代主义派别中;既如此,"不论现代主义作家采用的表现手法多么荒诞、多么离奇,他们的作品还是反映了不同程度的现实"。④ 较之此前发表的大量关于现代主义与现实主义的关系的文字,这篇文章最为直截了当地宣布:无论现代主义多么着迷于存在的孤独感、幻灭感、荒谬感、焦虑感、失落感、滑稽感,它仍然是对现实的"反映"。这意味着,像魏理那样把现实主义和现代主义视为截然对立的两种"原则",是没有

---

① 黄梅:《回顾现代英国小说》序言,黄梅主编:《现代主义浪潮下:1914—1945》,中国社会科学出版社,1995年,第3页。
② 黄梅:《回顾现代英国小说》序言,第4—5页。
③ 肖明翰:《现代主义文学与现实主义》,《外国文学评论》1998(2)。
④ 陈立志、肖谊:《现代主义与现实主义再认识》,《湘潭大学学报》(哲学社会科学版)1997(6)。

道理的。其实,即便二者都可以视为"原则",也并非势不两立、水火不容,而是相互涵纳,你中有我、我中有你。这时许多学者已注意到现代派作品中含有大量现实主义元素,反过来看也是如此。现代派兴起后出现了一大批回归"传统",以写实著称的小说家,其作品中便包含明显的现代主义元素。英国40年代后期至60年代问世的大量"新现实主义"小说便是证明。①

三、存在主义为何突显?

不难发现,在对西方现代派文学的译介和接受中,我国学术界、文艺界对西方现代主义诸"流派"的认知与西方同行虽然大体一致,但也有明显差异,对存在主义的归类便是一个显著的例子。简单说来,西方学术界、文艺界很大程度上并不认为存在主义文学属于现代派的,而我国学术界和文艺界却毫不迟疑地、高调地将其纳入现代主义的范畴。

例如,2011年出版的剑桥大学指南丛书《欧洲现代主义》,并没有把存在主义小说家视为现代派。该书篇幅长达270多页,却仅用两句话提到萨特、加缪和波伏娃,认为他们写的是"哲学的参与政治的小说",这种小说"偏重担当精神而非形式创新",言下之意,与通常意义上的现代主义有距离,而存在主义小说之后兴起的"新小说"才又重新"拾起现代主义的火炬"。② 另外两部同样由剑桥大学出版社出版的著作——《现代主义、种族与宣言》(2008,242页)③和《文学现代主义与音乐美学》(2001,288页)④——全书中竟无一字提及萨特、加缪或波伏娃。菲利普·特乌和阿列克斯·马雷编著的《现代主义手册》(2009,248页)⑤和迈克尔·莱文森撰写的《现代主义》(1999,中译本350页)同样是全书无一字提及萨特、加缪或波伏娃。⑥ 杰夫·华莱士著、2011年出版的《初习现代主义》篇幅长达314页,却仅只一句顺便提及萨特、加缪和波伏娃三人。⑦

当然,西方现代派研究的权威著作马·布拉德伯里与詹·麦克法兰编著的《现代主义——1890—1930》(1976)并没有把萨特和加缪排除在现代主义传统之外,但在这部长达700多页的著作中,目录中竟没有"存在主义"的字样,仅在十几页"内省的小说"一节用一页多一点篇幅讲到两部最著名的存在主义小说,

---

① 参见阮炜:《社会语境中的文本:二战后英国小说研究》,社会科学文献出版社,1997年,第3—86页。
② Pericles Lewis ed., *The Cambridge Companion to European Modernism*, Cambridge University Press, 2011, p. 28.
③ Winkiel Laura, *Modenism, Race, and Manifestos*, Cambridge University Press, 2008.
④ Brad Bucknell, *Literary Modernism and Musical Aesthetics: Pater, Pound, Joyce and Stein*, Cambridge University Press, 2001.
⑤ Philip Tew and Alex Murray ed., *The Modernism Handbook*, Continuum, 2009.
⑥ 迈克尔·莱文森:《现代主义》,沈阳:辽宁教育出版社,2002年。
⑦ Jeff Wallace, *Beginning Modernism*, Manchester University Press, 2011, p. 118.

即萨特的《恶心》和加缪的《局外人》,且不止一次提及两部作品的现实主义手法,甚至认为《恶心》"自觉折回到许多18世纪的小说'从文件中发现的日记'这一体裁"。① 提纲挈领的第一章"现代主义的名称和性质"长达36页,却只有一处提到萨特和加缪,并且是在论及现代主义的一种宽泛的起讫界线——比如"从维柯到萨特,从歌德到华兹华斯到加缪到罗布·格里耶"时顺便提到的。② 恰成对照的是,编著者用120页篇幅分门别类地高调介绍现代主义"文学运动",如自然主义、象征主义、颓废派、印象主义、意象主义、旋涡派、未来主义、表现主义、达达主义和超现实主义,平均每个运动长达12页,却单单把存在主义排除在外。③

在中国,现代主义的引介者和研究者是如何处理这个问题的呢?袁可嘉在发表于1980年的《欧美现代派文学概述》一文中,列举了象征主义、表现主义、未来主义、意识流文学、超现实主义、存在主义、新小说派、"垮掉的一代"、荒诞派戏剧、黑色幽默派十大现代主义"派别"。④ 回头来看,袁可嘉对现代主义现象或流派的划分不仅与西方学界有一定的距离,而且在我国学界也产生了明显的定调效应。在他之后,陈慧的《西方现代派文学简论》(1986)、⑤林骧华的《西方现代派文学评述》(1987)、⑥杨国华的《现代派文学概说》(1989)、⑦徐曙玉和边国恩等(编著)的《20世纪西方现代主义文学》(2001)、⑧以及曾艳兵编著的《西方现代主义文学概论》(2006)⑨大体上都遵守了袁可嘉对西方现代主义流派的划分。⑩ 与西方学者拿不准存在主义小说究竟是否属于现代派形成鲜明对比的是,中国学者无一例外都毫不犹豫地把存在主义文学纳入现代派的范畴。

问题是,为什么在存在主义文学的归类上,中国学者与西方学者之间出现了如此明显的分歧?这与当时中国的社会政治状况和知识结构转型的历史需要有关。也就是说,学术界之采取一种不同于西方的视角和看法,很可能并不

---

① 马·布拉德伯里、詹·麦克法兰编撰:《现代主义——1890—1930》,胡家峦等译,上海外语教育出版社,1992年,第385—386页。
② 马·布拉德伯里、詹·麦克法兰编撰:《现代主义——1890—1930》,第17页。
③ 同上书,第167—281页。
④ 袁可嘉:《欧美现代派文学概述》,《现代派论·英美诗论》,第72—81页。
⑤ 陈慧:《西方现代派文学简论》,石家庄:花山文艺出版社,1986年。
⑥ 林骧华:《西方现代派文学评述》,上海:上海人民出版社,1987年。
⑦ 杨国华:《现代派文学概说》,上海:华东师范大学出版社,1989年。
⑧ 徐曙玉、边国恩等编:《20世纪西方现代主义文学》,百花文艺出版社,2001年。
⑨ 曾艳兵主编:《西方现代主义文学概论》,北京大学出版社,2006年。
⑩ 除了在存在主义文学归类上中国学者与西方学界有明显距离外,中国学者在意识流到底是一个文学流派还是一种创作方法的问题上,与西方学界也不同。西方学者并不把意识流视为一个"流派"或"运动"。袁可嘉虽然称其他现代主义"派别"为"主义"或派,却拿不准意识流是否也是一个"派别",于是称其为"意识流文学"。之后,杨国华、曾艳兵袭用袁可嘉的术语。陈慧和徐曙玉、边国恩等稍有不同,称"意识流小说"。只有林骧华把意识流明确地视为一种"方法"。

是一种单纯的学术行为,而或多或少带有某种超越学术的思想政治动机。在某种程度上,这与马克思主义在中国传播的情形是相似的。如果说马克思主义从西方传入中国,并非无条件地、"原汁原味"地被中国人接受和服膺,而是在经历一个适应中国经济、社会和文化环境的过程,才产生了巨大的政治和社会效应,那么现代主义于1970年代末重新进入中国,同样得经历一个本土化的过程,同样得适应当时的社会政治环境,才能满足新时代思维转型的历史需要。在1920—1940年代,这种历史需要就是反帝反"封建",改造"国民性",培养民主与科学新人的第一次思想"启蒙";1978以后,这种历史需要就是拨乱反正,解放思想,改革开放,探索创新之第二次思想"启蒙"。那么,存在主义的引进又如何适应这种时代需要呢?

袁可嘉在《略论西方现代派文学》(1979)一文中说:"在人与人的关系上,现代派文学揭示出一种极端冷漠、残酷、自我中心、人与人无法沟通思想感情的可怕景象。法国存在主义作家让-保尔·萨特在《门关户闭》一剧中有一句名言:'别人就是(我的)地狱!'……这就从本体论上否定了人间交往的可能性,不仅反映了资本主义社会关系的阴暗可怕,而且全面地、彻底地取消了人类彼此了解的可能性、现实性和必要性。"①这里不难看出,为何在所有现代主义"派别"中,袁可嘉对存在主义情有独钟。他虽然批评存在主义文学"取消了人类彼此了解的可能性、现实性和必要性",却明确肯定这种文学是对资本主义社会人与人之间"极端冷漠""无法沟通思想感情"之可悲状况的反映和揭示。这难道不意味着,存在主义与马克思主义的立场多少是一致的?既存在这种一致性,即使现代主义是西方资产阶级的一种文艺思潮,谁能说不该引进和评介呢?

这种判断与袁可嘉对现代派文学的总的看法密切相联:"现代派在思想方面的特征是对西方现代文明的危机意识、变革意识,特别是它在四种基本关系上所表现出来的全面的扭曲和严重的异化:②在人与社会、人与人、人与自然(包括大自然、人性和物质世界)和人与自我的四种关系上的尖锐矛盾和畸形脱节,以及由此产生的精神创作和变态心理、悲观绝望和虚无主义的思想。"③这里关键词是"异化",而对此时袁可嘉和其他现代主义引介者而言,在所有现代主义"派别"中,萨特和加缪的存在主义小说最集中、最有力地表现了西方社会的异化问题(当然,卡夫卡的小说、荒诞派戏剧和"新小说"同样属于揭示异化问

---

① 袁可嘉:《略论西方现代派文学》,《现代派论·英美诗论》,第7页。
② "任何事物离开了自己的本质,走向反面,是谓异化,如人之成为非人,文学之成为反文学等。"——原作者注。见袁可嘉:《略论西方现代派文学》,第5页。
③ 袁可嘉:《略论西方现代派文学》,第5页。需要指出的是,后来发表的几乎所有关于西方现代派的文字——包括网络信息——都或多或少是对袁可嘉这段话的转述或跟进。

题的现代派文学),①也就是说,存在主义或许比其他现代主义"派别"更有资格被视为现代主义的典型。如上所述,这种认知明显不同于西方主流看法。但不同又何妨?既然揭示了资本主义社会最大的阴暗面即人的异化,存在主义乃至作为整体的现代主义与正统思维的关系就不是挑战它、对抗它,而是充当其思想盟友。即使袁可嘉没有明说存在主义的异化理论与青年马克思《1844年经济学哲学手稿》中的异化理论具有很大程度的相似性,至少二者要解决的问题很大程度上是相同的,他的思路和行文都表明,他是一个深受马克思主义影响的学者。可实际上,当时谁不深受马克思主义影响呢?

需要注意的是,80年代中国学者虽然认为存在主义与马克思主义立场相近,却并没有放弃马克思主义的正统地位;或者说,在引介存在主义文学的同时,他们并没有忘记其"资产阶级"的"错误"的一面。袁可嘉虽然承认存在主义文学"反映了当代西方人对世界和人类的存在意义的深刻怀疑""描绘了西方社会的种种现实矛盾",因而"具有很大的认识价值",但又认为这种文学"彻底取消了人类彼此了解的可能性、现实性和必要性",甚至批评萨特、加缪"散布了种种错误的思想,常常采用荒诞不经的手法"。② 同样,另一位论者虽然更为明确地肯定存在主义批判资本主义社会的思想价值,指出它作为一种"资产阶级唯心主义的哲学""在极端的异化已形成优势的资本主义社会里,试图解释资本主义社会中人的异化现象,并对此作了一些揭露和描绘",而且"反对人的消极无为,强调人的存在,人的主观意志,突出人的自由,关心人的个性自由发展",但也批评它"在消除异化的口号下,否定客观物质世界的存在,歪曲异化的真实根源,否认资本主义制度是资本主义社会人的异化的原因;在强调人的意志的时候,把它片面发展,以至作为一切存在的出发点;在突出自由的时候,把它当作不受必然性制约的绝对的东西"。③

四、引领新时代,开创新思维

为什么分明是引进、传播现代主义文学,却又对之持批判和否定的态度?这是因为在当时的历史条件下,保守思维仍十分强大,所以对西方思想的评介必须政治正确,或尽可能降低政治风险。换句话说,采用批评和否定的方式是一种最现实、也最有效的引进策略。在前30年尤其是"文化大革命"期间,现代派属于"封资修"的"资"的范畴,只有极少量的译介,也仅供极少数高级干部"参考"和"批判";现在,现代主义虽然仍受批判,但至少已不被视作"毒草",更说不

---

① 除袁可嘉外,还可参见王齐建:《现代主义与异化》,《外国文学研究》1984(4)。
② 袁可嘉:《略论西方现代派文学》,第4页。
③ 华长慧:《正视存在主义对青年学生的影响》,《宁波大学学报》(教育科学版)1983(2)。

上"反动";更重要的是,通过批判式引介,现代主义能够堂而皇之进入学术界、文艺界和思想界广大受众的视野。因此,当时中国人对现代主义不可能不发展出这么一种认识:虽然是一种"资产阶级唯心主义哲学",却又对资本主义社会进行了深刻的揭露和批判;虽然属于非马克思主义的范畴,却不是反马克思主义的。可以说,现代主义的知识身份恰恰处在中间地带。从当时的惯性思维的角度看,作为现代主义流派之一的存在主义即便非红,也非全黑,而属于一种非红非黑的中间色调。

不难想见,现代主义的这种知识身份对于新时代的中国拨乱反正,解放思想,破除教条主义,扩大知识的视野十分有利。也不难想见,现代主义的译介、传播和接受,对于中国人培养一种宽容不同意见的习惯也十分有利。在相当大的程度上,正是在围绕现代主义的争论中,1978年以后的中国人逐渐从思想禁锢中走出来,学会了对非主流立场的容忍和接受,对外部世界保持开放状态和视角多元的格局由此奠定。既然现代主义不仅"不是毫无审美价值",而且"或多或少地对我们了解现代资本主义社会这个危机四伏的'荒原'有一定的认识价值",[①]重新打开心灵窗户的中国人为什么不学习它、借鉴它呢?所以完全可以说,现代主义的引介和传播超越了文学本身,起到了引领时代、更新思维、扩大视野的重要历史作用。如果没有现代主义的适时引进和传播,我国学术界、文艺界和意识形态领域要完成解放思想、转变知识结构的任务,就会缺少一个极重要的话题和媒介。

回头看去,至90年代中期,现代主义已站稳了脚跟,"文学方向和道路的总提法"应该"用现实主义这个词来概括"的武断看法[②]已经没有市场。既然围绕不同"主义"的意识形态论战硝烟既然已经散去,现代主义协助知识界、文艺界解放思想的使命已经大体完成,对西方现代主义进行真正的学理思考、作出认真的学理回应的任务便提上了议程。应该说及至此时,我国学者在更大程度上已经是在把西方现代主义当作一个对象来认知和研究,或者说对现代主义已有一种大体上摆脱了意识形态论战的把握,认识到现代主义是一种文艺思潮、精神和传统,一种源于现代生产方式、生活经验和思维样式的文艺形式。在此意义上,与其说现代主义是一个文学"流派",倒不如说它是一种涵括多种文学运动、流派、风格、手法和"宣言"的现代文学现象,正如浪漫主义和现实主义是主导18和19世纪欧美的文学现象那样。正如现实主义和浪漫主义不单单是一种文学手法,现代主义也不可被单单视为一种文学创作方法,而更重要地应视

---

① 王齐建:《现代主义与异化》,第18页。
② 观点介绍文章,《如何认识现实主义与现代主义》,《文艺理论研究》,第138页。

为现代人的生活经验和世界观的一种艺术投射。① 它既为现代人的生活经验和世界观所制约和型塑,也艺术地反映现代人的生活经验和世界观,同时还参与了现代人生活经验和世界观的形成和丰富。

现代主义的出现有着深刻的历史和思想背景。工业革命的完成,达尔文主义、马克思主义和弗洛伊德式精神分析的崛起,使认识论和价值论双重意义上的怀疑主义、革命精神成为时代风气,甚至出现了尼采式"重估一切"的激进主张。1914年,更爆发了死亡八百多万人的欧洲大战(即所谓第一次"世界"大战),对人们的心理造成了巨大创伤。与此同时,在科学方面,爱因斯坦的相对论和海森堡的"测不准原理"深刻地改变了人类对物质世界本质的认知和把握。凡此种种表明,主客二分的传统思维已经难以为继。主体与客体、主观与客观不再被视为截然对立而是相互依存的两个维度;主体之所以能够"把握"对象世界,与之互动,不仅恰恰因为其本身就是对象世界的一部分,也因为对象世界必须有主观活动的观照和切入方才成其为对象世界。② 客观实在也并非像人们在日常生活中所感知到的那么逻辑连贯,那么因果有序,那么遵从"规律"或源自主观向度的既有期待,而是无时不与主观世界进行着互动,并在很大程度上为主观世界所制约和规定。

如前所述,70年代末至90年代前半期,因特殊的政治和社会背景,现代主义在我国的引介和传播可谓学理探索、文学创作与意识形态论战纠缠在一起,难分难割,只是在此之后,我国学者对现代主义的认知才开始具有通常意义上的学理探究性质。但从思想理念传播的角度看,这种情形决非属于不正常。即便在其发源地欧洲,现代主义也绝对不是一种"纯"文学运动,而有着深厚的经济、社会、政治和思想史渊源;及至其超越酝酿期,在法、德、英、意、俄等国高调崛起,也无不掺入了基于各国国情的政治和社会考量。甚至"现代主义"作为相应文学现象的名称,显然不是一开始就使用的,而且在不同的国度有不同的用法。比如在英国和德国,"现代主义"指象征主义、表现主义、意象主义、超现实主义等文学流派或运动,而在现代主义公认的发祥地法国,"现代主义"却与文学了无干涉。也就是说,作为"文学分期、文类或运动"的现代主义"并不存在"。③ 在法国,"现代主义"一词"通常指的是绘画、1907年的天主教会危机、并非完全原始的旅游消遣设施,或诸如詹姆斯·乔伊斯和威廉·福克纳一类英国或美国作家"。④ 然而,现代主义作为一种文学思潮被引入我国后,深深地参与

---

① 布拉德伯里、麦克法兰编撰:《现代主义——1890—1930》,第9页。
② 埃尼克·斯坦哈特:《尼采》,朱晖译,中华书局,2003年,第8页。
③ Kimberley Healey, "French Literary Modernism", in Astradur Eysteinsson & Vivian Liska ed., *Modernism*, Vol. 2, p. 801.
④ Ibid.

新时期的社会、政治和知识转型,从而起到超越文学本身,起到引领新时代,开创新思维的巨大作用,却远远不是其发源地欧洲所能比拟的。此外,为何西方学者拿不准存在主义文学究竟是否属于现代主义,而恰成对比的是,中国学者毫不犹豫地将其纳入现代派的范畴?这难道不是因为有关存在主义的讨论很好地适应了当时中国的思想和政治环境,能够很好地满足新时代思维转型的历史需要?

最后需要讨论的一点是,中国学者将现代主义的起讫灵活地置于1857—1960年代这一较大的尺度之中,而西方学者倾向于将其限定在1910—1925年之所谓"极盛期"以内,[①]以及为何会形成这种格局。当然,这种差异尽管十分明显,却并非绝对;西方人并非只使用一种分期法,而是同时采用1857—1960年代和1910—1925年两种尺度,中国学者也并非没有注意到这一点。然而,从上文讨论的多部西方人所著之现代主义"手册""指南"或研究著作中不难看出,他们虽然并非绝对排斥现代主义分期上的大尺度,却又不约而同地使用小尺度,就连对大尺度显示出较大包容性的布拉德伯里和麦克法兰也不例外,其后果便是存在主义文学大体上被排除在现代主义传统之外(大多数西方学者将存在主义文学排除在现代主义之外,很大程度上是因其兴盛期在1940年代)。为何中西学界会有如此明显的差异?这当然与1970至1990年代前期我国的政治和社会背景有关。正由于特殊历史条件下的特殊需要,我国学者才比西方学界更重视现代主义的政治、社会和精神内涵,而非现代派作品在形式实验方面的"先锋性",尽管两者之间并非总是泾渭分明,而是相互涵容,难解难分,尽管我国学人也并非完全不注意西方现代派的形式实验。

可以说,在1978年以后现代主义的重新引进和传播中,中国知识人承续中国古典文化和五四时代现代主义传统,在现代主义的认知和研究方面形成了一个独特的、独立于西方的知识体系。即便在对现代主义的总体把握上,90年代中期以降我国学界与西方学界逐渐趋于一致,仍然可以说我国存在着一个独具特色的现代主义认知、研究传统。因为现代主义参与了新时期的知识结构转型,起到一种开创新思维的巨大作用,为西方所根本不能比拟;因为存在主义被我国学人洋为中用地高调归入现代主义(西方学者不情愿这么做);因为现代主义的政治、社会和精神内涵而非形式实验在我国比在西方更受重视。凡此种种说明,存在一个中国的现代主义认知和研究传统,一个令我们骄傲的传统。

[①] 布拉德伯里、麦克法兰编撰:《现代主义——1890—1930》,第16—17页。

第三节 欧洲后现代主义研究

20世纪欧洲思潮的主流经历了从现代主义到后现代主义的转变,但其发展和演变过程并非突然或偶然,而是经历了一个世纪的时代精神和社会风貌的流变。两者的发展既有独立的一面,又有平行和交叉的一面。"后现代"这个术语与现代主义文艺思潮同时出现,具有"前历史性"(pre-history)特征。[①] 1870年前后,英国艺术家约翰·瓦特金斯·查普曼(John Watkins Chapman)用"后现代"一词描述法国印象主义画家克劳德·莫奈等人的一组画,因为这些画是当时"现代时期最时尚的表现、现代艺术的最前沿,是指超越了当时盛行的印象主义者所能表现的新艺术"。[②] 显然,最早的"后现代"术语是指对当下艺术的超越。1917年,德国学者、作家鲁道夫·潘维茨(Rudolf Pannwitz)在《欧洲文化的危机》中使用此术语来说明现代欧洲文明的颓废、道德的沦丧。1934年,西班牙作者腓德列可·德·翁尼斯(Federico de Onis)在马德里出版的《西班牙及西属亚美利加诗选》一书中用了"后现代主义"一词(Postmodernismo),表示与"现代主义"风格不一样。1947年,英国历史学家阿诺·汤因比(Arnold Toynbee)在其《历史研究》六卷中,使用了"后现代时代"(post-modern age)这个概念作为其标志,指丢失了现代文明的时期。欧洲的"后现代"思潮于20世纪50年代进入美国。1957年,美国文化史学家伯纳德·卢森伯格(Bernard Rosenberg)把当下包括技术对社会的掌控以及大众文化普遍的"一致性"(sameness)发展的新的生活环境命名为"后现代"。1964年,美籍犹太文学批评家李思列·菲德勒(Leslie Fiedler)把那些拒绝接受现代艺术和现代文学中的精英观点描述为"后"(post)文化。1968年,美国艺术批评家里昂·斯特恩伯格(Leo Steinberg)发现当代视觉艺术中的一个变化,"即从对自然的再现转向对人工意象的平面再现(flat representation),他把这种趋势叫做'后现代'"。[③] 从"后现代"这个术语来历来看,后现代主义关注历史的独特性,关注与之之前或同时期的艺术、人生观、社会价值的不同取向。"后现代"术语自20世纪50年代传入美国后,美国学者将此推向高潮,时至70年代和80年代,达到鼎盛期,出现了"后现代主义无所不在"的局面:绘画艺术、建筑学、哲学、经济学、心理分析学、文学和文学批评等等各个学科、各个领域。海潮有起必有落。1991年,欧美一些著名的"后现代主义"学者们会聚

---

① Glenn Ward, *Teaching Yourself Postmodernism*, London: Cox & Wyman Ltd., 2003, p. 7.
② Ibid., p. 8.
③ Ibid., p. 10.

在德国斯图加特大学,回顾与总结"后现代主义",会议的论文集取名为《后现代主义的终结:新方向》(*The End of Postmodernism: New Directions*)。此后,在争执中成长、成熟的"后现代"思潮在欧洲逐渐沉寂、划上一个句号。由于中国特定的政治环境,欧洲后现代主义思潮在中国的传播和研究滞后了20年之久。欧美后现代思潮的鼎盛期正是我国新时期后的"现代化"建设时期;欧美后现代思潮的沉寂之时正是我国后现代思潮"正名"的后新时期之始。即便如此,中国没有错过对欧洲"后现代思潮"的引进和研究。

一、没有"名分"的后现代主义

20世纪的中国有两次打开国门的经历,第一次是五四新文化运动前后,第二次是80年代前后的新时期。新时期之前的中国,经历了十年"文化大革命",对西方现当代文学缺乏了解,更不知"后现代"这个术语。所以,新时期,学者们就把包括哲学、文学艺术以及文学作品在内的现当代思潮混为一谈,均为现代主义。根据目前所掌握的材料来看,中国社科院外国文学研究所朱虹发表于《外国文学动态》1978年第1期的"荒诞派戏剧简介"文章和发表于《世界文学》1978年第2期的"荒诞派戏剧述评"文章,是新时期最早介绍西方后现代主义文学的两篇文章,但她自己尚不知在讨论后现代主义文学。在这两篇文章中,朱虹详细地介绍了荒诞派戏剧的兴起、前驱、思想出发点、艺术特点,并列专题对欧洲一些荒诞派戏剧家进行介绍。1978年,《外国文艺》第3期刊登了施咸荣的《萨罗特谈"新小说派"》。施咸荣把法国的"新小说派"作为现代主义文学介绍给中国读者,他自己尚不知介绍了欧洲后现代主义小说家及其反传统的创作特征和审美理想。1978年11月,中国社会科学院外国文学研究所在广州召开了全国外国文学研究工作规划会议。因为相当长时期以来,一般人视现当代资产阶级文学在政治思想上是反动的,在思想内容上是颓废的,在表现方法上违反创造规律,缺乏艺术性。针对当时对西方现当代文学如此这般的批评,柳鸣九在会上作了一个极其重要的学术发言,发言共分五个部分。柳鸣九在发言中采用历史发展观从哲学和社会学的视角大胆地为欧洲现当代文学辩护:"是否可以说现当代资产阶级文学全部都是以20世纪反动消极的资产阶级思潮为思想基础、已经完全抛弃资产阶级上升时期的民主主义传统、人道主义传统、因而全都是蜕化、堕落、反动腐朽了呢? 事实并不如此……问题在于对现代派作家创作的思想基础如何看,是否现代派作家的作品中思想内容都没有积极可取的、都是与进步的思想传统无关? 让我们以现当代资产阶级文学中三个重要的代表作家卡夫卡、萨特与贝克特为例作一些分析。……他[卡夫卡]的作品并不多,但是为什么他为数不多又充满了不可知的神秘主义色彩和荒诞内容的作品,竟成为了现当代资产阶级文学中最重要的现象之一,而他自己也因此成为了现代派文学的一个奠基人?如果他的作品不具有深刻的思想内容足以引起广大读者的思考、回味和共鸣,而仅仅以情节的荒诞和形式的新奇,难道能达到这样的成就?显然那是不可能的。……再以萨特为例,不论从理论上、创作上和社会活动来看,萨特都继承了过去时代资产阶级进步的思想传统。萨特是西方世界影响极大的存在主义作家,他的文学作品基本上都是用来表述存在主义的思想和理论。……他的作品触及了现实生活中的某些重大问题,其中有相当一部分都具有进步的思想内容。……最后,以荒诞派戏剧为例。荒诞派戏剧中那些对现实和对人的荒诞的写照意味着什么?这种戏剧既无完整的集中的故事,又无合乎情理合乎逻辑的情节,在这里,生活形象是支离破碎的,现实生活的图景是荒诞不经的。为什么荒诞派戏剧家要这样进行描写呢?他们想表现一些什么思想呢?……而要搞清楚这一系列问题,首先就必须搞清楚,这些作家在绘制人类生活的荒诞图景的时候,究竟是对它采取肯定态度还是否定态度?是认为这种荒诞的状态正常合理,还是认为它不正常不合理?是企图维护这种状况,还是期望有所改变?贝克特的《等待戈多》是一把宝贵的钥匙,可以打通解决这一系列问题的道路。……应该指出,我们过去对资产阶级人道主义的批判是过头了。……我们应该承认,对资产阶级人道主义重新进行科学的评价,仍是我们当前的一项任务。"①柳鸣九的此次学术报告分两篇文章连载在《外国文学研究》1979年第1期和第2期上。在当时看来,柳鸣九的发言是站在中国学术的最前沿,眼观国际学术的最新动态,对现当代西方文学的认识指明了方向和提供了新的方法论,为中国揭开了现代主义和后现代主义的面纱,尽管他自己不知道他的发言深刻地阐释了包括欧洲后现代主义文学、哲学在内的当代思潮。在此次大会的极大鼓励下,1979年4月,在山东大学召开"如何评价当代外国文学"的研讨会,此次会议可谓是广州会议的后续。会上,就"如何评价当代外国文学"的问题争执不休,其中,有多名外国文学研究学者为现当代西方文论辩护,表现最为突出的有李文俊、黄嘉德、张健、王文彬、唐海。李文俊作了题为"依据什么来衡量西方现代文学"的发言,黄嘉德作了题为"应当进行实事求是的分析"发言,张健作了题为"披沙拣金,深入研究"的发言,王文彬作了题为"怎样看待西方现代派的作品"的发言,唐海作了题为"必须一分为二地看待当代西方文学"的发言。他们发言的共同心声是:不能用我国的国情全盘否认现当代西方文学,要根据西方现代人的思潮和西方现代社会,实事求是地看待他们的文学,然后,引进一些反映他们的思想和社会的文学作品。并且,五位学者的发言均谈及了欧洲荒诞派作品,认为荒诞派作品是最能反映现当代西方社会和思潮的文学,但这五位学者均是以"现代主义文学"名义,肯定了荒诞

---

① 柳鸣九:《西方现当代资产阶级文学评价的几个问题》,《外国文学研究》1979(1)。

派戏剧对当时资本主义国家的思想意识形态的讽刺。他们的发言稿结集,分两篇刊登在《文史哲》1980年第1期。

《文艺研究》1979年第1期刊登了袁可嘉的《象征派诗歌·意识流小说·荒诞派戏剧——欧美现代派文学述评》一文。在此文中,袁可嘉视荒诞派戏剧为现代主义文学的一个流派:"荒诞派戏剧是继20、40年代表现主义戏剧,在第二次大战后发展起来,至今未见衰退的现代主义文学的又一重要流派""它的思想基础是战后流行欧美的存在主义哲学"。文章的关键词之一是"现代主义文学"。① 接着,袁可嘉先生详细地阐释了法国著名的荒诞派剧作家尤奈斯库(Eugène Ionesco)的《椅子》和《未来在鸡蛋里》,以及爱尔兰籍法国作家萨缪尔·贝克特(Samuel Beckett)的《等待戈多》的创作手法和艺术特色。1979年3月,袁可嘉应邀在华中师范学院外语系作了题为"欧美现代派文学创作和理论",阐释了欧美文学创作从象征主义经意识流到荒诞派发展的流变以及包括形式主义、新批评和结构主义在内的文学批评发展的流变,并再一次重点论述了"存在主义哲学"影响下的荒诞派戏剧及其创作手法,并归其为"现代主义文学"流派之一。② 《文艺研究》1980年第1期又刊登了袁可嘉的《略论西方现代派文学》一文。文章论述了西方现代派文学形成的社会背景和思想根源、西方现代派文学的思想特征以及西方现代派文学的艺术特征,这又是一篇以"现代派文学"重点介绍了法国、英国荒诞文学产生、发展以及其艺术特征的文章。

1982年《中国出版年鉴》中的《外国文学译著出版综述》这样写道:"最近几年来,翻译界和出版社界的共同目标是弥补中断的工作,赶上世界文学的发展,首先要介绍60、70年代的外国有代表性的作品。"③ 就这样,对外国文学作品的译介,成为当时中国出版界有意识的集体行动。亦如此,"荒诞",这一欧洲最早的后现代主义文学现象,作为现代主义文学在20世纪80年代轰轰烈烈地走进了中国文坛。当时,中国译介首选了三位荒诞派诺贝尔文学得主的作品。1980年,上海译文出版社出版法国荒诞派作家加缪(Albert Camus,1957年获诺贝尔文学奖)的小说《鼠疫》;1985年,外国文学出版社出版他的《加缪中短篇小说集》;1986年,漓江出版社出版他的《正义者》;1987年,北京三联书店出版他的哲学随笔《西西弗的神话》。④ 1980年,上海译文出版社出版了贝克特(1969年获诺贝尔文学奖)的《荒诞派戏剧集》。1981年,中国社会科学出版社出版柳鸣九编选的对法国荒诞派作家萨特(Jean-Paul Sartre,1964获诺贝尔文学奖)的

---

① 袁可嘉:《象征派诗歌·意识流小说·荒诞派戏剧——欧美现代派文学述评》,《文艺研究》1979(1)。
② 袁可嘉:《欧美现代派文学创作和理论》,《华中师范学院学报》1979(3)。
③ 魏文仆:《外国文学译著出版综述》,《中国出版年鉴1982》,商务印书馆,1982年。
④ 1961年,上海文艺出版社出版加缪的小说《局外人》,因为当时国内的政治原因,此译本作为内部发行书籍,这大概是中国最早的欧洲后现代文学译本。1965年,上海作家出版社出版萨特的《厌恶及其他》。

《萨特研究》；1985年，人民文学出版社出版萨特《萨特戏剧集》（上下册）；1986年，作家出版社出版他的《理智之年》；1987年，三联书店出版他的哲学著作《存在与虚无》；1988年，上海译文出版社出版他的又一部哲学著作《存在主义是一种人道主义》。1980年，上海译文出版社出版奥地利卡夫卡（Franz Kafka）的《城堡》；1982年湖南人民出版社出版他的《审判》；1986年，外国文学出版社出版他的《诉讼》；1985年，外国文学出版社出版《卡夫卡短篇小说选》；1987年上海译文出版社出版《审判：卡夫卡中短篇小说选》。进入80年代后，法国"新小说"与"荒诞"文学几乎同时进入译介。郑永慧翻译罗布-格里耶（Alain Robbe-Grillet）的《窥视者》，林秀清翻译罗布-格里耶的《橡皮》、克洛德·西蒙（Claude Simon，1985年获诺贝尔文学奖）的《佛兰德公路》、娜塔丽·萨罗特（Nathalie Sarraute）的《怀疑的时代》，朱虹翻译罗布-格里耶的《未来小说的道路》，李清安翻译罗布-格里耶的《嫉妒》，沈志明翻译罗布-格里耶的《去年在马里安巴》，郑永慧翻译罗布-格里耶的《幽灵城市》，郑若麟翻译罗布-格里耶的《金姑娘》，桂裕芳翻译米歇尔·布托尔（Michel Butor）的小说《变化》，柳鸣九等主编"二十世纪法国文学丛书"。此外，袁可嘉等主编的《外国现代派作品选》中专设"新小说"和"荒诞"文学的选译。译介极大地推动了"荒诞"文学和"新小说"在中国的普及。因为这些作品都是以不同的现代派文学引进到中国，所以，在自1978年到1990年期间，共发表相关"荒诞"文学研究论文五百余篇、"法国新小说"研究论文二百余篇。这些文章几乎都是以"现代派"或"现代主义"挂名发表。究其原因，许子东对此有精辟的概括："西方现代主义文艺及文化思潮，近十年来对'文化大革命'以后的中国（大陆）文学界的影响，……中国文学如何"被迫应对"和"主动借用"西方现代主义的整个文化过程。"①言下之意，中国把整个西方现当代的文艺思潮当作现代主义思潮来进行中国化的文化过程。

二、后现代主义在中国"正名"

1. "后现代"诞生过程

1980年，《读书》杂志刊登美籍华裔作家董鼎山的文章《所谓"后现代派"小说》。这是中国新时期能发现的第一篇使用"后现代"作为文学术语的文章。文章依据1979年在"美国语言学会"研讨会上"后现代派小说的自我"专题讨论的意见，把欧美采用意识流手法进行创作的作家、欧洲荒诞派文学家、法国新小说派、美国黑色幽默派、拉美魔幻小说作家列为后现代主义文学作家名单后，又按照西方突破传统的美学原则，对欧洲的后现代主义文学追溯至西班牙16世纪的塞万提斯（Miguel de Cervantes Saavedra）以及其代表作《堂吉诃德》，英国18

---

① 许子东：《现代主义与中国新时期文学》，《文学评论》1989（4）。

世纪小说家劳伦斯·斯特恩(Laurence Sterne)以及其代表作《特立斯德兰姆·山第》,法国19世纪小说家福楼拜(Gustave Flaubert)、波德莱尔(Charles Pierre Baudelaire)以及马拉美(Stephane Mallarme),20世纪意大利作家意大洛·卡尔维诺(Italo Calvino)以及其1965年出版的《宇宙连环画》。此文对后现代主义作家作品的特征略作分析,认为后现代作家是不确定的,有些作品含有后现代特征,但其创作理念依旧是现代主义原则。因此,此文章重点介绍现代主义文学的起源、发展及其特征,以此来说明后现代主义是现代主义的延续,但并没有详细阐释后现代主义是怎样产生、发展及其艺术特征。[①]《国外社会科学》1982年第11期刊登袁可嘉《关于"后现代主义"思潮》一文。文章首先介绍"后现代"术语的来源;接着,借用美国批评家威廉·范·奥康诺(William Van O'Connor)在《大学新才子和现代主义的终结》(1963)一书中的划分,把英国20世纪50年代兴起的一批作家:菲利普·拉金(Philip Larkin)、约翰·卫恩(John Wain)、伊丽斯·默多克(Iris Murdoch)、金斯莱·艾密斯(Kingsley Amis)等视为后现代主义的代表;然后,借用埃及裔美国批评家伊哈布·哈比·哈桑(Ihab Habib Hassan)的《后现代主义》(1971)一文中的思想,列表说明了现代主义和后现代主义文学的七大区别:城市主义→科幻小说,技术主义→征服空间,非人性化→反特权主义,原始主义→离开神话,色情主义→同性恋小说,反唯名论→反文化,实验主义→支离破碎结构。文章认为后现代主义是现代主义艺术超越自己界限走向自我否定这一倾向的进一步发展。最后,文章依据英国批评家戴维·洛奇(David Lodge)在《结构主义应用》(1981)中的理论,归纳后现代主义文学在写作原则方面的六个特点:(1)矛盾;(2)排列;(3)不连贯性;(4)随意性;(5)比喻的极度引申;(6)虚构与事实的结合。[②] 如果将董鼎山的《所谓"后现代派"小说》和袁可嘉的《关于"后现代主义"思潮》合二为一的话,这是一部欧美后现代主义文学概况著作。著作包括四个部分:后现代文学的来源、后现代文学作家代表、后现代文学创作主题、后现代文学创作特征。它们是欧洲后现代主义文学文本在中国"正名"后研究的主要依据。《外国文艺》1981年第6期刊登汤永宽的译文《展望后期现代主义》。此文原作者是英国诺丁汉大学学者阿兰·罗德威(Allan Rodway),文章认为"后现代主义只是现代主义的余波"。因此,尽管有三篇文章介绍后现代主义文学,但在那些年头,却未能在学术界产生大的影响,人们依然以"现代派"挂号,共发表有关"荒诞派"文学和"新小说"文本研究论文近八百篇。对此,还有一个原因是《外国现代派

[①] 董鼎山:《所谓"后现代派"小说》,《读书》1980(12)。
[②] 袁可嘉:《关于"后现代主义"思潮》,《国外社会科学》1982(11)。袁可嘉在此文中认为,1934年,西班牙作者排ους列可·德·翁尼斯第一个使用"后现代"一词;美国学者沃尔德认为,1870年前后,英国艺术家约翰·瓦特金斯·查普曼第一个使用"后现代"一词。

作品选》丛书的广泛影响。丛书共四册八本,从1980年开始编辑,到1985年完整出版。这套丛书把现当代西方文学按十个流派编写,并全面系统地论述了西方现当代文学产生和发展的社会背景和思想渊源、哲学基础、艺术特征、审美理想以及它们对中国文坛的意义等问题。这套书是当时大学中现当代外国文学教材,也是外国文学爱好者的文本读物,因此,这套丛书为普及欧美现当代文学发挥了极大的作用。但这套书的不完美之处是,没有给"后现代主义文学"名分,而是按照中国当时特定的时代政治气候的影响,把西方现代主义文学和后现代主义文学统称为现代派文学,并对作家进行分类,贴上政治标签,把他们分成"左翼""右翼""中间派"。这也是导致中国新时期文学在很长一段时间内对于二者的混淆和难以把握的一个原因之一。正如陈晓明所说:"80年代译介的'现代派'作品,其实不少是'后现代派',那时没有意识到'后现代主义'与'现代主义'有什么区别,因为'现代主义'就足够新鲜、激进和深奥,既来不及分辨,也无须分辨。……可见'后现代主义'与'现代主义'几乎同时涌入中国大陆。"①所以,多年以来,中国学界把后现代主义文学作为现代主义文学引进、研究,是在情理之中。

2. "后现代"的成长过程

欧洲后现代主义在中国的"成长"除了以上介绍的学者的努力外,还要感谢在中国"传教布道"的三位外国学者。1983年,后现代主义文化阐释者哈桑到山东大学讲学;1985年,美国后现代主义文化学者詹姆逊(Fredric Jameson)在北京大学开设了"后现代主义与文化理论"专题讲座,第二年,詹姆逊的演讲稿以《后现代主义与文化理论》为题,由陕西师范大学出版社出版,这大概是中国第一部完整地翻译与介绍后现代主义文化理论的著作。另一位影响更大的学者是荷兰国际比较文学学会主席、汉学家、文学理论家杜威·佛克马(Douwe W. Fokkema)。他大概是第一个到中国传播"后现代主义文学"的欧洲学者,也是"后现代主义"在中国传播最有影响力的欧洲学者。1985年10月,佛克马应邀出席中国比较文学学会成立大会暨首届国际研讨会;1987年7月又应邀出席中国比较文学学会第二届国际研讨会。在两次会上,佛克马向中国学者介绍了欧洲比较文学以及欧洲文学现状和学术动态,同时讲到后现代主义文学。第二届国际研讨会之后,佛克马又应邀到南京大学作了关于后现代主义文学的专题学术报告,并在第二届国际会期间,佛克马把他和另一位荷兰后现代文化研究学者汉斯·伯顿斯(Hans Bertens)合编的专题研究文集《走向后现代主义》赠送给王宁。此书对后现代主义的发展、衍变归纳为四个阶段:(1)1934—1964年间是后现代主义术语开始应用和歧义迭出阶段;(2)60年代中后期是后现代

---

① 陈晓明:《无边的挑战——中国先锋文学的后现代性》,长春:时代文艺出版社,1993年。

主义与现代主义作家的精英意识决裂阶段;(3)1972—1976年间是存在主义的后现代主义思潮崛起阶段;(4)70年代末至80年代中期是后现代主义概念日趋综合和更具有包容性阶段。第二届比较文学国际研讨会和佛克马学术讲座极大地推动了西方后现代主义文化在中国的传播。1989年,王宁又应佛克马的邀请为他和伯顿斯合作主编的《用欧洲语言撰写的比较文学史》分卷《国际后现代主义:理论与文学实践》撰写题为"后现代主义在中国的接受:先锋小说的个案"的一个章节。在2005年8月中国比较文学第八届国际研讨会上,佛克马应邀又作了题为"中国的后现代主义小说"的主题报告。佛克马站在国际的学术前沿仔细分析中国当代小说家莫言、王朔、余华、韩少功等人的小说之后,又根据中国国情的特色对中国小说的后现代性进行归纳、总结[①]。

改革开放后中国的社会意识形态建立在"现代化"之上,所以,中国的哲学理念是倡导民主、科学与理性,追求秩序,这与当时欧洲盛行的后现代主义的意识形态和哲学理念相去甚远。但是,经过一段"艰辛"的传播岁月,进入90年代后,"后现代主义"在中国终于名正言顺,另立门户。

三、"正名"后的后现代主义文学

"正名"后的后现代主义以三种方式在中国:(1)译介的推动;(2)学者的推导;(3)会议的推进。

1. 译介的推动

"正名"后的后现代主义研究又一次得到译介的极大推动。此阶段的译介不再仅限于文本翻译,更多的是文艺理论方面的引进和翻译。在中国,较早出版的欧洲后现代主义文学理论译著是1987年辽宁人民出版社出版的法国罗兰·巴特(Roland Barthes)的《符号学美学》。90年代后,译介进入高潮。1991年,人民文学出版社出版《萨特论文集》;1992年,昆仑出版社出版英国阿诺德·P.欣奇利夫(Arnold P. Hinchliffe)的《论荒诞派》,同年,中国戏剧出版社出版英国马丁·艾斯林(Martin Esslin)的《荒诞派戏剧》;1992年,北京大学出版社出版佛克马的《走向后现代主义》,同时,又出版王岳川、尚水编的《后现代主义文化与美学》。《后现代主义文化与美学》精选后现代主义论著30篇,是后现代主义文学评论、文化现象与文艺美学的译文集,展示当代思想家的"后现代争论"、审美轨迹以及其后现代艺术的本体演变和形态学脉动。论文的作者包括法国的让-弗朗索瓦·利奥塔(Jean-François Lyotard)、保罗·德·曼(Paul de Man)、米歇尔·福柯(Michel Foucault),德国的J.奥尔克斯、尤尔根·哈贝马斯(Jürgen Habermas),苏联的图甘诺娃,英国的赫伯特·里德(Herbert

---

[①] 王宁:《悼念师友佛克马先生》,《中华读书报》2011年8月31日,第三版。

Read),瑞士的汉斯·昆(Hans Kung)。这部论文译集对推广欧洲后现代文艺美学在中国的传播起了极大的作用,又对从事后现代文学文本研究提供了理论依据和文献参考。1994年,三联书店出版利奥塔的《后现代状态:关于知识的报告》;1997年,上海人民出版社出版福柯的《权力的眼睛:福柯访谈录》,同年又出版法国德里达(Jacques Derrida)的《一种疯狂守卫着思想:德里达访谈录》;1998年,中国社会科学出版社出版德里达的《文学行动》;1999年,译林出版社出版《加缪文集》、三联书店出版福柯的《知识考古学》、上海人民出版社出版罗兰·巴特的《神话:大众文化诠释》、中国人民大学出版社出版德里达的《马克思的幽灵》、中央编译出版社出版德里达的《多义的记忆》;2002年,学林出版社出版利奥塔的《后现代道德》,同年,上海人民出版社出版罗兰·巴特的《流行体系:符号学与服饰符码》,同年,上海文化出版社出版福柯的《性史》;2003年,上海远东出版社出版《福柯集》,同年,三联书店出版福柯的《规训与惩罚:监狱的诞生》;2004年,上海人民出版社出版罗兰·巴特的《恋人絮语:一个解构主义的文本》;2005年,上海译文出版社出版德里达的《论文字学》;2007年,三联书店出版福柯的《癫狂与文明:理性时代的精神病史》等等。译介极大地推动了后现代文艺理论在中国的传播。

2. 学者的推导

进入90年代,欧洲后现代主义理论进入中国的译介后,数多学者从事翻译的同时,又进行专题研究。专题研究可以分为三类:一类是阐释欧洲后现代文艺理论的起源;第二类是运用后现代的阐释模式,向批评实践发展;第三类是寻求西方视界与中国视界的融合。在众多的研究论文中,有四篇文章具有指明方向的作用。一篇是章国锋的《从"现代"到"后现代":小说观念的变化》。文章呈现西方学者对"后现代"定义的三种不同观点,即"超越论""怀疑论"与"延续论",并加以分析后,借用萨特评价"法国新小说"的思想表达自己的观点:"我们这个文学时代最奇怪的特征之一,是到处出现生机勃勃却都具否定性的作品,人们可以称之为反小说。……反小说保留了小说的外表和轮廓,向我们介绍虚构的人物,为我们叙述他们的故事。……作者们旨在用小说来否定小说,……这种奇特而难以归类的作品并不说明小说这一品种的弱点,它仅仅说明,我们生活在一个思考的时代,而小说正在进行自我反省。"这就是"后现代文学的作品体现了与经典现代派作家迥然不同的审美特征"。文章根据这样一种叙述策略、审美理想肯定了"后现代"文学是对现代主义文学的"超越和延续",文章又依此以及西方多数人的看法,对后现代小说进行了重新划分,后现代文学作家包括"法国的若治·塞普隆、罗布-格里耶、米歇尔·图尼埃、米歇尔·布陶、克洛德·西蒙、罗贝尔·庞热,德国的彼得·汉德克、博多·施特劳斯、罗尔夫·狄特·布林克曼、亚历山大·克鲁洛、海纳·米勒、帕特里克·聚斯金德,意大利的翁贝托·埃柯"。① 此文章加深了人们对当时依旧具有争议性和未定论的"后现代"概念以及"后现代派"小说的认识。第二篇是王岳川的《后现代主义文化美学景观》。文章从以下四个方面高度概括后现代文化的宏观全景：(1)体现在哲学上，是"元话语"的失效和中心性、同一性的消失；(2)体现在美学上，则是传统美学趣味和深度的消失，走上没有深度、没有历史感的平面，从而导致"表征紊乱"；(3)体现在文艺上，则表现为精神维度的消失，本能成为一切；(4)体现在宗教上，则是关注焦虑、绝望和自杀一类课题，以走向"新宗教"来挽救合法性危机的根源。② 这篇文章对人们将欧洲后现代文学、文化现象与其他学科批评相结合研究有极大的启发作用。第三篇是盛宁的《后结构主义的批评："文本"的解构》。文章给中国读者梳理了欧美学者怎样从索绪尔的结构主义走进德里达、罗兰·巴特、福柯的解构主义世界的发展史。盛宁认为法国的解构主义思想"是二战以来流行的存在主义的反文化倾向的进一步发展。……他们的一些对传统文化具有很强颠覆作用的思想言论被反复强调、阐发，并被吸纳进所谓后结构主义的话语体系。"③此文章为人们解开了法国解构主义错综复杂的话语谜团。欧美后现代文化传播在中国如火如荼地展开的同时，人们就"中国是否有后现代主义""后现代是否适用于中国"等问题也争论不休。此时，陈晓明撰文为人们提供了合理的研究方法。他认为，在中国，"纯文学"与"俗文学"，大众文化与精英文化，"不是走向趋同和融合，而是相互悖离，拒绝和漠视"。它们各自在不同的历史层面上，表达了不同的"后现代性"。因此，在谈论当今中国的所谓的"后现代性"文化时，要顾及"双重语境"的问题。④

进入90年代后，除了数百篇后现代相关论文外，还有高质量的学术专著，其研究同样涉及欧洲后现代主义文艺、欧洲后现代主义对中国文坛的影响以及中国的后现代文化三大问题。主要研究著作有（按年代顺序）：廖星桥的《法国现当代文学论》（湖南师范大学出版社，1991年）、王治河的《扑朔迷离的游戏：后现代哲学思想研究》（社会科学文献出版社，1993年）、陈晓明的《无边的挑战：中国先锋文学的后现代性》（时代文艺出版社，1993年）、柳鸣九的《二十世纪文学中的荒诞》（湖南教育出版社，1993年）、张国义的《生存游戏的水圈》（北京大学出版社，1994年）、赵祖谟主编的《中国后现代文学丛书》（北京大学出版社，1994年）、柳鸣九主编的《从现代主义到后现代主义》（中国社会科学出版社，1994年）、陈晓明的《解构的踪迹：历史、话语与主体》（中国社会科学出版

---

① 章国锋：《从"现代"到"后现代"：小说观念的变化》，《社会科学战线》1993(4)。董鼎山把卡夫卡(荒诞派)、乔伊斯、沃尔夫、吴尔夫、托马斯·艾略特、庞德等意识流派作家作为对后现代文学的起源作家。
② 王岳川：《后现代主义文化美学景观》，《哲学动态》1993(1)。
③ 盛宁：《后结构主义的批评："文本"的解构》，《文艺理论与研究》1994(2)。
④ 陈晓明：《中国文化的双重语境》，《文学艺术》1993(1)。

社,1994年)、王岳川的《后现代主义文化研究》(北京大学出版社,1996年)、徐贲的《走向后现代与后殖民》(中国社会科学出版社,1996年)、黄晋凯的《荒诞派戏剧》(中国人民大学出版社,1996年)、陈晓明的《剩余的想象》(华艺出版社,1997年)、盛宁的《人文困惑与反思:西方后现代主义思潮批判》(三联书店,1997年)、陈晓明的《仿真的年代》(山西教育出版社,1998年)、王宁的《后现代主义之后》(中国文学出版社,1998年)、刘象愚的《从现代主义到后现代主义》(高等教育出版社,2002年)、①曾艳兵的《东方后现代》(广西师范大学出版社,2002年)、罗明洲的《现代主义与后现代主义》(中国国际广播出版社,2005年)、曾艳兵的《西方后现代主义文学研究》(中国社会科学出版社,2006年)、田龙过的《后现代文学提问方式及问题域转换研究》(中国社会科学出版社,2012年)等等。学者们的研究仁者见仁智者见智,如王岳川、王治河等更注重对欧洲后现代主义的美学和哲学研究,柳鸣九、刘象愚等更关注欧洲后现代文学文本研究,王宁、陈晓明等更重视超越学科界限、跨东西后现代文化研究。

3. 会议的推进

90年代后,接二连三的学术研讨会对后现代文学、文化在中国的传播有推波助澜作用,会议从单一的欧美后现代主义文学研究推进到两个层面:欧美后现代主义文艺在中国文坛的实践批评以及中国后现代文学的特殊性。因为篇幅有限,此文仅列出影响较大的学术会议。1992年,中国比较文学学会后现代研究中心和中国社会科学院文学所联合主办"后现代:台湾和大陆的文学形势"专题研讨会。会上,学者们就佛克马的"后现代主义是后工业社会的产物"观点以及其他欧美后现代文化现象、文学批评进行激烈的讨论后,王宁对西方后现代主义的文学理论进行了归纳。他将文学中的后现代主义建构分为6种形式,将现代主义与后代主义的本质区别概括为11个方面。这次会议的意义有两点:第一点,人们对现代主义文学和后现代主义文学理论的异质性不再质疑;第二点,人们承认后现代文化现象对中国当代文学的发展有影响的事实。② 1993年,"后现代文化与中国当代文学国际研讨会"在北京大学举行,在大会上,"比较文学学会后现代研究负责人、荷兰学者汉斯·伯顿斯教授,对后现代主义在西方的文学、建筑、舞蹈、摄影等领域的发展和流变作了全景式观照"。大会主席王宁作总结性发言。他说:"这次会议的圆满成功,必将对中国学术界对后现代主义的研究产生深远的影响,特别对为中国当代文学的研究,提供了一个新

---

① 《从现代主义到后现代主义》配有两套文本阅读书籍:《现代主义文学作品选》,和《后现代主义文学作品选》。这大概是较早地将"欧洲后现代主义文学作品"从"现代主义文学"剥离出来的教材。

② 黛青:《"后现代:台湾与大陆的文学形势"学术讨论会》,《中国文学年鉴》,社会科学文献出版社,1993年。

的视角。"①1998年6月,北京语言文化大学举行"后现代主义之后的西方理论思潮"国际研讨会。会上,学者们对后现代主义理论思潮在西方和中国的不同表现形式、后现代主义之后的西方理论思潮态势、后殖民理论与第三世界批评、女权主义和女性研究、文化研究的方法和策略以及中国当代文化建设的策略等论题进行讨论后,王宁作总结,认为:"1979年,法国后结构主义哲学家利奥塔的《后现代状况:关于知识的报告》一书的出版,……一度占领了欧洲思想界的理论争鸣论坛,进入80年代以来,……后现代主义大潮便在西方文化界明显地出现了衰落的趋势。……后现代主义进入中国应追溯到80年代后期,对它的介绍和研究主要始于90年代初。"②在2005年8月中国比较文学学会第八届年会暨国际研讨会上,佛克马对中国的小说家给予肯定,认为他们的作品具有世界性,"与时俱进":"中国的后现代主义实际上是国际性的后现代主义的一部分,但同时也具有自己的特色,因为它产生自特定的中国文化语境并形成了自己特殊的叙事特征。"③此外,佛克马在其《乌托邦小说:中国与西方》(2011)专著中,以一个西方学者的视角解构国际后现代研究中的西方中心主义模式,又在一个全球化语境下分析了中国当代文学的后现代性。佛克马对欧洲后现代主义文学、文化在中国的传播以及中国文学在西方的传播做出了巨大的贡献。

欧洲后现代主义文学在中国的传播和研究,最早是荒诞派文学,以奥地利卡夫卡的"人性扭曲"为"荒诞"的题材作为伊始,④逐渐进入法国的荒诞小说和荒诞戏剧研究,然后又借用一些后现代文学批评家的思想,将"荒诞"主题研究追溯远至古希腊的神话、扩大到中国的小说,涉及五个方面的主题:荒诞的艺术特色、审美风格、心理创作、文学模式以及价值取向。与"荒诞"文学几乎同时进入研究视界的是法国的"新小说"研究。对"新小说"的研究大致归纳为四个方面的主题:"新小说"的兴起、后现代性、叙事建构、时空美学。尽管这些小说和戏剧的引进、研究在20世纪90年代之前几乎是以"现代派"名义得以广泛传播和深入研究,但学者们并没有曲解它们的文学意义和审美理想。实际上,在西方或在中国,至今也没有绝对将它们划为哪个流派,这是后现代文学理论家思想各异所致:罗德威将60年代以来的文学作品统称为"后现代主义作品",因为"之前一向被视为一部作品的真正——爱情、死亡、人与人之间的关系——如今在读者眼中已经变得飘忽如幽灵而终于消失了;艺术与人生的关系已被艺术与

---

① 《后现代主义与中国当代文学国际研讨会在北京大学召开》,《国外文学》1993(2)。
② 聂晶:《后现代主义之后的西方理论思潮研讨会综述》,《文艺研究》1998(5)。
③ 王宁:《悼念师友佛马克先生》,《中华读书报》2011年8月31日,第三版。
④ 董鼎山:《所谓"后现代派"小说》。此文将卡夫卡划为后现代"荒诞"文学起源作家之一。

它自身的技巧的关系所替代";①奥康诺把英国 50 年代兴起的一批诗人和小说家均视为"后现代主义的代表",因为"他们创造新型的主人公:'过着平庸的生活',他们不再关心异化这个现代主义主题";②理查德·沃森(Richard Wasson)"把魔幻现实主义作家品钦和'新小说'家阿兰·罗布-格里耶看作后现代主义文学兴起的标志";③哈桑把不确定性作为"后现代主义文学的最大特征"为由,视"荒诞派文学"为"后现代主义文学的典范"。④ 90 年代之后,除了对欧洲后现代主义文学文本的研究外,更多的是对欧洲后现代文艺、文化理论的引进、翻译和研究。在此方面,主要是罗兰·巴特、利奥塔、福柯、德里达为代表的法国后现代理论:"巴特宣布作家的死亡""利奥塔宣布'元话语''元叙事'的失效""福柯反中心、反权威、反成规习见的思想""德里达反中心性、同一性、整体性的观点"等等,这些理论对中国学者自启蒙运动以来对理性主义和对现代性的反思,形成了一股强大的热潮,这股热潮现在依然不减:20 世纪末中国经过了 80 年代对"现代性"的探索,过渡到 90 年代"后殖民""人文精神"的争论,为"后现代""正名",从而"使中国对于中国这一全球化和市场化的'后果'产生不同思考",而步入一个"新世纪'新新中国'的发展阶段,并由此出现了新的文化形态"。⑤

第四节 美国后现代主义研究

20 世纪 50 年代初,美国诗人兼批评家查尔斯·奥尔森(Charles Olson)最早用"后现代主义"(Postmodernism)一词来评论美国诗歌。不过,当时的美国文学无论如何还没有出现一个可以称之为"后现代主义"的流派。60 年代,后现代主义文化思潮兴起,美国文学中的实验创作倾向开始引起批评界的极大关注。在批评领域,后现代主义开始被用来描述当时美国以及其他西方国家出现的各类实验文学创作。美国学者哈桑(Ihab Hassan)、桑塔格(Susan Sontag)等人被看成是当时"后现代主义"文艺批评的重要先驱。⑥ 就美国文学而言,后现代主义能否被视为完整统一、自成体系的"文学流派",不是一个没有争议的问

---

① 阿兰·罗德威:《展望后期现代主义》,《二十世纪文学批评》,葛林等译,上海文艺出版社,1993 年,第 518 页。
② 转引自袁可嘉:《关于"后现代主义"思潮》,第 28 页。
③ 转引自王岳川:《后现代主义文化研究》,北京大学出版社,1996 年,第 11 页。
④ Ihab Hassan, *The Postmodern Turn: Essays in Postmodern Theory and Culture*, Columbus: Ohio State University Press, 1987, p. 168.
⑤ 张颐武:《大历史下的文学想象:新世纪文化和新世纪文学》,《文艺争鸣》2005(2),第 2、3 页。
⑥ Christopher Butler, *Postmodernism: A Very Short Introduction*, Oxford: Oxford University Press, 2002, p. 5.

题。不过,争议并没有影响它的迅速传播与扩散。70年代末、80年代初,作为文学流派的美国后现代主义开始传入中国,起初并未引起太大的关注,后来却一度成为学界研究的热点。迄今为止,国内对美国后现代派文学的研究已经有30年的历史,从最初的译介到"后现代热"的兴起,在不同的阶段(80年代、90年代、新世纪)则表现出了各不相同的研究特点,其学术历程与发展轨迹值得回顾与反思。

一、初识"后现代"

20世纪50—60年代,中国处于极左文艺思潮的影响下,西方现代主义文学遭到猛烈批判与抨击,至"文化大革命"期间则被彻底贬斥为"大毒草",而刚刚兴起的"后现代主义"文学不可能引起学界的关注。"文化大革命"结束后,尤其是改革开放之初,文化界、思想界拨乱反正,学术界对现代主义文学的态度发生转变,不再一味地批驳与否定,而是给予了更多理性、客观的评价。当时对西方"现代派"的译介与研究形成了一股热潮,而作为文学流派与文艺思潮的"后现代主义"就是在"现代主义热"的背景下开始传入中国。从时间上看,美国的"后现代主义"文学于70年代后期被介绍到中国。当时不少文章对二战后的美国文学表现出了很大的兴趣,所探讨的不少作家,如冯尼古特(Kurt Vonnegut)、海勒(Joseph Heller)、巴思(John Barth)等,是目前公认的"后现代主义"作家,但这些文章并没有使用"后现代主义"或"后现代派"等词。其原因可能在于学术界对欧美的"后现代主义"文学批评仍然非常陌生。

1984年,美国出版的《牛津美国文学指南》将"后现代主义"作为单独词条收入,①标志着一个争议未定的批评术语在英美学术界得到了正式的认可。正如赵一凡所言:"至80年代,后现代主义文论在美国批评界已占一席之地。"②反观80年代的国内批评界,人们对"现代派"文学所展开的激烈讨论与争鸣,压倒了对后起之秀"后现代主义"的重视。由于现代主义文学在我国长期遭受贬抑与排斥,一经"平反"后便极受追捧,一些在创作倾向上与"正统现代主义"(High Modernism)并不相同的"后现代主义"作家,则大多以"现代派"作家的面目传入国内。例如,冯尼古特起初就是作为"黑色幽默"(Black Humour)的代表作家被译介到中国,而"黑色幽默"在80年代上半叶的很多著述中,如陈焜的《西方现代派文学研究》(1981)、袁可嘉主编的《外国现代派作品选》(1984)等,一直被看成是"现代派"的一个重要子流派。

---

① 此前的1981年,阿布拉姆斯的《文学术语汇编》还只是在"现代主义"的条目下顺带介绍"后现代主义"。

② 赵一凡:《后现代主义探幽——兼论西方文学应变与发展理论》,《外国文学评论》1989(1)。

在英美文学研究界,张子清可能最早在中文里使用"后现代主义"一词。1980年初,他在评论"黑色幽默"的代表作家冯尼古特时说:"在作品的形式上,冯尼古特像其他的'后现代主义'作家一样,努力探索新的艺术手法,往往刻画人物注重'神似'胜过'形似',而且在使用语言上表现了个人的独特风格。"①这段文字第一次暗示了美国文学中有一群"后现代主义"作家的存在,而冯尼古特就是其中极为重要的一员。同年,《外国文学报道》翻译并发表了约翰·巴思的重要论文《补充的文学——后现代主义小说》(The Literature of Exhaustion: Postmodernist Fiction)。中译者摒弃了论文的主标题而仅使用了副标题,并将之翻译成了"后现代派小说"。这可能是"后现代派"一词在中国的最早出现。除了巴思的文章外,英国学者罗德威(Allan Rodway)的《后现代主义的前景》(The Prospect of Postmodernism)也于1981年被翻译成中文。此文的中译者将"postmodernism"翻译成了"后期现代主义"。② 至此,"Postmodernism"一词最初进入中国便出现了三种不同的译法:后现代主义、后现代派、后期现代主义。这三种译法典型地代表了三种不同的理解,说明了当时对"后现代主义"的认识仍然处于译介与早期探索阶段。

1980年12月,《读书》杂志发表了美籍华裔作家董鼎山的专栏文章《所谓"后现代派"小说》。这可能是国内第一篇探讨"后现代派"文学的专题论文。董鼎山既介绍了美国正在当红的"后现代派"作家,也转述了西方批评界影响较大的两种观点,一是"延续论",即后现代主义是现代主义的延续;一是"反拨论",即后现代主义是对现代主义的反拨。董文对"后现代主义"的定义、范围、起源、争议性等问题均作了详细的介绍与评析,为长期处于封闭与饥渴状态的学术界提供了西方最新的文学动态,具有不容忽视的开创性意义。作为"后现代派"译介的重要先驱,董鼎山还陆续发表了多篇相关文章。③ 这些文章所分析的对象主要是美国"后现代派"小说。不过,他的材料基本上来源于约翰·巴思以及其他欧美学者的文章,在观点与看法上也以译介与借鉴为主。

在"现代主义热"的背景下,80年代初对"后现代主义"的介绍主要聚焦于它与现代主义的渊源关系和异同的比较上。袁可嘉在《关于"后现代主义"思潮》(《国外社会科学》1982年第11期)一文中除了介绍已知的"延续论"与"反拨论"外,还考察了西方学界更多的学术观点,如"独立论"(即后现代主义不是

---

① 张子清:《反映当代美国社会的一面哈哈镜——试论冯尼古特及其小说的思想性与艺术性》,《当代外国文学》1980(2)。
② 阿兰·罗德威:《展望后期现代主义》,汤永宽译,《外国文艺》1981(6)。由于"后期现代主义"在内涵上与"postmodernism"一词的本义差距很大,现在已基本被弃用。
③ 这些文章包括《六十年代以来的美国小说——"后现代主义"及其他》,《读书》1983(10);《对"后现代派小说"的讨论》,《天下真小》,三联书店,1984年。

现代主义的延续或反拨,而是一个独立发展的运动)、"超越与自我否定论"(即后现代主义是现代主义合乎逻辑的发展,是超越现代主义自身界限的自我否定)、"颠覆性"与"通俗性"(即后现代主义是一种具有颠覆性的大众文艺或通俗文艺形式)等。袁可嘉最后指出:"后现代主义,作为一个评论60年代以来美国和西方某些文化、文学倾向的总概念,显然还有待充实和定型化。但它不是无中生有的一个空洞名词;它是针对一些与正统现代主义有明显不同的现象的。"①

整个80年代,国内对美国"后现代派"的研究不断展开,并表现出了以下几大特点:第一,深受英美批评界的影响。除了前文提到的巴思与罗德威的论文外,英美学者哈桑、詹姆逊(Fredric Jameson)、洛奇(David Lodge)、迈克尔·特鲁(Michael Trew)、约翰·罗素(John Russell)等人关于"后现代主义"的批评与理论文章也被陆续翻译成中文。② 当时所发表的各类评论文章大多以译介为主,经常参考或引用这些最新的研究成果或材料。例如,舢人的长文《后现代主义概述》(《外国文学报道》1984年第6期)即引用了大量海外文献资料,不仅介绍了"后现代主义"在美国等西方国家的兴起过程,追溯其产生的社会历史背景与哲学思想基础,而且还探讨了"后现代主义"文学的创作观,以及具体的艺术手法,如不确定性、反传统、拼凑、荒诞、讽刺性模仿、矛盾、不连续性等,典型地体现了80年代早期外国文学研究的译介性特点。此外,国内学界还与欧美学术界进行了密切的学术交流。1983年与1985年,美国著名后现代主义学者哈桑和詹姆逊分别来华作短期与长期讲学,③后者在北大的讲稿被翻译成中文出版,即《后现代主义与文化理论》(1986),对当时以及后来的研究产生了深远影响。

第二,"后现代派"入史与独立批评声音的出现。1986年,董衡巽、施咸荣等主编的《美国文学简史》专门设有"后现代派小说"一节,重点讨论了纳博科夫(Vladimir Nabokov)、冯尼古特、海勒、霍克斯(John Hawkes)、巴思等"后现代派"作家。美国"后现代派"入史可以看成是国内研究的一个转折性事件。80年代中后期,"后现代派"研究也逐渐超越早期译介式的研究阶段,进入一个独立探索的新阶段。1987年,《世界文学》第2期设有专栏"后现代主义文学小辑",刊登了董鼎山的《"后现代主义"小说》与钱青的《当代美国试验小说的技

---

① 袁可嘉:《关于"后现代主义"思潮》,《国外社会科学》1982(11)。
② 哈桑:《现代主义与后现代主义》,袁可嘉译,《现代美国文学研究》1983(2);洛奇:《现代主义、反现代主义、后现代主义》,侯维瑞译,《外国文学报道》1983(3)。另一篇译文是王家湘翻译的《现代派、反现代派与后现代派》,刊登在《外国文学》1986(4)上。此外还有迈克尔·特鲁:《美国文学的现代派与后现代派》,张子清译,《外国文学研究中的新发展》,南京大学出版社,1986年;约翰·罗素:《从现代派到后现代派》,徐斌等译,《当代文艺思潮》1983(2);詹姆逊:《现实主义、现代主义、后现代主义》,行远译,《文艺研究》1986(3)。
③ 1987年,另一位国际著名学者佛克马也来华作"后现代主义"的讲座。

巧》。董文分析了美国"后现代派"小说四个方面的写作特色,钱文则从情节、人物、叙述者和叙述角度、时间等角度探讨了美国"后现代主义"小说的创作特点。这是两篇结合具体的文学作品探讨美国"后现代派"小说的专题论文,最早对西方"后现代派"与美国"后现代派"作出区分,并发出了相对独立的批评声音。

第三,对"后现代派"的认识具有"争议性"与"未定性"。学界对"后现代主义"本质特征的界定大多以借鉴西方学者的观点为主,尽管也有部分学者表达了一些独立见解,但始终未能形成明确而统一的普遍定论。例如,董鼎山认为"后现代主义"代表了"回归现代主义时期的新尝试与先锋派精神";[①]施咸荣认为,后现代派"在反传统时也反对现代派的传统"。[②]袁可嘉的文章还提到了另一种观点,即后现代主义创作"不那么注重文体实验,更注意文学题材的社会性",[③]也就是说,后现代主义反叛现代主义,回归传统现实主义。张震久则认为,后现代派在50年代采用写实手法,在60—70年代则采用超现实的手法。[④]可见,当时对后现代主义的评述是言人人殊,观点芜杂,莫衷一是。

不过,几乎所有学者都将"后现代主义"看成是一个新兴的文学流派,但是第二次世界大战后哪些美国作家属于"后现代派"却难以有明确的界限,其适用范围具有很大的不确定性。许多论文基本沿用巴思在《补充的文学》中所提到的作家,如威廉·加斯(William Gass)、约翰·霍克斯、约翰·巴思、唐纳德·巴塞尔姆(Donald Barthelme)、罗伯特·库弗(Robert Coover)等。有的文章则认同罗德威的观点,即将60年代以来出现的五花八门的文学现象统称为后现代主义,其名单不仅包括冯尼古特、海勒、品钦(Thomas Pynchon)等"黑色幽默"作家,而且也包括纳博科夫、贝娄(Saul Bellow)、诺曼·梅勒(Norman Mailer)等创作风格迥然不同的作家。除了"黑色幽默"外,"垮掉的一代"(The Beat Generation)也被视为后现代派。袁可嘉还将注重口语化、即兴创作与直露的60年代美国诗歌纳入后现代派的范畴。此外,第二次世界大战后出现的一些实验创作手法,如元小说(metafiction)、反小说(anti-fiction)等,也经常被当作了后现代派的"子流派"。

二、"后现代热"的兴起

90年代,国内对美国"后现代派"文学的译介进入一个高潮。译林出版社推出"美国后现代主义文学代表作丛书"。作家出版社推出"美国后现代主义小说系列"。敦煌文艺出版社推出"当代潮流:后现代主义经典丛书"等。二战后

---

① 董鼎山:《六十年代以来的美国小说"后现代主义"及其他》,《读书》1983(10)。
② 施咸荣:《欧美现代文学的演变和争论——兼谈美国后现代派的两篇作品》,《十月》1983(3)。
③ 袁可嘉:《关于"后现代主义"思潮》,《国外社会科学》1982(11)。
④ 张震久:《病态社会中的病态花朵——美国后现代派小说管窥》,《河北师院学报》1989(4)。

美国涌现出来的重要作家,如冯尼古特、海勒、品钦、巴塞尔姆、巴思、纳博科夫等,其主要作品均以后现代主义的名义被翻译成中文。在美国后现代主义理论著作方面,哈桑的新著《后现代转折》被翻译成中文。① 詹姆逊的代表作《后现代主义,或晚期资本主义的文化逻辑》(*Postmodernism, or The Cultural Logic of Late Capitalism*)也被翻译成中文。② 哈桑归纳出了后现代主义的11大特征,詹姆逊将"后现代主义"界定为"晚期资本主义的文化逻辑",两人的思想对我国学界的影响深远而广泛。王宁等翻译的《走向后现代主义》(1991)、王岳川主编的《后现代主义文化与美学》(1992)与独立著述的《后现代主义文化研究》(1992)、柳鸣九主编的《从现代主义到后现代主义》(1994)等,对美国后现代主义在90年代中国的传播也起了很大的推动作用。此外,国内还召开了多次以后现代主义为主题的学术研讨会。不难看出,80年代的现代主义热在90年代几乎被一股强劲的后现代热所取代。

90年代对美国"后现代派"的研究深入而广泛,并表现出了以下一些特点:首先,美国后现代主义经常被纳入在整个西方后现代主义的研究框架内,对美国后现代主义文学的探讨与对西方后现代主义文化思潮的研究经常交融在一起。很多研究成果并不局限于美国文学,而是经常面向整个西方文学,在宏观上对西方"后现代主义"文学审美特征进行整体论述。例如,章国锋的论文《从"现代"到"后现代":小说观念的变化》(《社会科学战线》,1993年第4期)最具有代表性。章文首先归纳了西方学界对后现代派艺术的三种看法,即"超越论""怀疑论"与"异同论",并认为后现代主义与现代主义既有共性,也有差异,两者在创作题材、写作风格、艺术技巧和语言的使用上完全不同,表现出了迥然不同的审美特征,然后从叙述形式、文类模糊、意义解构、艺术技巧等多个方面进行了详细、深入而全面的剖析。当时很多其他文章也对"后现代派"文学的艺术特征或创作手法进行了类似的分析与探讨,其研究对象同样是笼统模糊、边界不清的整个"西方"文学或文化思潮。

其次,国内对美国后现代主义的研究一直以小说为主。③ 进入90年代,这一研究倾向并未改变,但是在深度与广度上有了更大的拓展,表现出了新的研

---

① 哈桑:《后现代的转折》,刘象愚译,台北:时报出版公司,1993年。其中第八章"何谓后现代主义"于1990年被王岳川翻译成中文;中译文《后现代主义转折》编入《后现代主义文化与美学》(北京大学出版社,1992年)、《后现代主义的突破》(敦煌文艺出版社,1996年)等著作中。

② 中译文最早见于王逢振等编选的《最新西方文论选》(漓江出版社,1991年)一书。后来又出现多个中译文,分别收于《后现代主义的突破》(敦煌文艺出版社,1996年)、《晚期资本主义的文化逻辑》(三联书店,1997年)等著作中。

③ 欧美最有影响的"后现代主义"批评著作,如麦克黑尔的《后现代主义小说》(1987年)、琳达·哈钦的《后现代主义诗学:历史、理论、小说》(1988年)等,也集中在小说研究领域。See Steve Connor, *The Cambridge Companion to Postmodernism*, Cambridge: Cambridge University Press, 2004, p.65.

究特点。胡全生发表的系列论文①将美国后现代主义小说纳入到英美文学的总体框架内进行探讨,相较于很多同类成果则更具有对象的明确性与针对性。他从现实、情节、语言、读者以及写作手法等多方面对英美后现代主义小说进行了系统性的理论探讨,对后现代主义小说的很多关键问题,如本体论、拼贴画等,均作了详细深入的剖析,提出了一些独到的见解,在当时实属难能可贵的开拓之举。同样,李维屏的《英美后现代主义小说概述》(《外国语》1998 年第 1 期)也将英美"后现代主义"小说看作一个整体,并从本体论的角度探讨了后现代主义小说的艺术特征。上述两位作者的研究并没有纠缠于纯粹、抽象的理论思辨,而是在论述时不时阐释与分析具体作家与作品,其主要观点也大多建立在细读英美小说文本的基础之上。

除小说之外,后现代主义研究也延伸到美国的诗歌与戏剧领域。袁可嘉将"黑山派"和"垮掉派"划为后现代派,认为后现代派诗歌在思想倾向上与现代主义诗歌有联系,但是与现代派诗歌在诗学观、题材取向、艺术手法上又存在巨大差异。② 李增则认为美国后现代主义包含不少诗歌流派,最主要的有放射派、"垮掉派"和自白派,其诗歌注重发掘当代社会日常生活题材,借助细节来表现人们的虚幻感、孤独感与失落感。③ 其实,第二次世界大战后的美国主流诗歌流派能否被统称为后现代主义,是颇有争议的,因为"后现代主义诗歌并不是一个具有严密内涵的概念"。④ 此外,第二次世界大战后美国戏剧中的后现代主义命题也引起部分学者关注,但其中也不无争议。在后现代主义成为时尚的时候,很多自成体系、别具一格的诗歌或戏剧创作,经常被一股脑儿纳入后现代的名目下,这也是当时后现代主义热背景下难以避免的从众现象。

再次,后现代主义进入中国之初,主要以"文学后现代主义"研究为主,90 年代则经常越过文学创作层面,更多地在纯粹思辨的哲学与理论层面上进行探讨。很多西方"后现代主义"理论家,如詹姆逊、利奥塔(Jean-François Lyotard)、哈贝马斯(Jürgen Habermas)、福柯(Michel Foucault)、德里达(Jacques Derrida)等人的思想,得到越来越多的译介与关注。关于后现代主义研究的理论性著作也如雨后春笋般纷纷出版,其代表作有王岳川的《后现代主义文化研究》(1992)、王治河的《扑朔迷离的游戏——后现代哲学思潮研究》

---

① 胡全生:《后现代主义小说中的现实》,《四川外语学院学报》1993(2);《后现代主义小说中的语言》,《四川外语学院学报》1997(2);《拼贴画在后现代主义小说中的运用》,《外国文学评论》1998(4);《情节之概念与后现代主义小说中的情节》,《外国语》1998(5);《读者在后现代主义小说中的作用》,《外国文学研究》1999(1)。
② 袁可嘉:《从现代主义到后现代主义——20 世纪英美诗主潮追踪》,《外国文学评论》1990(2)。
③ 李增:《美国的后现代主义及其诗歌》,《外国问题研究》1994(3)。
④ 刘象愚等主编:《从现代主义到后现代主义》,北京:高等教育出版社,1992 年,第 293 页。

(1993)、盛宁的《人文困惑与反思——西方后现代主义思潮批判》(1997)等。这些著作基本上将后现代主义看成是西方新兴的重要理论话语、哲学景观或文化思潮。相对于理论性的探讨，专门在文学创作层面上针对后现代主义，尤其是美国后现代主义的研究明显逊色，而且缺少具有代表性的研究论著。值得注意的是，当时西方学界已开始呼唤"重返文学的后现代主义"，①而国内学者却沉浸于理论的狂欢之中。这一理论与文学背离的现象也不时为后来的批评界所非议。

最后，90年代的学术界还试图对十多年来的后现代主义研究，尤其是其中所存在的问题与弊端，进行回顾与反思。许汝祉发表了系列文章，②较早对具有中国特色的后现代主义研究进行重估与评析，很多看法切中要害。例如，关于研究方法，他深刻地指出国内研究应注意一般的后现代主义与美国后现代主义文学的区别，应注意美国后现代主义文学创作与美国后现代主义文学批评的区别。他还提出应对后现代主义的历史地位、价值观念、社会作用与艺术形式进行重新评估，主张对后现代主义的研究采取"借鉴"与"扬弃"的态度。此外，赵毅衡也从雅俗、形式判别、模仿与戏仿，以及元小说等问题入手，探讨了后现代派小说的判别标准，并且认为"后现代小说并非均是后现代派小说"，指出国内外学界"把作为文化现象的后现代性与作为文学潮流的后现代派相混淆了"。③ 80年代初以来，对后现代主义不加区分的探讨极为普遍，研究对象笼统而模糊。上述两人对学术时弊的批评具有不容忽视的针对性和洞见性。

三、"后现代热"的延续

90年代，当国内的"后现代主义"研究出现热潮的时候，西方学界开始对后现代主义是否已经"终结"进行研讨。1991年，英美著名的"后现代主义"学者，如哈桑、巴思、雷蒙德·费德曼(Raymond Federman)、威廉·加斯、马尔科姆·布雷德伯里(Malcolm Bradbury)等，聚集在德国斯图加特大学，开始回顾与总结后现代主义。会议的论文集后来取名为《后现代主义的终结：新方向》(*The End of Postmodernism: New Directions*，1993年)。同年，美国出版的《哥伦比亚美国小说史》(*The Columbia History of the American Novel*)列举了众多成就卓著的后现代主义小说家，对"后现代主义"有盖棺论定之倾向。1997年，美国学者约翰·弗罗(John Frow)发表论文《后现代主义曾为何物》(What was

---

① 参见汉斯·伯斯顿：《重返文学的后现代主义》，王宁译，《文艺研究》1991(4)。
② 许汝祉：《对美国后现代主义文学的评估》，《外国文学评论》1991(3)；《美国后现代主义文学的借鉴与扬弃》，《文学评论》1992(4)；《对后现代主义文艺思潮可能陷入一些认识误区的商榷》，《外国文学论集——世纪末的探索与思考》，南京：译林出版社，1997年。
③ 赵毅衡：《后现代派小说的判别标准》，《外国文学评论》1993(4)。

Postmodernism),开始将后现代主义看成是过去式。① 而早在1990年,法国学者贡巴尼翁(Antoine Compagnon)就直接宣称后现代主义"气数已尽"。② 新世纪以来,在求新求变的欧美学术界,后现代主义几乎不再是人们关注的焦点。

国内虽然也有学者在90年代末注意到了国际学术界对后现代主义的探讨已现"衰落"之势,③但是在国内特殊的学术生态环境下,后现代热在新世纪不曾有丝毫的减弱,"内热外冷"现象更加明显。2000年开始,《外国文学》对后现代主义文学,尤其是美国后现代主义文学,进行连续的译介与评析,更多的当代美国小说家被冠上了后现代主义作家的头衔。在新世纪以来的十多年间,从后现代主义的角度来研究战后美国作家与作品的论文更是数以百计。④ 同时,多部专门探讨美国后现代主义小说的学术专著出版,以及以整个西方后现代主义文学为研究对象的著作或教材,纷纷问世,其研究有不可遏止之势。

纵观新世纪以来的后现代派研究成果,尤其是各类学术专著,可以看出其研究对象仍然是以小说为主,如胡全生的《英美后现代主义小说叙述结构研究》(2002)、杨仁敬的《美国后现代派小说论》(2004)、陈世丹的《美国后现代主义小说艺术论》(2002)、刘建华的《危机与探索——后现代美国小说研究》(2010)、王钦峰的《后现代主义小说论略》(2001)等。也有部分著作在研究小说的同时兼及诗歌、戏剧研究,如刘向愚等主编的《从现代主义到后现代主义》(2002)、曾艳兵的《西方后现代主义文学研究》(2006)等。相关著述与论文对美国"后现代派"小说的认识在学理上有所推进,但大多数成果延续了90年代的研究范式与学术话语,个别著作则是90年代系列研究成果的汇编。

此外,学界对美国后现代派小说的认识也出现了明显不同的声音。董衡巽在《美国文学简史》修订本(2003)中描述了美国后现代派小说的发展轨迹,即60年代兴起,70年代高涨,80年代逐渐落潮,并指出每一阶段都能找到"构成一种文学潮流的共同特征"。⑤ 也就是说,80年代之后,美国后现代派小说已经退潮,或已成衰落之势。杨仁敬则将美国后现代派小说分为两代,即60年代"黑色幽默"小说家为第一代,70至80年代以后涌现出来的小说家为第二代,即"20世纪后期的后现代派作家"。"后现代派"的范围呈现扩大化的趋势,如贝娄、菲利普·罗思(Philip Roth)、苏可尼克(Ronald Sukenick)、欧芝克

---

① John Frow, "What Was Postmodernism?" *Time and Commodity Culture: Essays in Cultural Theory and Postmodernity*, Oxford: Clarendon, 1997, pp. 13—63.
② 贡巴尼翁:《气数已尽的后现代主义》,《文化现代性精粹读本》,中国人民大学出版社,2006年,第328页。
③ 王宁:《后现代主义之后》,北京:中国文学出版社,1998年,第2页。
④ 这些论文大多针对具体的作家作品,而本文主要关注作为流派的后现代主义,所以不作具体评析。
⑤ 董衡巽等:《美国文学简史》,人民文学出版社,2003年,第546页。

(Cynthia Ozick)等犹太裔作家,托尼·莫里森(Toni Morrison)、伊斯米尔·里德(Ishmael Reed)等非裔作家,汤亭亭(Maxine Hong Kingston)、谭恩美(Amy Tan)等华裔作家等,均被囊括在内,因为他们"表达了后现代派的另一种声音"。① 国内另一位学者朱振武还提出美国"后现代派"小说在20世纪后期"日趋成熟",其创作赓续不断,在新世纪又涌现出了一位"后现代的旗手"——德里罗(Don DeLillo)。② 上述几位学者的观点各不相同,反映了学界对美国"后现代派"小说认识的差异,表现出了多元化的批评倾向。

四、问题与思考

第一,现代派或后现代主义本身存在较大的"歧义性",应当如何认识其内涵与外延? 在英美批评界,后现代主义虽然影响一时,但始终不是一个内涵确定、疆界清晰的概念。1999年,《剑桥美国文学史》(*Cambridge History of American Literature*)明确指出了后现代派的"歧义性":"它既指20世纪60年代到90年代品钦或巴思等作家在风格上有所创新的作品,又指该时期的文学这个整体。"③国内发表的各类论文或专著在使用后现代派或后现代主义时,其内涵与外延很不一致,其中大多以"创新"或"实验"为定性标准,有的还将"后现代主义"看成是当代美国小说创作的主流。80年代末,国内甚至有学者宣称:"后现代小说已经成为当代世界文学的主潮。"④

第二,如何准确认识与描述美国后现代派文学的总体艺术特征与艺术表现形式? 经过三十多年的译介与研究,学界在宏观上能大致勾勒出美国后现代派文学(尤其是小说)的总体艺术特征,能较完整地归纳出后现代主义小说的各种艺术表现形式。但客观地说,很多论述大多没有脱离巴思、罗德威、詹姆逊、哈桑、洛奇、麦克黑尔(Brian McHale)、哈钦(Linda Hutcheon)等英美学者提出来的概念,如戏仿、拼贴、元小说、不确定性、晚期资本主义文化逻辑、平面感、无深度感、语言游戏、本体论、编史性元小说等,缺乏令人耳目一新的学术创新。

第三,从研究模式来看,对美国后现代派的研究大致可分为两大类:一是在宏观上给出"后现代主义"的总体特征,然后用一些作家作品的例证来加以印证和说明;二是从已知的后现代主义特征出发,并以此为标准来框定某些作家为后现代派,然后对其作品进行先入为主的分析与解读。在第一种模式中,论者对不同的后现代主义艺术手法进行理论推演的过程中,容易脱离具体作家作品

---

① 杨仁敬:《论美国后现代派小说的嬗变》,《山东外语教学》2001(2)。
② 朱振武等:《美国小说本土化的多元因素》,上海外语教育出版社,2006年,第253、267页。
③ 萨克文·伯科维奇主编:《剑桥美国文学史》第7卷(散文作品——1940年至1990年),孙宏等译,中央编译出版社,2005年,第446页。
④ 史建:《共生·多元·传统——对后现代主义文艺思潮的思考》,《文艺研究》1988(5)。

的实际情况泛泛而谈,或以偏概全,只谈一点不及其余。在用不同的作家作品进行论证时,却很少考虑到这些手法或特征是否具有普遍适用性,或者说,所有被界定为后现代派的作家是否具有某一个或多个普遍适用的共性特征?第二种研究模式容易出现的问题是随意给当代美国作家戴上后现代主义的帽子,或者说,后现代主义往往成了某些论者炙手可热或非常顺手的批评标签。因此,不少论者自觉或不自觉地走向了泛后现代的泥坑,使本来内涵极不稳定的后现代主义显得更加可疑。如何在批评实践中去除"后现代主义"一词指涉不明或指涉太广的弊端值得深思。

第四,如何处理后现代主义理论研究与后现代主义文学研究之间的背离倾向?2000年,陆建德在《海上逐"后"》一文中指出:"理论与文学的'疏离'在我国已露出端倪。"① 在后现代主义研究中,这一现象也相当普遍。不少成果对后现代主义批评理论的研究与对后现代主义文学作品的研究出现了明显的背离现象。王守仁在评论某本后现代主义研究论著时,曾十分敏锐地指出该论著存在着"理论阐述与文本分析之间缺乏相互照应"的问题。② 针对理论与作品背离的现象,陆建德一直主张要亲近作品,以"弥合理论与文学之间的裂痕"。③ 因此,对美国后现代主义的研究,不能只注重纯粹抽象的理论探索,而应该对纷繁复杂的当代美国文学创作提出创见,将理论的视野与批评的实践有机地结合起来。

第五,如何避免一味肯定,甚至完全赞赏后现代主义的价值倾向?在后现代主义研究中,不少成果着力强调后现代主义文学的创新因素与积极意义,经常出现全盘肯定或完全赞赏的批评倾向,缺乏辩证的批判精神。学界虽然也出现了具有批判色彩的"怀疑论"与"否定论",但并未引起学界足够的重视与回应。例如,阮炜认为,文学现代主义所产生的总的社会经济状况一直未变,决不会在出现后仅几十年便轻易走下历史舞台,因此"所谓'后现代主义'与现代主义并没有什么本质区别,而是一脉相承,两位一体的"。④ 欧荣则从现代主义和后现代主义的发端、思想特征、写作模式等方面进行了详细的考察,认为现代主义无论就文学运动而言,还是就文学概念而言,都涵盖了后现代主义,而后现代主义就是现代主义的一部分,后现代主义小说本质上就是现代主义小说。⑤

第六,如何看待后现代主义批评话语的"横向移植"问题?由于后现代主义思潮的巨大影响力,国内不少学者对后现代主义批评话语进行了"横向移植",

---

① 陆建德:《海上逐"后"》,《读书》2000(2),第 7 页。
② 王守仁:《谈后现代主义小说》,《外国文学评论》2003(3),第 114 页。
③ 陆建德:《海上逐"后"》,第 8 页。
④ 阮炜:《子虚乌有的"后现代"》,《解放军外国语学院学报》2004(5),第 65 页。
⑤ 欧荣:《"后"掉现代主义非明智之举》,《文艺报》2007 年 3 月 3 日。

尝试对中国当代文学乃至社会现实进行相应的评论。90年代以来,这种话语的横向移植现象愈发突出。不少相关研究成果收录在新世纪的两本著作中,即陈晓明主编的《后现代主义》(2004)与王岳川主编的《中国后现代话语》(2004)。"后现代话语平移"的做法在国内一直引发质疑与批判。早在90年代,盛宁就针对这种倾向提出批评,认为将国内一些中青年作家贴上后现代的标签,是出于对后现代概念的误解。后现代主义审美特征都是与现代主义的审美特征相比较而言的,"那些坚持认为我们的文坛上也存在某些'后现代主义'现象的朋友,至少是把这一概念混同于某些激进的、实验性的创作表现手法,甚至在一定程度上,把'后现代'误认为是最新的'时髦'"。① 用后现代主义话语来评价中国文学,或分析当代中国文化现实,肯定会存在生搬硬套的现象。不过,后现代主义在中国的传播与接受不可能不对国内学界产生重要的影响。后现代主义已然与中国文化和文学批评发生了难以割断的联系,这也是不可否认的事实。毋庸置疑的是,新时期30年对美国后现代派的研究为国内批评界提供了全新的学术视角与丰富的思想资源。

第五节　拉美魔幻现实主义研究

论者考镜源流,发现关于这一流派的介绍最早出现于"文化大革命"期间人民文学出版社创办的内部刊物《外国文学情况》1975年1月的拉美文学特辑。在介绍《一百年的孤独》时称之为"所谓'幻想文学'或'魔术现实主义'的新流派小说",②并出于当时意识形态方面的考虑,因苏联对该小说有赞誉之词便加以批判。1979年《外国文学动态》第8期在两篇介绍拉美当代小说的文章标题出现了"魔幻现实主义"的译法,评价话语上也开始从意识形态判定转向艺术特色的分析。原文中的定语形容词mágico,据西班牙皇家学院词典给出的义项是:"与魔法相关;神奇,奇妙",故而当年就有国内西语学者提出"魔幻"未必是最恰切的译法,有可能"阻碍"读者"领会其中的现实主义精神"。③ 但事实上这并未阻碍"魔幻现实主义"的译法成为定名,或许正是因为同一术语中"魔幻"与"现实"并列的悖论性修辞更能激发读者的想象和阐释,甚至"将人们引向对现实主义的本质的追问"。④ 一名之立,一字之差,背后却埋下追寻日后研究理路的草

---

① 盛宁:《后现代主义文学是不可摹仿的》,载《文学:鉴赏与思考》,三联书店,1997年,第249页。
② 滕威:《边境之南:拉丁美洲文学汉译与中国当代文学(1949—1999)》,北京大学出版社,2011年,第74—75页。
③ 远浩一:《关于拉美魔幻现实主义小说》,《当代文坛》1985(2)。
④ 滕威:《边境之南:拉丁美洲文学汉译与中国当代文学(1949—1999)》,第77页。

蛇灰线。

一、一名之立

对魔幻现实主义(Realismo mágico)的介绍一般追溯到德国学者 Franz Roh 的《后表现主义,魔幻现实主义:当代欧洲绘画中的若干问题》(1915),该书西文版在1917年由西班牙哲学家奥尔特加·伊·加塞特主持的《西方杂志》社出版。此后的研究渐渐为这一流派的接受和传播构建起较完备的谱系。该术语由委内瑞拉作家和评论家乌斯拉尔·彼特里第一次应用于拉美文学评论的语境中,彼特里的小说《雨》也被视为最早的魔幻现实主义作品之一。卡彭铁尔在《人间王国》序言中提出"神奇现实"(lo real maravilloso)此后广被征引,与魔幻现实主义的异同也成为辨析的对象。尽管卡彭铁尔自己在内的许多评论家认为二者是不同的概念,但更多的研究者倾向于将其等同,卡彭铁尔及其《人间王国》也成为魔幻现实主义源流史建构的关键环节。[①] 陈光孚的《魔幻现实主义》[②]被视作国内第一部相关研究专著,其中"三位先驱""两位中流砥柱"的作家品评定位对此后的研究影响颇大,陈众议在《拉美当代小说流派》(1989)给出更清晰整全的架构,将魔幻现实主义潮流分作三个时期:早期(30年代以降)以危地马拉作家阿斯图里亚斯的《危地马拉传说》《玉米人》和古巴作家卡彭铁尔的《这个世界的王国》(即前文提及的《人间王国》的另一译名)为代表,多直接表现印第安人或黑人的神话传说和土著文化;中期(50年代后)以鲁尔福的《佩德罗·巴拉莫》和加西亚·马尔克斯的《百年孤独》为代表,"深层次的、全面的历史文化描写取代了单纯的神话表现";后期(70年代至80年代)以马尔克斯的《家长的没落》和智利女作家伊莎贝尔·阿连德的《幽灵之家》为代表作品,特征表现为"原始神话色彩明显减弱",以独裁者为典型的个性化人物凸显。在经典化的文学史定位进程中并非没有争议,例如早期一篇流传颇广的介绍魔幻现实主义的文章里,曾把博尔赫斯的《交叉小径的花园》当作例证分析[③]。而稍后即有论者对类似的做法提出异议,认为博尔赫斯"从来没有用过印第安传统观念写过小说",故而不能算是魔幻现实主义作家。[④] 出于同样的理由,"文学爆炸"的几位主将科塔萨尔和巴尔加斯·略萨也不宜归入魔幻现实主义作家的行列。

[①] 参看段若川:《安第斯山上的雄鹰——诺贝尔奖与魔幻现实主义》,武汉:武汉出版社,2000年,第140—143页。

[②] 陈光孚:《魔幻现实主义》,花城出版社,1986年。

[③] 林一安:《拉丁美洲的魔幻现实主义及其代表作〈百年孤独〉》,《世界文学》1982(6)。

[④] 陈光孚:《关于"魔幻现实主义"》,《读书》1983(2),此文与上引林一安的文章曾被收入同一文集中,参见张国培编:《一九八二年诺贝尔文学奖金获得者加西亚·马尔克斯研究资料》,南开大学出版社,1984年。

二、"现实"为体,"魔幻"为用?

研究史在为魔幻现实主义定义及描述特征的进程中先后推出的各版本旨趣不同,详略各异,但大都不外乎两个向度:其一是抽象概括,围绕1954年拉美裔美国学者安赫尔·弗洛雷斯论文中"现实与幻想的融合"的定义或沿用或修订,其二是凸显拉美土著历史文化和社会背景,强调魔幻现实主义的本土性和独特性。二者其实是一枚硬币的两面。下引的定义在80年代早期译介文章中颇具代表性:魔幻现实主义"就是给现实披上一层光怪陆离的魔幻的外衣,但又不损害现实的本相"。① 现实为体,魔幻为用,无论卡夫卡还是福克纳,超现实主义还是象征派,当时的研究往往在承认拉美魔幻现实主义作家群体受到西方现代主义影响的同时倾向于将影响限定或归结于手法和技巧层面。有论者由此引申出甄别的标准,即"根落在现实上",具备"反映现实的功能"者才能称之为魔幻现实主义作品,不然则归为神话故事或志怪小说。② 基于同样的考量,常有论者致力于为拉美魔幻现实主义与西方流行的文论潮流划清界限,如与超现实主义的区分:"魔幻现实主义表现未必可能、却并非不可能的事,而超现实主义则表现决不可能的事。"③或与西方现代主义文学的区别:"魔幻现实主义把现实的本来面貌用现代主义的手法进行艺术加工,如实地表现出来",不像现代主义"是对现实作变形的描写"。对某些西方学者将魔幻现实主义纳入后现代主义范畴的做法,中国研究者提出异议,同样是因为前者"植根于拉美的土壤""根基是在现实主义"。④ 扣住"现实(主义)"的关键词,凸显承载"特定的内涵和褒贬等级"⑤的术语,体现了现实主义在中国文坛的特殊地位以及新时期文学论争背景下的敏感语境,一定程度上也折射出西语文学研究者面对汉语学界的迻译过程中为魔幻现实主义谋求合法性的努力。

三、话语范式的变迁

早期研究文献中对魔幻现实主义评估的基调一般定位在"具有反帝、反霸、反殖、反封建的倾向",出自民族资产阶级或"代表中产阶级讲话的知识分子"之手,抨击独裁统治和社会弊端,但"有时也流露出虚无主义的观点和颓丧的情绪"。⑥ 带有阶级分析色彩的意识形态话语在此后的论述很快消失,如小说中

---

① 丁文林:《拉丁美洲文坛上的魔幻现实主义》,《拉丁美洲丛刊》1982(6)。
② 李德恩:《魔幻现实主义小说的技巧与特征》,《外国文学》1989(1)。
③ 林一安:《拉丁美洲的魔幻现实主义及其代表作〈百年孤独〉》,《世界文学》1982(6)。
④ 李德恩:《魔幻现实主义小说的技巧与特征》,《外国文学》1989(1)。
⑤ 盛宁:《现代主义·现代派·现代话语——对"现代主义"的再审视》,北京大学出版社,2011年,第19页。
⑥ 丁文林:《拉丁美洲文坛上的魔幻现实主义》,《拉丁美洲丛刊》1982(6)。

的"宿命论"特征曾被视为瑕不掩瑜的缺陷,在新的参照系中则被誉为独到的艺术构思和民族特色的体现。一度被视作迷信、愚昧、落后表征的印第安和黑人信仰,也从神话原型理论的语境中重新审视,赋予积极的意义。

对于魔幻现实主义的定义性描述,晚近的学者结合 90 年代后引进的思想资源进行反思,认为不可解读为"魔幻+现实主义"的简单组合,而是"所有过去层面接合叠加(印第安文化的或前哥伦布的现实、殖民地时代、独立战争、专制制度、美国统治时代)"。① 许志强的专著《马孔多神话与魔幻现实主义》中引用美国学者拉塞尔·M.克拉夫对"现实与幻想混合即魔幻现实主义"的质疑,因为古今中外的文学作品皆可以此定义,从而重新探讨魔幻现实主义作为流派存在的意义。该书认为魔幻现实主义创新的实质在于叙事学层面对模仿论的超越,将日常现实与神话现实无缝连接,其"真实的支点也不在于原始文化而是在于更具批判性的现代意识"。② 由此相关的是魔幻现实主义文学技巧层面的考察,该书借用詹姆逊的论述,指出任何对现代主义文学的模仿都不可能是单纯技巧上的借鉴,打破"中性价值观"的迷思。③

拉美魔幻现实主义是拉美多元文化共生融合的产物,西班牙传统文化、西方现代派和印第安神话的"合金钢",④对此研究学界基本已成定论。自 80 年代以降众多研究者将拉美魔幻现实主义视为"表现手段上的民族化和现代化"结合的成功案例,倾力将之形塑为立足本土、拿来主义式的文化实践。有论者从欧洲与拉美结合的"双文化视角""跨文化风骨"⑤之类的角度来解读魔幻现实主义代表作《百年孤独》,而陈众议的文章《全球化? 本土化? ——20 世纪拉美文学的二重选择》⑥上溯 20 年代"宇宙主义"与"土著主义"之争的渊流,选取加西亚·马尔克斯和博尔赫斯为对应的个案,探讨拉美作家在"全球化"处境下不同的文化选择。该文将《百年孤独》的作者视为他所处"时代的本土主义者"的定位或许不无商榷余地,但的确流露出鲜明的问题意识以及对中国当下文化情境的观照。本土化与现代化背后所谓"民族"与"世界"的二元对立本身也可看作殖民意识形态构建的产物,故而晚近的论者从后殖民理论开拓视域,指出单纯将印第安及黑人文化视为魔幻现实主义基础的不足,且有沦为本位民族主义模式的危险,而跨国多元文化转换所形成的"混合空间"才是魔幻现实主义生成

---

① 滕威:《边境之南:拉丁美洲文学汉译与中国当代文学(1949—1999)》,第 88 页;詹明信:《晚期资本主义的文化逻辑》,张旭东等译,三联书店,1997 年,第 566 页。
② 许志强:《马孔多神话与魔幻现实主义》,中国社会科学出版社,2009 年,第 285 页。
③ 许志强:《马孔多神话与魔幻现实主义》,第 16 页;詹明信:《晚期资本主义的文化逻辑》,第 276 页。
④ 远浩一:《关于拉美魔幻现实主义小说》,《当代文坛》1985(2)。
⑤ 王正蓉:《试论〈百年孤独〉的双文化视角》,《外国文学评论》1994(4);黄俊祥:《简论〈百年孤独〉的跨文化风骨》,《国外文学》2002(1)。
⑥ 陈众议:《全球化? 本土化? ——20 世纪拉美文学的二重选择》,《外国文学研究》2003(1)。

的渊薮,①并在此基础上做出富于洞见的观察:"魔幻现实主义总是刻意强调本土性""但是它所传递的已经不是传统意义上的民俗、自然和社会共同体的统一话语"。

早在1980年就有学者沿用约翰·巴思的论断,从主题与技巧上的"各色花样"的"混杂"着眼将《百年孤独》称为"'后现代派'的典型杰作",②新世纪也不乏流出颇广的外国文学教材将其判定在后现代文学之列,以下的特征界定中不难看出如此分类的理由:"……魔幻现实主义具有自己鲜明的特征:广泛地运用时空顺序颠倒、多角度叙述、多人称独白、下意识心理、自由联想、象征暗示、比拟隐喻、幻化怪诞等手法,把拉丁美洲梦幻般的历史与神奇的现实巧妙地融为一体,制造出奇特的艺术效果。"③有论者虽然也主张将魔幻现实主义归入后现代主义潮流,但却基于超出技巧手法层面的考察——加西亚·马尔克斯创作中对主流历史观和官方话语的戏仿和颠覆,叙事学上对模仿论的解构及元小说性等等,据此将《百年孤独》为代表的魔幻现实主义作品纳入后现代视域,相形之下更具说服力。

魔幻现实主义在华研究史某种程度上堪称一部微缩的西方现代文论思潮接受史。晚近研究得出与先前阶段大相径庭的结论,与其说是观点的不同,不如说是范式的变迁,或可在不同层面上互为补充。

四、"魔幻现实主义"中国梦

几乎在介绍伊始,国内研究西语文学的学者大都中肯地指出当代拉美文学并非魔幻现实主义一家,有影响的魔幻现实主义作家也并非在其所有作品中都运用这一手法,不宜将一位作家"完全划归某一文学流派"。④ 某些国内教科书中称魔幻现实主义"至今仍然是拉丁美洲文学发展的主潮"的判断与拉美当代文坛的现实并不相符,⑤国际学界一直以来不乏研究者和文学史家选择淡化甚至避免使用这一术语。但这些都未能影响魔幻现实主义在中国拉美文学研究中的一枝独秀,据统计仅1979年到2004年间,魔幻现实主义及相关作家作品的研究总数约216篇,其中涉及马尔克斯的占半数以上(118篇)。⑥ 无怪乎有论者断言,中国是在拉美之外受魔幻现实主义影响最大的国家,进而究其原因,

---

① 许志强:《马孔多神话与魔幻现实主义》,第313页。
② 董鼎山:《所谓"后现代派"小说》,该文并没有出现魔幻之类的字样,但有趣的是,董文认为《百年孤独》与卡尔维诺的《宇宙连环画》都"利用科幻小说技巧"。
③ 刘象愚、杨恒达、曾艳兵等主编:《从现代主义到后现代主义》,高等教育出版社,2002年,第344页。
④ 丁文林:《拉丁美洲文坛上的魔幻现实主义》《拉丁美洲丛刊》1982(6),第52页。
⑤ 刘象愚、杨恒达、曾艳兵等主编:《从现代主义到后现代主义》,第344页;可参看段若川:《安第斯山上的雄鹰——诺贝尔奖与魔幻现实主义》,武汉出版社,2000年,第11页。
⑥ 曾利君:《魔幻现实主义在中国的影响和接受》,中国社会科学出版社,2007年,第64页。

归结为改革开放后的时代语境,作家创新求变的心态,以及拉美魔幻现实主义的国际声誉及其与中国传统魔幻文学的审美契合。① 思想解放运动,"现代主义"论争,渴望与"现代"接轨及走向世界的认同诉求种种,使魔幻现实主义的引入享有得天独厚的契机。"在文明相对落后的第三世界国家,其文学是否能走向世界?如果回答是肯定的,那么又如何走向世界?在这方面,拉美的魔幻现实主义为我们提供了良好的经验和参照。"——题为《文明的落差与文学的超越——拉美魔幻现实主义成功的启示》的文章如此开篇,②从标题到立论都折射出当时阶段的典型心态。1982年诺贝尔文学奖授予加西亚·马尔克斯,这一事件也不啻为中国文化界诺贝尔情结的滥觞。"同村的张老三成了万元户",类似的描述确有庸俗化和功利化的嫌疑,但毋庸讳言,同居"第三世界"阵营的拉美文学获得世界范围的认可,无疑为当时的中国文坛带来了"希望之光"以及跃跃欲试的勇气和冲动。近年有学者重审"拉美文学热"时痛感80年代文化界忽略拉美"成功"背后的丧失,"没有反思获得西方承认的代价";③同时也做出颇具新意的观察,勾勒出魔幻现实主义在华遭遇"去政治化"与"纯文学化"的强力误读的轨迹。④ 谈及此需要拈出一个特别的现象,在上世纪80年代直至90年代上半期的"拉美文学热"阶段,研究界与文学创作界存在密切的互动和交流,其密度和强度放眼整个外国文学传播史都是不多见的。然而在魔幻现实主义研究的热潮中,一方面是研究界强调其立足本土的成功经验和定义性特质,另一方面却是创作界在实践中致力于技术层面的模仿和化用。其背后的深层原因至少可以追溯到现代主义和现代派文学论争的时期。新时期作家代表人物之一刘心武曾表示:"现代小说技巧(不是整个形式本身)也应当看作是没有阶级性的,因而对于任何一个国家、民族的任何政治信仰和美学趣味的作家来说,他都无妨懂得更多的现代技巧",⑤如此将小说技巧与文本无害剥离的信心,某种程度上与将魔幻现实主义看做本土题材加现代技巧的判断共享同质理念预设,也可看成魔幻现实主义纯文学化的预表。至于魔幻现实主义与中国"魔幻"传统的审美契合,或"中国与拉丁美洲如同血型相同一样,交流起来不会发生相斥反应"⑥的美好愿景,在客观上促进了魔幻现实主义在华的传播(例如云南文学出版社重点推出拉美文学丛书,并列入国家"八五"出版计划,其译介

---

① 曾利君:《魔幻现实主义在中国的影响和接受》,中国社会科学出版社,2007年,第81页以下。
② 曾艳兵:《文明的落差与文学的超越——拉美魔幻现实主义成功的启示》,《当代外国文学》1993(1)。
③ 滕威:《边境之南:拉丁美洲文学汉译与中国当代文学(1949—1999)》,第89页。
④ 同上书,第83页以下。
⑤ 《需要冷静地思考——刘心武给冯骥才的信》,《上海文学》1982(8)。
⑥ 刘蜀鄂、唐兵:《论中国新时期文学对〈百年孤独〉的接受》,《湖北大学学报·哲学社会科学版》1993(3)。

的广度至今未被超越),也激发中国读者的兴味,但也可能产生过于随意使用"魔幻"标签的弊端。形形色色纵横古今中外的"魔幻"比较研究中甚至出现了将魔幻现实主义与红楼梦、屈赋相提并论的个案,其结果往往流于浮泛。

五、回望与前瞻

综览魔幻现实主义研究的历程,从印象式的介绍到概念的辨析和谱系化的建构,西语文学工作者影响深远的工作为汉语学界和创作界引入源头活水,尤其于新时期文学的探索和繁荣功不可没。包括新科诺贝尔文学奖得主莫言在内,不只一代的作家和读者群体都在不同场合表达过真切的感激之情。特别值得一提的是中国西班牙、葡萄牙、拉丁美洲文学研究会自1979年创立以来在译介研究方面的成就,1983年该研究会还举行以"加西亚·马尔克斯与拉美魔幻现实主义"为主题的专题讨论会,促成了拉美魔幻现实主义在"中国开花结果"。90年代以来研究呈现出多样化的面貌,有意识地结合叙事学、阐释学、接受美学、神话原型批评、后殖民主义等西方理论潮流寻找切入点。本世纪初叶出现了如《马孔多神话与魔幻现实主义》这样在广泛汲取国内外研究成果的基础上多有洞见的专著。

同时,毋庸讳言也存在着一些问题。在研究主题、方法上有一定的重复,厚此薄彼,视点失衡,关注点过于集中在加西亚·马尔克斯及其《百年孤独》上,对于其他作家作品的研究明显不足。许多非西语专业的研究者因无法接触到原著文本和国际西语学界的新近成果,研究基本都引自同样的几本中文专著或资料汇编,征引文献重合度高,陈陈相因,立论上往往高屋建瓴有余,贴近文本不足。研究者热衷从事的比较研究有时会出现过于"求同"而"略异",不同程度上隐藏着比较合法性存疑的问题。

今后有待改善和深化的工作或可考虑以下方面:审慎而有节制地使用术语,在充分了解文本及相关历史文化语境的基础上建立有说服力的比较点;深度和广度上进一步开拓,如玛雅基切人的神话史诗《波波尔·乌》这样对阿斯图里亚斯等魔幻现实主义作家影响极深的文本理应有学术评注译本;开展征服殖民时期相关叙事作品的研究也会为观照拉美民族意识形塑进程、解读魔幻现实主义经典文本提供新的视角和思路;结合文本细化考察被归于同一标签下各个作家创作风格和诗学观方面的差异。

下编
新中国60年东方文学流派研究

第六章
印度文学流派研究

第一节　总　况

　　印度纯文学思潮流派的出现是西方文学影响的结果，但印度是宗教盛行的国家，在宗教思潮派别影响下，与宗教思想运动相结合的文学思潮流派古代就有。公元前几百年反对婆罗门教的沙门思潮兴起，与之相应有佛教、耆那教文学。中世纪印度教的"虔诚运动"，相应有"虔诚派文学"；印度伊斯兰教有"苏菲派"，相应有"苏菲派文学"。近代以来，在西方文学影响下，印度文坛出现纯文学思潮流派，主要有民族主义、阴影主义、进步主义、实验主义、新小说派、新诗派、边区主义、现代主义、后现代主义、贱民文学（庶民文学）、海外流散文学（侨民文学、移民文学）等思潮流派。

　　中国对印度文学的译介和研究，在古代随着佛经的翻译和研究就已经开始，但那毕竟是出于宗教目的。中国真正的印度文学研究，始于20世纪的20、30年代，主要集中在泰戈尔及其创作的研究。1930年出版许地山的《印度文学》，用5、6万字主要对印度古代文学做出概括性的论述。对印度文学思潮流派的译介研究，是新中国建立以后的事了。

　　新中国的印度文学思潮流派研究大体上可以分为三个阶段：

　　第一阶段（20世纪50—70年代）。第二次世界大战结束后，东方新生的民族独立国家和正在争取民族独立的殖民地的各国，充分意识到东方各国团结协作的意义。1955年召开"万隆会议"，会议表明：亚非各国决心团结起来，彻底摆脱帝国主义和新老殖民主义的一切枷锁，争取独立和自由，把命运掌握在自己手里。这次会议对于推动亚洲、非洲民族解放运动在新的历史条件下的深入发展起了巨大的作用。会议之后，东方各国反帝、反殖、争取民族独立，保卫世界和平，增进各国人民的团结和友谊，促进文化交流的活动日益高涨。在这样的历史语境下,20世纪50年代中国对亚非拉各国反帝反殖,揭露现实问题的文学作品加以译介。当时北京的作家出版社、人民文学出版社,上海的新文艺出版社都出版了"亚非文学丛书"和东方国家的作品,杂志《译文》(《世界文学》的前身)出版过亚非文学专号。其中,印度的进步主义文学备受关注。普列姆昌德(Premchand,1880—1936)、①安纳德(Mulk Raj Anand,1905—2004)、②钱达尔(Krishan Chander,1914—1977)③是印度进步主义文学的倡导者和代表作家,也是50年代中国译介作品最多的印度现代作家。其他进步主义作家的作品也有翻译。④ 50年代中国有过一次译介印度进步主义文学的小高潮,翻译出版了近30种进步文学的作品。

这一阶段主要是对印度进步主义文学作品的译介,研究还谈不上。汉译作品大都有"前言"或"后记"之类的文字,这些文字往往是对作家地位、生平思想和作品内容作简要的概述,其中会涉及"进步作家协会""进步作家"的概念,⑤但当时对印度进步文学的理解,还不是文学思潮意义的认识,译者们谈及的"进步",是指作家反帝反殖的现实主义创作倾向。

这一阶段对不属于进步主义的作家的作品也有翻译,如古代诗人、剧作家

---

① 中国50年代翻译出版普列姆昌德的作品有5种:《变心的人》,正秋译,上海少年儿童出版社,1956年;《普列姆昌德短篇小说集》,袁丁译,人民文学出版社,1957年;《一把小麦》,懿敏译,人民文学出版社,1958年;《戈丹》,严绍端译,人民文学出版社,1958年;《妮摩拉》,索纳译,人民文学出版社,1959年。

② 中国50年代译介安纳德的作品有:《不可接触的贱民》,王科一译,上海平明出版社,1954年;《理发师工会》,顾化五、周锦南译,文化生活出版社,1954年;《两叶一芽》,黄星圻、曹庸、石松译,上海新文艺出版社,1955年;《苦力》,施竹筠、严绍端译,中国青年出版社,1955年;《印度童话集》,谢冰心译,中国青年出版社,1955年;《石榴女王》,谢冰心译,上海少年儿童出版社,1955年;《安纳德短篇小说选》,侯浚吉、茅于美、顾化五、诸成译,上海新文艺出版社,1958年。

③ 中国50年代出版钱达尔的作品有5种:《火焰与花》,冯金辛译,上海光明书局,1953年;《钱达尔短篇小说选》,冯金辛译,作家出版社,1955年;《黑太阳》,红燕译,上海少儿出版社,1956年;《倒长的树》,张积智译,上海少儿出版社,1958年;《我不能死》,严绍端等译,人民文学出版社,1958年。

④ 其他进步诗人作家在50年代翻译出版的作品是:纳夫特治的短篇小说集《没有桨的破船》,严绍端、施竹筠译,中国青年出版社,1953年;塔尔西·拉奚里的剧本《断弦》,顾化五译,文化生活出版社,1953年;巴巴尼·巴查达里雅的长篇小说《饥饿》,冯金辛译,作家出版社,1955年;哈·查托巴迪雅亚的诗集《我歌唱人类》,张奇译,作家出版社,1955年;巴伦·巴苏的长篇小说《新兵》,施咸荣译,作家出版社,1955年;马尼克·班纳吉的长篇小说《帕德玛河上的船夫》,郭开兰译,作家出版社,1956年;巴尔文·迦尔琪的剧本《第一个的微波》,林齐译,作家出版社,1956年;克·阿·阿巴斯的《阿巴斯短篇小说集》,冯金辛、黄雨石译,作家出版社,1957年;拉胡尔·桑格里德亚英(一译罗孚洛·桑克利迪耶那)的短篇小说集《从伏尔加河到恒河》(汉译《印度史话》),周进楷译,中华书局,1958年;克·阿·阿巴斯的短篇小说集《小麦与玫瑰》,孙敬钊译,人民文学出版社,1959年。

⑤ 如王科一在《不可接触的贱民·译后记》中说:"在当代的印度进步作家中,安纳德要算是杰出的一个,他不仅是一个作家和新闻记者,而且是一个和平战士。……安纳德开始创作于本世纪30年代,当时印度进步作家的阵营已逐渐强大,他与普列姆·钱德等发起组织'印度进步作家协会',发表宣言,确定了作家在反帝反封建运动中应起的作用。"

迦梨陀娑、①首陀罗迦、②戒日王③的作品,泰戈尔的系列作品,④心理小说作家介南德尔·古马尔德长篇《辞职》于1959年出版。⑤ 20世纪60、70年代,随着历次政治运动的展开,即使是"进步"的外国文学,也很少译介。经过60年代初的中印边境战争,印度文学在中国自然就很少引进了。

第二阶段(20世纪80—90年代)。随着我国政治经济的改革开放,文化也呈多元发展。印度文学的汉译,虽然还是进步主义作家为主,普列姆昌德、安纳德、钱达尔三位作家依然是译介的重点,⑥但译介面比前一阶段更宽,古代两大史诗,古代诗人伐致诃利、杜勒西达斯的代表作,近现代作家密尔·阿门、般吉姆、萨拉特、米尔扎·鲁瓦斯、伊克巴尔、萨罗吉妮·奈都、伊斯拉姆、阿基兰、耶谢巴尔、莫汉·拉盖什、贝纳拉尔·柏德尔等人都有作品翻译出版,当代通俗小说家古尔辛·南达的《断线风筝》《大湖彼岸》《檀香树》等几部作品翻译过来了。而且改变了前一阶段主要从英语、俄语转译的情况,主要从印度原语言译为汉语。

从思潮流派研究的层面看,这一阶段有几个方面值得注意:

第一,印度相关研究成果的引进。80年代初,刘安武编选翻译《印度现代文学研究》,⑦作为"外国文学研究资料丛刊"的一种出版。译著包括印度进步

---

① 50年代和60年代初翻译出版迦梨陀娑的作品有长诗《云使》(金克木译,人民文学出版社,1956年),戏剧《沙恭达罗》(季羡林译,人民文学出版社,1956年)、《优哩婆湿》(季羡林译,人民文学出版社,1962年)。

② 50年代出版首陀罗迦的戏剧《小泥车》,吴晓铃译,人民文学出版社,1957年。

③ 50年代出版戒日王的戏剧《龙喜记》,吴晓铃译,人民文学出版社,1956年。

④ 50年代翻译出版了泰戈尔的系列作品,诗歌方面有《吉檀迦利》《新月集》《园丁集》《飞鸟集》《游思集》《故事诗集》等,小说方面有《沉船》《戈拉》等,戏剧方面有《泰戈尔剧作集》等,散文方面有《我的童年》等。1961年,为纪念泰戈尔诞生100周年,由人民文学出版社出版了《泰戈尔作品集》10余卷本。

⑤ 耶凌达罗·库玛尔(一译介南德尔·古马尔)的长篇小说《辞职》,李水译,人民文学出版社,1959年。

⑥ 80—90年代普列姆昌德的主要新译有:《舞台》(长篇小说),庄重译,广东人民出版社,1980年;《一串项链》(长篇小说),庄重译,山西人民出版社,1983年;《仁爱院》(长篇小说),周志宽、韩朝炯译,上海译文出版社,1986年(另一节译本《仁爱道院》周志宽等译,新华出版社,1983年);《新婚》(短篇小说集),刘安武译,贵州人民出版社,1982年;《如意树》(短篇小说集),刘安武译,上海译文出版社,1983年;《普列姆昌德短篇小说选》,刘安武等译,人民文学出版社,1984年;《割草的女人》普列姆昌德小说新集,刘安武译,湖南人民出版社,1985年;《普列姆昌德短篇小说选》,刘安武译,湖南文艺出版社,1996年;《罗摩的故事》(改编故事),殷洪元译,国际文化公司,1987年。安纳德长篇小说《拉卢三部曲》的前两部《村庄》和《黑水洋彼岸》由王槐挺翻译,分别在1983年和1985年由上海译文出版社出版。钱达尔作品的新译本有:《倒长的树》(中篇童话),蔡国辉译,广东人民出版社,1982年;《一棵倒长的树》,张积智译,河北美术出版社,1999年;《失败》(长篇小说),怡新译,北岳文艺出版社,1986年;《失败》,如珍译,湖南人民出版社,1986年;《一个姑娘千百个追求者》(长篇小说),庄重、荣炯译,山西人民出版社,1982年;《一个少女和一千个追求者》,伍蔚典译,湖南人民出版社,1981年;《月光下的爱情》(中短篇小说集),冯金辛译,上海译文出版社,1992年;《一头驴子的自述》(长篇小说),唐生元、王民锁译,山西人民出版社,1982年;《流浪恋人》,朱国庆、张玉兰译,湖南人民出版社,1986年;《钱镜》(长篇小说),瑞昌译,陕西人民出版社,1984年。其中《倒长的树》《一个姑娘千百个追求者》和《失败》分别有两个译本。

⑦ 刘安武编译:《印度现代文学研究》,中国社会科学出版社,1980年。

主义评论家西沃丹·辛赫·觉杭的文学史著作《印地语文学的八十年》，还有印度学者撰写的关于进步主义代表作家普列姆昌德和阴影主义代表作家伯勒萨德的两组评论文章。随后，黄宝生、周至宽、倪培根将印度文学院50年代出版的《印度现代文学》翻译出版，①该书由印度现代各语种的文学研究专家执笔撰写，对印度现代15种主要语言的文学发展做出梳理和概括。90年代初，山蕴翻译出版巴基斯坦教授阿布赖斯·西迪基的《乌尔都语文学史纲》和《今日乌尔都语文学》两部著作，将其合集为《乌尔都语文学史》②出版。这三部译著都有印度学者对印度近现代文学思潮流派的相关论述，为中国学者论析印度文学的思潮流派提供借鉴。

第二，几部相关的文学史著作。这一阶段中国学者编写了几种文学史著作：（一）刘安武的《印度印地语文学史》，③著作对印度语文学从古代到当代进行了脉络清晰的论述，其中对中世纪印地语虔诚文学的"有形派"和"无形派"、现代文学的"民族主义诗歌"、进步主义、浪漫主义等思潮流派及其代表性的诗人作家做出了论析。（二）季羡林主编的《印度古代文学史》④，著作虽然涉及的是印度文学古代部分，有关思潮流派的内容不多，但对虔诚派文学、德里诗派有系统地论述。（三）高慧勤、栾文华主编的《东方现代文学史》，⑤该著分上下两册，对东方主要国家的现代文学加以概括的论述，印度部分由倪培根、周至宽、石海峻、李宗华执笔完成，基本上以印度现代文学思潮流派的发展演变为线索展开论述，对民族主义、浪漫主义、现实主义、进步主义、新诗派、新小说派、实验主义等进行了比较系统的论述。（四）石海峻的《20世纪印度文学史》，⑥该著也是以文学思潮流派的发展结构全书，比之《东方现代文学史》的"印度部分"更系统、更全面，也更深入。其中作专章论述的思潮流派有民族主义、浪漫主义、现实主义、孟加拉现代派、进步主义、实验主义、新诗派、新小说派、边区主义、非诗派、非小说派、贱民文学等。

第三，一些文学思潮流派研究的论文。如江亦丽的《中世纪巴克提运动的先驱——罗摩努阇》，⑦殷同的《印度新小说的重新评估》，⑧周志宽的《试论印度民族主义诗歌的产生及其审美特征》，⑨刘曙雄的《印度进步文学运动中的乌尔

---

① 《印度现代文学》，黄宝生、周至宽、倪培根译，外国文学出版社，1981年。
② 阿布赖斯·西迪基：《乌尔都语文学史》，山蕴译，中国社会科学出版社，1993年。
③ 刘安武：《印度印地语文学史》，人民文学出版社，1987年。
④ 季羡林主编：《印度古代文学史》，北京大学出版社，1991年。
⑤ 高慧勤、栾文华主编：《东方现代文学史》，海峡文艺出版社，1994年。
⑥ 石海峻：《20世纪印度文学史》，青岛出版社，1998年。
⑦ 《南亚研究》1992(4)。
⑧ 《外国文学评论》1994(1)。
⑨ 《南亚研究》1992(1)。

都语文学》①《印度进步文学运动及其意义》②等。这些论文虽然涉及面不广,有些只是文学思潮流派产生的背景,但表明中国学者以论文的形式,对印度文学思潮进行专题研究的尝试。

第三阶段(2000年以来)。这一阶段对印度文学的翻译很少,但文学思潮流派的研究有进一步的深入。主要体现在几个方面:

第一,一批文学思潮流派研究的期刊论文出版。

研究论文主要有:薛克翘的《印度独立后印地语小说流派简评》,③姜景奎的《一论中世纪印度教帕克蒂运动》④《再论中世纪印度教帕克蒂运动》,⑤章媛媛的《印度教巴克提运动若干问题探讨》,⑥李德木的《帕克蒂文学与帕克蒂运动的理论基础》⑦《中世纪北印度帕克蒂运动兴起的历史文化背景》,⑧朱明忠的《印度教虔信派改革运动及其影响》,⑨邓兵的《印度帕克蒂运动与黑天文学》,⑩薛克翘的《贾耶西与〈莲花公主传奇〉——评中世纪印地语苏非文学(一)》⑪《最早的苏非印地语叙事长诗〈月女传奇〉——评中世纪印地语苏非文学(二)》,⑫唐孟生的《苏非诗歌的神秘主义哲理及其特征》,⑬黎跃进的《确立民族自我——中印近代民族主义诗歌的共同宗旨》,⑭刘曙雄的《从〈火河〉看民族主义思潮的文化内涵》,⑮王旭的《克里山·钱达尔与进步文学运动》,⑯王燕的《印度二十世纪现代主义小说创作论析》,⑰廖波的《印地语新小说概论》⑱《莫亨·拉盖什短篇小说创作简评》,⑲石海峻的《地域文化与想象的家园——兼谈印度现当代文学与印度侨民文学》。⑳ 比之前一阶段,期刊研究论文毕竟数量多,而且

---

① 《国外文学》1991(3)。
② 《南亚研究》1991(4)。
③ 《东南亚南亚研究》2012(2)。
④ 《南亚研究》2003(2)。
⑤ 《南亚研究》2004(1)。
⑥ 《知识经济》2007(11)。
⑦ 《南亚研究》2005年增刊。
⑧ 《印度文学研究集刊》第六辑,上海译文出版社,2003年。
⑨ 《南亚研究》2001(1)。
⑩ 《解放军外国语学院学报》2008(1)。
⑪ 《南亚研究》2004(1)。
⑫ 《南亚研究》2004(2)。
⑬ 《印度文学研究集刊》第五辑,上海译文出版社,2002年。
⑭ 《南亚研究》2005年增刊。
⑮ 《印度文学研究集刊》第五辑。
⑯ 同上。
⑰ 《南亚研究》2008(2)。
⑱ 《解放军外国语学院学报》2008(6)。
⑲ 《解放军外国语学院学报》2004(1)。
⑳ 《外国文学评论》,2001(3)。

涉及面广。有文学流派综论，有古代的虔诚文学、苏菲派文学、近代的民族主义、现代的进步主义、现代主义、当代的新小说、侨民文学的论述，关涉印度文学史上的主要文学思潮流派。

第二，专题性研究著作出版。

这一阶段出版的印度文学研究著作主要是关于泰戈尔[①]和奈保尔[②]的，他们是印度和印度裔迄今为止两位获诺贝尔文学奖的作家，自然成为中国学界研究的热点。但十几年来也有几种文学思潮流派方面的专题性著作：(1)石海军：《后殖民：印英文学之间》，北京大学出版社，2008年；(2)陈义华：《后殖民知识界的起义——庶民学派研究》，中央编译出版社，2009年；(3)薛克翘、唐孟生、姜景奎等：《印度中世纪宗教文学》(上、下)，昆仑出版社，2011年；(4)尹锡南：《"在印度之外"：印度海外作家研究》，巴蜀书社，2012年。

石海军的《后殖民：印英文学之间》在后殖民文化研究的视角下，对印度现当代文学中的边区主义、流散文学、后殖民主义、民族主义、甘地主义等思潮进行了探讨。陈义华的《后殖民知识界的起义——庶民学派研究》对印度后殖民思潮中的文化研究(也包括文学研究)的"庶民学派"进行了系统的研究。薛克翘等人的《印度中世纪宗教文学》对印度中世纪印度教虔诚文学、伊斯兰教苏菲派文学及其代表作家做了系统、全面的探讨。尹锡南的《"在印度之外"：印度海外作家研究》对印度当代移民文学的不同倾向和代表性作家进行了系统的介绍和分析。

第三，将作家研究摆在思潮流派的整体中进行。

文学思潮流派的研究以作家研究为基础，但不是就作家论作家，而是将作家研究摆在思潮流派整体中分析，思潮流派研究与作家研究相辅相成，这是文

[①] 新世纪国内出版有关泰戈尔的著作主要有：孙宜学：《泰戈尔与中国》，河北人民出版社，2001年；沈洪益编：《泰戈尔谈中国》，浙江文艺出版社，2001年；尹锡南：《世界文明视野中的泰戈尔》，巴蜀书社，2003年；唐仁虎等：《泰戈尔文学作品研究》，昆仑出版社，2003年；张羽：《泰戈尔与中国现代文学》，云南人民出版社，2004年；孙宜学：《泰戈尔与中国》，广西师范大学出版社，2005年；孙宜学：《不欢而散的文化聚会——泰戈尔来华演讲及论争》，安徽教育出版社，2007年；孙宜学：《诗人的精神——泰戈尔在中国》，江西高校出版社，2009年；董红均编著：《泰戈尔精读》，上海大学出版社，2009年；艾丹：《泰戈尔与五四时期思想文化论争》，人民出版社，2010年；侯传文：《话语转型与诗学对话——泰戈尔诗学比较研究》，中国社会科学出版社，2010年；李文斌：《泰戈尔美学思想研究》，华中师范大学出版社，2010年；郁龙余、董友忱主编：《泰戈尔作品鉴赏辞典》，上海辞书出版社，2011年；王邦维、谭中主编：《泰戈尔与中国》，中央编译出版社，2011年；董友忱主编：《泰戈尔画作欣赏》，中西书局，2011年；董友忱：《天竺诗人泰戈尔》，人民出版社，2011年；魏丽明等著：《"万世的旅人"泰戈尔——从湿婆、耶稣、莎士比亚到中国》，中央编译出版社，2011年；姜景奎编：《中国学者论泰戈尔》，阳光出版社，2011年；佟加蒙编：《中国人看泰戈尔》，人民出版社，2012年；何乃英：《泰戈尔：东西融合的艺术家》，中国社会科学出版社，2013年；孙宜学：《泰戈尔：中国之旅》，中央编译出版社，2013年。

[②] 新世纪国内出版有关奈保尔的著作有：梅晓云：《文化无根：以V.S.奈保尔为个案的移民文化研究》，陕西人民出版社，2003年；孙妮：《V.S.奈保尔小说研究》，安徽人民出版社，2007年；黄晖、周慧：《流散叙事与身份追寻：奈保尔研究》，浙江大学出版社，2010年；王刚：《圆形流散——维·苏·奈保尔涉印作品的核心特征》，经济科学出版社，2011年。

学思潮流派研究深化的表现。廖波的博士论文《印地语作家格莫勒希沃尔小说创作研究》,[1]对格莫勒希沃尔创作历程的分析与新小说运动的产生发展紧密联系,在新小说思潮整体中理解作家的创作成就与贡献,在"结语"中写道:"在新小说运动这场意义重大的文学运动中,格莫勒希沃尔是公认的领军人物之一。在新小说运动期间,他一方面撰写各种评论文章探讨新小说理论,同时又创作出了大量优秀的新小说作品,对印地语新小说运动的发展产生了很大的影响。在对小说形式的探索上,格莫勒希沃尔走在了同时代的印地语小说家们的前列。他的《无后王》《供词》等短篇小说中独特新颖的叙事方式在印地语小说史上是具有开创性意义的大胆尝试。"[2]侯传文的《话语转型与诗学对话——泰戈尔诗学比较研究》以40余万字的篇幅,在传统与现代、东方与西方的多重对话中研究泰戈尔的诗学,也将其诗学与印度现代的浪漫主义、神秘主义、唯美主义、现代主义等文学思潮联系起来,从思潮层面探讨泰戈尔对印度诗学传统的继承和发展。梅晓云的《文化无根:以 V.S.奈保尔为个案的移民文化研究》对奈保尔这一个案的研究,也是在印度移民文学的整体中进行,作者著作中写道:"本书在研究上采取由点及面、辐射整体的方法,把个案研究与整体思考结合起来,把文化研究植入历史背景,企图从奈保尔研究中来透视当代移民文化的一个特殊类型。"[3]

第四,印度文学思潮流派研究成为国家、教育部的科研基金项目。

国家社科基金项目有:廖波主持的"印度印地语新小说研究"(2013)、石海军主持的"印度现当代文学与后殖民主义"(2003)、姜景奎主持的"印度宗教文学"(2002)等;教育部人文社科项目有:杨晓霞主持的"民族与文化认同——印度英语小说研究(1947—2010)"(2013)、陈义华主持的"庶民学派文学批评探析"(2012)、王春景主持的"20世纪印度女性文学中的宗教与政治"(2012)等。这些项目得到国家的基金资助,有的已经完成,作为专题性著作出版,有的还在研究之中,将会进一步推进印度文学思潮流派的研究。

总之,新中国对印度文学思潮流派的研究,从作品译介开始,到借鉴国外的研究成果,逐渐走向深入,符合文学研究的一般规律;由进步主义思潮研究为主,逐渐趋向多元化,也体现了新中国60多年社会文化的发展历程。

第二节 进步主义研究

20世纪30、40年代,印度掀起了一场规模巨大的进步主义文学运动。许

---

[1] 廖波:《印地语作家格莫勒希沃尔小说创作研究》,世界图书出版公司,2011年。
[2] 同上书,第159页。
[3] 梅晓云:《文化无根:以 V.S.奈保尔为个案的移民文化研究》,陕西人民出版社,2003年,第61页。

多著名作家和诗人都投身到这一运动中,在文学上形成了一个强大的反帝反殖阵营。进步主义文学运动历时十余年,一直持续到印度独立,有力地促进了印度早日摆脱殖民统治、实现民族独立,同时,也对印度现代文学的发展产生了深刻的影响。印度许多著名的作家和在文坛上初露头角的文学新人都参加了印度进步作家协会组织,始终与这一运动保持密切的联系,对印度进步主义文学运动作出了积极的贡献。同时,他们也从运动中吸收了丰富的营养,使印度现代文学产生了一个新的飞跃。

新中国特定的历史文化语境下,对印度的进步主义文学比较关注。从新中国 60 年对印度进步主义文学研究中也可以看到新中国 60 余年的社会文化进程。

新中国翻译印度文学作品,比较集中在进步主义文学。粗略统计,50—60 年代译介了 27 种,80—90 年代译介了 24 种,2000 年以来译介了 3 种。① 作品的翻译出版,尤其是将印度进步主义的几位重要作家的主要作品比较全面的译介,为学界展开进步主义文学思潮研究提供了文本依据。

不仅译介进步主义的文学创作,还对印度学者相关的研究著作翻译出版,为中国学者的研究提供启示和借鉴。80、90 年代初的三本印度文学史译著《印度现代文学研究》《印度现代文学》和《乌尔都语文学史》中都有关于"进步主义文学"的论述。这些研究成果的译介,为中国学者对进步主义文学思潮的研究直接提供思想资源。尤其是译者在前言中的简单评述已经体现了中国学者对进步主义文学的初步认识。如《乌尔都语文学史》的译者山蕴在"前言"中认为作者"对进步文学运动的分析与结论,显然是片面的、不恰当的,存在着阶级偏见,因而夸大了进步文学运动的缺点,看不到进步文学运动是顺应时代潮流与时代精神的,是符合广大人民的利益的"。②

中国学者这一阶段在借鉴南亚学者研究成果的基础上,相继出现了自己对进步主义文学进行研究的成果,主要表现为:一个词条、两篇论文和三本文学史著作中的相关论述。

一个词条 词条是 1982 年中国大百科全书出版社出版的《中国大百科全书·外国文学卷》所载,由刘安武执笔撰写的词条"进步主义"。这是我国学界第一次对印度进步主义文学思潮做出比较系统的概括性表述。词条高度简练,字数不多,全录如下:

---

① 20 世纪 50—90 年代翻译的印度进步主义作家作品见前文注释,2000 年以来翻译出版的印度进步主义作品有:耶谢巴尔(Yashpal,1903—1976)的长篇代表作《虚假的事实》(上、下),金鼎汉、沈家驹译,上海译文出版社,2000 年;纳夫特治:《新娘子班蒂的遭遇》,冯金辛、陈烟帆译,上海古籍出版社,2008 年;安纳德:《剑与镰》,王槐挺译,社会科学文献出版社,2011 年。

② 阿布赖司·西迪基:《乌尔都语文学史》"前言",第 2 页。

进步主义　印度印地语文学中的进步思潮，开始于 20 年代末，盛行于 30 年代和 40 年代前半期。由于民族独立斗争中工人运动的高涨，无产阶级及其政党作为独立的政治力量出现，俄国十月社会主义革命的成功以及马列主义的传播，不少作家和诗人受到影响，创作了带进步色彩的作品。1936 年在穆尔克·拉吉·安纳德和萨加德·查希尔等人的发起下成立了印度进步作家协会，他们主张文学的使命在于争取民族独立和改造社会，批评为艺术而艺术的理论，倡导现实主义的创作方法。进步文学在诗歌方面的代表作是苏米特拉南登·本德的《时代之声》(1939)，在小说方面是耶谢巴尔的《达达同志》(1941) 和《叛国者》(1943)，在理论方面是西沃丹·辛赫·觉杭的《论进步文学》和《文学概论》。

50、60 年代，进步作品仍不断涌现。70 年代中期，很多作家又组成了全印进步作家总会，各大、中城市和各语言地区成立分会，组织作家开展创作活动。①

《百科全书》的词条要求高度简洁。词条虽然只有 362 个字，但内容丰富，包括思潮流行时间、产生背景、共同主张、代表作品和深刻影响等诸多方面的内容。刘安武先生是印地语文学专家，词条概述的"进步主义"限于印地语文学范围，而事实上进步主义文学思潮是整个印度 20 世纪 30、40 年代盛行的文学思潮。

两篇论文　两篇论文是刘曙雄在 1991 年发表的《印度进步文学运动及其意义》(《南亚研究》1991 年第 4 期) 和《印度进步文学运动中的乌尔都语文学》(《国外文学》1991 年第 3 期)。这是国内学界迄今为止仅有的两篇以"印度进步文学运动"为研究对象的专论。

《印度进步文学运动及其意义》对进步文学思潮的表现形态——全印进步作家协会的筹备、独立前四次代表大会召开及其影响的具体情形做出追述，在印度 20 世纪 30、40 年代的具体历史语境下分析思潮的意义，从运动对印度民族独立的作用、对文学目的和作家责任的认识、创作的现实主义原则、创作实绩与贡献几个方面论证："印度进步文学运动是印度民族独立斗争蓬勃兴起的必然产物。它顺乎民心，顺应了历史的潮流。"②

《印度进步文学运动中的乌尔都语文学》结合乌尔都语进步文学的具体作品，从三个方面论述其特点、倾向和意义：(1) 从反帝反殖的爱国主义立场出发，深刻揭露和抨击殖民统治，为实现祖国的独立和自由大声疾呼；(2) 从反对封建

---

① 刘安武：《进步主义》，载《中国大百科全书·外国文学卷》，北京：中国大百科全书出版社，1982 年，第 495 页。

② 刘曙雄：《印度进步文学运动及其意义》，《南亚研究》1991(4)。

制度的民主主义立场出发,对印度社会进行深刻的解剖,以鲜明的艺术形象揭露封建社会制度的罪恶,揭示长期封建制度和殖民主义奴役所造成的生活贫困和精神创伤;(3)在揭露社会矛盾、提出人们关心的社会问题的同时,努力探索改革社会、变革现实的道路,在反映生活真实的同时表现出强烈的追求光明和进步的倾向。①

三本文学史著作中的相关论述 三本文学史是刘安武的《印度印地语文学史》(人民文学出版社,1987年),高慧勤、栾文华主编的《东方现代文学史》(海峡文艺出版社,1994年)和石海峻的《20世纪印度文学史》(青岛出版社,1998年)。

《印度印地语文学史》没有专述进步主义文学的章节,但在论述"现代文学"时,不可避免地论述到"进步作家协会"和进步主义作家普列姆昌德、尼拉腊、苏米德拉南登·本德、耶谢巴尔、拉胡尔·桑格里德亚英。如评析尼拉腊(S. T. Nirala, 1896—1961)的代表诗集《无名指》时写道:"三十年代最后几年的时间里,由于进步思想广为传播,许多作家和诗人受到进步思想的影响,不同程度地克服了与现实社会生活联系不密切的弱点。尼拉腊则进一步深入现实,更多地反映了现实社会生活的主题。《无名指》的诗就是一个很好的说明。"②

《东方现代文学史》"印度现代文学"的"绪论"中,倪培耕认为:"始于20世纪40年代的进步主义文学运动,是30年代现实主义文学的自然延伸和发展,它是建立在马克思主义美学思想基础上的一个文学流派。"③并进一步概括了进步主义文学思潮的文学观念和6个特征。第八章标题为"进步文学思潮",概述了思潮产生的背景、主要代表诗人作家、表现形态与局限,并分三节以耶谢巴尔(一译亚什巴尔)、马尼克·班纳吉和安纳德(一译阿南达)的创作为例展开论析。

《20世纪印度文学史》第十章"进步主义文学"论述了源于乌尔都语短篇小说集《火花》的思潮源起、发展与影响、各语种的代表性作家都作了概括性的介绍,重点论述的是印地语作家耶谢巴尔、马拉雅拉姆语作家泰克狄·西沃山格尔·比莱(Thakazhi Sivasankara Pillai, 1912—1999)及其作家群。

与西方文学思潮流派的研究相比,东方文学思潮流派的研究甚为偏冷。由于20世纪50年代和80年代特定的社会文化氛围,印度进步主义文学思潮的译介与研究算是小成气候。但印度进步主义文学思潮是一个复杂的文学现象,涉及不同的区域和众多的语言,其理论渊源和构成也复杂多元,所以国内数量

---

① 刘曙雄:《印度进步文学运动中的乌尔都语文学》,《国外文学》1991(3)。
② 刘安武:《印度印地语文学史》,人民文学出版社,1987年,第331页。
③ 高慧勤、栾文华主编:《东方现代文学史》,第822页。

不多的研究成果对这一思潮的认识存在分歧。如关于进步主义文学思潮的时间范围。刘安武先生认为思潮"开始于20年代末,盛行于30年代和40年代前半期"。刘曙雄认为思潮是"形成了三、四十年代印度文学的主要思潮和倾向",①并且以1935年一批在伦敦留学的印度青年酝酿成立"印度进步作家协会"为起始。石海峻也认为始于20世纪30年代,只是以1932年四位乌尔都语青年作家合作出版作品集《火星》为开端。倪培耕却认为思潮"始于20世纪40年代"。可见,对进步主义文学思潮的起始时间有20世纪20、30、40年代的三种看法。思潮的下限,有人认为止于印度独立。石海峻就认为:"随着二次大战的结束,印度在国土和民族上均被分作两部分的独立出现了,乌尔都语进步主义作家大多移居巴基斯坦,印度其他语言的进步主义作家则随着印度共产党权势的兴衰而起落,进步主义作家协会的组织四分五裂,社会主义现实主义的文学理论也逐渐衰微。"②但也有人认为思潮一直延续到20世纪80年代。

一场文学运动的兴起,是在时代精神的感召下,有一个酝酿的过程,从局部到整体。随着苏联十月革命的胜利,20年代印度的一些青年作家受到鼓舞,向往新的社会制度,如孟加拉语诗人纳兹鲁尔·伊斯拉姆(1899—1972),将《国际歌》译成孟加拉语,创作鼓动革命、富于政治感召力的诗作,他的思想和创作具有进步主义文学的要素。1932年几位乌尔都语作家的作品集《火星》的出版,伦敦留学生筹备"印度进步作家协会"都是思潮的前奏。按文学思潮表现形态的涉及面广、影响大、公认的旗手为标识等要素,我们赞同印度进步主义文学思潮的上限为1936年全印进步作家协会成立。下限以印度独立为宜,因为独立前作为文学思潮的"进步主义"文学与独立后具有进步倾向的文学相比,在思想内涵、社会使命诸多方面有了本质的区别。

尽管学界对印度进步主义文学思潮有不同的理解,但印度进步主义文学在新中国是最受关注、影响最大的文学流派。

---

① 刘曙雄:《印度进步文学运动及其意义》,《南亚研究》1991(4)。
② 石海峻:《20世纪印度文学史》,第123页。

第七章
日本文学流派研究

第一节　总　况

1868年日本明治维新以后，随着与西方文化交流的增多，西方的文学艺术作品、理论批评思潮被大量引进日本，它们在形式技巧、思维方式和精神结构等诸多方面，对日本近代文学的形成和发展起到了不容忽视的作用。有一种说法现已成为共识：日本用了几十年的时间浓缩了西方几百年的文学历程。从日本近代文学史、思潮流派史或小说史来看，明治维新以后，日本近代文学的"思潮"大都保持了与西方文学的交流。写实主义、浪漫主义、自然主义、唯美主义和现代主义等都在日本逐一走过。关于这一点，我国老一辈的日本文学研究家谢六逸曾在1929年出版的《日本文学》中做过如下的概述：

> 欧美各国的文学思潮，给日本的文艺界以很强的印象。在明治时代初期的文学里，有寝馈英国的坪内逍遥博士，有对于德意志文学造诣很深的森鸥外博士诸人，又有崇拜法兰西思想的中江兆明，倾倒于俄国文学的长谷川二叶亭，内田鲁庵等，因为有这些人物，日本文学遂有迅速的进步。以后自私淑佐拉(Zola)的小衫天外的写实主义；与欧洲大陆文学接近的田山花袋、岛崎藤村的自然主义始，以至目前的文坛的新运动，大抵皆以从欧洲文学得到的新印象为原动力。不单是小说，即如戏曲、新体诗等，也是受了欧洲文学的影响与刺激而始发达的。现代文学的后半期，虽有大半是独创的发展，而前半期却大都在欧美文学的影响下。①

谢六逸所说的"文学思潮"具备了两层含义：一是指文学史上具有共通的

---

① 谢六逸：《日本文学》，商务印书馆，1929年，第98页。

"社会、思想、文学"倾向的"精神思潮";二是指在这种"精神思潮"影响下的作家群以具体作品所构成的"小说流派"。从日本近现代文学的发展轨迹看,有些"思潮"催生了"流派",有些"流派"又充实了"思潮"的内涵,两者互为表里,又互为因果,不易区分。对其的研究构成了日本文学史和小说史以及作家作品研究的主要内容。从这个角度讲,谢六逸的《日本文学》可谓我国最早涉及日本近代文学流派研究的一部专著。

用上述标准衡量,即同时具备"思潮"和"流派"特征的"思潮流派",在日本近现文学史和思潮史的历史序列上主要有:写实主义、砚友社文学、浪漫主义、自然主义、唯美派、白桦派、私小说、新思潮派、新感觉派、无产阶级文学、战后派和现代主义等。

据目前掌握的资料,上述思潮和流派在中国都有过不同程度的译介和研究。从时间段上分期,可分为1949年以前和1949年以后两期。

1949年以前:在中国,对日本文学的译介最早可以追溯到清朝的梁启超,[①]其后,"从1901年到1949年的将近50年间,大约共翻译出版了300余种日本文艺理论著作、小说和剧本等。"[②]其中包括对写实主义、浪漫主义、自然主义、唯美派、白桦派、私小说、新思潮派、新感觉派和无产阶级文学等思潮流派的译介。由于译介的目的是为了解西方现代新文学和新思潮提供知识和参考依据,所以译介者的关注点都集中在译介本身,而少有人从思潮流派本体的角度进行必要的研究,称得上研究的文章甚少。由此造成了译介与研究不同步的局面。但为日后的比较研究提供了翔实的材料。

1949年以后:1949年至2009年的60年,可以分为两个30年,即1949年至1978年的第一个30年,和1979年至2009年的第二个30年。

1949年至1978年的第一个30年,由于"政治标准"的干扰,在文坛得到译介的几乎都是"批判现实主义"或"无产阶级文学"的作品。据说整个"文化大革命"期间只翻译出版了三种有关日本无产阶级作家小林多喜二的作品。[③] 这样的译介严重阻碍了学界对日本文学的全方位了解,也局限了研究者的学术视野和研究范围。期间,除了一些翻译作品集的"前言"外,有关思潮流派的研究几乎为零。

1979年至2009年的第二个30年可分为三个十年来进行述评,它们分别为1979—1989年、1990—1999年和2000—2009年。

第一个十年(1979—1989)为起步阶段。"文化大革命"结束后,整个中国百

---

① 梁启超于1898年12月至1900年2月在《清议报》上连载了其翻译的《佳人奇遇》。
② 李芒:《日本文学在中国》,《外国文学》1984(4)。
③ 参见《全国日本文学讨论会在长春召开并成立全国日本文学研究会》,《吉林师范大学学报》1980(1)。

业待兴,外国文学研究也在其列。为了重新启动日本文学研究,文坛曾出现一股持续时间较长的"日本文学名家名作翻译出版热"①。据统计,截至1989年,翻译出版的日本近现代文学名家名作达60余种。其中有重译,也有新译,涉及的思潮流派有"现实主义""自然主义""唯美派""白桦派"和"战后派"等。另外,"从1978年到1982年的四年间,全国共发表有关日本文学的评论文章一百二十余篇、资料性文章和作品提要各三十多篇、研究随笔十多篇、影剧评论二十多篇,介绍了一百多位作家的情况。"②由于尚处在起步阶段,又受到各种内外因条件的限制,从严格的意义讲,多数的"评论文章"还属于介绍性的和基础性的。但这些译介和基础性的介绍文章还是为文坛了解日本近现代文学思潮和流派提供了基础并作了知识启蒙。在其后得到逐步深化的"文学史研究"和"作家作品研究"中,有研究者涉及了其中无法回避的思潮流派研究,出现了一批成果。论题相对集中在"自然主义"③。尽管这批成果论述重点多集中在文学与社会学、政治学的研究上,持论较为拘谨,而且在观念、视野和方法论上也缺乏中国学者完全独立的思考和见解,但作为本期日本近现代文学思潮流派研究重新起步的重要成果,其学术史价值是不可磨灭的。

　　第二个十年(1990—1999)为积累阶段。这一时期的研究,可以归纳为以下三点:1. 出版了一批文学史专著。④ 这批文学史专著从"述史立场""述史内容""述史方法"的层面回应了文学史书写中无法回避的思潮流派问题。2. 在"个人论集"和"专题论文"中多有涉及日本近现代文学思潮流派的文章,这些文章都带有研究的性质,从日本近代文学思潮流派的某一具体现象或问题入手,注重梳理这些现象或问题与整体文学史之间的关系,充实与拓展了对日本近代文学的认知和研究范围。3. 出版了叶渭渠和唐月梅合著的《日本现代文学思潮

---

① 1981年人民文学出版社率先出版"日本文学丛书";1985年福建海峡文艺出版社联合江苏人民出版社出版、中国文联出版公司、吉林人民出版社、黑龙江人民出版社、四川文艺出版社、浙江文艺出版社出版"日本文学流派代表作丛书";1987年上海译文出版社出版"日本文学丛书"。

② 李芒:《日本文学在中国》,《外国文学》1984(4)。

③ "自然主义"设有专节,在此不赘。除自然主义外,论及浪漫主义的有叶渭渠:《近代的自我觉醒与悲哀——日本浪漫主义思潮概观》,《日本问题》1989(3)。论及"唯美主义"的有李芒:《美的创造——论日本唯美主义文学》,《外国文学评论》1987(3);李均洋:《谷崎润一郎明治作品的特质》,《西北大学学报》1989(3);谭晶华:《漫谈永井荷风文学的思想倾向》,《外国问题研究》1989(4);林少华:《谷崎笔下的女性》,《暨南学报》(哲学社会科学)1989(4)。介绍白桦派和新思潮派的有刘春英:《初论日本文学的理想主义与理智主义》,《外国问题研究》1988(3)。涉及"私小说"的有张励:《日本的私小说及其评论》,《外国问题研究》1987(2);陈其强:《自叙传与自然主义、私小说》,《浙江师范大学学报》(社会科学版)1988(2)。

④ 有王长新主编:《日本文学史》,吉林大学出版社,1990年;叶渭渠、唐月梅《20世纪日本文学史》,青岛出版社,1998年;陈德文编著《日本近现代文学史》,南京大学出版社,1991年;雷石榆编著:《日本文学简史》,河北教育出版社,1992年;谭晶华选编:《日本近代文学史》(小说·评论),上海外语教育出版社,1992年;李均洋:《日本文学概说——发展史和作家论》,陕西人民出版社,1992年;平献明:《当代日本文学史纲》,辽宁教育出版社,1993年。

史》(1991)、叶渭渠著《日本文学思潮史》(1997)。《日本现代文学思潮史》最大的特色是"用多元的、动态的、大文化的目光来看待多彩纷呈的日本近现代文学思潮,不以恶而贬之,也不以好而拔之,而是发展地、客观地、理性地加以辨析,疏通脉气,以据达理"①。本期的思潮流派研究,除自然主义外,唯美派和白桦派等也受到了相应的关注。

第三个十年(2000—2009)为发展阶段。本阶段的研究成果,无论是论文还是专著,在数量上都超过了前两个十年的总和。由于日本近现代文学史都是以"思潮流派"编排章节的。所以,这类的文学史书写本身就构成了"思潮流派"研究的主要内容。本期有近30部文学史问世。其中最优秀的当推叶渭渠和唐月梅合著的四卷本《日本文学史》。② 这部专著采用"立体交叉研究体系""从历史批评和美学批评出发,以各种文学的内容、形式、理论、批评、流派、思潮的产生、发展和演变的规律性,以及重要作家和作品为对象,进行多向性的、相互联系的、历史的动态研究,以期避免孤立地、静态地分析各个作家和作品的通病,力图透过各种文学现象,深入揭示文学主体的价值,达到对文学史比较完整的、论证相结合的、体系化的认识。"③本阶段有五部与思潮流派研究有关的专著出版。④ 其中刘立善著《日本近现代文学流派史》在"述史方法"上颇具有代表性,它从文艺学、伦理学、心理学、美学、社会学等角度,重点论述了日本近现代文学各流派的创作特质及其发展史。特点是采用原典实证和语境还原的研究方法,做到"论"从"原始文本"出,并与历史语境吻合,体现了著者的治学态度、学识背景和学术功底。叶渭渠著《日本文学思潮史》是一部全史,为1997年昆仑出版社版《日本文学思潮史》的修订版。在绪论中著者特别强调了思潮史研究的方法论。魏大海著《私小说》是一部全面论述日本私小说的论著,内容涉及"私小说的形成""私小说论""私小说与自然主义的关系"和"私小说作家"。肖霞著《日本近代浪漫主义文学与基督教》"采用思潮研究的形式,以作家为线索,选取近代日本的浪漫主义文学,试图在归纳、梳理已有研究成果的基础上,分析近代日本浪漫主义在基督教文化影响下于各个时期的发展状况及特色"。⑤ 齐珮著《日本唯美派文学研究》在日本近代文学发展史的框架内,梳理了日本唯美派文

---

① 李均洋:《日本文学研究的开拓之作——评〈日本现代文学思潮史〉》,《外国文学评论》1994(2)。
② 为《日本文学史》(古代卷上下册),昆仑出版社,2004年;《日本文学史》(近古卷上下册),昆仑出版社,2004年;《日本文学史》(近代卷),经济日报出版社,2000年;《日本文学史》(现代卷),经济日报出版社,2000年。
③ 叶渭渠、唐月梅:《日本文学史》(现代卷),经济日报出版社,2000年,第717页。
④ 魏大海:《私小说》,山东文艺出版社,2002年;肖霞:《日本近代浪漫主义文学与基督教》,山东大学出版社,2007年;刘立善:《日本近现代文学文学流派史》,辽宁大学出版社,2007年;齐珮:《日本唯美派文学研究》,中国社会科学出版社,2009年;叶渭渠:《日本文学思潮史》,北京大学出版社,2009年。
⑤ 肖霞:《日本近代浪漫主义文学与基督教》,第409页。

学美学特征及其代表作家的创作风格。本阶段的论文从内容上讲,主要集中在"自然主义""私小说""浪漫主义""唯美派""白桦派"和"新感觉派"上。

综上所述,中国60年来的日本近现代文学思潮流派研究,前30年基本属于空白。后30年,从"起步"经"积累"到"发展",由介绍性文章,到研究论文,再到专著,数量在不断增加,研究意识、研究内容和研究方法也随之发生着变化,这说明日本思潮流派的研究在学界已受到越来越多的关注。

第二节 自然主义与私小说研究

在日本近代文学史上,自然主义占有十分重要的地位。它是继写实主义和浪漫主义之后形成的一股强大的文艺思潮,曾席卷文坛,称雄一时,对日本近代文学的发展产生过深远的影响。从日本近代文学史和思潮史的角度来看,日本自然主义文学运动兴起的初衷是为了反抗"砚友社"文学团体的那种粉饰现实、一味追求技巧和词藻的江户文学余风,建立符合时代精神的新文学。这场运动的先驱者们基于当时日本日趋帝国主义化、社会矛盾日益加剧的现实,提出了文学要迫近人生、要彻底解放个性的口号,这无疑具有积极的时代意义。在当时特定的历史条件下,一大批风格、倾向和流派各异的作家和评论家,或出于对自然主义这一时髦哲学的追求,或出于对建设新文学的想望,相继结集在自然主义的旗帜下,用各自的文学活动,从理论和创作两个方面将日本自然主义文学运动推向了高潮。但是由于日本自然主义文学的理论家们在错误地理解和接受左拉自然主义的一些观点的基础上又提出了不少相当有害的口号,比如,他们主张文学要"破理显实""完全真实",要写人的兽性和丑恶;提倡纯客观的自我暴露和自我忏悔;认为文学只能反映"觉醒者的悲哀"等等,从根本上阻碍了以建立新文学为主旨的日本自然主义文学运动的健康发展,将日本近代文学引上了回避社会重大问题,一味进行自我暴露和自我反省的"告白小说"(即忏悔小说)的道路,也为后来的"私小说"开了先河。

据现有的研究,1915年陈独秀在《青年杂志》第1卷3号上以《现代欧洲文艺史谭》为题首次介绍了欧洲的自然主义文学思潮。在1920—1922年间,以茅盾为首的一批作家和理论家以《小说月报》为阵地,译介欧洲和日本的自然主义文学理论及作家作品,展开了中国近代文学史上第一次有关自然主义创作方法的讨论。1921年日本自然主义文学理论及动态得到译介,[①]随后,文坛又先后

---

① 有晓风译岛村抱月的《文艺上的自然主义》,《小说月报》1921年12卷12号;李达译宫岛新三的《日本文坛之现状》,《小说月报》1921年12卷4号。

翻译了一批日本自然主义文学作家的作品。① 与日本其他文学思潮流派的译介不同，自然主义文学思潮在中国的译介是理论在先作品在后。

由于众所周知的原因，日本自然主义文学思潮的研究在中国1949年至2009年的60年中曾经有过30年的空白期。②

1979年9月12日至20日，中国社会科学院外国文学研究所和吉林师范大学（现东北师范大学）外国问题研究所在长春联合召开了全国日本文学讨论会。来自全国各科研院所、高等院校和出版社的80多位学者与会。这次会议有三个主要议题：一是重点讨论了因"文化大革命"而被迫停止的日本文学的翻译和研究问题，呼吁要解放思想，清除"四人帮"的影响，加强对日本文学的翻译和研究工作；二是研讨了提交讨论会的30多篇论文；三是成立了中国日本文学研究会。"这是新中国成立以来第一次日本文学的讨论会，也是五四运动以来新老两代日本文学翻译与研究者的团结大会。"③这次日本文学讨论会，特别是中国日本文学研究会的成立，对于中国日本文学的学科建设来说，无疑是具有里程碑意义的大事，它标志着中国的日本文学研究由此进入了一个新的历史阶段。所以，可以说中国的日本自然主义文学思潮研究是在这次会议之后才得以重新开始的。1979年至2009年的30年来，中国在日本自然主义文学思潮研究方面都做什么研究，并取得了哪些成果？以下分三个十年进行评述。作这样的划分，主要是考虑到各个十年的特点，以及在研究领域所达到的水平。

1979—1989年：中国日本文学研究会成立后，将首要的工作放在了日本文学名家名作的翻译上。本期得到翻译的日本自然主义文学名家的作品有8种。④ 为学界提供了研究用文本。

由于尚处在起步阶段，学界对日本自然主义文学思潮的知识了解主要是通过一些介绍性的文章或译介得到的。这类的文章或译介主要有：隋永祯的《日本近代文学流派》⑤、刘振瀛的《日本文学介绍》（二）⑥、加藤周一著《日本的自然

---

① 主要有田山花袋：《棉被》，夏丏尊译，上海商务印书馆，1927年。《国木田独步集》，夏丏尊译，上海文学周报社，1927年。岛崎藤村：《新生》，徐祖正译，上海北新书局，1927年。
② 1949年至"文化大革命"前的1965年，由于"政治标准"的干扰，得到译介的几乎都是"批判现实主义"或"无产阶级文学"的作品。整个"文化大革命"期间只翻译出版了3种有关日本无产阶级作家小林多喜二的作品。
③ 《全国日本文学讨论会在长春召开并成立全国日本文学研究会》，《吉林师范大学学报》1980(1)。
④ 岛崎藤村四种：《家》，枕流译，江苏人民出版社，1981年；《破戒》，柯毅文、陈德文译，人民文学出版社，1982年；《春》，陈德文译，福建人民出版社，1984年；《春》，陈德文译，海峡文艺出版社，1987年。德田秋声二种：《缩影》，力生译，上海译文出版社，1982年；《新婚家庭》，郭来舜等译，海峡文艺出版社，1987年。田山花袋一种：《棉被》，黄凤英等译，江苏人民出版社，1987年。正宗白鸟一种：《新婚家庭》，郭来舜等译，海峡文艺出版社，1987年。
⑤ 《武汉大学学报》（哲学社会科学版）1981(2)。
⑥ 《国外文学》1983(4)。

主义小说家》、①吉田精一著《现代日本文学史》(齐干译,上海人民出版社,1976年)、西乡信纲等著《日本文学史》(佩珊译,人民文学出版社,1978年)中村新太郎著《日本近代文学史话》(卞立强、俊子译,北京大学出版社,1986年)、市古贞次著《日本文学史概说》(倪玉、缪伟群、刘春英译,东北师范大学出版社,1987年)等。

同时老一代的学者在他们编著的文学史中,如王长新的《日本文学史》(外语教学与研究出版社,1982年)、吕元明的《日本文学史》(吉林人民出版社,1987年)都设章节程度不同地提到日本自然主义文学。

作为文学史研究的主要内容,本时期有不少文章涉及日本近代文学史上的思潮和流派,其中对自然主义文学思潮的探讨较为集中。这说明学界已经认识到要研究日本文学,特别是日本近现代文学史,是无法避开自然主义文学思潮的。围绕"自然主义"的是非功过,中日学界有着完全不同的评价。日本学界一般认为自然主义特别是日本的自然主义是写实主义(即现实主义)的延伸或者深化。而中国学界则认为自然主义与现实主义是两个根本不相容的概念。刘振瀛在《日本近代文学中的自然主义与现实主义》②中指出"前者是一种资产阶级反动的思潮与创作方法,而后者则是文学中各时代的普遍的积极的创作方法"。王长新在《自然主义与日本自然主义文学》③中也认为:自然主义"只是把遇到的个别现象、把整体中的一点,像照相般地'如实地'描绘下来,而不涉及事物的全貌"。"这一点是自然主义的致命弱点,也是和现实主义,特别是批判的现实主义在本质上的区别。"所以,在第一个十年前期,"阶级性"和"现实主义独尊"成为学界探讨和批判日本自然主义文学的主要观点和立论依据。当然其中也不乏例外,比如倪玉的《试论岛崎藤村〈家〉的自然主义创作特色》④就运用文本细读的方法较为客观地探讨了日本自然主义文学的创作特色。进入后期,叶渭渠的《试论日本自然主义文学思潮》、⑤魏迎的《日本自然主义文学的全方位思考》、⑥郭来舜的《试论日本的自然主义文学运动》⑦等,从外来影响、日本背景、理论主张、本土创作等层面对日本自然主义文学进行了较为全面的梳理和探讨。从总体上讲,本期的相关论文大多用现实主义的标准去衡量自然主义,主要论点不外乎,一是用现实主义的"典型真"否定自然主义的"科学真",二是

---

① 董静如译,《山西大学学报》1985(1)。
② 《北京大学学报》(哲学社会科学版)1981(6)。
③ 《日语学习与研究》1984(4)。
④ 《东北师大学报》1984(6)。
⑤ 《日本问题》1987(5)。
⑥ 《外国问题研究》1988(1)。
⑦ 《深圳大学学报》(人文社会科学版)1989(1)。

用"复杂性"割裂自然主义的理论主张与创作实践,而少有从"历史语境""文学语境"的实证性梳理入手对自然主义文学的理论形成和文本建构进行学理性研究的,反映了研究者在观念、视野、学识和方法论上所受到的时代局限。

关于"私小说",一般认为它是日本自然主义的"衍生物"。它起源于"自然主义",又为以后的各种流派所接受继承,遂成为日本纯文学的正宗。关于"私小说"的流派属性,郭来舜在《日本自然主义文学运动的几个问题》[1]中指出:"大正中期以后日益兴盛的私小说潮流,是自然主义文学运动的继续和延长;而自然主义文学运动的成果之一,便是确立了私小说这种形式。就是说,私小说起源于自然主义文学运动,并在其中确立、发展,甚至也可以说它是自然主义文学运动的归结。"这一阶段期聚焦于私小说的文章有平冈敏夫的《日本文学史中私小说之地位》、[2]张励的《日本的私小说及其评论》[3]等。

1990—1999年:本阶段的研究显得相对平静。论文和文章中,论题多集中在"私小说",而且都是围绕其流派属性和文学特征而作的。高慧勤的《自然主义与"私小说"——从"客观写实"到"主观告白"》[4]认为,"私小说不仅是自然主义文学在日本的产物,也是日本文学在实现现代化过程中,日本作家探索、寻求并终于找到的独特的小说样式,是日本现代文学独具民族个性的一个标志",也是"表达日本人审美意识的一种独特的方式"。尹允镇的《私小说与日本古典日记文学传统》[5]探讨了私小说与日本古典日记文学之间的承继关系。张莉的《从大江健三郎的文学世界里看日本"私小说"流向的赓续和发展》[6]指出大江健三郎"在他的创作中自觉或不自觉地印有'私小说'痕迹"。但却"以自己丰富的创作,开拓、超越了'私小说'这种形式"。因为"'私小说'与西方现代主义文学同时转向描写自己,转向内心世界,证明'私小说'与世界文学同步;西方现代主义作家们把文学创作的焦点盯在表现个人对周围世界的复杂现象的模糊情感与感觉,从而使作品陷入了'与外界隔绝的自我表现的狭小范围。'这种以自我存在为本体的唯心主义本体论和'私小说'的唯情绪主义的认识论在本质上是一致的"。何少贤的《论日本私小说》[7]对私小说的特色、优劣、与自然主义关系及长期存在的原因等进行了探讨。并从创作主体的角度,指出:"私小说作家不是一个流派,不是自然主义派的别称。他们由20世纪出现的日本几乎所有

---

[1] 《日本文学》1983(2)。
[2] 平冈敏夫:《日本文学史研究》,张雅翼译,《山西师院学报》(社会科学版)1983(3)。
[3] 《外国问题研究》1987(2)。
[4] 《解放军外国语学院学报》1993(2)。
[5] 《延边大学学报》(哲学社会科学版)1993(4)。
[6] 《解放军外语学院学报》1996(5)。
[7] 《外国文学评论》1996(2)。

文学流派的作家组成,自然派只是其中较重要的一支。另一支劲旅得算白桦派。"因为"正是白桦派的代表作家志贺直哉把私小说发展为心境小说"。吕继臣的《试论日本私小说的产生与发展》[①]从自然主义外来影响的角度,认为"日本私小说的产生是日本民族在广泛吸收外来文化过程中所采用的'和魂洋才'的结果"。李爱文在《"私小说"与日本近代文学》[②]中认为,"日本'私小说'实际上是自然主义文学在日本兴起的产物。只是西欧自然主义作家写社会现实的创作方法到了日本则演变成了写作家私生活和个人琐事的'私小说'了"。魏大海的《日本现代小说中的"自我"形态——基于"私小说"样式的一点考察》[③]则认为,"'私小说'对于作家,毋宁说是一种自戕式的享乐。在某种精神'力比多'的释放过程中,作家自得其乐地享用自我客观化观照的快感。但说到底,它又是贵族文化的产物。因为这种精神自慰无论从创作上讲,还是从阅读上讲,都需要一定的历史性文本预置。否则无法获得快感,更无法观赏客观化的自我"。

本期出版了一批"文学史书写"的成果,有王长新主编《日本文学史》、叶渭渠和唐月梅合著《日本现代文学思潮史》《20世纪日本文学史》、陈德文编著《日本近现代文学史》、雷石榆编著《日本文学简史》、谭晶华选编《日本近代文学史》(小说·评论)、李均洋著《日本文学概说——发展史和作家论》、叶渭渠著《日本文学思潮史》等。这些通史、断代史和文类史,有教科书,也有研究专著,但都设专门的章节涉及自然主义文学。其中,叶渭渠和唐月梅合著的《日本现代文学思潮史》和叶渭渠著《日本文学思潮史》是思潮流派研究的专著。叶渭渠和唐月梅合著的《日本现代文学思潮史》除了梳理了日本自然主义文学形成的过程和理论主张外,还依据自然主义作家的创作实践,归纳了自然主义文学的特征和功过。

2000—2009年:本期的论文和文章,从数量上讲,超过了前两个十年的总和。从内容上讲,可以分为三类:第一类是作家论,比如张晓宁的《泉镜花与日本自然主义文学》、[④]王梅田的《田山花袋自然主义小说研究综述》(上)[⑤]等。第二类是作品论,如王志松的《"告白"、"虚构"与"写实"——重新评价〈棉被〉的文学史意义》、[⑥]张修志的《从田山花袋〈棉被〉看日本私小说"私"的成因》、[⑦]丁旻的《现实主义的内涵,自然主义的手法——评岛崎藤村的小说〈家〉》、[⑧]蔡海瑶

[①] 《沈阳师范学院学报》(社会科学版)1998(3)。
[②] 《日语学习与研究》1998(3)。
[③] 《外国文学评论》1999(1)。
[④] 《解放军外国语学院学报》2008(1)。
[⑤] 《安徽文学》(下半月)2009(7)。
[⑥] 《日语学习与研究》2001(1)。
[⑦] 《经济研究导刊》2008(5)。
[⑧] 《四川外语学院学报》2001(1)。

的《略谈日本"私小说"的典范之作〈棉被〉》[1]等。这些文章尽管是作家论和作品论,但都涉及自然主义和"私小说"的思潮流派背景。这也说明作家作品研究与思潮流派的研究是无法截然分开的。第三类是专论。如按内容或论题分类,又可分为以下三类:

1. 综论:主要有潘世圣的《关于日本近代文学中的"私小说"》[2]和《日本近代文学中的"私小说"简论》[3]等。

2. 历史文化语境研究:可举出米洋的《日本自然主义轨迹的文化解析》;[4]陈延的《自然主义在日本产生与发展的必然性》;[5]胡连成的《自然主义文学在日本的产生及其本土化——兼与米洋先生商榷》;[6]李先瑞的《论日本私小说的文学土壤——日本私小说的历史和社会成因分析》;[7]魏育邻的《"告白"作为一种话语制度——日本近代文学中的一种"权力"》;[8]霍艳、王丽莉的《从模仿中走出——略论日本自然主义文学》;[9]朱丽颖的《论日本私小说的历史渊源及成因》;[10]刘金举的《基督教忏悔制度及忏悔体文学对日本私小说的影响》;[11]宋刚的《论"没理想论争"与初期日本自然主义文学》;[12]李光贞的《日本自然主义文学的形成及其特点初探》;[13]孟庆枢的《日本自然主义文学、私小说再探讨——近代东西文化交融中的一个值得深思的问题》[14]等。

3. 特征研究:主要有费建华、李先瑞的《试论日本私小说中的"自我"》;[15]郭雪妮的《论日本"私小说"的自传性特征》;[16]寇淑婷的《日本私小说的"原生态"创作特点》;[17]李伟萍、朱丽的《论日本自然主义文学的迷惘特质》;[18]张修志的《人性的自白——论日本私小说中张扬的自我意识》;[19]郭雪妮的《论日本"私小说"

---

[1] 《广东教育学院学报》2007(4)。
[2] 《外国文学研究》2001(2)。
[3] 《日本学刊》2001(3)。
[4] 《解放军外国语学院学报》2002(4)。
[5] 《华侨大学学报》(哲学社会科学版)2003(1)。
[6] 《汕头大学学报》(人文社会科学版)2003(6)。
[7] 《解放军外国语学院学报》2005(2)。
[8] 《外语研究》2005(5)。
[9] 《长春师范学院学报》2005(8)。
[10] 《沈阳大学学报》2006(6)。
[11] 《解放军外国语学院学报》2007(1)。
[12] 《日本研究》2008(3)。
[13] 《山东外语教学》2009(1)。
[14] 《南京师范大学文学院学报》2009(1)。
[15] 《解放军外国语学院学报》2001(1)。
[16] 《西安石油大学学报》(社会科学版)2008(4)。
[17] 《泰安教育学院学报岱宗学刊》2009(2)。
[18] 《兰州学刊》2006(12)。
[19] 《经济研究导刊》2008(6)。

的自传性特征》①等。

本期还出版了三本专著。魏大海著《私小说》(山东文艺出版社,2002)回到"语境",回到"文本",梳理了"私小说"形成的历史文化语境、与自然主义的渊源关系、早期的"私小说"论以及"私小说"作家的创作,并介绍评述了现代名家的"私小说"论。刘立善在《日本近现代文学文学流派史》一书中用两章的篇幅论述了日本自然主义的文学理论和作家作品。叶渭渠著《日本文学思潮史》指出"在自然主义文学思潮的影响,出现了'私小说'(即自我小说)的形态,它同其他文学形式相互影响和渗透,逐渐形成日本现代文学的独特样式"。②

从现有的研究来看,关于日本自然主义和"私小说",无论是成因研究,还是特征研究,研究者大多关注的是文学外部的历史社会研究,少有从文学内部而做的文本细读,而且持论较为拘谨,在观念、视野和方法论上也缺乏中国学者完全独立的思考和见解,这不能不说是一个局限。

第三节　唯美派研究

1912年,日本唯美派骁将谷崎润一郎在《东京日日新闻》上发表了《恶魔》。尽管"称不上是一部杰作",但是它用"感觉"和"夸张"的描写,酿造出一种与国外小说接轨的"味道",③文坛遂出现一种唯美和享乐的倾向。对此日本文学史家有过如下的评述:

> 从明治三十九年开始的自然主义文学思潮,以追求真为目的,结果落入了现实暴露的悲哀之中,成为世纪末的思想。因此,从明治末年到大正初年,为从自然主义的暴露现实中逃避,产生了带有颓废的享乐倾向的新浪漫主义,他们以永井荷风、谷崎润一郎为代表。④

在日本,唯美派当时也称作"耽美派"和"新浪漫主义",也有人称其为"神经质的文学"。⑤它是以1907年以后相继创刊的《昴星》《三田文学》和第二次《新思潮》同人为主而形成的文坛思潮。是日本后期浪漫主义和自然主义的一种延伸。从1912年至1914年,唯美派文学发展到巅峰,曾取代自然主义文学,与理

---

① 《西安石油大学学报》(社会科学版)2008(4)。
② 叶渭渠:《日本文学思潮史》,第263页。
③ 德田秋声:《沉静的小说界》,《读卖新闻》1912年12月19日。收入《编年体大正文学全集》别卷,第21页,YUMANI书房,2003年。
④ 菅西一积:《日本文学思想史》,福永书店,1958年,第336页。译文引自倪金华:《周作人与日本随笔》,《鲁迅研究月刊》2002(7)。
⑤ 参见片山孤村:《神经质的文学》,《日本现代文学全集107·现代文艺评论集》,讲谈社,1980年。

想主义的白桦派和新现实主义的新思潮派一起称霸文坛达五年之久。

1918年4月19日,周作人在北京大学小说研究会上发表了题为"日本近三十年小说之发达"的演讲,首次在中国介绍了日本的唯美派文学。其后至1943年,日本唯美派作家的作品曾经有过三次译介高潮。从多位译者写的"附记""序""评传"来看,说明这些译者对日本唯美派文学和作家是极为崇拜,也是相当了解的。所以,将其视为中国日本唯美派文学研究的开端,也未尝不可。

1949—1978年,由于"左"倾文艺路线施虐,政治标准垄断了一切学术研究领域。日本唯美派文学在中国的研究基本处在停滞状态。

1979—2009年是日本唯美派文学在中国重新起步并成为研究热点的30年。这30年可以分为以下三个十年来进行评述。

1979—1989年:"文化大革命"结束后,国内学术环境日趋宽松,学术思想也日渐活跃。在新时期文学艺术自我意识觉醒的背景下,不少学者开始重新审视曾经对中国产生过重大影响的日本唯美派文学,沉寂了近40年的日本唯美派文学研究开始得到复苏,这主要表现在:

1. "文化大革命"后,在一般读者对日本文学还缺乏史的了解,缺乏理性和感性认识的情况下,一些出版社适时翻译出版了一批日本文学名家的作品。其中涉及唯美派文学的有7种。[①] 为学界了解和研究日本唯美派文学提供了具体的文本。

2. 在"史的研究"方面,本期有一批"文学史书写"的成果问世。其中,王长新著《日本文学史》、吕元明著《日本文学史》都设专章介绍了日本唯美派文学。

3. 作为"史的研究"的组成部分,本期有不少研究文章涉及日本唯美派文学。主要有李芒的《美的创造——论日本唯美主义文学》,[②]李均洋的《谷崎润一郎明治期作品的特质》,[③]谭晶华的《漫谈永井荷风文学的思想倾向》,[④]林少华的《谷崎笔下的女性》[⑤]等。

[①] 具体为谷崎润一郎四种:《痴人之爱》,郭来舜等译,陕西人民出版社,1988年;《春琴传》,张进等译,湖南人民出版社,1984年;《细雪》,周逸之译,湖南人民出版社,1985年;《细雪》,储元熹,上海译文出版社,1989年。佐藤春夫二种:《更生记》,吴树文等译,海峡文艺出版社,1985年;《田园的忧郁》,吴树文译,上海译文出版社,1989年。永井荷风一种:《舞女》,谢延庄等译,四川文艺出版社,1988年。

[②] 《外国文学评论》1987(3)。

[③] 《西北大学学报》1989(3)。

[④] 《外国问题研究》1989(4)。

[⑤] 《暨南学报》(哲学社会科学)1989(4)。

1990—1999年:作为研究的文本,本期出版了8种唯美派作家作品的汉译本。① 另有叶渭渠、唐月梅合著《日本现代文学思潮史》和叶渭渠著《日本文学思潮史》问世。还翻译出版了长谷川泉的《近代日本文学思潮史》。② 叶渭渠、唐月梅合著《日本现代文学思潮史》设专章论及唯美派文学。

本期有不少文章论及唯美派的作家作品,如文洁若的《唯美主义作家谷崎润一郎》、③陈德文的《谷崎笔下的女性世界——〈细雪〉人物论》、④刘建辉的《日本近代文学的中国——谷崎润一郎作品分析》、⑤施秀娟的《论永井荷风中短篇小说的特色》、⑥方志华的《从谷崎崎润一郎的小说〈文身〉看日本唯美主义文学的特点》⑦等。这些文章有的是作家论,有的是作品论,但或多或少都涉及唯美派的流派背景。相关的专论可举出唐月梅的《美的创造与幻灭——论日本唯美主义文学思潮》、⑧彭德全的《试论谷崎润一郎的美学观》、⑨黎跃进的《日本唯美主义文学的演变与实绩》⑩等。唐月梅的《美的创造与幻灭——论日本唯美主义文学思潮》指出了唯美派的流派属性,认为日本唯美派"是自然主义的人性的自觉、官能的享乐和本能的感性等方面的延续,与自然主义有较深的血缘关系"。彭德全的《试论谷崎润一郎的美学观》主要探讨了谷崎润一郎的美学观问题。黎跃进的《日本唯美主义文学的演变与实绩》则动态地分析了日本唯美派文学形成演变过程中的三个变化。

2000—2009年:随着研究的深入,探讨日本唯美派文学的流派属性和审美特征在本期遂成为研究者关注的焦点。刘立善著《日本近现代文学文学流派史》在"耽美派文学"一章中认为"此派作家在确立自我方面与自然主义相同,但对其'平面描写'和'重真轻美'文学观,表示反对。"⑪叶渭渠著《日本文学思潮史》认为"在艺术上,他们进行积极的探索,从荒诞、丑恶、颓废中提取美,拓展了艺术的表现范围,在美学上维护了艺术的独立与真实,培养人的美感和美的享

---

① 具体为永井荷风四种:《争风吃醋》,李远喜译,漓江出版社,1990年;《地狱之花》,谭晶华、郭洁敏译,上海译文出版社,1994年;《永井荷风散文集》,陈德文译,百花文艺出版社,1997年;陈微译《永井荷风选集》,作家出版社,1999年。谷崎润一郎四种:《春琴抄》,吴树文等译,上海译文出版社,1991年;《乱世四姐妹》,孙日明等译,广西民族出版社,1991年;丘仕俊译《阴翳礼赞》,三联书店,1992年;《春琴抄》,张进等译,华夏出版社,1994年。
② 郑民钦译,译林出版社,1992年。
③ 《日语学习与研究》1990(1)。
④ 《当代外国文学》1993(1)。
⑤ 严绍璗等:《比较文化:中国与日本》,吉林大学出版社,1996年,第152—174页。
⑥ 《外国文学研究》1999(3)。
⑦ 《牡丹江师范学院学报》(哲学社会科学版)1999(3)。
⑧ 《外国文学评论》1991(1)。
⑨ 《日语学习与研究》1992(2)。
⑩ 《外国文学研究》1998(2)。
⑪ 刘立善:《日本近现代文学文学流派史》,辽宁大学出版社,2007年,第140页。

受方面,并非全无其文学价值"。① 齐珮著《日本唯美派文学研究》②是国内第一部系统研究日本唯美派文学的专著,该著在梳理日本唯美派产生和发展的历史文化语境的基础上,总结了日本唯美派的流派属性和美学特征,并结合具体作品分析探讨了永井荷风、谷崎润一郎和佐藤春夫的创作特色。

文章方面,从数量上讲,谷崎润一郎始终占据了首位。而且从内容上看,探讨谷崎润一郎的美学观问题也成为一大热点。这样的文章主要有:谢志宇的《论谷崎润一郎的唯美主义文学作品》;③皮俊珺的《谷崎文学的"美意识"萌芽之初探》;④赵薇的《谷崎润一郎的唯美理念研究》;⑤赵仲明的《唯美主义:谷崎润一郎的文学世界》;⑥曾真的《论谷崎润一郎唯美主义文学特质》;⑦谭爽、赵薇的《阴翳之恋——解读谷崎润一郎及其唯美意识》⑧等。客观地讲,这些论文和学术文章并非都到位地解决了谷崎润一郎的美学观问题,某些论点也尚可商榷,但它们无疑对深入探讨唯美派作家创作中较为复杂的美学问题提供了启示。比如皮俊珺的《谷崎文学的"美意识"萌芽之初探》认为,"日本唯美主义文学既接受西方现代情趣又维护江户传统情调,其唯美的'美'正是这二者相交织的产物。相关作品大多宣扬恋爱的解放和个性的自由,由于在性解放上多少受到西方世纪末颓废思想的影响,同时还结合了江户的好色审美情趣来规范美,从而将唯美与颓废的精神相结合,'乐而不淫',通过表现经过艺术磨炼的官能美、感性美而成功地在美学上维护了艺术的独立与真实。"曾真的《论谷崎润一郎唯美主义文学特质》也认为,"谷崎舍弃其他一切,只将女性美作为唯一的精神追求,崇拜女性,崇拜美,甚至达到了宗教般沉迷的境界,正是他体味人生,追求人生意义的独特方式。女性美是作品中人物生命的精神依托,她们仅仅为"美"而活着。作者总是试图在女性的外貌美中寻求永恒,将对这种美的讴歌上升到永恒的艺术之境,在唯美的世界里痛切地感受人生。也就是说,对人性另一面——深层欲望的玩味、领悟,上升到艺术的境地,美就在这里。这一精神状态并不给人以颓废之感。"

关于唯美派,无论是流派研究,还是作家作品研究,它们在中国曾经和自然主义一样是备受争议的。学界往往将这种多元混合体的文艺思潮(美学思想或创作观念)简单地归纳为"唯美=颓废"。所以对唯美派进行研究,既需要勇气,

---

① 叶渭渠:《日本文学思潮史》,第275页。
② 中国社会科学出版社,2009年。
③ 《日本学刊》2000(5)。
④ 《天津外国语学院学报》2002(3)。
⑤ 《黑龙江教育学院学报》2006(5)。
⑥ 《福建论坛》(人文社会科学版)2006(9)。
⑦ 《赣南师范学院学报》2007(5)。
⑧ 《黑龙江教育学院学报》2009(7)。

也需要视野,更需要学识。正如叶渭渠和唐月梅在《日本现代文学思潮史》一书中指出的:"唯美主义文学的性格和美的结构是相当复杂的,如果仅用'思想性无可取,艺术性可借鉴'这种老套批评模式(姑且不谈这种思想与艺术、内容与形式分离论的艺术批评的偏颇),恐怕是很难把握住这一文学思潮的实质及其文学意义的。"突破的关键在于:一是"回归语境",在唯美派产生和发展的历史文化语境中切实辨析和把握其作为流派的本质属性和审美特征;二是"文本细读",通过对作品的仔细解读揭示其作家群在创作风格上的共性和差异。

第八章
阿拉伯文学流派研究

第一节 总 况

阿拉伯文学流派在中国的研究总体上起步较晚,但是与中国的阿拉伯文学研究基本上是同步的。尽管1946年北京大学在全国最早建立了阿拉伯语专业,1951年正式开始招生,但是早期主要集中在语言教学上,有关阿拉伯文学的研究大体上是从改革开放以后才开始的。阿拉伯文学流派的研究则更是从这个时间点开始的。也就是说国内对阿拉伯文学流派的研究时间跨度也就30多年的时间。

研究者方面分为两种类型。一是中文系从事东方文学研究和外国文学研究的学者,理论水平相对较高,但不能利用阿拉伯文原文材料;二是阿拉伯语学者,其优势是懂阿拉伯语,能利用阿文原文材料。在早期,中文学者和阿拉伯文学者齐头并进,在各种外国文学史、世界文学史和东方文学史中对阿拉伯文学流派进行介绍和研究。中文学者有着总体文学的视野,比阿拉伯语学者有更为宏观的视角。他们的介绍为学习外国文学和比较文学的学生提供了一个阿拉伯文学流派的概貌。后来,随着阿拉伯语言教学和文学研究的发展,专门从事阿拉伯文学研究的学者不断增加,对阿拉伯文学流派的研究得到了一定程度的深入,因为他们能够利用阿拉伯文原文材料,进行较为深入的和较为系统的研究。从未来的前景来看,阿拉伯语学者将会做出更大的贡献。

从阿拉伯文学本身看,在创作思潮方面受到欧美文学各个流派的影响是非常深远的,浪漫主义、象征主义、意识流等各个流派都在不同的程度上影响阿拉伯现当代作家的创作,但是这些欧美文学流派在阿拉伯文学创作流派中的作用很少有国内学者研究,主要的原因在于他们把这些阿拉伯流派看成是西方的文学流派,因而把视线集中在具有阿拉伯自身风格的一些流派的研究上,如新古典派(复兴派)、阿拉伯旅美派、迪旺诗派、"六十年代辈"等。相关研究中有的是比较深入的探讨,有的是比较浅显的介绍;有的是对整个流派的研究,有的则是对流派中某个具体问题的研究;有的视角很独特,很有价值,但也有的存在失误。有些学者不懂阿拉伯语,不能使用阿拉伯文原文材料,在研究阿拉伯文学流派的时候出现偏差,是在所难免的。在一本1983年出版的外国文学史中出现了有关"埃及现代派"的叙述:

> "埃及现代派"或称"埃及现代主义派",早在第一次世界大战时期就已经形成,不过在20年代才逐渐发展起来,到了30年代成为主要文学流派。"埃及现代派"在它的初期,跟西欧现代派的文学是完全不同的,也没有什么关系。它是19世纪末、20世纪初埃及民族独立运动日益高涨的产物,与埃及资产阶级的改良主义运动、文化启蒙运动有着深刻的内在联系,是这一运动在文学上的表现。①

从行文中看到,执笔者对这一所谓的文学流派的性质也是提出质疑的,认为它跟欧洲的现代派是不同的,跟欧洲的现代派也没有关系,这一论断倒是公允的。从后面所列举的塔哈·侯赛因、易卜拉欣·马齐尼、台木尔兄弟、侯赛因·海凯勒、阿拔斯·阿卡德和陶菲格·哈基姆等埃及现代著名作家来看,他们的小说创作都是现实主义风格的,与"现代派"完全是风马牛不相及。但仅仅因为这些作家及其作品出现在现代时期,就称之为现代派未免失当。作为一种客观存在,该书的作者对这一文学现象进行介绍也无可厚非,也能就其中的流派性质问题做出判断,但由于不掌握更多的原文材料,就无法对其做出更加详细的说明。实际上,这应该是一种误译。仲跻昆在《阿拉伯文学通史》将其译为"现代学社",指出"埃及现代派"亦可译为"埃及新派"。② 这一流派的名称用拉丁字母可转写为"Al-madarasah Al-hadithah",在阿拉伯文原文中,Al-hadithah既有"现代"的意思,也有"新"的意思,在西方现代派具有特定意义的情况下,显然将其译为"新派"更为合适。

国内学者涉及的阿拉伯文学流派,有阿拉伯旅美派、新古典派、浪漫派、笛旺派、阿波罗诗派、自由体诗派、"五十年代辈""六十年代辈"等不同的流派。相对而言,"五十年代辈"和"六十年代辈"在国内的研究比较少,也没有人正式提到流派的概念,但是在一次和仲跻昆教授交谈的时候他说"五十年代辈"和"六十年代辈"实际上也是两个文学流派。在仲跻昆的《阿拉伯文学通史》和高慧勤、栾文华主编的《东方现代文学史》(其中阿拉伯文学部分由李琛撰写)都用了

---

① 朱维之、雷石榆、梁立基主编:《外国文学简编(亚非部分)》,中国人民大学出版社,1983年,第391页。

② 参见仲跻昆:《阿拉伯文学通史》,译林出版社,2010年,第863页。

一节甚至一章的篇幅来介绍"六十年代辈",足见他们对这一文学流派(或现象)的重视。

仲跻昆和李琛都指出了"六十年代辈"作家的共性:在文坛崭露头角的时间,基本上都在20世纪60年代,因为他们大多数出生在20世纪20、30年代;在身份上,这些作家又大多出身于贫苦家庭,童年的经历对他们后来的创作产生了极大的影响;在教育背景上,由于民族解放运动的成果,国家获得独立,教育得到发展,这些穷苦人家的孩子也获得了受教育的机会,从而为后来的文学创作奠定了基础;在思想上他们中的很多人接受了马克思主义,"有的还参加了左派革命组织,并为此付出了代价,或被捕入狱,或一度流亡",[1]这种思想的根源和特殊的人生经历也是他们进行文学创作的重要影响因素,从他们的作品中可以看到他们对国家、民族和社会有强烈的责任感和忧患意识,对社会的观察有着强烈的问题意识。

李琛在《东方现代文学史》中用了一章的篇幅,专门介绍和研究了"六十年代辈"。她把"六十年代辈"定义为"作家群",但从她的介绍和研究中不难看出这是一个具有文学流派特征的"作家群"。她特别强调了这一作家群的创新精神:"这些作家不墨守成规,注重文学发展的自身规律,善于总结前辈的理论与实践,不带有成见地借鉴吸收外来经验。同时,他们也一扫民族虚无主义的情绪,注重对本民族文化遗产的开掘。从思维方式、文学观念、审美情趣以及小说的形式结构,叙述方式、语言运用等方面进行试验,力求突破旧的模式。因此,这个作家群写出的作品新奇怪异,具有先锋性,从不同角度、不同层次立体地体现了阿拉伯社会的生活和人生图景,增强了小说的时代感、历史感、民族感和人生感。群体中的每一位作家都形成了自己的独立品格,为当代文学提供了新经验。"[2]

从国内学者对"五十年代辈"和"六十年代辈"的论述看,他们并没有一致认为这是一些独立的阿拉伯文学流派,但基本都认为这是一个具有共性的作家群、创作群,是阿拉伯文坛上重要的文学现象,因此都在各种文学史和专著的写作中将它们列入研究的视野,并给予相应的分析、研究和评价。

除了以上提到的这些文学流派以外,还有一些零星的研究,或涉及个别阿拉伯国家在某个阶段的文学思潮和创作倾向,如第二次世界大战期间埃及文学的现实主义倾向,[3]苏丹现代小说的现实主义,[4]或涉及单个国家的诗歌流派的

---

[1] 仲跻昆:《阿拉伯文学通史》,第876页。
[2] 高慧勤、栾文华:《东方现代文学史》,海峡文艺出版社,1994年,第1462—1463页。
[3] 周顺贤:《二战时期埃及文学中的现实主义倾向》,《阿拉伯世界》1999(2)。
[4] 杨言洪:《苏丹小说的现实主义》,《阿拉伯世界》1987(2)。

总体情况,如苏丹现代诗歌的主要流派①等。

总的看来,国内对阿拉伯文学流派的研究总体上具有以下几个特点:1. 对文学流派的研究起步晚,20世纪80年代后期才开始对阿拉伯文学流派有零星的介绍和研究,这相对于国内对欧美文学流派的研究严重滞后。当然这也跟国内阿拉伯文学总体研究的滞后密切相关。2. 初期的阿拉伯文学流派研究多散见于外国文学史、东方文学史和外国文学教材中,提到各种阿拉伯文学流派基本上只是一鳞半爪,浅尝辄止,后来才有专门论述阿拉伯文学流派的学术论文出现,而随着几种阿拉伯文学史和阿拉伯文学研究专著的出现,阿拉伯文学流派也在这些书中得到专章或专节的研究。3. 阿拉伯文学流派的研究呈现不平衡状态,其中旅美派的研究一枝独秀,不仅在各种文学史和关于现当代阿拉伯文学的专著中多有涉及,而且还有多篇论文,进行了较为深入的研究,而其他流派还没有见到专门的学术性论文,更遑论流派研究的专著。4. 国内对阿拉伯文学流派的研究都是对诗歌流派的考察与分析,而实际上有些文学流派如浪漫派是涵盖了小说和戏剧的,但是迄今为止还没有人进行全面的分析和研究。当然,这也跟阿拉伯文学评论界本身对这些流派的界定不清有一定关系。5. 对某些阿拉伯文学流派的认识还存在分歧,比如对于自由体诗、"五十年代辈""六十年代辈"等是否可以看作一个流派尚无定论,这也是妨碍学者进行进一步深入研究的障碍之一。

第二节　阿拉伯旅美派研究

之所以旅美派研究得多,与这一文学流派的代表人物纪伯伦的作品本身对中国读者的吸引力及其在中国的介绍与研究较多有相当大的关系。对纪伯伦和旅美派的翻译、介绍开始得很早。有一个值得注意的现象是,对纪伯伦的翻译介绍始于中国现当代的文学大家冰心。纪伯伦的代表作《先知》(1923年)刚刚出版没几年,冰心就在1931年将其翻译出版,介绍给中国的读者,让中国读者对旅美的阿拉伯文学有了一个很深刻的印象。冰心作为一位深受中国读者喜欢的作家和诗人,其译笔真实、流畅、优美地传达了纪伯伦原作的思想,从而使得纪伯伦的作品也得到中国读者的喜爱和欢迎。中国读者由纪伯伦的作品而认识了阿拉伯的旅美派文学。在1980年代,随着外国禁忌的解除,国门的打开,中国读者急欲通过外国文学作品来了解国外的社会,大量的文学作品被翻译介绍进来,这其中也包括纪伯伦的作品。由于纪伯伦的作品比较受欢迎,有着很好的市场效应,所以,他的作品除了《先知》以外,陆续被翻译出版,并且很

---

① 郭黎:《苏丹现代诗歌的发展及其主要流派》,《阿拉伯世界》1983(1)。

快就出版了他的作品全集,包括其英文作品和阿拉伯文作品,这吸引了不少高校中文系研究外国文学和东方文学的教师,对纪伯伦及其所属的旅美派文学进行研究。

多部文学史(包括相关的外国文学史和东方文学史)和专著中均涉及旅美派。李琛在高慧勤、栾文华主编的《东方现代文学史》中专章介绍旅美派文学,[①]突出了其东西方文化融合的特征,这一点从章的标题《东西方文化的结晶——阿拉伯旅美派文学》可以看出来。尽管李琛以三节的篇幅探析旅美派的三位代表作家和诗人(纪伯伦、努埃曼、艾敏·雷哈尼),以二节的篇幅介绍旅美派的重要文学团体(笔会和安达露西亚文学团[②]),但对于文学流派本身的研究仅限于在概述中做简单的介绍。仲跻昆在季羡林主编的《东方文学史》中由于篇幅的限制并没有将旅美派作为完整的一节来研究,而是将纪伯伦和旅美文学放在一起,作为一节来介绍。但是在该节的后半部分,比较集中地总结了阿拉伯旅美派在思想内容和艺术形式上的各种特点,认为在思想内容方面,旅美派最突出的特点是其明显的人道主义精神,主张平等、博爱、仁义、团结互助、和平宽容,反对暴虐与专制,反对种族歧视和宗教偏见;其次,有着强烈的爱国主义和民族主义精神,或直接抨击帝国主义和殖民主义,或揭露阿拉伯社会的阴暗面,或表现阿拉伯人民遭受的种种苦难,或呈现忧国忧民的忧患意识,或歌颂阿拉伯祖国的锦绣山川与光荣历史,或直接表达对祖国、家乡的无限思恋;复次,旅美的诗人和作家在其作品中彰显个性,大胆解放思想,勤于思考,善于发现问题,提出问题,等等。[③]

后来在《阿拉伯现代文学史》和《阿拉伯文学通史》中,仲跻昆将旅美派文学单列一章来进行介绍和研究,尽管还是以介绍作家作品为主,但在该章的首尾分别分析了旅美派的形成与特点,从流派的角度进行了探究。仲跻昆指出了旅美文学的形成过程:

> 19世纪末、20世纪初,在奥斯曼帝国封建专制、腐败的统治下,黎巴嫩、叙利亚大批基督教徒因不堪忍受政治压迫、宗教歧视和经济贫穷、拮据的状况,抱着寻求自由、发财致富的梦想,纷纷涌现美洲大陆侨居;并很快在那里创办报刊,出版诗集、文集,成立文学社团,形成了一个在阿拉伯近现代文学史上颇具影响的流派——"旅美派"。由于黎巴嫩、叙利亚在历史

---

① 参见高慧勤、栾文华:《东方现代文学史》,第1279—1312页。
② 又译"安达卢西亚社"。
③ 参见季羡林主编:《东方文学史》,吉林教育出版社,1995年,第1404—1407页。

上统属叙利亚地区,故而"旅美派文学"又称"叙美派文学"。①

仲跻昆比较系统地归纳了旅美派诗歌在艺术形式上的特点:"进一步强调一诗一题;重视意象与想象;对传统格律诗进行改造:多用短律,使诗显得轻松、明快、活泼;韵律富于变化:不再是一韵到底,而往往是把一首诗分成若干节,每节有一种韵,表达一个相对完整的意思,使得诗歌读起来更加铿锵和谐、悦耳动听,而不单调、呆板;诗歌重视语言的选择:多用通俗、易懂、轻柔、富有启示和感情色彩的词语,摈弃那些僵死、古板、费解的语言,认为语言只是诗歌表达思想内容的手段,不能喧宾夺主、玩弄词句,乃至以词害义……旅美派诗歌除抒情诗外,还创作了不少的叙事长诗,这也是其特色之一。"②而"激烈的感情,深刻的思想,丰富的想象,优美的词句,往往是旅美派散文的特点"。③

在研究论文方面,陆培勇的《阿拉伯文苑的一朵奇葩》是较早、较全面地介绍旅美派文学的一篇带有一定研究性质的文章,从旅美派的文学社团入手,以文学社团作为文章的主要结构,介绍了各个主要文学社团代表性作家和诗人。在当时国内读者还不太了解阿拉伯文学的情况下,该文对于旅美派文学的介绍还是颇有价值的。文末的结论对旅美派融合东西方文化的独特风格做了一个比较中肯的评价:"阿拉伯侨民文学是阿拉伯文化与西方文化相融合的结晶,它既植根于丰富而灿烂的阿拉文化遗产的土壤之中,又吸收了西方文化的精华,形成其独特的风格,在阿拉伯现代文学史上写下了辉煌的一页。"④

孟昭毅的《旅美派作家流散写作的美学意蕴》是研究旅美派文学比较有深度的一篇论文。他在文中探讨了"异质文化融摄中的流散美""身份变迁、认同中的品格美"和"民族性与世界性中的整合美"等三个方面的美学意蕴。关于"异质文化融摄中的流散美",孟昭毅认为阿拉伯旅美作家由于特殊的旅居美洲的经历,既有阿拉伯传统文化的内涵,又吸收了西方文学的精神,因而具有阿拉伯本土作家所不同的"异质美",并且由于他们所表达的流散无根的情感和经历而使其作品具有异质文学的两重性:"它们既洋溢着阿拉伯文学的博大恢弘气势和深厚底蕴,又表现出在汲取了西方文学的营养后的那种奋斗精神;既继承了阿拉伯民族勇于开拓积极进取的勃发精神,又发扬为阿拉伯移民在新大陆的努力探索与追求;既充满了流散他乡者对祖国的眷念与乡愁,又在字里行间流

---

① 仲跻昆:《阿拉伯现代文学史》,昆仑出版社,2004 年,第 302 页。关于旅美派文学的形成背景和原因,在林丰民的论文《近现代中国海外文学与阿拉伯旅美文学的成因比较》(《北京大学学报·外国语言文学专刊》1998 年)中有更为详细的论述。
② 仲跻昆:《阿拉伯文学通史》,第 662 页。
③ 同上书,第 663 页。
④ 陆培勇:《阿拉伯文苑的一朵奇葩(续)》,《阿拉伯世界》1991(1)。

露出浓郁的异国情调。"①孟文认为,旅美派作家努力跨越异质文化之墙,融合东西文化的文学之美,以其创作实践向世人表明文学无国界的美学特质,特别是其"混血"特质:"追求现实主义与浪漫主义并重,象征主义、古典主义、超现实主义乃至神秘主义等多种艺术倾向并存的创作风格,充分表现出旅美派这种混血文学的东西方交融的美学特征。"②由孟文可以看出国内中文系研究东方文学的学者虽然不懂阿拉伯文原文,但在理论修养上他们的总体水平较高,他们能通过译文对阿拉伯文学及其流派做出较为深入的研究。

对旅美派进行比较文学意义上的研究则从马瑞瑜开始。1991年,她发表了《阿拉伯旅美派文学与海外华人文学之比较》,尽管该文不是严格意义上的文学流派研究,却从比较文学的角度,以海外华人文学作为参照来认识阿拉伯旅美文学。从侨民文学创作、流散文学的性质出发,来研究阿拉伯旅美文学和海外华人文学是有可行性的,但马瑞瑜选择了20世纪60、70年代的中国海外华人文学作为比较的对象,在时代上与阿拉伯旅美文学有了一定的差距,多多少少会影响人们对阿拉伯旅美派的正确认识。而文中将台湾作家白先勇作为中国海外华人文学的代表来与阿拉伯旅美派文学进行比较,显然是不合适的,这一点毋庸赘言。对于两者的作品基调和文学特质的表述也难以令人信服。她说:"读海外华人作家作品会感到一种秀丽的美,或称'阴柔之美'。而旅美派作品则带有一种雄伟的'阳刚美'。"③我们这里抛开阴柔美的内涵不予讨论,且看她用以佐证海外华人作家作品之阴柔美的是华人作家的"乡愁",然而,在阿拉伯旅美派文学中又何尝不泛滥着浓浓的"乡愁"?应该说"乡愁"是两种中国近现代海外文学和阿拉伯旅美文学的共有的特征,而非两者的差异所在。此外,马文中用以佐证旅美派"阳刚美"的内容集中在作家渴望个性自由、打破思想禁锢和艺术成规、勇于进行艺术的创新,这些因素在海外华人文学中就不存在了吗?如果说旅美派的作家具有阳刚之气,如此论述还说得过去,但用以概括整个旅美派的特征似乎有些勉强。尽管该文有不尽如人意之处,但是作者有比较文学研究的意识,能够在较早的时候从比较文学的视野将旅美派与中国文学进行比较研究,对后来的学者研究这一问题还是有启发作用的。

林丰民在《中国文学与阿拉伯文学比较研究》(2011)一书中用了87页的篇幅,将阿拉伯旅美派文学与中国近现代海外文学进行了比较研究。该书将中国海外文学的年代限定在近现代,使得两者的可比性更强一些。这不仅仅是因为时间的问题,更为重要的是在那个年代里阿拉伯旅美派文学与中国海外文学发

---

① 孟昭毅:《旅美派作家流散写作的美学意蕴》,《东方丛刊》2006(2)。
② 同上书,第168页。
③ 马瑞瑜:《阿拉伯旅美派文学与海外华人文学之比较》,《阿拉伯世界》1991(4)。

生的背景更相似,在文学创作的特征上也具有更多的共同点。该书中详细探析了阿拉伯旅美派文学形成的背景,揭示了其与中国近现代海外文学在政治与经济上的相似因素,以及两者与各自母体文学的关系,并指出读者群和创作群的分布、数量的大小和文化素质决定了两者成就的不同:"20世纪20、30年代以后,移居海外的中国人有所增加,人员的构成比例也有所改变,识字者的比率和人员素质有所提高,但还不足以产生像阿拉伯旅美文学那样大规模的创作群和读者群,有此种种原因,中国近现代海外文学没能取得阿拉伯旅美文学那么巨大的成就。"①

笔者在搜集旅美派研究的材料时,饶有兴趣地发现了两篇标题几乎完全相同的论文,一是高晨的《阿拉伯侨民文学的历史意义与文学价值》,发表于《阿拉伯世界》2001年01期,二是石英的《"叙美派"文学的历史意义和文学价值》,发表于《常州工学院学报》(社科版)2012年第1期。两者的主题都旨在论述阿拉伯旅美派的历史意义和文学价值,内容上有些雷同之处,只不过该流派的名称引用了不同的译名。前者发表的时间相对较早,国内对这个流派的研究还不多,作者显然是从字面上翻译成"阿拉伯侨民文学",但称为"侨民文学"实际上是有点问题的,因为侨民文学的范围超出了"旅美"的范围,是否还应该包括旅居欧洲的阿拉伯作家创作的文学?后者用了"叙美派"的译名,更加符合旅美派的实际,因为这个流派指的是叙利亚、黎巴嫩移居美洲大陆(包括北美洲和南美洲)的阿拉伯知识分子形成的文学流派。在阿拉伯旅美派形成和发展的时期,黎巴嫩和叙利亚都属于大叙利亚的范畴,称之为"叙美派"倒也无可厚非。但后来黎巴嫩于1943年独立,再称为"叙美派"多少有些不妥。因此,现在通行称之为阿拉伯旅美派,这是国内学者深入研究这一流派的结果。

值得一提的是,石文是教育部人文社会科学青年项目《早期阿拉伯裔美国文学研究》的前期成果,为了项目内容的完整性,需要写这方面的内容,因此不惜重复前人的题目。但从研究的水准上来看,尽管高文在学术规范上不如石文,却能看出来高文是用了原典材料的,而石文基本上都是用的第二手资料。在内容的研究上,后者似乎也没有超越前者,反而基本承袭了前者的思考,只不过后者将前者的结构上稍微做了点调整。高文的第一部分是"侨民文学的产生",第二部分是"它的历史意义和文学价值";②石文则将论文分为三个部分,第一部分是"叙美派"文学的产生,第二部分是"叙美派"的历史意义,第三部分是"叙美派"的文学价值。③ 石文将旅美派文学的历史意义和文学价值分开来

---

① 林丰民等著:《中国文学与阿拉伯文学比较研究》,北京:昆仑出版社,2011年,第345页。
② 参见高晨:《阿拉伯侨民文学的历史意义与文学价值》,《阿拉伯世界》2001(1),第65—67页。
③ 参见石英:《"叙美派"文学的历史意义和文学价值》,《常州工学院学报》(社科版)2012(1)。

阐述，应该说拆分后的结构更加合理。

第三节　新古典派与浪漫派研究

把新古典派与浪漫派放在一起，是因为这两个流派具有一种对照性的关联。在阿拉伯文坛上前者被称为"复兴派"，具有复古的性质，而后者则被称为创新派，而且后者对前者进行了批判，在批判的基础上传承阿拉伯的诗歌美学。

新古典派又被称为"传统派""复兴派"。这几个名称在中国学者的论述中都出现过。对于新古典派的研究在广度和深度上都不如对旅美派的研究，但在仲跻昆的《阿拉伯现代文学史》和《阿拉伯文学通史》、林丰民的《文化转型中的阿拉伯现代文学》、张洪仪的《全球化语境下的阿拉伯诗歌：埃及诗人法鲁克·朱维戴研究》等书中均有所涉及，其中又以仲跻昆的两本文学史对这一流派的研究相对较多。

仲跻昆言简意赅地指出了新古典派的特征是"在诗歌形式上严格遵循古诗的格律，在诗歌内容上要反映时代风云，贴近社会生活"。[①] 尽管新古典派遭到了后来的浪漫主义诗派的诸多诟病，但是仲跻昆指出了新古典派诗人们还是有着巨大贡献的："在这些复兴牌先驱者手中，阿拉伯诗歌得到了真正的复兴，诗歌不再是无聊的文字游戏，而成了唤醒沉睡中的民众起来战斗的号角。诗人们站在阿拉伯民族主义的立场上，号召人民起来反抗奥斯曼帝国封建王朝的专制统治，反抗西方殖民主义者的侵略、压迫，以求阿拉伯民族的解放、振兴。"[②] 仲跻昆的这一评述是客观的，符合事实的。有的学者在研究新古典派时，较多关注该派所遭受到的攻击与批判，而实际上，平心而论，新古典派虽然有着时代的局限，但其所发挥的巨大作用是难以抹杀的，他们在唤醒民族意识，尤其是恢复阿拉伯传统文化上功不可没。众所周知，阿拉伯人在近代时期处于奥斯曼土耳其人的统治之下，后又遭受殖民统治。奥斯曼土耳其人占领阿拉伯的国土后，还将大量的阿拉伯语文化典籍运到了君士坦丁堡，阿拉伯人的文化事业受到摧残，当时官方语言是土耳其语而非阿拉伯语，[③] 在法国殖民的地区阿拉伯语的正统地位同样被法语所取代，以阿拉伯语作为载体的阿拉伯文化的命运可想而知。在这种情况下，新古典派所起的作用恰恰是在诗歌领域恢复了阿拉伯的文化传统，恢复了人们对阿拉伯语的自信，可谓功莫大焉。仲跻昆以学术的敏感

---

① 仲跻昆：《阿拉伯文学通史》，第 579 页。
② 同上书，第 72—73 页。
③ 参见林丰民：《文化转型中的阿拉伯现代文学》，北京大学出版社，2007 年，第 3 页。

注意到了这一点,并给予了正面的评价。

新古典派给人的感觉似乎是复古的,是对古诗的简单模仿,但实际上,新古典派和古代阿拉伯诗歌还是有着很大的差别的。仲跻昆指出:"新古典派诗人虽然往往沿用传统古诗的题旨,如:矜夸、赞颂、悼亡、写景、恋情、讽刺等,但诗歌的内容却是新的。他们的诗是镜子,反映出政治风云、社会现实;他们的诗是解剖刀,揭露了社会的种种黑暗、弊端;他们的诗是号角,让人民觉醒起来,摆脱愚昧、迷信,投入反帝国主义、封建主义、殖民主义的斗争。同时,这些诗人本身又是战士,他们的诗就是他们战斗的武器。"①仲跻昆的研究指出了新古典派在形式上承袭了古诗传统,但在思想内容上已经完全超越了古典诗,呈现出了时代的风貌。他指出这类新古典派诗歌在艺术形式上严格遵守古诗的模式,在格律方面一首诗限用一种格律,一韵到底;在语气上与古诗相似,往往是陈述、演讲的口气,慷慨激昂,朗朗上口;在修辞方面的比拟、借喻也多沿袭古人常用的修辞套语,但由于受近现代报刊、书籍的影响,一些用词更为通俗易懂,诗中的意思往往简单明了,直抒胸臆,容易让读者一目了然,引起感情的共鸣。显而易见,新古典派在艺术形式上有对古典格律诗的传承,但也有所创新,而不是单纯的模仿与抄袭。

与新古典派有着密切关系的是浪漫派。从这两个名称看不出两者之间的关系,但是新古典派又被称作"传统派",而浪漫派又被称为"创新派",有的则干脆称之为"创新的浪漫派"。这样一来,两者的对照性关联就应声而出了。有些评论家从文艺思潮的角度出发,把阿拉伯旅美派纳入到创新的浪漫派(浪漫主义)文学,国内学者也有所涉及,他们也都一致把阿拉伯旅美文学看成一个独立的文学流派,上一节中已有详细分析,在此不再赘述。

浪漫主义思潮在世界范围内都是一种重要的文学现象,在阿拉伯国家也不例外。很多东方国家的文学里也都有浪漫派,而且在一定程度上都受到西方文学的影响。仲跻昆指出:"20世纪初,特别是在两次世界大战期间,在西方英、法浪漫主义诗歌的影响下,诗坛出现了'创新派',即'浪漫派'……主张打破旧的格律,在继承传统的基础上创新。"②

国内学者将阿拉伯浪漫派作为一个整体来研究的较少,反而是浪漫派内部的次一级小流派得到了更多的关注。这种情况在阿拉伯文学评论界也呈现同样的情况。其原因在于"阿拉伯的浪漫派诗人,因地域的关系,未能形成统一的组织",③国内对阿拉伯浪漫派框架中的次一级流派的研究,除了旅美派之外,还有埃及的笛旺派和阿波罗诗派。这些流派的出现,给阿拉伯文坛带来了新

---

① 仲跻昆:《阿拉伯文学通史》,第720—721页。
② 季羡林、刘安武主编:《东方文学辞典》,吉林教育出版社,1992年,第60页。
③ 高慧勤、栾文华主编:《东方现代文学史》,第1244页。

风。"阿拉伯文坛的诗人,作家,自古习惯于'单兵作战'。以流派形式、团体组织形式出现,是过去从未有过的新鲜事物,因此非常引人注目。"① 当笛旺派和阿波罗诗派在埃及出现的时候,受到了阿拉伯读者和文化界的极大关注。

第四节　笛旺派与阿波罗诗派研究

张洪仪在《全球化语境下的阿拉伯诗歌》一书中介绍了笛旺派的名称由来以及笛旺派主要诗人的创作成果,认为"笛旺派是在阿拉伯本土涌现的锐意改革的新诗派"。② 该书对于笛旺派在阿拉伯诗歌发展史上的作用给予高度的评价:"这对于阿拉伯诗坛是一个巨大的冲击,引发了一场旷日持久的文学论争,创造了文坛空前的民主争鸣气氛,而且对于诗歌运动从古典主义向浪漫主义发展,从传统形式向现代形式转型起到了推动作用。"③ 如此评价有三个依据:一是这一诗派对遵循故事传统的新古典派代表人物尤其是艾哈迈德·绍基、穆斯塔法·萨迪克·拉斐仪等人提出了尖锐的批评;二是笛旺派建立了新的诗歌理论,认为诗人应具有独立意志,应从各种精神羁绊中解脱出来,应该远离应时附会的题材,用于表达自我内心深处的真实感受,且在诗歌的形式上也应该自然质朴,诗歌结构应紧凑而有逻辑,韵律应超越古老的格律,允许有一定的灵活变化;三是笛旺派诗人在创作上实践了他们的诗歌理念,展现了完全不同于新古典诗风的新诗成果。

对笛旺派(又译迪旺诗派)的研究虽然不是很多,但是周顺贤在《雪莱对阿拉伯现代文学的影响》一文中揭示了一个鲜为人知的关于笛旺诗派解体的原因:1916年笛旺诗派领袖人物舒克里在他第五部诗集的前言中谈到,有人提醒他注意马齐尼发表在《欧卡兹》杂志上的一首题为《弥留之际的诗人》的诗。舒克里查核后发现,该诗有抄袭雪莱哀悼济慈的《阿童尼》之嫌。于是,他进一步查对马齐尼的其他诗作,结果发现马齐尼不仅抄袭雪莱的诗,而且还抄袭其他英国诗人和欧洲诗人的诗。这一事件造成两位诗坛挚友之间的不和,后来马齐尼在《诗集》(与阿卡德合作)中猛烈抨击舒克里的创作方法,使彼此的裂隙继续扩大。最终,两位诗人愤然退出诗坛,笛旺诗派也随即宣告解体。④ 周文虽然不是对笛旺诗派的专门研究,却为研究这一流派发掘了非常有价值的材料。由

---

① 高慧勤、栾文华主编:《东方现代文学史》,第1244页。
② 张洪仪:《全球化语境下的阿拉伯诗歌:埃及诗人法鲁克·朱维戴研究》,北京语言大学出版社,2009年,第15页。
③ 同上书,第16页。
④ 周顺贤:《雪莱对阿拉伯现代文学的影响》,《阿拉伯世界》1993(1)。

此可见,原文材料对于研究的重要性。

阿波罗诗派实际上也是浪漫主义思潮的产物。其正式的名称为"阿波罗诗社"(Jamā'ah Abūlū),在埃及诗人艾布·沙迪的倡导下,于1932年9月成立,借用希腊神话中司诗歌和音乐之神"阿波罗"为诗社命名,首推阿拉伯诗王邵基为主席。仲跻昆的《阿拉伯现代文学史》《阿拉伯文学通史》,张洪仪的《全球化语境下的阿拉伯诗歌:埃及诗人法鲁克·朱维戴研究》,季羡林主编的《东方文学史》,高慧勤、栾文华主编的《东方现代文学史》中都涉及阿波罗诗社。尽管这些文学史和专著中都把阿波罗诗社定位于浪漫主义诗派,但仲跻昆指出这一诗歌群体其实并不是一个单纯的浪漫主义诗派,它对于各种诗歌和各个流派都是兼容并蓄的。实际上,诗社成员也的确包括各种流派的诗人,其诗刊也先后发表过各种流派的诗歌。但不可否认的是,这个诗社的主要成员和主要倾向还是属于浪漫主义的。在这些对阿波罗诗派的研究中,仲跻昆比较全面地指出了这一诗派产生的原因:一是受创新意识较强的笛旺诗派的影响;二是受到西方浪漫主义诗歌特别是英国浪漫派诗人的影响,一些青年诗人是这一派的先驱者,他们或多或少接受过欧洲文化教育,精通英语,对英国浪漫派诗人华兹华斯、拜伦、雪莱、济慈等人及其作品青睐有加;三是受旅美派的影响,尤其是那些不懂外语或不能直接阅读西方浪漫派原著的诗人,主要是通过纪伯伦、努埃曼等旅美派诗人的作品来接受浪漫主义的熏陶的;四是社会因素的影响,政治腐败,经济危机,社会黑暗,青年人感到压抑、痛苦、悲观、失望,从而促使他们从爱情或大自然中寻求宽慰,或沉湎于虚无渺茫的梦幻中,企图从中寻求一个更为广阔、清净、明朗的世界,借以逃避灰色的、阴暗的现实生活。①

第五节 自由体诗派研究

大多数阿拉伯文学研究者没有将阿拉伯自由体诗看成一个文学流派。但是仲跻昆在他的《阿拉伯文学通史》中认为这是一个文学流派:"20世纪40年代末、50年代初,随着阿拉伯民族解放运动的高涨,一些年轻诗人在西方现代派诗歌的影响下,希望进一步打破旧诗格律传统的束缚,以便更充分、更自由地表达个人的思想感情,表达新的意境,于是在浪漫派和古典'彩锦体'的基础上,嬗变出更新的流派——'自由体诗'派。他们主张写形式、内容都不受限制的自由体诗。这种诗歌诗行长短不一,韵律宽松,节奏富于变化,内容也往往自由、

---

① 参见仲跻昆:《阿拉伯文学通史》,第842页。

奔放，内涵丰富而深邃，具有强烈的个性，但有的诗显得朦胧、晦涩、费解。"①

从仲跻昆的论述中不难看出阿拉伯当代的自由体诗歌是可以当作一个文学流派来看待的，尤其是早期的自由体诗的确具有文学流派的特征：有共同的文学创作理念，有共同的创作特征。他在不同的章节中还介绍了阿拉伯各个自由体诗派的代表人物，说明自由体诗派有一个相对稳定的创作群体。另外，仲著还指出当代阿拉伯诗坛是传统的古典格律诗歌形式与自由体的新诗形式并存，有些诗人是两种形式兼而用之。这是符合当代阿拉伯诗坛的状况的。

近代以来，埃及和黎巴嫩往往站在文学革新之前列，而阿拉伯自由体诗派首先产生于伊拉克，这令人诧异，对此，仲跻昆和李琛都曾做出分析。李琛认为自由体诗首先出现在伊拉克，有多种原因。首先，阿拉伯文学革新的突破往往发生在远离主流文化中心的地带，她举了两个例子，一是古代的彩锦诗出现在处于当时文化边缘地带的西班牙地区安达卢斯王朝，二是旅美派出现在距离阿拉伯本土万里之外的南北美洲，而伊拉克在第二次世界大战前后也恰恰处于阿拉伯世界的政治和文化边缘地带。其次，她认为伊拉克历史上深厚的诗歌传统是自由体诗派产生的重要基础，古代巴士拉附近的米尔贝德市场曾是阿拉伯诗歌重要的摇篮之一，中世纪巴格达孕育了当时最辉煌的阿拉伯诗歌，近代时期复兴派诗歌的革新也有伊拉克籍诗人的重要贡献。再次，她指出伊拉克具有学术论争的传统，这种传统为自由体诗人的脱颖而出提供了理论支撑，加上巴格达高等师范学院为自由体诗新诗的运动储备了人才。②

国内学者对于阿拉伯自由体诗作为一个流派的认识有一个发展的过程，比较典型地反映在仲跻昆对这一诗派的研究中。国内最早将自由体诗派当作一个文学流派的是季羡林、刘安武主编的《东方文学辞典》中仲跻昆所撰写的词条，"第二次世界大战前后，即40年代末、50年代初，一些年轻诗人在西方现代派诗歌影响下，在浪漫派和古典彩锦体诗的基础上，嬗变出更新的流派——'自由诗'派，主张写形式、内容都不受限制的自由体诗。"③但后来国内的研究者基本上将阿拉伯自由体诗看作一种"新诗"或将其看作一场诗歌革新运动，包括仲跻昆本人在《阿拉伯现代文学史》中也是这样的一种判断，而到写《阿拉伯文学通史》的时候他又重新将其界定为一个流派，因为在一些阿拉伯国家这是拥有一定规模的创作群体，更重要的是这些自由体诗歌的创作者们有着大致相同的理念，这种一致性就连不同意将阿拉伯自由体诗当作一个流派的学者也大体上是认同的。

---

① 参见仲跻昆：《阿拉伯文学通史》，第584—585页。
② 参见高慧勤、栾文华主编：《东方现代文学史》，第1396页。
③ 季羡林、刘安武主编：《东方文学辞典》，第60页。

在国内对阿拉伯文学流派的研究中,自由体诗歌作为一个流派的性质被很多研究者所忽略,其中的缘由倒也比较容易理解,因为当代阿拉伯文坛诗歌的主要创作形式就是自由体诗,在非常广泛的范围内将其作为一个流派来看待似乎有些不妥。但仲跻昆在他的文学史写作中还是以独特的眼光,将其看作一个文学流派。张洪仪在论述自由体诗派时指出了自由体诗人在某些方面的一致性:"在提倡革新,反对保守这一点上,他们的立场出奇的一致。他们深切地感受到旧有观念的解体,认为任何艺术创作不仅在形式上应该是独特的,而且在自身的体验和体验的深度上也是独特的。"①

李琛在《东方现代文学史》中更多地将其看成一场诗歌革新运动,同时又将自由体诗看成是文学流派的汇聚:"新一代诗人大抵都以浪漫主义诗歌起家,而后向不同方向发展。评论家一般都把新诗分为浪漫主义(以梅拉依卡、贝·黑德利为代表)、新现实主义(以塞亚布、白雅帖、苏布尔为代表)和先锋主义(以赫·哈维、艾杜尼斯为代表)的三大派。哈·舒可里的分法更为精细。他根据诗人的观念、手法将他们分为四大派:新古典主义派(指梅拉依卡、希贾兹)、社会主义浪漫主义派(指白雅帖、塞亚布的前期)、超越派(指塞·阿格勒、杰·伊·杰伯拉)和革命派。革命派分作两翼:一翼为塞亚布后期,赫·哈维、艾杜尼斯、苏布尔、阿费费;②另一翼为埃及和黎巴嫩的土语诗。"③

但是不同意将自由体诗看作一个统一流派的学者也有着充分的理由,因为从艺术上看,李琛认为阿拉伯的自由体诗兼有现实主义和现代主义的不同创作手法,创作自由体诗的巴勒斯坦诗人和埃及诗人大多采用现实主义的手法,而大部分伊拉克、黎巴嫩、叙利亚和马格里布的自由体诗人则更接近于现代主义。张洪仪也从历史发展的轨迹来区分自由体诗派不同的创作倾向:"40—60 年代的创作以现实主义与浪漫主义相结合为主题,这与当时的社会政治变迁有关,与时代洋溢的民族主义精神有关;而 70 年代的创作则以现代主义为主题,这与西方哲学思潮和诗学理论的引进有关,与战败后的民族情绪,对前途的迷茫和诗人自身的生存状况有关。"④从张的论述中不难看出,她虽然不把自由体诗看作一个统一的流派,但也认为这些自由体诗人在创作倾向上还是有着不同流派的归属的。这种看法与李琛比较一致。总的来说,在是否将自由体诗看作一个流派的问题上还有待学者们进行进一步的探讨和研究。

---

① 张洪仪:《全球化语境下的阿拉伯诗歌:埃及诗人法鲁克·朱维戴研究》,第 27 页。
② 这里所列举的几位阿拉伯当代著名诗人都以阿拉伯语正规语(Fusha,相当于阿拉伯的普通话)进行创作。
③ 高慧勤、栾文华:《东方现代文学史》,第 1400 页。
④ 张洪仪:《全球化语境下的阿拉伯诗歌:埃及诗人法鲁克·朱维戴研究》,第 26—27 页。

结　语

总体上看,国内对阿拉伯文学流派的研究取得了一些成果,但是在数量上还有待扩展,需要更多对阿拉伯文学流派的研究;在"质"方面则有待进一步的深入发掘,目前已有的研究成果散见于学术性论文、学术文章、文学史和文学专著中,还没有一本专门研究阿拉伯文学流派的专著出版。而像阿拉伯旅美派这样产生了巨大影响的文学流派是完全有必要做系统而深入的研究的,更有必要对阿拉伯的文学流派做一系统的梳理,国内的学者也已经具备了这样的能力,遗憾的是至今为止还没有人选择这样的选题撰写有分量的专著。但随着时间的推移,相信对阿拉伯文学流派的研究会取得更多、更好的成果。

主要参考书目

阿布赖斯·西迪基:《乌尔都语文学史》,山蕴译,北京:中国社会科学出版社,1993年。
艾 丹:《泰戈尔与五四时期思想文化论争》,北京:人民出版社,2010年。
奥尔巴赫:《摹仿论:西方文学中所描绘的现实》,吴麟绶等译,天津:百花文艺出版社,2002年。
勃兰兑斯:《十九世纪文学主流》,张道真等译,北京:人民文学出版社,1982年。
伯科维奇主编:《剑桥美国文学史》第七卷(散文作品——1940年至1990年),孙宏等译,北京:中央编译出版社,2005年。
陈德文编著:《日本近现代文学史》,南京:南京大学出版社,1991年。
陈光孚:《魔幻现实主义》,广州:花城出版社,1986年。
陈衡哲:《文艺复兴小史》,北京:商务印书馆,1930年。
陈 慧:《西方现代派文学简论》,石家庄:花山文艺出版社,1986年。
陈顺馨:《社会主义现实主义理论在中国的接受与转换》,合肥:安徽教育出版社,2000年。
陈小川:《文艺复兴史纲》,北京:中国人民大学出版社,1986年。
陈晓明:《中国当代文学主潮》,北京:北京大学出版社,2009年。
陈晓明:《无边的挑战——中国先锋文学的后现代性》,长春:时代文艺出版社,1993年。
陈义华:《后殖民知识界的起义——庶民学派研究》,北京:中央编译出版社,2009年。
陈众议编:《当代中国外国文学研究(1949—2009)》,北京:中国社会科学出版社,2011年。
常耀信:《美国文学史》,天津:南开大学出版社,2003年。
奠自佳、余虹编著:《欧美象征主义诗歌赏析》,武汉:长江文艺出版社,1988年。
董衡巽:《美国文学简史》,北京:人民文学出版社,2003年。
董红均编著:《泰戈尔精读》,上海:上海大学出版社,2009年。
董友忱:《天竺诗人泰戈尔》,北京:人民出版社,2011年。
杜吉刚:《世俗化与文学乌托邦:西方唯美主义诗学研究》,北京:中国社会科学出版社,2009年。
段若川:《安第斯山上的雄鹰——诺贝尔奖与魔幻现实主义》,武汉:武汉出版社,2000年。
范大灿:《德国文学史》第二卷,南京:译林出版社,2006年。
方 成:《美国自然主义文学传统的文化建构与传承》,上海:上海外语教育出版社,2007年。
冯 至、田望德等编著:《德国文学简史》,北京:人民文学出版社,1958年。
高慧勤、栾文华主编:《东方现代文学史》,福州:海峡文艺出版社,1994年。

格里德:《胡适与中国的文艺复兴》,鲁奇译,南京:江苏人民出版社,1996年。
郭沫若:《郭沫若全集》第十二卷,北京:人民文学出版社,1982年。
哈　桑:《后现代的转折》,刘象愚译,台北:台湾时报出版公司,1993年。
韩　晗:《新文学档案:1978—2008》,北京:电子工业出版社,2011年。
何乃英:《泰戈尔:东西融合的艺术家》,北京:中国社会科学出版社,2013年。
洪子诚:《中国当代文学史》,北京:北京大学出版社,1999年。
侯传文:《话语转型与诗学对话——泰戈尔诗学比较研究》,北京:中国社会科学出版社,2010年。
胡家峦:《文艺复兴时期英国诗歌与园林传统》,北京:北京大学出版社,2008年。
胡经之、张首映主编:《西方二十世纪文论选》,北京:中国社会科学出版社,1989年。
黄　晖、周　慧:《流散叙事与身份追寻:奈保尔研究》,杭州:浙江大学出版社,2010年。
黄梅主编:《现代主义浪潮下:1914—1945》,北京:中国社会科学出版社,1995年。
季羡林主编:《印度古代文学史》,北京:北京大学出版社,1991年。
加洛蒂:《论无边的现实主义》,吴岳添译,天津:百花文艺出版社,2008年。
蒋百里:《欧洲文艺复兴史》,北京:东方出版社,2007年。
蒋承勇:《西方文学"人"的母题研究》,北京:人民出版社,2005年。
蒋承勇:《十九世纪现实主义文学的现代阐释》,北京:中国社会科学出版社,1994年。
蒋承勇:《欧美自然主义文学的现代阐释》,上海:复旦大学出版社,2002年。
蒋承勇、项晓敏、李家宝主编:《20世纪欧美文学史》,武汉:武汉大学出版社,2007年。
金东雷:《英国文学史纲》,长春:吉林出版集团,2010年。
莱文森:《现代主义》,沈阳:辽宁教育出版社,2002年。
雷蒙·威廉斯:《关键词:文化与社会的词汇》,刘建基译,北京:三联书店,2005年。
李德恩:《拉美文学流派与文化》,上海:上海外语教育出版社,2010年。
李赋宁主编:《欧洲文学史》,北京:商务印书馆,1999年。
李公昭主编:《20世纪美国文学导论》,西安:西安交通大学出版社,2000年。
李均洋:《日本文学概说——发展史和作家论》,西安:陕西人民出版社,1992年。
李平晔:《人的发现》,成都:四川人民出版社,1984年。
李文斌:《泰戈尔美学思想研究》,武汉:华中师范大学出版社,2010年。
李晓卫:《从欧洲到中国:现实主义的发展与嬗变》,敦煌:敦煌文艺出版社,2005年。
李　元:《唯美主义的浪荡子:奥斯卡·王尔德研究》,北京:外语教学研究出版社,2008年。
廖　波:《印地语作家格莫勒希沃尔小说创作研究》,北京:世界图书出版公司,2011年。
雷石榆编著:《日本文学简史》,石家庄:河北教育出版社,1992年。
林丰民:《文化转型中的阿拉伯现代文学》,北京:北京大学出版社,2007年。
林丰民等:《中国文学与阿拉伯文学比较研究》,北京:昆仑出版社,2011年。
林骧华:《西方现代派文学评述》,上海:上海人民出版社,1987年。
刘安武:《印度印地语文学史》,北京:人民文学出版社,1987年。
刘安武编译:《印度现代文学研究》,北京:中国社会科学出版社,1980年。
刘海平、王守仁主编:《新编美国文学史》,上海:上海外语教育出版社,2002年。
刘立善:《日本近现代文学流派史》,沈阳:辽宁大学出版社,2007年。
刘明翰主编:《欧洲文艺复兴史》,北京:人民出版社,2008年。

刘启良:《西方人文主义传统》,广州:广东人民出版社,2001年。
刘象愚等主编:《从现代主义到后现代主义》,北京:高等教育出版社,1992年。
刘意青主编:《英国18世纪文学史》,北京:外语教学与研究出版社,2006年。
柳鸣九主编:《法国文学史》修订版第一卷,北京:人民文学出版社,2007年。
柳鸣九选编:《法国自然主义作品选》,天津:天津人民出版社,1987年。
柳鸣九:《自然主义》,北京:中国社会科学出版社,1988年。
柳鸣九:《自然主义大师左拉》,上海:上海文艺出版社,1989年。
梁启超:《清代学术概论》,《饮冰室合集》第八册,专集之三十四,北京:中华书局,1989年。
卢　敏:《美国浪漫主义小说类型研究》,上海:上海人民出版社,2008年。
鲁　迅:《鲁迅全集》,北京:人民文学出版社,1981年。
马·布拉德伯里、詹·麦克法兰编撰:《现代主义——1890—1930》,胡家峦等译,上海:上海外语教育出版社,1992年。
马基雅维利:《佛罗伦萨史》,李活译,北京:商务印书馆,1982年。
茅　盾:《文学上各种新派兴起的原因》,《中国现代文学研究丛刊》1984年第1期。
茅　盾:《西洋文学通论》,北京:书目文献出版社,1985年。
梅晓云:《文化无根:以V. S. 奈保尔为个案的移民文化研究》,西安:陕西人民出版社,2003年。
平献明:《当代日本文学史纲》,沈阳:辽宁教育出版社,1993年。
齐　珮:《日本唯美派文学研究》,北京:中国社会科学出版社,2009年。
钱满素:《爱默生和中国——对个人主义的反思》,北京:三联书店,1996年。
阮　炜:《社会语境中的文本:第二次世界大战后英国小说研究》,北京:社会科学文献出版社,1997年。
沈洪益编:《泰戈尔谈中国》,杭州:浙江文艺出版社,2001年。
沈雁冰:《通信·文学作品有主义无主义的讨论》,《小说月报》1922年2月第13卷第2号。
盛　宁:《现代主义·现代派·现代话语——对"现代主义"的再审视》,北京:北京大学出版社,2011年。
盛　宁:《文学:鉴赏与思考》,北京:三联书店,1997年。
石海军:《后殖民:印英文学之间》,北京:北京大学出版社,2008年。
石海峻:《20世纪印度文学史》,青岛:青岛出版社,1998年。
斯坦哈特:《尼采》,朱晖译,北京:中华书局,2003年。
孙　妮:《V. S. 奈保尔小说研究》,合肥:安徽人民出版社,2007年。
孙宜学:《泰戈尔与中国》,石家庄:河北人民出版社,2001年。
孙宜学:《泰戈尔:中国之旅》,北京:中央编译出版社,2013年。
孙宜学编:《不欢而散的文化聚会——泰戈尔来华演讲及论争》,合肥:安徽教育出版社,2007年。
孙宜学编:《诗人的精神——泰戈尔在中国》,南昌:江西高校出版社,2009年。
谭晶华选编:《日本近代文学史》(小说·评论),上海:上海外语教育出版社,1992年。
唐仁虎等:《泰戈尔文学作品研究》,北京:昆仑出版社,2003年。
佟加蒙编:《中国人看泰戈尔》,北京:人民出版社,2012年。
王邦维、谭中主编:《泰戈尔与中国》,北京:中央编译出版社,2011年。
王长新主编:《日本文学史》,长春:吉林大学出版社,1990年。

王逢振等编选:《最新西方文论选》,桂林:漓江出版社,1991年。
王　刚:《圆形流散——维·苏·奈保尔涉印作品的核心特征》,北京:经济科学出版社,2011年。
王嘉良:《现代中国文学思潮史论》,北京:中国社会科学出版社,2008年。
王　林:《西方宗教文化视角下的19世纪美国浪漫主义思潮》,北京:中央民族大学出版社,2010年。
王　宁:《后现代主义之后》,北京:中国文学出版社,1998年。
王　欣:《英国浪漫主义诗歌的形式主义批评》,上海:上海外语教育出版社,2011年。
王晓明:《人文精神寻思录》,上海:文汇出版社,1996年。
王佐良、何其莘:《英国文艺复兴时期文学史》,北京:外语教学与研究出版社,1996年。
魏大海:《私小说》,济南:山东文艺出版社,2002年。
魏丽明等:《"万世的旅人"泰戈尔——从湿婆、耶稣、莎士比亚到中国》,北京:中央编译出版社,2011年。
吴其尧:《唯美主义大师王尔德》,杭州:浙江大学出版社,2006年。
吴守琳编著:《拉丁美洲文学简史》,北京:中国人民大学出版社,1985年。
肖　霞:《日本近代浪漫主义文学与基督教》,济南:山东大学出版社,2007年。
谢六逸:《日本文学》,上海:商务印书馆,1929年。
徐葆耕:《西方文学:心灵的历史》,北京:清华大学出版社,2004年。
徐曙玉、边国恩等编:《20世纪西方现代主义文学》,天津:百花文艺出版社,2001年。
徐霞村:《法国文学史》,上海:北新书局,1930年。
许志强:《马孔多神话与魔幻现实主义》,北京:中国社会科学出版社,2009年。
薛克翘、唐孟生、姜景奎等:《印度中世纪宗教文学》(上、下),北京:昆仑出版社,2011年。
雅各布·布克哈特:《意大利文艺复兴时期的文化》,何新译,北京:商务印书馆,1979年。
杨春时:《现代性与中国文学思潮》,北京:三联书店,2009年。
杨国华:《现代派文学概说》,上海:华东师范大学出版社,1989年。
杨仁敬:《美国文学简史》,上海:上海外语教育出版社,2008年。
杨周翰:《镜子和七巧板》,北京:中国社会科学出版社,1990年。
杨周翰、吴达元、赵萝蕤主编:《欧洲文学史》,北京:人民文学出版社,1964年。
叶渭渠:《日本文学思潮史》,北京:昆仑出版社,1997年。
叶渭渠、唐月梅:《日本现代文学思潮史》,北京:中国华侨出版社,1991年。
叶渭渠、唐月梅:《20世纪日本文学史》,青岛:青岛出版社,1998年。
殷企平、朱安博:《什么是现实主义文学》,上海:上海外语教育出版社,2011年。
尹锡南:《世界文明视野中的泰戈尔》,成都:巴蜀书社,2003年。
尹锡南:《"在印度之外":印度海外作家研究》,成都:巴蜀书社,2012年。
雍　容、黄遇奇:《中外文学流派》,重庆:西南师范大学出版社,1987年。
俞兆平:《中国现代三大文学思潮新论》,北京:人民文学出版社,2006年。
俞兆平:《浪漫主义在中国的四种范式:鲁迅、沈从文、郭沫若、林语堂》,桂林:广西师范大学出版社,2011年。
于文杰:《现代化进程中的人文主义》,重庆:重庆出版社,2006年。
袁可嘉:《现代派论·英美诗论》,北京:中国社会科学院出版社,1985年。

詹明信:《晚期资本主义的文化逻辑》,张旭东等译,北京:三联书店,1997年。
曾利君:《魔幻现实主义在中国的影响和接受》,北京:中国社会科学出版社,2007年。
曾艳兵编:《西方现代主义文学概论》,北京:北京大学出版社,2006年。
张大明:《西方文学思潮在现代中国的传播史》,成都:四川教育出版社,2001年。
张　帆:《德国早期浪漫主义女性诗学》,上海:上海大学出版社,2012年。
张冠华:《西方自然主义与中国20世纪文学》,北京:中央编译出版社,2007年。
张洪仪:《全球化语境下的阿拉伯诗歌:埃及诗人法鲁克·朱维戴研究》,北京:北京语言大学出版社,2009年。
张　铠:《庞迪我与中国——耶稣会"适应"策略研究》,北京:北京图书馆出版社,1997年。
张旭春:《政治的审美化与审美的政治化》,北京:人民出版社,2004年。
张　羽:《泰戈尔与中国现代文学》,昆明:云南人民出版社,2004年。
赵德明、赵振江、孙成敖、段若川编著:《拉丁美洲文学史》,北京:北京大学出版社,1989年。
赵振江:《西班牙与西班牙语美洲诗歌导论》,北京:北京大学出版社,2002年。
张月超主编:《外国文学研究中的新发展》,南京:南京大学出版社,1986年。
郑克鲁:《法国文学史教程》,北京:外语教学与研究出版社,2008年。
仲跻昆:《阿拉伯文学通史》,南京:译林出版社,2010年。
周辅成编:《从文艺复兴到十九世纪资产阶级哲学家政治思想家有关人道主义人性论言论选辑》,北京:商务印书馆,1966年。
周小仪:《超越唯美主义:奥斯卡·王尔德与消费社会》,北京:北京大学出版社,1996年。
周小仪:《唯美主义与消费文化》,北京:北京大学出版社,2002年。
周作人:《欧洲文学史》,北京:东方出版社,2007年。
朱光潜:《西方美学史》,北京:人民文学出版社,1979年。
朱维之、赵澧主编:《外国文学史·欧美卷》,天津:南开大学出版社,1991年。
朱维之、雷石榆、梁立基主编:《外国文学简编(亚非部分)》,北京:中国人民大学出版社,1983年。
朱振武等:《美国小说本土化的多元因素》,上海:上海外语教育出版社,2006年。

主要人名索引

A

埃柯 175
艾略特 42,100,123,127—128,153,175
艾青 126
爱伦·坡 88,127—128,132,133
爱默生 88—89,92,127—128,131—135
安纳德 200—201,206—208
奥尔巴赫 104,158
奥维德 60

B

巴尔扎克 52,83,97,99,105—106,110—111,113,115
巴赫金 38
巴思 179—183,185,187,193
拜伦 22,82,93—95,99—100,236
保罗·德·曼 173
贝克特 167—169
毕加索 104
卞之琳 86,125—126,152,155—157
冰心 15,200,228
波德莱尔 86,99,122—127,151,171
波伏娃 159
博尔赫斯 148,150,190,192
薄伽丘 27,29,37
勃兰兑斯 92,93
布尔索夫 110

布克哈特 23,25,36
布鲁克斯 128
布洛克 29,30
布瓦洛 49,51—55

C

蔡元培 20,33
蔡仪 108,139
曹葆华 110,125
曹禺 15—16,21,126
陈独秀 20,33,50—51,81,84,115,117,122,125,214
陈瘦竹 87
程代熙 95
楚图南 130

D

达里奥 147
但丁 20—22,24,35—37
戴望舒 16,86,125—126,151—152
德莱顿 54—55,60
德莱塞 90,92,119—120
德里达 174—175,178,184
邓恩 39—42,143
狄德罗 61,68—72,79
狄更斯 2,83,105,113
迪金森 128,132,134
蒂克 3

丁玲 16

董鼎山 170—171,175,177,180—182,193

董衡巽 88—91,145,152,181,186

董乐山 29—30

E

恩格斯 4,44,105—106

F

范存忠 82,95

范大灿 61,63—64,66,68—69,73—76

冯乃超 123

冯尼古特 179,180—183

冯雪峰 43,107

冯至 47,95,126

佛克马 172—173,176—177,181

伏尔泰 61,68,70—71,78—79

福柯 173—175,178,184

弗雷伊雷 147

福楼拜 171

G

高尔基 81,96—97,102,110

高长虹 126,151

高乃依 44,46—47,50,55,58

高特舍德 60—61,75

戈宝权 95

歌德 59,62,75,93—95,97,160

格林兄弟 3

龚古尔兄弟 85

郭沫若 13—14,16,43,87,102,108,126,151—152

果戈理 83,85

H

哈贝马斯 173,184

哈代 84,90,100

哈曼 73—74,79

哈桑 172,178,181,183,185,187

海勒 179,181—183

海明威 127—128,144

海涅 82,93,95,97

汉斯·昆 174

何其芳 21,126,139

贺拉斯 49,60

赫尔德 73—74,78—79

亨利·詹姆斯 90

胡风 15,106—107,139

胡家峦 41,160

胡适 15,20,33—34,51

华盛顿·欧文 88,128

华兹华斯 93,100,160,236

荒芜 130

黄宗羲 34

惠特曼 88,92,128,130—132,134

霍桑 88,92,128,132—135

J

纪伯伦 228—229,236

济慈 99—100,150,235—236

季羡林 201—202,229,234,236—237

迦梨陀娑 201

加洛蒂 104

加缪 159—162,169,174

杰克·伦敦 90,120

詹姆逊 62,172,181,183,184,187,192

蒋百里 20,28

蒋光赤 16

蒋孔阳 108

K

卡尔维诺 171,193

卡夫卡 104,153,157,161,167,170,175,177,191

卡彭铁尔 56,148,190

康拉德 101,128

克莱恩 90,119

库珀 128

L

拉辛 46,50,54,58

老舍 15,125

莱蒙托夫 127

莱辛 61—62,69,75

兰波 86,122—125
雷蒙·威廉斯 103
李长之 109
李大钊 20,33
李赋宁 25,48,82,66,81—83,85—86,97,111
李健吾 111,117—118
李金发 16,86,125,150,152
利奥塔 173—174,177—178,184
梁启超 1,13,17,20,33,211
梁实秋 16,50
林默涵 106—107
林纾 13,39
林语堂 102,126
刘安武 201—202,206—209,234,237
刘半九 95
刘大杰 14,140
柳鸣九 59,61,70,72,78,84,86—87,115—116,122,139,141—142,152,167—170,175—176,183
卢贡内斯 147,150
卢梭 61,63,68,70,72—73,76,82,99,102
鲁尔福 148,190
鲁迅 13—17,21,34,86,93,102,111,126,151—152,220
略萨 149—150,190
罗兰·巴特 173—175,178
罗布-格里耶 153,170,174,178
洛克 29—30,60,69—70,127
洛奇 171,181,187
洛威尔 146

M

马丁内斯 147
马尔克斯 138,149,190—195
马基雅维利 21,23,27—28
马克·吐温 90—91
马克思 44,49,96,105—107,119,153—154,157,161—164,174,208,227
马拉美 86,122—125,171
马洛 39—40

马维尔 40,42,56—57
马雅可夫斯基 127
麦尔维尔 92
毛泽东 43—44,51,84,94—95,106,108,131,139
梅勒 182
蒙田 29,35,38—39
孟德斯鸠 61,68,70,78—79
弥尔顿 22,39—40,44,47
缪朗山 47,95
默多克 171
莫里哀 44,46—47,55,58,90
穆旦 126,151
穆木天 16,93,123,125—126

N

纳博科夫 181—183
内尔沃 147
尼采 102,155,164
涅克拉索夫 127
聂鲁达 148
诺瓦利斯 3,76,82—83

P

帕斯 148
培根 20—21,27,39,202
品钦 178,182—183,187
蒲柏 60
普列姆昌德 200—202,208
普希金 49,83—84,127

Q

契诃夫 90
钱达尔 200,201,203
钱锺书 86,111,125
乔伊斯 153,158,164,175
乔治·桑 96,99
琼森 27,39,54
瞿秋白 21

S

萨特 155,159—162,167—170,173—174
桑塔格 178

塞万提斯 21,27,35—36,39,110,170
沙夫茨伯里 60—61,69—70
莎士比亚 20—22,24,27—29,35—36,39—42,
　　54—55,57,69,106,110,204
沈从文 15,102,125—126
沈雁冰(茅盾) 14,84,86,93,122
沈石岩 57,76
圣琼·佩斯 104
施莱格尔 3,76,83
施米特 98
施咸荣 167,181,182,200
司汤达 83,113
斯宾塞 29,39—41
斯妥夫人 128
斯威夫特 60,69
索洛维约夫 87,127

T

泰戈尔 199,201,204—205
唐弢 21,126
田汉 115,123,126
托尔斯泰 28,90,110,113
托尼·莫里森 187
陀思妥耶夫斯基 85,110,113

W

王尔德 87—88
王夫之 34
王佐良 39—40,46,62,94—95,97
韦勒克 86,104
维吉尔 60
魏尔伦 86,122—126
闻一多 16,87
吴达元 25,44,63,66,96
吴尔夫 158,175
伍蠡甫 47,85,93,152

X

锡德尼 35,39,40,54
席勒 59,61—62,69—70,75,94—95,97,106

夏多布里昂 96
萧军 16
萧红 16
谢六逸 84,122,125,210—211
徐迟 129—130,154
徐懋庸 13—14
徐志摩 16,123,126
许地山 126,199

Y

雅各布逊 104
杨周翰 25,44,46,48,55—56,63,66,96,152
叶赛宁 127
叶圣陶 15
叶廷芳 56
叶渭渠 119—120,212—213,216,218,220,222—224
袁可嘉 4,86,122—123,125—126,151—152,
　　155—156,160—162,169—171,178—
　　182,184
约翰逊 60
易卜生 84—85,90
雨果 93,95—97,99,124

Z

张爱玲 118
张天翼 21
张资平 119—120
赵萝蕤 25,44,48,66,96
郑克鲁 68—71,95,117,122—125
仲跻昆 226—227,229—230,233—234,236—238
周辅成 22,30
周作人 7,13—16,20—21,33,39,44,81,84,
　　93,115,122—123,125—126,220—221
周扬 43,107—109,130
朱光潜 5,22,27,45,47,52,94—95
朱虹 167,170
朱维之 39,46,95,111,226
朱自清 15,126
左拉 85—87,90,106,113,115—121,214